LES AMIES D'HÉLOÏSE

HÉLÈNE DE MONFERRAND

LES AMIES D'HÉLOÏSE

roman

Éditions de Fallois

PARIS

© Éditions de Fallois, 1990
22, rue La Boétie, 75008 Paris

ISBN 2-87706-086-1

ANNÉE 1964

Claire Rochaz
à Héloïse de Marèges

Paris, le 30 juin 1964

Ave, amicarum optima !

Un prix d'honneur parti en vacances la veille de la distribution des prix, voilà qui n'a pas été du goût de Madame ! Elle ne s'est adoucie que lorsque j'ai insinué, sans le dire vraiment, que tu avais dû aller rejoindre ta famille... « Son père est nommé à Stockholm, elle est invitée chez l'ambassadeur d'Espagne à Vienne... » Bref je ne sais pas si elle te croit à Madrid, à Vienne ou à Stockholm, mais elle est matée.

Tu n'as rien perdu. Madame a fait un discours d'agrégée de sciences-nat, plein de fleurs, de petits oiseaux chantant dans les arbres, de pollen et d'abeilles. La chorale a exécuté (dans tous les sens du terme) *La Nuit* de Rameau avec Tauberg en soliste pour la dernière fois car elle devient mezzo malgré tous ses efforts, on nous a distribué des bouquins affreux : des invendus même pas coupés que tu découvriras à ton retour. J'ai confié les miens à Maman qui rentrait en voiture chez nous, et j'ai porté les tiens chez toi, où j'ai trouvé Victor qui les a pris en constatant qu'il n'en avait jamais eu autant.

Je pourrais te raconter bien des choses, mais je dois aller au

7

local préparer le camp avec les autres CE, les cheftaines et les intendantes. Nous partons dans quatre jours et pour presque trois semaines. Ensuite bref passage en Savoie avec la famille, puis allemand intensif à Osnabrück. Ecris-moi vite au camp, où je prévois une atmosphère saine et sportive, certes, mais un peu limitée intellectuellement. La plupart des filles n'ont jamais quitté une petite école de la rue de Milan où le niveau est, disons, moyen. Seule Marie-Christine, seconde des Cigognes, est à Jules-Ferry et s'y défend honorablement. Enfin, c'est une autre vie !

Bon, j'y vais, dans cette autre vie.

Vale.

Héloïse de Marèges
à Claire Rochaz

Vienne, le 6 juillet 1964

Grüss Gott !

Hé bien c'est quand même une bonne nouvelle ! Moi, un prix d'honneur, après cette année désastreuse où tout le monde m'a grillée au poteau dans toutes les matières, toi en lettres, comme toujours, Colman en sciences, Tauberg en allemand, et la mère Arnodin qui me hait et m'a toujours empêchée de réussir en histoire, et la musique qui n'est plus au programme (ni la couture, Gott sei dank !). Bref le désastre complet, la Berezina. Je croyais que je m'en fichais et j'éprouve une douce satisfaction. Pilar ne me comprend pas : elle est nulle en tout et n'en fiche pas une rame. Je l'ai connue en sixième, elle redouble sa troisième et sa petite sœur la talonne ; elle s'en fout. D'ailleurs tout le monde s'en fout. On oblige Alfonso, parfaitement ignare lui aussi, à suivre des cours de rattrapage, mais les filles... Elles épouseront un grand d'Espagne (ou un cousin de Franco, ou les deux), et tout ira bien. Je crois que la petite, Margarita, rue dans les brancards. Je trouverais piquant qu'elle devînt anarchiste.

On n'en est pas là. Pilar a réussi à se procurer une liberté inimaginable dans son pays et dans son milieu. Elle a obtenu que le chauffeur ne vienne plus l'accompagner ni la chercher au lycée, ce qui était le cas quand je l'ai connue, et nous sortons très librement dans une ville qu'elle connaît absolument par cœur. Elle m'a avoué qu'elle séchait des journées entières et se faisait des mots d'excuse. Elle se promène en tram et en bus, elle va partout. Naturellement, il est hors de question que ses parents le sachent, non pas à cause du lycée, mais à cause de sa vertu. Je ne serais pas étonnée d'en apprendre long là-dessus quand elle sera en confiance. Elle a quinze ans et demi, et elle en paraît dix-huit ou vingt, à la condition de se déguiser un peu. Je sens que le séjour va être instructif ! Pas seulement pour l'allemand.

Bon, je te laisse à ton camp vertueux, à tes gamelles à récurer, à tes feux de camp où sont conviés les moustiques. Ce soir nous avons un grand dîner, intéressante corvée, mais corvée quand même. Figure-toi que je comprends à peu près ce qu'ils disent en espagnol : ça ressemble à du latin mal prononcé. Malheureusement, Pilar et moi parlons plus souvent en français qu'en allemand, et ce n'est pas comme ça que je vais me remettre au niveau que j'avais en cinquième. Tauberg peut dormir sur ses deux oreilles. Il paraît que chez elle, c'est l'allemand jusqu'à treize heures, le français après. Et on change pile au milieu d'une phrase pendant le déjeuner. Je vais peut-être me mettre au suédois. Je rejoins la famille le 15 août.

Vale.

9

Claire Rochaz
à Héloïse de Marèges

Olmeto, le 14 juillet 1964

Ave !

Hé bien puisque tu accueilles avec une joie mêlée de plaintes rétrospectives mes bonnes nouvelles, je vais t'en annoncer d'autres qui te feront sauter de joie et battre des mains comme dans les romans à deux sous (dans la vie je n'ai jamais vu personne faire ça !). Premièrement, Colman s'en retourne dans son Angleterre : j'ai fait un bout de chemin avec elle l'autre jour, moi avec tes livres, elle avec ces premiers prix de maths et de physique que tu lui envies tant, plus ce prix d'anglais qu'elle pouvait difficilement éviter, mais pour lequel nous ne lui faisons pas concurrence. Nous avons donc parlé pratiquement pour la première fois de l'année. Elle veut aller dans une grande université. Oxford ou Cambridge, j'imagine, mais elle m'a cité un nom de collège genre Christ Church ou Magdalena, et tu sais que je ne connais des universités anglaises que ce qu'en raconte Rosamond Lehmann. Bref, pour accéder dans de bonnes conditions à ce temple du savoir, elle entre dans un pensionnat anglais avec un uniforme affreux, du type veste bordeaux avec cravate jaune et noir et minijupe droite et mal coupée. Elle va regretter ses petits shetlands moulants et ses coquets plissés Cacharel. Elle regrette aussi, m'a-t-elle dit, de ne pas avoir Maman comme prof l'année prochaine. La réputation maternelle n'est paraît-il plus à faire. A moins qu'elle n'ait voulu me faire plaisir...

En revanche, nous, nous allons l'avoir, et en histoire nous n'aurons pas Arnodin mais une nouvelle que Maman ne connaît pas encore. Il est de notoriété publique, chez nos chers profs, que la mère Arnodin ne peut pas te voir. Elle clame que tu as mauvais esprit. Raconte, que lui as-tu fait ? Promis, je ne le dirai à personne.

Te raconter ma vie actuelle au camp, c'est bien difficile. Il se prépare chez les guides des choses qui ne me plaisent pas. Tu sais que les scouts ont fait une sorte de réforme avec des classes d'âge différentes et un uniforme qui rappelle irrésistiblement les jeunes pionniers. Le mot d'ordre est de fuir l'esprit Signe de Piste et de faire moderne, aussi bien pour les activités sportives que pour la religion. Chez nous, les filles, ça commence aussi et d'ici deux ans nous serons dans le même cas, mais je serai partie. Je les vois bien instaurer la mixité, comme chez les parpaillots (oh, pardon…) et supprimer tout uniforme et tout insigne. Déjà l'on dit que les badges sont fascistes et notre rituel hitlérien. En plus, dans ma compagnie, la cheftaine s'en va et sera remplacée par mon ancienne CE quand je suis entrée dans cette compagnie. Je m'entends bien avec elle maintenant, mais quand je pense à la vie très dure qu'elle m'a menée la première année, je doute de ses qualités pour encadrer une compagnie d'une trentaine de filles.

Ma seconde est très bien comme guide, mais elle n'a pas inventé la poudre, et son excès d'idéalisme sent un peu l'ignorance. Elle finira dame patronnesse. La troisième, c'est le contraire. N'importe quel mâle la met en chaleur et je trouve que ce n'est pas le lieu pour ça. La chasse à l'homme c'est pour Paris ou pour les vacances, pas pour le camp.

Je te laisse, car la sieste va finir. Raconte-moi les débordements de Pilar, dont la traduction exacte, au cas où tu ne le saurais pas, est Marie du Pilier. Je suppose que ces Espagnols ne t'emmènent pas à la messe ? Comment voient-ils ton hérésie ? Tu sais qu'avec ces gens-là l'Inquisition n'est jamais très loin, méfie-toi.

Vale.

11

Héloïse de Marèges
à Claire Rochaz

Vienne, le 29 juillet 1964

Ave !

Ne t'inquiète pas pour la préservation de mon hérésie, nous autres les Marèges, nous avons résisté à d'autres pressions. Les Turenne, les Condé, tous ont cédé. Pas nous. Alors maintenant nous sommes coincés par cette belle résistance. Mon père est athée, moi aussi, Maman est agnostique, Victor s'en fout, Hippolyte s'en foutra bientôt aussi, mais les éclaireurs le maintiennent dans le droit chemin, et il nous a dit un jour, à table, que comme il voulait être banquier, il valait mieux être protestant, puisque juif ce n'était pas possible : il s'est renseigné, il sait que les conversions ne sont pas facilement acceptées. Il a été très déçu quand on lui a dit que c'était difficile de fonder une banque, car ce qu'il veut ce n'est pas entrer au Crédit Lyonnais mais diriger la banque de Marèges. Je me demande où ce mioche a pris cette vocation. Aime-t-il l'argent, est-il snob, ou les deux ?

Quant à Marie du Pilier, elle est la digne descendante de morisques et de juifs, et il semble bien que sa famille attache davantage d'importance à une éventuelle (et probable) rencontre de nos ancêtres au siège de Saint-Jean-d'Acre, qu'à une différence de religion. Bref, ils vont à la messe et je vais me promener en ville.

Le marquis son père m'a expliqué hier qu'il était monarchiste légitimiste, mais non carliste, d'abord parce que la branche carliste est éteinte, ensuite parce que la couronne d'Espagne ne se transmet pas comme celle de France et que les femmes y sont aptes à succéder. Son roi est donc le fils aîné d'Alphonse XIII, qui se trouve aussi être logiquement le roi de France, car le marquis ne reconnaît aucune valeur au traité d'Utrecht. J'ai approuvé, bien que mes souvenirs soient assez vagues sur cette question. D'accord, c'est le programme de

12

l'année dernière, Utrecht c'est le U de W. Panru, les traités de Louis XIV. Je crois qu'il s'agit de la guerre de Hollande, mais bon, je ne me souviens pas et je n'ai pas mes livres. Une fois de plus j'ai fait celle qui savait. Est-ce cela la diplomatie ? J'en doute... Et à propos de diplomatie, de grave faute de diplomatie même, j'en viens à ce qui t'intéresse, à savoir mes démêlés avec Arnodin.

C'était en quatrième, donc tu vivais encore à Mascara et moi j'avais quitté Vienne depuis moins d'un an. Un jour, en plein hiver, Arnodin est arrivée et nous a dit qu'il fallait faire une minute de silence à cause d'une histoire d'attentat OAS. C'était un ordre venu d'en haut, de très haut bien sûr, mais elle y a ajouté des commentaires de son cru qui m'ont fait voir rouge, et j'ai perdu mon sang-froid comme je n'aurais pas cru pouvoir le perdre (on est passionné, à douze ans !). J'ai refusé de faire la minute et j'ai dit que c'était une atteinte à la neutralité, que quand le FLN tuait des instituteurs on s'en foutait, que c'est eux qui avaient commencé en novembre 54, que l'OAS avait raison, et je ne sais plus quoi tellement j'étais folle de rage, de douleur plutôt. Même maintenant quand j'y pense je me sens très mal. Elle m'a traînée chez la directrice (c'était Bazin à l'époque) qui curieusement a compris et a conseillé à Arnodin de se calmer. Car Arnodin, je l'ai compris plus tard, est passionnément gaulliste ; elle aime, que dis-je aimer ? elle idolâtre Charlie. Quant à Bazin, je ne sais pas si elle approuvait ce baroud d'honneur des pieds-noirs, mais elle réprouvait l'atteinte à la neutralité, et puis elle me comprenait. Elle m'a donc prêté un mouchoir et m'a parlé, après avoir viré Arnodin. Elle m'a dit que mon père ne serait pas fier de moi et que mes propos risquaient de lui nuire, que mon indignation était noble, certes, mais que les pauvres Français d'Algérie étaient bien plus à plaindre que moi, qui avaient le choix entre la valise et le cercueil. « C'est justement pour ça, ai-je dit en versant une quantité stupéfiante de larmes, et en plus personne ne les aime et ils ont tout perdu. On va les voir arriver comme les Hongrois à Vienne en 56. » J'étais inconsolable et je le suis toujours.

Depuis Arnodin me hait, et je le lui rends avec usure, mais discrétion. Tu as vu que je ne répondais pas à ses provocations, et c'est dur, car en plus cette salope est jacobine et le programme de cette année lui a permis de m'attaquer en permanence, ce qui est idiot, car je pourrais tout aussi bien être communiste, après tout. Il est vrai qu'après mes révoltes algériennes on aurait du mal à le croire. Mais le résultat c'est qu'en attaquant mes origines elle attaque aussi Quatrefares et Tauberg, qui n'apprécient pas du tout. Voilà, ta curiosité est satisfaite. Entre Arnodin et moi il y a des divergences politiques et je crois qu'elle a le sentiment d'avoir perdu la face parce que Bazin lui a reproché d'avoir fait du zèle sur la circulaire. Mais je pense qu'elle se montre convenable envers les réfugiées du lycée (qu'en bonne garce elle appelle rapatriées). Ni toi ni Martinez n'avez de problèmes avec elle, et tant que vous ne vous rendez pas coupables d'offense au chef de l'Etat...

Dommage que tu n'aies pas connu Bazin, c'était une autre classe que Madame, d'ailleurs elle n'avait pas de surnom.

Bonne fin de camp. Prends ton mal en patience : bientôt vous serez plus hérétiques que nous, vous les papistes, car votre concile sent le soufre. Tu te douteras que le marquis est contre : il dit qu'il ne veut pas tutoyer Dieu. Ces Espagnols ne céderont pas facilement à la mode et s'il reste quelque part de vraies troupes scoutes, ce sera chez eux.

Vale.

Claire Rochaz
à Héloïse de Marèges

Crest-Voland, le 4 août 1964,
et 175 ans après l'abolition des privilèges...

Ave !

D'accord, ce n'est pas malin, mais j'avais envie de jouer les Arnodin. A propos de cette garce immonde, inutile de te dire que mes parents et mes frères, à qui j'ai tout raconté, te soutiendront jusqu'à la mort. Pour une fois qu'on a une Francaouï avec nous, a dit Paul... Et je pense que quoi que tu fasses tu auras de bonnes notes en physique-chimie l'année prochaine. Maman t'aimait bien, mais maintenant c'est une passion !

Mais pour le traité d'Utrecht, alors là tu devrais avoir honte ! Ce n'est pas parce qu'on a signé en Hollande que l'affaire conclue était hollandaise. Il s'agit, ô ignorante, de la guerre de Succession d'Espagne, et pour une fois nous étions du côté des Espagnols, parce que leur roi était français. C'est tout ce que je sais, mais ton marquis doit avoir des lumières particulières sur la question, car moi on m'a toujours dit que le prétendant était chez nous le comte de Paris, un individu pas très clair qui, d'après mon grand-père, aurait fait des trucs pas possibles avec la grande Zora (c'est comme ça qu'on appelle le traître De Gaulle chez nous). Je me renseignerai. En attendant évite le sujet chez tes hôtes.

Une mienne cousine, nommée Anne Pérez, est réfugiée à Alicante, comme beaucoup de nos compatriotes. Elle dit que les Espagnols ne rigolent pas avec la religion, et que la troupe de guides locale où elle est entrée n'est pas prête à faire le moindre aggiornamento. « Passer de Sidi-bel-Abbès à Alicante, c'est dur », dit-elle. Je lui ai dit que passer de Mascara à la 150e Paris ce n'était pas non plus évident. Il semble qu'en Oranie la mentalité était intermédiaire. Et je ne t'ai pas encore parlé de l'aumônier, un obsédé sexuel qui plonge dans nos corsages quand nous replantons un piquet de tente, et qui a jeté sa soutane aux orties. Il y a quelques mois nous l'avons rencontré rue de Clichy, avec Maman, et elle lui a dit : « Bonjour Monsieur ». J'ai cru qu'elle l'avait fait exprès... ben non, pas du tout.

Néanmoins il y a eu un scandale sexuel au camp. Oh pas avec l'abbé, qui n'est sans doute pas bien actif, mais avec un gamin corse d'une vingtaine d'années et l'une de nos intendantes, qui était encore mon chef d'équipe jusqu'à Noël, et à qui j'ai succédé. J'avais quitté ma précédente équipe, les Abeilles, pour entrer dans la sienne ; j'ai dû t'en parler à l'époque.

Eh bien un soir, environ trois jours avant la fin du camp, nous avons appris qu'elle rentrait à Paris illico. On (qui ?) l'avait surprise avec le gars en question dans la tente à matériel. Que faisait-elle ? Je ne saurai jamais. Simple flirt ou les derniers outrages ? Mystère.

Tu vois que nos camps ne sont pas à l'abri des appels torrides de la chair. Qu'en est-il à Vienne ? Que fait Pilar ? Avec qui ? Combien de fois ? Et toi, après tout ? Et moi ? J'aurai quinze ans dans une semaine, toi dans deux mois, et nous ne sommes encore ni couvertes de gloire ni couvertes d'amants. Il est temps de réagir.

Bon, je vais voir si je peux trouver quelqu'un ici, sinon à Osnabrück !

Vale.

Journal d'Erika von Tauberg

Vienne, le 7 juillet 1964

Dîner sans apparat hier à l'ambassade d'Espagne. Au milieu des vieilles peaux du Vienne mondain (ou demi-mondain...), un peu de fraîcheur, avec les enfants de l'ambassadeur et leurs amis, filles en dirndl, garçons en costume local amélioré, c'est-à-dire que passé dix ans ils ne montrent plus leurs genoux. A côté de Pilar, une jeune personne brune comme toute l'Espagne, avec des épaules superbes, qui gagneraient à s'étoffer, peut-être, et un teint mat d'une fraîcheur exceptionnelle. Quoique ces lieux ne s'y prêtent guère, il est difficile de n'être pas tentée. Mais je n'ai pas pu parler à la merveille, qui ne s'est pas attardée. Je pense qu'il s'agit d'une cousine de Pilar. Que la vie, ma vie, est compliquée ! Si je n'étais pas une femme, je pourrais montrer mon intérêt. Au lieu de ça je me laisse conter fleurette par des hommes qu'il me faut ensuite écarter habilement. De toute façon, je laisse tomber. Dans ce milieu, dans ce pays, c'est sans avenir.

Manuela arrive demain et tant mieux. Je vais lui faire faire des visites culturelles, on va se gorger de Kunsthistorisches Museum ; faire mes devoirs de grande sœur me changera les idées. Soyons lucide, ma vie est dans une impasse, je n'aime personne assez longtemps pour dire même que j'aime, et mon livre n'avance pas. Et il n'avance pas parce que je suis frustrée. Dites-moi, saint Sigmund de la Berggasse, pourquoi je ne peux pas sublimer, moi ? Oh, puis je ne veux pas sublimer, je ne veux plus coucher à droite et à gauche non plus, je veux retomber amoureuse. Levez-vous orages désirés !

Vienne, le 4 août 1964

Stupéfiant, la chance tourne grâce à Manuela (famille, je vous aime). Ce matin nous arrivons sur la plage du Vieux Danube après le parcours culturel de rigueur, quand j'entends ma sœur qui s'exclame : « Héloïse ! », et je la vois se précipiter sur une sirène en maillot rouge, la merveille de l'ambassade d'Espagne, trempée, décoiffée, mais reconnaissable. « Salut Manuela, dit la merveille avec simplicité et en français, j'ai pensé à toi ces jours derniers et nous t'avons même évoquée dans notre correspondance, Claire Rochaz et moi. J'espère que tes oreilles n'ont pas tinté. »

Voilà, c'est tout simple, cette fille est dans la classe de Manuela, et elle n'est pas plus espagnole que moi. Je dois maintenant faire quelque chose, sinon pourquoi aurais-je bénéficié d'une seconde chance ? Mais Manuela ? Et Pilar ? Comment les écarter ? J'ai proposé des sorties en commun, à commencer par un concert au palais Palffy demain, pour lequel Zoltan m'a donné des places. Premier sondage extrêmement favorable : Héloïse aime la musique. Saint Sigmund, aide-moi, je suis amoureuse. Ou plutôt saint Wilhelm Stekel, ou Krafft-Ebing, ou n'importe qui sauf sainte Mélanie Klein qui est vraiment trop con.

Erika von Tauberg
à Suzanne Lacombe

Vienne, le 4 août 1964

Je suis amoureuse. Stop. Tu peux tuer le veau gras. Stop. Erika.

Suzanne Lacombe
à Erika von Tauberg

Dieppe, le 6 août 1964

Eh bien, Erika, voici une grande nouveauté, en effet. Si je compte bien, cela ne t'était pas arrivé depuis... quelques mois ? J'exagère un peu. Le rythme ralentit. Mais la durée ? Vas-tu tenir jusqu'à Noël ? Bon. Je devrais admirer cette facilité à t'enflammer qui rappelle l'adolescente que j'ai connue il y a quinze ans. Mais depuis que tu m'as quittée pour un coup de foudre flamboyant qui n'a duré qu'une petite année, je te vois te lancer dans des passades de plus en plus brèves. Et qui cassent, par ta faute ? par la leur ? Je ne sais pas et c'est bien inquiétant. Vois-tu, Erika, je pense que j'ai eu tort à Belfort de céder, par faiblesse, à tes avances. Des élèves amoureuses de moi, tu peux me croire, il y en avait eu. Quel professeur n'en a pas connu ? Surtout que les filles sont de petits animaux instinctifs qui sentent fort bien si la dame en face, sur l'estrade,

18

est faible de ce côté. J'ai souvent été devinée. Pas seulement par les élèves...

Tant mieux. Nous sommes sur un marché étroit. Il vaut mieux attirer les occasions. Tu y es peut-être par ma faute. Je n'ai pas su résister à tes appels. Qui sait si je ne les ai pas provoqués inconsciemment. Maintenant je me reproche tes échecs amoureux. Que ce soit bref, d'accord, mais alors on ne s'enflamme pas si fort. Bon, j'arrête mon sermon. Ce n'est ni gentil ni malin. Chacun est comme il est. Qui sait si un jour tu ne m'étonneras pas par ta constance ?

Raconte-moi tout, et traite-moi de vieille radoteuse. Je le mérite.

Je t'embrasse.

Erika von Tauberg
à Suzanne Lacombe

Vienne, le 12 août 1964

Ma pauvre Suzanne, j'ai peur de t'inquiéter bien davantage en te racontant tout, car rien ne sera facile, je le sens. D'abord elle a quitté Vienne et il ne s'est encore rien passé. Si vraiment les adolescentes sont des petits animaux instinctifs, alors j'espère que celle-ci ne fera pas exception. Elle n'a même pas quinze ans, son père est ambassadeur de France à Stockholm, elle est au lycée à Paris, dans la même classe que Manuela. La similitude avec la situation que nous avons connue à Belfort est frappante : tu avais le double de mon âge, tu étais mon professeur, et la ville était petite. Là je bénéficierai, si cela se fait, de l'anonymat de Paris, et je ne suis pas prof, mais pour le détournement de mineure, c'est pareil, et il me faudra me cacher de ma sœur. Oui, nous menons une vie difficile, mais je ne peux pas le regretter. Tu sais, à Belfort, je savais parfaitement ce que je faisais, et si cela ne s'était pas fait avec toi, je sais

19

que cela aurait été une autre, un jour, et pas un autre, jamais. J'avais déjà cette certitude à l'époque, alors n'aie pas de remords! Pour Héloïse, je ne sais pas. Est-elle innocente? Aime-t-elle les garçons? M'aimera-t-elle? Je ne sais rien. Je n'ai que mon intuition, qui sur ce sujet ne m'a encore jamais trompée. Et puis je ne peux plus arrêter le processus, ou plutôt je ne le veux plus. Manuela m'aidera en toute innocence. Le fait de s'être rencontrées à Vienne va les rapprocher, car elles se connaissaient assez peu. Je compte fermement là-dessus. Ne me demande pas d'y renoncer, je ne peux pas. Déjà je ne sais pas comment je vais survivre jusque-là.

Je t'embrasse.

Suzanne Lacombe
à Erika von Tauberg

Dieppe, le 18 août 1964

Je ne te demanderai pas de renoncer, voyons. Tu es majeure et vaccinée. Mais par pitié, fais attention. Une gamine de quinze ans, c'est un risque tellement considérable! Pense à sa famille qui ne semble pas être la première venue; pense aussi à la tienne. Et ne te découvre pas trop vite, si tu le peux (j'en doute). Il faut d'abord savoir si le terrain est favorable. Ce qui me rassure presque, c'est que tu n'es pas souvent à Paris. La petite compte-t-elle revenir à Vienne? Qu'y fait-elle? Elle apprend l'allemand, j'imagine. Bon, tu me diras tout dans dix jours, puisque je t'attends à la maison. Nous passerons nos journées sur les foutus galets de cette plage, s'il fait beau, et nos soirées au casino quoi qu'il arrive.

Je t'embrasse quand même...

20

Vienne, le 12 août 1964

Hier nous avons accompagné, en corps constitué, Héloïse à la gare Franz-Josef. Elle a décidé de rejoindre Stockholm par le train en musant un peu en route. Il faut vraiment avoir quinze ans pour choisir cette solution moyennement confortable, même en première classe. J'ai cherché un biais pour l'accompagner, mais prétexter d'une visite à ma famille de Schleswig sans Manuela, pas possible. Ma petite demi-sœur, je t'aime bien, mais tu me gênes. Peut-être me seras-tu utile à Paris, mais là, toi et Marie du Pilier (comme dit Héloïse), je voudrais vous voir à l'autre bout du monde.

Est-ce que j'avance ? Je n'en sais rien. Il y a quelques jours, au Prater, j'en viens à lui expliquer qu'en dehors de mon métier de journaliste, je faisais des recherches sur la famille Farnèse, après avoir terminé mes études par un mémoire sur la Princesse des Ursins et son rôle dans la guerre de Succession d'Espagne. « Formidable, a-t-elle dit, je suis sûre que vous savez tout sur le traité d'Utrecht. »

Et voilà, on cherche des trucs, et on est sauvé par le traité d'Utrecht. Ce qui prouve qu'il vaut mieux draguer une mineure cultivée plutôt qu'une majeure ramassée dans les boîtes. Je m'en souviendrai.

En attendant je me suis envoyée en l'air avec Edeltraud hier soir. C'est du réchauffé mais ça fait du bien. Manuela était sortie avec Alfonso, un beau gosse qui n'a pas plus de cervelle que sa sœur Pilar. Grand bien lui fasse !

Héloïse de Marèges
à Claire Rochaz

Stockholm, le 15 août 1964

χαῖρε.

Aujourd'hui, je me suis enfermée dans ma chambre avec l'intention de te rédiger un vrai feuilleton, car il y en a si long qu'il se pourrait que l'après-midi n'y suffît pas.

Vienne d'abord, et surtout Marie du Pilier.

Déception, elle ne fait strictement rien. Je m'entends : elle embrasse, elle danse sur *Only you* en avançant le bassin avec le sûr instinct d'une chatte en chaleur, mais c'est tout ; et devine pourquoi ? Elle ne sait pas comment éviter les enfants ! On croit rêver ! Je lui ai donc fait trois cours magistraux : *1)* Les capotes anglaises et où les trouver. La méthode étant à mon avis d'envoyer l'homme chez le pharmacien, car je ne vois pas cette pauvre Pilar tenter le coup. Même moi, je l'avoue, je n'oserais pas. *2)* Le calcul des périodes de fécondité d'après le petit bouquin que j'ai trouvé chez Maman, et qui a été édité un peu avant la guerre, ce qui explique qu'il donne la méthode pour avoir des enfants et que l'on en déduit aisément la méthode pour n'en avoir point. Le style c'est : « Une femme ne peut être enceinte que quelques jours par mois, visez bien et repeuplez la France. » Maman a dû s'en servir pendant la guerre, puisque nous sommes tous nés après. Depuis elle a perdu la main, mais j'anticipe : nous parlerons de Maman après. *3)* Le saut en marche. Et là j'ai dû reprendre à la base car Pilar n'avait que des lueurs imprécises sur la chose elle-même. Oh certes elle avait compris l'analogie avec les prises de courant, mais c'est tout : le monsieur se branche sur la dame et fiat lux. J'ai dû lui donner des détails : « Mais bécasse, comment veux-tu que ça procure des sensations prétendument divines s'il n'y a pas le minimum de frottement ? » Là elle a cru que j'avais essayé et j'ai préféré ne pas la détromper : je commençais à acquérir un sacré prestige, alors que jusque-là

22

elle me prenait pour une môme. En échange, j'ai appris que l'homme à qui elle se refusait, comme on dit, est un type à mon avis très louche de l'ambassade de Bulgarie. Et là j'ai été très ferme : « Tu ne couches pas à l'Est, ai-je dit, impossible, dangereux. Pense à ton père, pense à Franco, pense au duc de Ségovie, mais ne fais pas ça. » J'espère lui avoir fait très peur.

Je reprends après une pause goûter. Comme je débarquais à la gare de Stockholm, je vois Maman seule à l'entrée du quai, sa silhouette assez nettement déformée. Tu parles d'un choc ! Moi qui venais de vanter à Pilar les bienfaits de la méthode Ogino ! Maman a reconnu avec bonne grâce qu'elle ne l'avait pas fait exprès, et qu'elle n'avait pas fait exprès non plus Hilda il y a six ans. J'ai avoué implicitement mes lectures clandestines en lui disant : « Mais je croyais que vous faisiez des calculs...

— Ce n'est jamais bien sûr, a-t-elle répondu, et puis quand on est trop vieille, ou trop jeune, c'est encore plus difficile d'avoir un rythme régulier, alors voilà. »

Pauvre Pilar ! Je vais lui écrire de faire attention. Cela dit, je me demande si Maman ne me donnait pas un avertissement à moi-même en disant « trop jeune ». A la rentrée, je serai seule à Paris avec Victor et une gouvernante. On compte que je me conduirai bien.

Je reviens à Vienne : là-bas, il y a quelques jours, je suis tombée sur Tauberg en visite chez sa sœur. Tu ne savais pas que sa sœur vivait à Vienne. Moi non plus. Elle est correspondante de ce journal que ton pied-noir de père appelle l'Immonde et que le mien lit en poussant des soupirs accablés et en s'exclamant « Pauvre France ! » Elle écrit aussi des livres d'histoire, mais attention : à l'usage des érudits. Nous sommes pas mal sorties ensemble. Manuela gagne à être connue. La sœur Erika est bien plus intéressante, mais bien sûr elle est adulte (une trentaine d'années, paraît-il).

Vale.

Claire Rochaz
à Héloïse de Marèges

Osnabrück, le 18 août 1964

Ave, amicarum optima !

Ta lettre de Suède est arrivée ce matin, m'apportant quelques déceptions sur Pilar, mais après tout, ce qu'elle ne fait pas nous pouvons peut-être le faire nous-mêmes. Tu vois sur elle le résultat d'une éducation latine, et crois-moi, les Espagnols je les connais. Chez nous il n'y avait que ça, plus nombreux que les Arabes, dis ! (là tu mets l'accent). Et ma mère est née Pérez, n'oublions pas. Ici j'ai des vues sur le frère de mon Allemande. Il est merveilleusement vieux (dix-neuf ans), et tous les matins il nous conduit au lycée dans sa petite voiture jaune. Le matin, donc, il y a trois heures de cours au Gymnasium, puis nous pouvons rejoindre nos Allemands dans leur classe ou nous promener. L'après-midi on a quartier libre. Je suis chez des gens charmants. La fille s'appelle Gisela, le fils Rainer. Ils sont grands, blonds, aryens à n'en plus finir. Les parents ont une Apotheke dans le centre ville, et une maison en banlieue, ce qui prouve que l'organisme qui m'a envoyée là-bas prend bien soin d'assortir les milieux sociaux. Quand je leur ai dit que la pharmacie de Papa était à Pigalle, ils ont dit : « Ach Pigalle ! ». A propos, si Pilar veut des capotes, tu peux lui dire que tu as une filière à Pigalle.

Quand seras-tu à Paris ? Moi je rentre le 10 septembre. Trois semaines pour séduire Rainer, tu penses que ça ira ?

Vale.

24

Erika von Tauberg
à Suzanne Lacombe

Tauberg, le 25 août 1964

Je sais tout ce que tu vas dire, alors s'il te plaît ne le dis pas. Je suis à Schleswig, je n'ai pas pu tenir. A peine Manuela dans son train, au lieu de prendre doucement le chemin de Dieppe, j'ai filé droit vers le nord. Et à peine arrivée chez mon cousin, je me suis jetée sur le téléphone pour avoir l'ambassade de France à Stockholm. Et je l'ai eue. Et Héloïse m'attend. Et nous rentrons en France ensemble. Tu comprends, il faut que quelque chose se fasse, même si c'est un échec, et tout de suite. Je te rejoindrai un peu plus tard, heureuse ou désabusée. Ne t'inquiète pas.

Suzanne Lacombe
à Erika von Tauberg

Dieppe, le 28 août 1964

Oh, je ne m'inquiète pas. Tu retombes toujours sur tes pattes. Tu auras la petite et tu viendras encore me dire que ce n'est pas le grand amour, tout compte fait. Fais attention à elle aussi...

Journal d'Erika von Tauberg

Stockholm, le 28 août 1964

Seconde nuit à l'ambassade. Nous partons demain matin. Je suis étonnée de la facilité avec laquelle j'ai exécuté la première

25

partie de mon plan, bien improvisé cependant. Comme le disait Großvati[1], le général, celui qui a traversé le nord de la France jusqu'à la Marne et pas plus loin, c'est dans l'improvisation qu'on reconnaît le bon stratège. Une pierre dans le jardin de von Kluck. J'ai donc décidé, sur un coup de tête, d'aller tenter ma chance dans le Nord. Manuela étant invitée à Saint-Gall, je l'ai déposée à Salzburg où elle avait un bon train, et j'ai filé droit jusqu'à Schleswig. Au téléphone, j'ai eu une Héloïse un peu surprise, mais charmée de ma proposition de rentrer en France en voiture, avec Manuela, par le chemin des écoliers. Fin de la première partie du plan Tauberg.

Deuxième partie : plaire à la famille. Facile, aucun effort à faire. D'abord ils sont charmants, ensuite nous nous sommes vite découvert des liens de famille ou du moins d'alliance. Les Marèges sont des protestants qui ont semé des cousins dans toute la Prusse et même dans les Duchés. Ils sont paradoxalement plus sensibles à cela qu'au fait que notre nom soit le symbole même de l'industrie chimique allemande. Je leur ai expliqué que Vati[2] avait épousé successivement deux Françaises, la première avant la guerre, et que ça l'avait mis en délicatesse avec le pouvoir de l'époque, mais pas trop car... « Oui, a dit le comte de Marèges : Hitler avait besoin de vous, c'est sûr. Vous avez quand même perdu une partie de votre empire industriel en 45, je crois ? Mais ce que vous avez fait du reste est superbe. » Il a ajouté qu'il regrettait l'époque où la grande et la petite noblesse d'Europe cousinaient avant tout, et que le nationalisme n'était pas un progrès. « Quand on est en guerre, a dit la comtesse, il faut bien choisir son camp, mais moi j'ai toujours aimé l'Allemagne, même à une époque où ils m'avaient expédiée dans une villégiature forcée dans le Mecklemburg. »

Que dire du reste ? Les enfants sont un chef-d'œuvre de bonne éducation, la comtesse est très belle : brune comme sa

---

1. Grand-père.
2. Papa.

fille aînée, avec de très nombreux cheveux blancs, ce teint exceptionnel si remarquable dans cette famille, et qui n'est pas gâté par une grossesse malheureusement déjà visible. Les yeux sont d'un bleu très clair, alors que ceux d'Héloïse sont presque bleu marine. On dit qu'avant d'épouser une fille, il faut regarder la mère... Je l'ai fait, et je prends la fille sans hésiter.

Mais ça, ça ne sera pas si facile, car il est évident qu'elle est à cent lieues de se douter de mes projets. Troisième partie de mon plan ? Je ne sais pas. Je vais improviser comme Großvati. J'ai peur. Je ne peux pas dormir. Je vais avoir une tête pas possible demain matin. J'ai laissé toute ma doc sur les Farnèse à Vienne, et puis de toute façon je ne peux pas me concentrer. Les Farnèse, à part Julie dont Peyrefitte vante les cuisses, et Elisabeth, qui était bien foutue mais grêlée par la variole (et encore, bien foutue au XVIIIe, ça veut dire quoi ?), les Farnèse, dis-je, je m'en fous. Les Farnèse, les Borgia, les Colonna, les Orsini, y compris la mère des Ursins, comment peut-on s'intéresser à ça !

Bon, je dors, avant de cracher complètement dans ma soupe.

Erika von Tauberg
à Suzanne Lacombe

Copenhague, le 30 août 1964

C'est fait. Stop. Ouf. Stop. Tout va bien.

27

Héloïse de Marèges
à Claire Rochaz

Copenhague, le 30 août 1964

Ave !

Ça va être une lettre très courte, d'abord parce que je n'ai pas le temps. Ensuite parce que je ne trouve pas les mots pour te dire ce qui est arrivé. Et j'ai terriblement peur de te scandaliser. Bon, tant pis, je ne te prépare pas au choc. Voilà : hier soir je me suis retrouvée dans un lit avec Erika von Tauberg, et j'ai aimé ça.

Ecris-moi vite à Tauberg par Schleswig (tu chercheras le code postal). Je me sens perdue

Vale.

Claire Rochaz
à Héloïse de Marèges

Osnabrück, le 2 septembre 1964

Oh, ma vieille, quelle histoire ! Je ne sais pas quoi te dire, comme ça, tout à trac. Il faudrait que tu m'en dises plus long. Bien sûr, je sais que ces choses-là existent ; on dit même qu'à notre âge c'est fréquent et que ça ne dure pas, mais je suis vraiment étonnée (sens XVIIᵉ, naturellement). Moi, je n'ai jamais eu envie, et puis je ne vois pas très bien ce qu'on peut faire dans le lit d'une dame. Tes piquantes analogies avec les prises de courant ne nous sont là d'aucun secours. Mais qui est cette Erika ? La sœur de Manuela, d'accord, mais quoi d'autre ? A quoi ressemble-t-elle ? Que faisais-tu avec elle à Copenhague ? Ecoute, maintenant que j'ai admis la chose, il

28

faut que tu essaies de m'expliquer, sinon je ne sais pas quoi penser. Que s'est-il passé exactement ? Que vas-tu faire ?

Vale quand même !

Héloïse de Marèges
à Claire Rochaz

Tauberg, le 4 septembre 1964

Ben voilà, je ne sais pas par où commencer. C'est le moment peut-être de tenter de faire un plan en trois parties avec introduction et conclusion. Bon, tu ne m'as pas condamnée, c'est déjà ça ; je commence.

Erika a téléphoné chez nous il y a quelques jours. Elle était à Schleswig, dans sa famille, et elle se proposait de venir me chercher à Stockholm et de rentrer avec moi et Manuela à Paris. Nous étions censées récupérer cette dernière en Allemagne. Cela m'a fait plaisir : à Vienne, je l'avais trouvée agréable à fréquenter. J'avais même parlé à Maman de la rencontre avec les sœurs Tauberg.

Le lendemain, je vois débarquer d'une superbe Mercedes blanche décapotable mon Erika, très mondaine. Hippolyte est illico tombé amoureux d'elle : il n'a pas ouvert la bouche pendant tout le dîner, et chaque fois qu'elle lui parlait, il devenait rouge comme un coq, ce qui n'est vraiment pas son style. Dans l'ensemble, elle a conquis la famille, du moins la famille présente

Je vais te donner plus de détails sur elle, maintenant : elle a vingt-neuf ans et pas mal de ressemblance avec notre Tauberg locale, qui n'est que sa demi-sœur : des cheveux vraiment blonds, de cette couleur inégale qui fait vraie et qui est si rare, courts ; des yeux myosotis, quelques taches de rousseur sur le nez, grand front petit menton, très belle. Pour le reste une

29

grande fille longiligne, comme Manuela, avec de grandes mains musclées comme j'aimerais tant en avoir, et des jambes superbes.

Nous sommes parties à l'aube. Elle avait l'air fatiguée. Parfois elle se taisait, mais dans l'ensemble nous avons eu de bonnes conversations. Pas une minute je ne me suis demandé pourquoi cette fille, cette femme plutôt, se baladait avec moi, gamine sans importance. Je ne me sous-estime pas, mais toi et moi nous sommes des mômes, à côté. Pourtant je me sentais curieusement à ma place.

A Copenhague elle avait l'air vraiment crevée. Elle a choisi un hôtel fort luxueux dans le centre et nous avons pris des chambres communicantes avec une seule salle de bains.

Nous avons décidé de prendre un bain avant de sortir dîner, et c'est là que tout s'est joué. Je me suis retrouvée dans ses bras d'abord, puis sur un lit au milieu d'un tas de serviettes-éponges. Je ne sais pas comment c'est arrivé ; et ce qu'elle a fait, ce que nous avons fait toute la nuit, je ne peux pas le raconter. Nous ne sommes pas sorties ; nous n'avons pas vu Copenhague ; nous avons fait monter le dîner ; nous ne sommes descendues que le lendemain pour le petit déjeuner, et j'avais terriblement envie de faire des choses bêtes, comme lui prendre la main ou l'embrasser en public. Dans la voiture elle m'a dit qu'elle m'aimait. Elle a dit exactement : « Vous ne pouvez pas savoir comme je vous aime. » Bizarrement cela m'a rassurée. J'avais peur brusquement que ce ne soit qu'un coup de folie, sans suite. C'est te dire à quel point j'ai envie de continuer, et c'est peut-être le plus difficile à admettre. Je suis bien mal partie. Nous nous étions juré, toi et moi, de ne pas laisser passer l'année de nos quinze ans sans connaître un monsieur ; j'abandonne. Je ne peux pas.

Ecris-moi à Paris, maintenant. Nous redescendons.
Vale.

Claire Rochaz
à Héloïse de Marèges

Osnabrück, le 6 septembre 1964

Ave !

Ben ma vieille, ben ma vieille, ben ma vieille, j'en bégaie !
C'est encore plus grave que je ne pensais. Mais qu'est-ce
qu'elle t'a fait ton Erika, pour que tu sois dans cet état ? Je vais
être cynique, mais le seul avantage de la situation pour toi, c'est
que tu peux laisser tomber le père Ogino. Enfin, reprends-toi !
Tu ne vas pas continuer dans cette voie, quand même ? Je
comprends que tu n'entres pas dans les détails, remarque, mais
vraiment c'est tout ce que je comprends. Bon. On en parlera de
vive voix dans quelques jours. Je te dirai simplement que j'ai
renoncé à séduire Rainer : trop bête, vraiment. Je chercherai
une solution acceptable à la rentrée. Je te laisse ; décidément les
bras m'en tombent.

Vale et salve, salve surtout !

Erika von Tauberg
à Suzanne Lacombe

Tauberg, le 2 septembre 1964

Oh, ce trajet Stockholm-Copenhague, quel cauchemar ! Je
m'en souviendrai toute ma vie. Et pour que cela se termine si
bien, si simplement. A l'hôtel, dans un état second dû
simplement à l'épuisement (je n'avais pas dormi, j'avais
conduit toute la journée) et peut-être à la résolution d'une
angoisse extrême, j'ai attrapé Héloïse par les épaules, je l'ai
serrée contre moi, je l'ai embrassée, et je l'ai débarrassée de son
peignoir en éponge, comme ça, dans la foulée. Großvati aurait

31

apprécié. Il n'y a eu aucune résistance, absolument aucune. Et nous n'avons pas dit un mot. Elle m'a laissé faire tout ce que je voulais, en y prenant un tel plaisir que je me suis demandé si c'était vraiment la première fois. En fin de compte oui, car pour passer à son tour aux actes elle a trahi une inexpérience évidente, dont elle est convenue avec bonne grâce, presque comme si elle en était coupable. Quelle nuit ! Nous faisions l'amour, puis elle dormait. Nous refaisions l'amour. Je n'ai pas fermé l'œil. Le lendemain, après le petit déjeuner, elle m'a obligée à remonter dormir, me disant qu'elle ne voyait pas comment je pourrais conduire une voiture avec cette tête-là. « On ne peut pas me dire avec plus de gentillesse que j'ai presque trente ans, ai-je dit.

— Oh, ce n'est pas la question, moi aussi je suis très fatiguée quand je n'ai pas dormi du tout. Y'a pas d'âge pour ça. Je suis même une petite nature dans ce domaine. Mais cette nuit j'ai dormi un peu, et je ne peux pas conduire à votre place. Alors vous allez au lit et moi je vais me promener ; si je reste avec vous je ne sais pas ce qui va arriver… »

J'ai donc dormi jusqu'à midi, puis nous avons refait l'amour, puis nous sommes parties par le plus court, sans passer par le Jutland. J'ai redormi sur le bateau. C'est une compagne très agréable, toujours gaie, pleine de ressources et d'initiative, attentive sans en faire trop. Elle regarde les cartes, me dirige, voit les panneaux, repère les auberges, se soucie de mon confort, et a, chose surprenante, des initiatives érotiques rares. Je préfère ne pas évoquer l'avenir. Sur le bateau je lui ai demandé si elle m'aimait. Elle a répondu : « C'est bien possible, et dans un sens c'est une catastrophe. Je ne crois pas pouvoir vous rayer de ma vie comme ça. Qu'est-ce que je vais devenir ? Est-ce que c'est toujours comme ça ? » Que répondre ? Qu'aurais-tu trouvé, toi ? Je n'ai même pas de remords.

Je t'embrasse.

Suzanne Lacombe
à Erika von Tauberg

Londres, le 6 septembre 1964

Tu ne viens pas. Ce que je comprends fort bien étant donné l'affaire que tu as en cours. J'en ai profité pour faire quelques courses avant la rentrée. En principe c'est ma dernière année à Dieppe. La prochaine rentrée me verra enfin à Paris. Et j'intrigue pour que ce soit un bon lycée ancien, pas une de ces annexes qui poussent comme des champignons. Enfin la civilisation. Remarque, j'ai eu des résultats, ici. J'ai même eu quelques accessits au Concours général, dans des matières acceptables : l'anglais (mes élèves sont toujours fourrées à Newhaven), le dessin et même une fois un thème latin. Bon, je parie que tu t'en fiches, en ce moment surtout.

Je n'ai pas très bien compris tes allusions à Großvati (je suppose qu'il s'agit du Général), à moins que tu ne considères la reddition d'une jeune fille comme celle d'une place forte, ce qui est, pardonne-moi de te le dire, très viril.

Puisqu'on ne se verra pas, parle-moi d'Héloïse. Ton bout de dialogue m'a mise en appétit ; une telle lucidité chez un être si jeune m'invite à examiner les événements avec intérêt. Je te supplie de ne pas lui faire trop de mal. C'est vrai que tu n'as pas eu de chance ces dernières années, et que tu n'es peut-être pas responsable complètement de la rotation trop rapide de tes amantes. J'aurais presque envie de t'encourager à garder celle-ci, et pourtant, que de pièges ! Crois-tu que les parents ne se douteront de rien ? Ils sont loin, c'est vrai, mais s'ils veulent un jour marier leur fille dans leur milieu, ça sera dur. Il est vrai que c'est aussi ton milieu. Mais je crains que tu ne sois pas un très bon parti malgré tout.

J'arrête de me moquer de toi ; il faut que je sorte pour trouver quelques cachemires convenables et prendre le thé avec Jane. Et après le thé, nous nous consolerons ensemble, dans un

33

lit, de n'avoir dans notre vie aucune grande passion qui nous contraigne à la fidélité.

A bientôt. Ecris-moi.

Erika von Tauberg
à Suzanne Lacombe

Paris, le 10 septembre 1964

Lorsque nous vivions à Belfort et que, sous prétexte de cours particuliers d'histoire, j'allais te retrouver rue Scheurer-Kestner, te souviens-tu que tu m'avais poussée à noter les événements sur un journal, ce qui constituait à tes yeux un excellent exercice ? Je n'ai jamais cessé de le faire, pas tous les jours, certes, mais au moins une fois par mois, et je te sais gré de m'avoir poussée à cette discipline. Ce préambule pour te dire qu'avant d'arriver à mes fins avec Héloïse, j'avais évoqué Großvati dans mon journal, comme un hardi stratège, doué pour l'improvisation. Voilà pourquoi il est resté à l'arrière-plan de toute cette affaire. Le naturel reparaît vite chez la fille des Junkers, même quand elle est amoureuse.

Tu sais, je n'ose pas faire de projets à long terme, car j'ai très peur. Tout nous condamne. La jeunesse d'Héloïse, qui peut la pousser à continuer comme à rentrer dans le rang, son inexpérience des hommes, qui peut la conduire à essayer pour voir... et à préférer, bien que j'aie du mal à l'imaginer ainsi. En gros je crains la tentation de la normalité. La normalité sociale plus que la normalité sexuelle, bien sûr. Tu connais le problème, puisque nous en avons parlé maintes et maintes fois. Elle ne semble pas conformiste, mais comment être sûre ? Les parents m'inquiètent un peu, mais moins. Je ne pense pas que la comtesse de Marèges apprécierait de voir sa fille aînée mal tourner, mais il y a dans cette famille un aspect libéral et très

34

intellectuel qui joue plutôt en ma faveur... A condition toutefois qu'ils l'apprennent plus tard, quand elle sera majeure, de préférence (six ans !). Je pense qu'Héloïse ne risque pas l'enfermement au couvent, ni moi le procès pour détournement de mineure. Ils craindraient trop le scandale. De toute façon ils me plaisent trop pour que je les peine, et je serai prudente pour deux.

Dans l'immédiat il faut que je rentre à Vienne et que je trouve une solution pour être beaucoup plus souvent à Paris. Je vais peut-être accepter enfin la proposition de Vati, qui souhaite depuis longtemps que je m'occupe des relations publiques de Tauberg und Wesel International, d'autant que je lui dois bien ça et qu'il me paraît légèrement immoral d'être une héritière indifférente à son héritage. En tout cas j'espère de tout mon cœur que tu finiras bientôt ton exil normand.

Je t'embrasse.

Suzanne Lacombe
à Erika von Tauberg

Dieppe, le 14 septembre 1964

Ta lettre m'a apporté une surprise de taille, un sacré choc même, on peut le dire. Ainsi donc ta petite amie serait la fille d'Anne de Marèges. Mais je la connais ! Pas la fille, la mère. Figure-toi que je l'ai rencontrée dans un wagon destiné théoriquement à contenir quarante hommes ou huit chevaux en long. Il était nettement plus chargé ce jour-là. Elle se faisait un sang d'encre pour son mari et pour son beau-père, dont elle craignait qu'ils n'eussent été fusillés. Nous avons loupé, elle et moi, une superbe occasion de nous évader de ce train. Nous pensions nous diriger vers un camp de travail assez modéré, dont nous sortirions de toute façon très vite. La guerre tirait à sa fin. Quelle ignorance ! Quelques semaines après nous nous en mordions les doigts. Quelques mois après nous nous en mordions les os. Cependant, même à une époque où nous ne pensions pas pouvoir nous en tirer, elle me parlait du bel Hector, son mari. Son plus vif regret c'était d'avoir remis à une époque plus douce la fabrication d'enfants. « Il ne restera rien de nous », disait-elle. C'était à l'époque une très belle femme (du moins tout au début) qui avait beaucoup de cheveux blancs pour ses vingt-quatre ans. Plus tard on a dit que cela venait du camp, mais je peux témoigner du contraire. Je l'aimais beaucoup pour son sens de l'humour, qui était fort précieux dans ce contexte. Quand il l'abandonnait ce n'en était que plus tragique.

J'ai dû m'interrompre. Ces souvenirs, et d'autres de la même époque, s'étaient estompés. Ils reviennent maintenant, et c'est assez pénible. Moi aussi je craignais la mort de celle que j'aimais. Mes craintes se sont avérées. Celles d'Anne non.

Assure-toi que c'est bien la même femme. C'était une famille prolifique qui avait (et a toujours, j'imagine) la manie de donner à ses membres des prénoms commençant par H. Une curieuse coïncidence avait voulu que les membres les plus illustres possédassent la miraculeuse initiale, et depuis, par superstition, on continuait. Tu as évidemment entendu parler du Maréchal Hercule de Marèges sous Henri II, et avant d'Hermann de Marèges, qui a régné quelques mois sur une minuscule principauté de Terre Sainte. Il y a aussi Henry, moins connu, compagnon du Prince Noir sur qui, à l'époque, je faisais ma thèse. Evidemment, avec mon agrég' d'histoire, je savais pas mal de choses sur la famille du bel Hector, et cela avait étonné Anne.

Si ce sont eux, et je le pense, puisque Hector avait fait le concours des Affaires étrangères, alors tu ne risques pas grand-chose, car ce sont effectivement des libéraux, et des protestants, comme toi. Mais fais très attention, car il ne faut pas faire de peine à Anne. Je lui avais raconté, là-bas, qu'après avoir été fiancée à l'héritier du vignoble voisin du nôtre, et après avoir couché avec lui, je l'avais abandonné pour une fille des bas quartiers de Bordeaux, qui m'avait entraînée dans l'aventure de la résistance et était responsable de mon actuelle villégiature, comme nous avions l'habitude de dire. Mais admettre les mœurs de sa compagne de détention, dans des circonstances où la tolérance devient la moindre des choses, ne conduit pas forcément à admettre celles de sa fille.

Amène-moi Héloïse à la première occasion. J'ai maintenant terriblement envie de la voir.

Je t'embrasse.

Journal d'Erika von Tauberg

Vienne, le 10 octobre 1964

J'écris des lettres, une vraie Sévigné, et je n'ai pas le temps d'ouvrir ce foutu journal. O discipline, comme tu me fais défaut, surtout quand tout va bien. Peut-être parce que je sais que je n'oublierai jamais, ou que je me l'imagine. Quelque temps après son retour de la guerre, Suzanne, un soir, est rentrée à son hôtel pour découvrir qu'il avait brûlé, et tous ses carnets avec, sauf celui qui était en cours et qui était resté dans son casier au lycée. Ecœurée, elle n'a plus rien écrit. Pourtant c'est vrai que quand on relit, c'est intéressant. Ma passion pour Maud, par exemple. Au fond c'était exclusivement physique, et quand le feu a bien brûlé, eh bien il s'est éteint. Et j'avais largué Suzanne qui valait mille fois Maud. Bravo, Erika, tu t'es surpassée. La suite à l'avenant, mais là il est clair que je faisais plutôt semblant. J'en rajoute dans le texte, et dans ce domaine l'année 58 bat tous les records. Un vrai catalogue... Mille tre ! Après on se calme, on revient aux anciennes, on sélectionne. Quant à Suzanne, la dignité même au moment du largage, elle ne m'avait pas attendue, sinon je serais venue la trouver à

Dieppe et je lui aurais dit : « Recommençons ». Cela au moins lui a été épargné.

Au cours de mon séjour à Paris, j'ai emmené Héloïse à Dieppe. Elle a plu, évidemment. Elle est en quelque sorte recommandée par sa mère. Elle a demandé à Suzanne si elle devait lui parler d'elle. « Je ne pense pas que ce soit très prudent, a dit Suzanne, et je le regrette. En 45 tout le monde voulait oublier, mais maintenant il se peut que ce soit différent.

— Oui, a dit Héloïse. Maman nous en parle assez volontiers. Plus exactement elle parle des conséquences favorables que ça a eu finalement. C'est un thème de plaisanterie avec Papa. Il avait réussi à s'enfuir vers l'Espagne.

— Je reconnais bien la manière de votre mère de prendre le pire avec humour. Et votre grand-père ? Fusillé, finalement ?

— Oui. »

Hier, soirée assez spéciale chez Melitta. Rien que des filles comme d'habitude, et le flirt était assez poussé. Certaines se sont isolées. Je ne dirai pas que ça ne me fait rien, non, mais ça m'excite beaucoup moins qu'il y a deux mois. Melitta m'a dit : « Toi, tu ne vas pas bien. »

J'ai dit : « Je suis amoureuse.

— On la verra ?

— Non, elle est mineure et elle habite Paris.

— C'est pour ça que tu quittes Vienne ?

— En gros, oui, et puis parce que je me décide à m'occuper de nos affaires de famille.

— Ben dis donc, c'est grave.

— Oui, la fin d'une époque. »

Erika von Tauberg
à Héloïse de Marèges

Vienne, le 13 octobre 1964

Ma chérie,
J'ai finalement décidé de garder l'appartement de Vienne
sans même le louer. Il pourra nous être utile pendant vos
vacances, et puis il me servira de base pour aller visiter nos
établissements de Klagenfurt. Maintenant je vais à Ludwigshaven voir ce que je peux trouver là-bas, puis je rentre à Paris.
Vous me manquez terriblement ! Il faut que je trouve un
logement à Paris aussi. Avec vous il est hors de question de
rester dans l'hôtel de la rue Barbet-de-Jouy, à la merci de
Manuela, de ma belle-mère ou de Vati. Je suis donc dans
l'immobilier jusqu'au cou. Question : faut-il rester dans le
quartier, où c'est pratique mais où l'on peut faire des
rencontres fâcheuses, ou bien faut-il aller à l'autre bout de
Paris ? Que préférez-vous ?
Je vous aime.

Héloïse de Marèges
à Erika von Tauberg

Paris, le 16 octobre 1964

Comme vous me manquez ! C'est épouvantable ! Dire que
vous ne quittez ce foutu journal que dans deux mois ! Pour le
quartier, cela m'est égal. Je crois aussi qu'il ne faut pas rester
près de chez moi et du lycée. Claire habite rue de la Tour-des-
Dames, à la Trinité. C'est un quartier très agréable, mais il y a
sa mère, qui est mon professeur de physique-chimie, et qui
risquerait de s'étonner si elle m'y rencontrait. A part ça je ne

39

connais pas très bien Paris, moins bien que Vienne, en tout cas. Si l'on évite aussi l'avenue d'Iéna à cause du siège social de Tauberg, si l'on veut se mettre sur une bonne ligne de métro, alors je vous suggère les environs de la Concorde. Viendrez-vous dans le nord avec moi, pour Noël ? Nous pourrions aller ensemble jusqu'à Schleswig ; j'irais à Stockholm, puis au retour on pourrait se retrouver à Copenhague, par exemple. Je crois que c'est le seul moyen de tout concilier. Puis je voudrais retourner à l'hôtel de Copenhague.

Claire Rochaz
à Héloïse de Marèges

Crest-Voland, le 24 décembre 1964

Ave !

Victoire, c'est fait ! Tu m'avais donné jusqu'au 31 décembre, eh bien j'ai une semaine d'avance. Et ne crois pas que je me sois jetée sur le premier venu pour gagner le pari que nous avons eu l'imprudence de faire avant les grandes vacances. J'avais l'embarras du choix : deux moniteurs de ski qui m'avaient déjà embrassée, et un vacancier qui n'a que deux ans de plus que moi, ce qui est peu mais suffisant pour un début. Car saurais-je, moi qui étais pucelle encore ce matin, apprécier un homme plus expérimenté ?

Les moniteurs avaient des inconvénients : ce sont des gars du village et on se connaît depuis ma petite enfance, ce qui, je crois, m'inhibe un peu. Et puis ils s'appellent respectivement Théodule et Joseph. Ce sont des noms du pays, mais j'ai du mal à m'y faire. En amour le ridicule tue.

Mon amant, lui, s'appelle Xavier Corbaz (prononcer Corbe, bien sûr), et il est de lointaine ascendance savoyarde, comme moi. Il habite Dijon, vient à Crest-Voland pour les vacances scolaires. Parfait pour l'usage que je compte en faire : le premier d'une longue série d'aventures plaisantes avant de me ranger quand je serai très vieille (disons à vingt-neuf ans...). Je sais que tu vas crier qu'on n'est pas vieux à vingt-neuf ans, que ton Erika est la plus belle, la plus jeune, la plus fraîche. Je ne le nie pas, mais ça m'inquiète un peu que tu t'en tiennes là. Comment savoir ce qu'on préfère, si l'on n'a pas essayé les deux ? En écrivant ça, je me rends compte que je mérite une réponse cinglante : « Si l'on doit essayer les deux, alors essaie aussi les femmes, et on en reparlera. » Evidemment... L'ennui c'est que ça ne m'attire pas. Mais si toi les hommes ne t'attirent pas ? Après tout, c'est ce que tu dis et c'est ton droit. Bon. Je crois qu'il est déraisonnable, à notre âge, de tirer des conclusions hâtives ou de faire des choix définitifs. Je te laisse et je vais méditer sur mon nouvel état.

Vale.

*Héloïse de Marèges
à Erika von Tauberg*

Stockholm, le 24 décembre 1964

Je sais que vous m'avez incitée à la plus extrême prudence, Suzanne et vous, mais les événements ont décidé pour moi. Oh, je vous rassure : il ne s'est rien passé de grave. J'ai dit, comme convenu, à mes parents que je vous rejoindrais à Tauberg, Manuela et vous, et que nous rentrerions ensemble à Paris. Là, Victor est malencontreusement intervenu : « Elle passe son temps avec cette Manuela, mais on ne la voit jamais. Est-elle jolie, au moins ? Tu pourrais quand même me la montrer ! Je ne connais que Claire, moi. » Je me suis troublée. J'ai dit : « Je les vois autant toutes les deux. » Alors Victor, cet abruti, a enfoncé le clou : « Tu vas même à Dieppe avec elle et

41

avec sa sœur. Je t'assure que ce n'est pas gentil de me la cacher

— Tu vas à Dieppe ? a dit Maman.

— Oui, on est allé là-bas ; pardon, nous sommes allées là-bas, voir une amie d'Erika. Et vous savez, Maman, elle vous connaît. Alors du coup elle m'a réinvitée, et voilà. Elle s'appelle Suzanne Lacombe. Je voulais vous en parler. »

Stupéfaction générale. Je n'avais pas loupé mon effet. Maman était absolument ravie et m'a reproché de ne pas lui avoir dit plus tôt. Elle a dit que dès demain elle écrirait à Suzanne, pour lui faire d'abord les mêmes reproches qu'à moi : n'en avoir pas parlé plus tôt. J'ai balbutié : « Elle craignait de raviver des mauvais souvenirs. » Là Maman, qui est aussi pédante que vous prétendez que je le suis, a récité le début du chant IV de *L'Enéide*.

Voilà, vous savez tout. Préparez Suzanne. Parce que finalement Maman n'a pas pu faire sa lettre : quelques heures après ce dîner elle a accouché.

Que faire avec Victor ? Je suis bien embêtée.

Je vous embrasse absolument partout.

Erika von Tauberg
à Héloïse de Marèges

Tauberg, le 27 décembre 1964

Ma chérie,
Ne vous faites pas de souci. Comme le disait mon grand-père, le Général von Tauberg, quand on a des choses à cacher, il vaut mieux serrer la vérité au plus près. C'est ce que vous avez fait. Je téléphone à Suzanne, si elle est rentrée. Comment va votre mère ? Vous pourriez me donner plus de détails. A bientôt. Je vous aime.

Anne de Marèges
à Suzanne Lacombe

Stockholm, le 29 décembre 1964

Comment, ma chère Suzanne, j'apprends que tu as fait la connaissance de ma fille, et personne ne me disait rien ! Mais il faut absolument qu'on se rencontre ! Tu es chez les Vikings, moi aussi. Nous devrions pouvoir arranger ça. Ma famille vient de s'agrandir, comme tu peux le voir sur le faire-part que je te joins.
Ecris-moi vite.

Le Comte de Marèges, Ambassadeur de France
La Comtesse née Anne de Puyferrand,
Hugo, Héloïse, Hippolyte et Hilda
sont heureux de vous annoncer la naissance de
HOLGER
à Stockholm, le 24 décembre 1964

ANNÉE 1965

Suzanne Lacombe
à Anne de Marèges

Dieppe, le 4 janvier 1965

Ma chère Anne,

Quel bonheur de recevoir ta lettre et d'avoir de tes nouvelles, vingt ans après, comme dans Dumas. A priori je n'osais pas t'écrire. Certains d'entre nous ne veulent pas se souvenir. Pourtant les amitiés tissées à cette époque difficile devraient être solides, comme dans Dumas toujours, même si les vies se sont orientées différemment.

Je vois que tu as fait ce que tu voulais. Te souviens-tu quand nous parlions d'Hector comme « de ton époux sanglant traîné sur la poussière » ? Tu regrettais tant à cette époque de ne pas avoir un Astyanax... et finalement tu en as cinq.

J'ai rencontré Héloïse tout à fait par hasard. Elle m'a été amenée par les sœurs Tauberg, que je connais depuis des années. Je me rends compte qu'il faut que je te donne un aperçu de ma vie :

Après la guerre, je suis allée me refaire une santé à Bordeaux. Nos vignobles n'avaient pas souffert ; l'année 1945 s'annonçait exceptionnelle ; mon frère avait de grands projets d'amélioration et d'extension, et l'on me pardonnait de n'avoir

45

pas épousé Gaston. D'ailleurs, j'étais l'héroïne du jour et j'avais bien gagné mon droit à la liberté. Ce droit, je l'ai exercé en choisissant un poste à Belfort. On m'avait proposé Agen, puis Périgueux, mais j'avais envie de fuir ce pays, le mien pourtant, où je craignais toujours de revivre, à chaque coin de rue, un passé douloureux. Madeleine avait disparu corps et biens. Ils ont donné son nom à une rue dans Mériadeck. La vie a continué.

Belfort n'était pas un mauvais choix : élèves sérieux, bons résultats au bac, région très belle. La Suisse à côté, l'Allemagne pas loin... J'avais beaucoup aimé la civilisation allemande. J'avais même failli m'y spécialiser à Sèvres. Tu te souviens : nous avions dit que si nous nous en sortions, toi et moi, nous ne leur en voudrions pas.

A la rentrée de 1950, je vois arriver dans ma classe de seconde la petite Tauberg. Vivre dans l'est de la France à cette époque, pour une demi-Allemande, ce n'était pas vraiment facile. Certains professeurs prononçaient ostensiblement son nom à la française (Toberg, ou pire : vone Toberg). En plus la famille de son père avait la réputation d'avoir fabriqué ce fameux gaz moutarde de 14-18. C'est vrai, bien entendu. Ils sont bons chimistes. Mais cette pauvre gosse n'y était pour rien.

Les parents avaient divorcé en 39, la mère était retournée chez son père, pasteur de la communauté luthérienne de Belfort. Une ambiance pas vraiment épanouissante pour cette adolescente. Elle n'attendait que d'avoir son bac pour filer à Paris, où son père s'était réinstallé. Je lui ai naturellement conseillé l'hypokhâgne de Fénelon.

Enseigner ne m'intéressait plus guère. J'avais gagné pas mal d'ancienneté fictive avec les années de Sèvres (qui comptent) et la guerre. Je suis devenue directrice de lycée le plus près possible de Paris, mon but ultime. Les Dieppois sont loin de valoir les Belfortins, mais il y a la mer, le ferry pour l'Angleterre. Et puis mon purgatoire tire à sa fin. A la rentrée j'aurai enfin Paris.

46

A ton tour de me raconter toutes ces années. Je connais les grandes lignes par Héloïse, mais comment cette génération, si cultivée soit-elle, pourrait-elle comprendre ce que nous avons vécu ?

Je t'embrasse.

Anne de Marèges
à Suzanne Lacombe

Stockholm, le 10 janvier 1965

Ma chère Suzanne,

Ma vie, bien sûr, on pourrait en faire un résumé très simple. Je suis rentrée, j'ai retrouvé Hector, j'ai appris que les événements m'avaient faite comtesse. Avant même de m'être refait réellement une santé, nous avons mis en route Astyanax, par superstition. Je ne voulais plus que cet enfant m'échappât. C'est seulement après sa naissance que je me suis sentie à l'aise dans ma peau de jeune femme de diplomate, bien élevée, préservée, n'ayant que de mineurs soucis d'élevage. J'étais revenue sur la bonne trajectoire. Comme toi j'ai refusé toute réunion d'anciens. Tout le monde a respecté mon silence. Toi seule peux comprendre qu'il y avait tout un monde de choses non dites entre Hector et moi : les sévices sexuels des interrogatoires, que je n'ai racontés qu'à toi, et notre vie là-bas, si l'on peut appeler ça une vie. Je ne regrette pas cette expérience, maintenant, mais on ne peut la communiquer à personne. Toi, tu le sais. Je crois surtout que je lui en voulais de s'en être tiré. Pas par sa faute, le malheureux, mais enfin quand même... on aurait dit que l'homme, dans l'affaire, c'était moi. Il en reste quelque chose : j'ai une rosette, il n'a qu'un ruban.

Au début notre passé a considérablement aidé sa carrière.

47

Mais tu sais que nous ne nous étions ralliés à De Gaulle que le plus tard possible, et du bout des lèvres. Nous n'étions pas non plus communistes. Et l'Histoire s'écrivait d'une façon de plus en plus manichéenne, sans place pour nous, les nuancés. Tu as dû apprécier, toi l'agrégée, comment l'Histoire se déformait.

Bref, en 58 il y a eu un net ralentissement, d'autant que nous étions chaudement pour l'Algérie française. Je me souviens que dès le début Hector s'est méfié. Il avait des raisons de connaître la rancune que De Gaulle vouait à ces pauvres gens, et même le discours de Mostaganem l'a laissé sceptique. C'est agaçant de voir à quel point il a souvent raison !

Héloïse est née à Paris, juste avant notre départ pour Vienne. Là-bas nous avons eu Hippolyte (onze ans et demi) et Hilda (six ans). Franchement je n'ai souhaité que les deux premiers, mais j'ai accepté les autres avec bonne humeur, malgré ce qu'Hector appelle notre gueuserie chronique. L'immeuble de l'avenue de Breteuil, dont je t'ai parlé, a été partagé entre Hector, son frère et sa sœur, ma belle-mère conservant naturellement la moitié en usufruit. Tous les appartements étaient, il y a peu, loués en loi de 48. Les réunions des trois copropriétaires frisaient alors le tragique, chaque fois qu'il y avait des réparations à effectuer, comme au Monopoly. Mais il n'y avait rien à hypothéquer... et par miracle, chaque fois qu'on décidait de vendre un appartement, un de nos vieux locataires passait fort obligeamment l'arme à gauche. On mettait vite le confort, et on louait à quelque militaire ou à quelque diplomate. Voilà comment nous avons réussi à ne pas bouffer l'héritage. Hugo et Héloïse avaient créé une société de pari mutuel sur les décès de nos locataires. Tout le monde suivait la cote, et ces deux monstres prélevaient un pourcentage sur les paris.

Actuellement cela va donc beaucoup mieux. Après Vienne il y a eu quelques années au Quai, puis maintenant le premier vrai poste à Stockholm. Ce n'est pas un pays très intéressant politiquement, mais c'est quand même la civilisation.

J'ai dû laisser mes aînés à Paris, car leurs études deviennent sérieuses. Hugo n'a pas encore compris que l'Etat ne nourrissait pas ses serviteurs, et il prépare l'ENA. A Hippolyte, qui lui conseillait HEC, il a répondu qu'il ne voulait pas vendre des savonnettes. En réalité il se sait faiblard en maths, mais les hommes n'aiment pas avouer ces choses-là. Héloïse, tu dois le savoir, se débrouille beaucoup mieux. Mais pour elle, pauvre femelle, pas question de HEC, ni de Polytechnique, encore moins de Saint-Cyr. Elle a eu beaucoup de vocations successives, dont celle de pianiste, mais elle s'est aperçue à temps qu'elle n'avait que du talent, et non pas du génie. Dans ce domaine, en revanche, j'attends beaucoup de ma petite Hilda. Ce n'est pas une intellectuelle, elle, bien qu'elle sache lire couramment et n'écrive pas trop mal (je m'en suis occupée moi-même). Elle me fait penser irrésistiblement à Cécile, de *La Chronique des Pasquier*. Hippolyte, lui, c'est Joseph : il veut être riche, par n'importe quel moyen, et il est capable d'y parvenir. Quant à Holger, je ne lui demande que de devenir beau, et crois-moi, il a du chemin à parcourir. Ils étaient tous très laids, mais lui, c'est un record. Hector a dit qu'il fallait le renvoyer à l'expéditeur. Je le lui ai donné en lui disant : « Mon cher, l'expéditeur c'est vous. » Alors le bébé a cessé de brailler et fait une sorte de vague petite grimace que son père a prise pour un sourire. Depuis il le juge précoce et génial. Ça promet !

Bon, j'arrête avec mes gosses. Je voudrais savoir plein de choses sur toi. Comment as-tu organisé ta vie privée ? As-tu opté pour d'autres Gastons, ou pour d'autres Madeleines ? Ne me dis rien si tu me trouves indiscrète. Pourras-tu venir à Stockholm ? Moi, dès que je peux faire un saut en France, c'est-à-dire dès que je pourrai laisser Holger, je viens te voir.

A bientôt. Je t'embrasse.

Suzanne Lacombe
à Anne de Marèges

Dieppe, le 4 février 1965

Ma chère Anne,

Tu as l'art de poser des questions non pas indiscrètes (nous en savons bien assez l'une sur l'autre), mais difficiles. Pour tout te dire, j'ai réfléchi assez souvent sur les idées un peu abruptes que j'avais pendant la guerre. J'ai mis beaucoup de nuances dans mes condamnations. A l'époque, j'accusais Gaston de m'avoir ratée. Tu en déduisais que j'étais récupérable pour une vie normale (je te cite). En fait je me rends compte maintenant que le pauvre garçon n'avait pas si maladroitement agi. Après tout, il avait de très bonnes intentions : il aurait pu, comme nombre de ses pareils, attendre le mariage et me sauter vite fait mal fait avec la bénédiction des autorités. Au lieu de ça il m'a convaincue d'essayer avant. C'était risqué. La preuve. L'expérience a été fort désagréable pour moi. Nous l'avons néanmoins recommencée, sans plus de résultats. Et c'est là qu'il a commis une erreur : il m'a dit : « Tu t'habitueras. » Il aurait pu me dire : « C'est rare d'aimer ça tout de suite, tu apprendras. » Non, il a dit : « Tu t'habitueras », et dans ma tête il y a eu un vrai déclic. Je l'ai vu, bourgeois satisfait et prêt à m'imposer le devoir conjugal, sans remords et tous les jours, parce qu'après tout une femme doit subir. C'était une interprétation, peut-être abusive, mais je pense qu'il y avait un fond de réalité. Il aurait peut-être préféré que je jouisse, mais enfin bon, ça n'avait pas tellement d'importance. J'ai donc rompu avec beaucoup de fermeté, et cela a fait le drame que tu sais dans la famille. Déjà, accepter la préparation à Sèvres, c'était beaucoup pour eux, et seul le fait que nous courions à la ruine les avait fait consentir.

Je pense maintenant que Gaston n'était pas mauvais sur le sujet. Il s'est même certainement amélioré ; c'est moi qui n'étais pas faite pour ça. Je n'ai jamais été attirée par le mâle, tout de suite par la femme, autant se faire une raison et tirer des événements la conclusion qui s'imposait. C'est ce que j'ai fait. J'ai donc eu (et j'ai encore) bon nombre d'aventures plus ou moins plaisantes, et peu de grandes passions. Ai-je le droit de me plaindre ? Peut-être qu'il suffit d'avoir rencontré l'amour fou une fois dans sa vie pour s'estimer comblé, et ça, au moins, je l'ai eu.

Je t'embrasse.

Anne de Marèges
à Suzanne Lacombe

Stockholm, le 12 février 1965

Ma chère Suzanne,

L'amour fou peut se rencontrer à tout âge, et plusieurs fois. C'est la grâce que je te souhaite, dans la voie que tu as choisie.

Je t'embrasse.

Héloïse de Marèges
à Claire Rochaz

Paris, le 31 mars 1965

χαῖρε.

Ma vieille, une catastrophe me tombe dessus ! Bon, disons plutôt un léger désagrément... une vexation... quelque chose de ce genre.

Ce matin, j'entre dans le bureau de Madame avec une partie du troupeau des filles ayant droit aux encouragements. Nous étions nombreuses, ce qui fait qu'il y a eu des fournées. Toi,

51

bien sûr, aux félicitations, ça ne se bousculait pas, et tu as pu très vite rentrer chez toi, cette formalité accomplie. J'avais l'âme sereine de celle qui vient de boucler son sac à dos pour partir vers des vacances bien méritées. Madame fait son petit discours habituel, disant qu'elle espérait bien nous voir aux félicitations la prochaine fois. La routine, quoi. Puis elle ajoute une phrase ambiguë sur celles dont elle attendait mieux, et elle termine en me disant : « Héloïse de Marèges, je souhaiterais vous parler. Pouvez-vous revenir me voir à trois heures ? » Le contexte était inquiétant. J'en ai eu l'appétit coupé.

A trois heures moins le quart, je prends une bonne respiration et je quitte la maison. Madame me reçoit non pas dans son bureau (le lycée était bouclé), mais dans son salon, où elle m'offre un café. Puis c'est l'attaque : « Que se passe-t-il, mon petit ? vous nous avez tous déçus. » Je balbutie je ne sais quoi. En gros voici les griefs : si Mme Rochaz n'avait pas insisté, je n'aurais même pas eu d'encouragements. On attendait mieux de moi en maths et en français. En latin ce n'est plus ça et en grec c'est une catastrophe. Mme Fayolle admet que je sais des choses en histoire, mais pas assez dans le programme, et quant à la géographie, elle a l'impression que cela m'inspire un ennui profond. Les sciences naturelles, matière dont il ne faut pas sous-estimer l'importance, ça ne va plus. L'éducation physique (peut pas dire la gym, comme tout le monde ?), c'est devenu médiocre. Quant à la conduite, ah là là la conduite, je suis insolente avec les surveillantes (peut pas dire les pionnes, comme tout le monde ?). Et puis alors surtout, et c'est là qu'elle pense que quelque chose ne va pas, je suis dans la lune, je n'entends pas quand on me parle, j'ai l'air de ne m'intéresser à rien. « Que se passe-t-il, mon petit ? Avez-vous des soucis ? Vos parents vous manquent, peut-être ? »

Là elle m'avait tendu une très belle perche. J'ai dit : « Peut-être. Je crois qu'ils me manquent un peu. » Et j'ai tenté de prendre l'air de celle égarée dans un monde cruel, mais qui fait face courageusement. J'ai eu droit sur-le-champ : A) à une autre tasse de café ; B) à un sermon sur mes devoirs de fille. Ces devoirs consistent à bien travailler pour qu'ils ne se fassent pas de soucis pour moi, à supporter courageusement leur absence, car ils servent la France (là, tu peux intercaler quelques mesures de la Marseillaise...), bref à me reprendre. « En effet, a-t-elle ajouté, le bac sera très difficile l'année prochaine. Oh certes, vous l'aurez facilement, sauf si votre glissement venait à s'accentuer. Mais je comptais vous envoyer au Concours général cette année dans d'autres matières que la physique, et pour le moment, il n'en est pas question. Je ne pourrai présenter que Claire Rochaz, Nathalie Apraxine et Manuela von Tauberg, des littéraires, et notre lycée a une réputation scientifique à soutenir. » Elle a terminé en me disant de ne pas hésiter à lui confier mes problèmes. J'ai promis de faire le maximum.

Remarque, son truc n'est pas maladroit. Papa tient beaucoup au Concours général, et parce que Victor l'a déçu sur ce point, il compte sur moi. Mais je trouve ces gens-là plutôt sévères ; j'ai quand même une moyenne de treize et des poussières, je n'ai jamais eu une place inférieure à dixième (d'accord, en grec neuvième sur douze...), j'ai progressé en allemand, et je ferais mieux dans le tableau final du concours, avec mon nom français. C'est vrai, ils donnent toujours le prix d'allemand au lycée français de Baden-Baden ou à une semi-Allemande comme Manuela. Même chose pour Apraxine qui ne parle que le russe chez elle.

Mon problème, c'est que ma vie est ailleurs. Je ne parviens plus à me passionner pour ces histoires de classe. Enfin, j'ai quand même pris un méchant coup, surtout pour l'amour-propre.

Peux-tu essayer de connaître la version de ta mère sur ces événements qui secouèrent le conseil de classe en l'an de grâce 1965 ?

Vale.

Claire Rochaz
à Héloïse de Marèges

Crest-Voland, le 3 avril 1965

Ave !

Avant de te donner l'opinion de Maman, que j'ai sollicitée à ce sujet, je te donnerai la mienne, et elle sera sévère. Tu es en train de gaspiller tes dons en bayant aux corneilles et en ne pensant qu'à tes amours. Tu ne travailles pas assez ; tu te précipites chez ta maîtresse (j'aime ce mot) à la fin des cours ; tu passes tes fins de semaine à Dieppe ; tu écris des sonnets pendant le cours de français ; et en allemand tu ne perfectionnes qu'une catégorie de vocabulaire : pas même érotique, mais sentimentale et sirupeuse. Pouah !

Voilà pour la volée de bois vert.

Maman ne sait rien de tout ça. Elle pense, comme tout le monde, que tu traverses une crise et qu'il faut t'aider. En plus tu es sa meilleure élève, car tu consens à faire de rares efforts pour elle. Au conseil de classe, tout le monde s'est dit déçu par tes performances et s'est interrogé sur les motifs. Attention : Fayolle a suggéré que tu étais trop libre et que tu avais peut-être une vie secrète. Elles savent que tu vis seule avec Victor et une fille au pair suédoise. Maman a protesté (pauvre sainte et naïve femme !). Madame a dit : « Peut-être l'avons-nous surestimée, et n'est-elle pas, contrairement à nous, une bête à concours. » Là, silence gêné, car l'agrég' de sciences-nat, comme concours, tout le monde sait ce qu'en vaut l'aune. En final elles ont reconnu que tu avais la moyenne partout, sauf en grec, et comme Lefèvre nous fait aussi le latin et le français, elle a quand même voté les encouragements. Autant te dire que tu as intérêt à en mettre un coup au troisième trimestre où, je te le rappelle, nous sommes notées sur quarante.

Je ne vais pas t'accabler plus longtemps. J'ai moi-même quelques ennuis car mes parents se rendent compte que je ne suis pas une scientifique et qu'ils ont couvé un canard. J'ai fait la section A prime pour leur faire plaisir, mais Maman m'a bien dit qu'ils ne me laisseraient pas passer en math-élem ; peut-être en sciences-ex, mais c'est déshonorant. Alors ce sera philo, hypokhâgne et khâgne, à Fénelon j'espère. Papa se désole. Tu sais que Paul prépare véto et a des chances de réussir. S'il échoue, il consent à se rabattre sur la pharmacie, mais il n'échouera pas. Yves est nul en tout, au point qu'on se demande s'il aura son bac un jour. Bref, il n'y a pas d'héritier à notre dynastie de potards. Le fait qu'ils s'y soient résignés me soulage d'un très grand poids. J'en ai vraiment assez de travailler comme une dingue pour un rendement aussi médiocre. Après tout, j'ai fait de mon mieux, et ce n'est pas comme ça qu'on devient la première femme élue à l'Académie française.

Je te laisse, je vais profiter de la neige.

Vale.

Héloïse de Marèges
à Claire Rochaz

Stockholm, le 6 avril 1965

Ave !

J'ai bien l'impression que tout le monde est contre moi, mais je ne peux qu'encaisser, car tu as en tous points raison ; j'ai donc décidé de m'amender pour faire honneur à mes maîtres qui ont été si bons pour moi, à mes parents qui se privent de tout pour que je puisse étudier, à ma maîtresse enfin, comme tu dis, qui travaille dur pour gagner son caviar. Je vais donc user mes yeux, mes pauvres yeux, à la lueur d'une chandelle, pour apprendre l'optatif aoriste moyen de αἰσθάνομαι.

Bon, je plaisante, mais il est bien certain que si je me mets, en plus, à avoir des problèmes scolaires, je vais, au minimum, attirer l'attention, si ce n'est déjà fait. Je te laisse, il faut que je

55

prépare mon voyage de retour. A bientôt au lycée : cramponne-toi, je vais te faire de la concurrence !

Vale.

Claire Rochaz
à Héloïse de Marèges

Crest-Voland, le 6 avril 1965

Ave !

Je suis pleine de remords de t'avoir écrit une telle lettre, et si tu m'envoies sur les roses, tu auras mille fois raison. Car tu n'as pas tort sur le fond : ce qui est important, ce n'est sans doute pas le lycée, ou plus exactement il importe peu d'être la meilleure dans telle ou telle matière, du moment que l'on aime ce qu'on y apprend. Et là tu n'as jamais manifesté d'ennui.

Je te répéterai quand même une chose : n'attire pas l'attention. Moi, si Maman découvre que j'ai eu un amant, cela ne sera probablement pas un drame. Nous ne sommes plus à l'époque où il fallait se marier pour réparer, et le fait qu'il habite Dijon et que je ne le voie qu'ici limite un peu les dégâts. Tout au plus serai-je privée de mes vacances ici. Te souviens-tu quand je me consumais d'un amour très pur pour un chef scout ? Un an déjà ! C'était bien plus malsain que maintenant. Si cet imbécile avait su en profiter... A l'époque, c'est toi qui m'as conseillé de briser là. Et en effet, il y avait le risque d'un mariage précoce, dans lequel je me serais lancée sans rien connaître de la vie. Non que je la connaisse maintenant, mais j'ai quelques notions...

J'ai eu au début un peu de mal à comprendre ton histoire, mais au fond, qu'y a-t-il de mal ? Elle est charmante, Erika, vraiment sympathique ; ce qui est dommage, c'est que tu n'as pas choisi. Ça t'est tombé dessus et crac ! Peut-être qu'au fond

56

on ne choisit jamais. Peut-être que si un jour j'en fais autant, pour voir, ce sera à cause de ton influence, ou plutôt de ton exemple.

Je te quitte. Mon amant (j'aime aussi ce mot) m'attend, et nous nous quittons dans trois jours.

Vale.

Anne de Marèges
à Suzanne Lacombe

Stockholm, le 12 avril 1965

Ma chère Suzanne,

Holger est maintenant régulièrement entre les mains de sa gouvernante, si l'on peut dire gouvernante pour un bébé si jeune, et moi je vais venir quelques jours en France avant la fin du mois. Je viendrai te voir, bien entendu, comme cela, on se rencontrera avant l'été. Je me flatte d'avoir assez peu changé, et toi ?

Il faut que je voie un peu comment se débrouillent les aînés et si tout va bien. Héloïse a eu des notes indignes d'elle ce trimestre, et aussi, dans une moindre mesure, le précédent. Nous ne lui avons fait aucune remarque, parce que je pense que cela n'aurait pas été adroit. Nous n'avons en effet jamais surveillé son travail, non par négligence, mais parce que tout allait bien, et qu'il ne faut pas, à mon avis, ennuyer les enfants qui travaillent bien. Aujourd'hui ses notes m'importent peu en soi, mais j'ai peur que cela ne masque quelque chose : un souci, des ennuis, un amour peut-être. Elle a quinze ans et demi, ce qui est à la fois très jeune et très vieux. Toi qui la vois à Dieppe, peux-tu essayer de savoir ? Bien sûr, nous ne pourrions rien pour elle, sauf si elle a vraiment de gros ennuis. Les enfants doivent subir seuls ce genre de chagrin. Toutefois je ne voudrais pas qu'elle tombât enceinte, par exemple, alors

57

que je vis dans un pays où il y a des moyens efficaces pour éviter ça. Je ne voudrais pas non plus qu'elle eût une aventure qui engageât son avenir de façon grave et irréversible.

Peut-être que je bats la campagne, on en parlera bientôt.

Je t'embrasse.

Suzanne Lacombe
à Anne de Marèges

Dieppe, le 16 avril 1965

Ma chère Anne,

Franchement, je ne crois pas qu'il faille se faire trop de soucis pour ta fille. Je suis habituée à voir les gosses de cet âge, dans mon lycée, avoir brusquement, et sans que l'on sache pourquoi, des chutes de résultats. En général cela ne dure pas. Ou si cela dure, il y a d'autres symptômes. Or Héloïse a l'air en pleine forme, équilibrée, saine. N'oublie d'ailleurs pas qu'elle fréquente depuis toujours des enfants un peu plus âgés qu'elle. Quand on apprend soi-même les rudiments à ses enfants et qu'ils conservent leur avance, il faut s'attendre qu'ils grandissent plus vite. Les filles de sa classe ont majoritairement dix-sept ans. Et, toujours d'après mon expérience professionnelle, c'est vers la terminale qu'ils commencent à coucher, l'intinct étant alors plus fort que la prudence. Cela dit, je suis persuadée que le jour où tes miraculeuses pilules suédoises seront en vente libre en France, l'âge du passage à l'acte s'abaissera. Et pourquoi pas ? Si l'on admet qu'il faut un peu d'entraînement avant d'aimer réellement faire ça, autant commencer tôt. A condition que ce ne soit pas au détriment des autres apprentissages (ici, c'est Mme la Directrice qui parle).

Bon, avant de fermer cette lettre, je vais te donner un conseil pratique : demande-lui si elle a besoin de tes pilules, et tu auras la réponse. Je reconnais que la question n'est pas facile à poser. Bon courage !

Je t'embrasse.

Journal d'Erika von Tauberg

Paris, le 4 mai 1965

Héloïse vient d'aller s'enfermer dans la pièce du fond avec ses bouquins. Quant à moi, je devrais bien en finir avec les Farnèse. J'ai pris trois mois de retard, et c'est la première fois que je ne respecte pas un programme, que j'ai pourtant fixé moi-même avec assez de souplesse. Que se passe-t-il ? J'aime, bien sûr, avec une sorte d'obsession... Je commence aussi, par la force des choses, à m'intéresser aux usines, et ce boulot que j'avais accepté pour faire plaisir à Vati et pour être mieux fixée à Paris, ce boulot, dis-je, commence à être un vrai travail.

Ma vie arrive à une sorte de curieux point d'équilibre où je ne cherche qu'à approfondir ce que je possède déjà. L'amour, qui est la grande affaire de ma vie : m'aime-t-elle autant que je l'aime ? M'aimera-t-elle longtemps ? Et pourquoi pas toujours ? Quand nous passons la nuit ensemble, je la regarde dormir, et je cherche ce qu'il y a derrière ces yeux fermés. J'ai peur. Je repense à certaines conversations. Le jour où elle m'a dit qu'elle ne comprenait pas qu'on puisse aimer follement quelqu'un au premier regard. Le jour où elle m'a demandé ce qui arrivait quand le désir disparaissait. Je suis jalouse aussi, sans motif bien sûr, et c'est le plus atroce. C'est une souffrance physique, quand je la vois sortir du lycée en discutant avec toutes ces filles, si fraîches, si simples avec leurs bouquins tenus par un élastique sous le bras. Pire encore quand elle fait de l'équitation avec Suzanne, et qu'elles sautent des obstacles en riant. S'il faut commencer à sept ans pour faire une bonne

59

cavalière, je ne rattraperai pas facilement mon retard. D'ailleurs, ce n'est pas le problème : je n'y trouverai jamais le même plaisir, et je suis jalouse de ce plaisir. J'ai toujours dit à Suzanne que le cheval était un moyen de transport dépassé et, au demeurant, peu sûr. Il paraît que je n'ai rien compris, et je veux bien le croire. J'ai essayé cependant.

J'ai peur. J'ai peur des garçons qu'elle rencontrera à la fac. J'ai peur de la tentation de mener une vie normale, d'avoir des enfants. Et le pire : si elle me quittait pour une autre femme, j'en mourrais.

Claire Rochaz
à Héloïse de Marèges

Le Vigan, le 10 juillet 1965

Ave !

Ouf, nous voici enfin au camp ! On peut dire qu'on n'y arrive pas facilement, dans ton bled. Nous avons suivi tes recommandations : train jusqu'à Alès, autocar ensuite, qui nous a déposées à l'entrée du domaine. Là, ton cousin Daniel nous attendait et nous a montré notre emplacement, que nous partageons avec des Pfadfinderinnen [1] de la région de Hanovre. C'est très grand, comme tu me l'avais dit, très bien conçu pour planter des tentes, et très beau, ce qui ne gâte rien. En fin d'après-midi, je suis allée, avec Catherine, ma cheftaine, remercier ton oncle.

« C'est la première fois que nous accueillons un camp de catholiques, a-t-il dit, il est vrai que maintenant... » Et j'ai pensé que nous étions tombés bien bas, puisque des calvinistes

1. Eclaireuses.

60

aussi austères nous jugent fréquentables. A moins qu'ils ne versent, eux aussi, dans l'œcuménisme...

Tes cousins sont très beaux, Sarah surtout. Il y a un air de famille incontestable entre vous. Mais comment ta mère peut-elle être issue de gens pareils ? Son frère semble un tel parangon de vertu huguenote !

J'ai annoncé aux filles que ce serait mon dernier camp. Prétexte : j'entre en philo dans un grand lycée. Cela les impressionne beaucoup. Raison : je ne supporte plus l'orientation conciliaire, le laxisme qui s'installe, la perte de l'esprit Signe de Piste. Je prévois une hécatombe. Un jour il n'y aura plus de scouts nulle part, ni de gens dans les églises. Et puis je vieillis : c'était amusant d'être une bonne guide le dimanche et une fille dissipée en semaine, avec des cloisons étanches. Maintenant, je suis gagnée par l'agacement devant leur comportement à la vue du moindre pantalon qui passe. Si ça les démange, elles n'ont qu'à y aller. Comme j'ai beaucoup appris cette année, et au contact de Xavier, et en te regardant vivre, je détecte chez mes compagnes la « lumière verdâtre de l'homosexualité », mais là encore je doute qu'il y ait passage à l'acte.

La semaine prochaine, je serai totémisée. C'est en principe ultra-secret, mais je te raconterai.

Vale.

Héloïse de Marèges
à Claire Rochaz

Stockholm, le 15 juillet 1965

χαῖρε.

Tu as enfin vu les cousins, et tu me croiras maintenant quand je te dis que les Marèges, eux, ne sont pas de vrais protestants, mais des frondeurs. Dans ma famille paternelle, le refus de la conversion a surtout été une opposition de la noblesse au pouvoir royal. Chez les Puyferrand et leurs pareils, c'est tout autre chose : on a droit au folklore : Tour de Constance, dragonnades, etc. Ils oublient de se souvenir qu'ils ont aussi massacré du papiste en chantant des cantiques. C'est pourquoi je n'étais pas sûre du résultat, quand j'ai demandé à mon oncle Emmanuel de vous recevoir. Mais rassure-toi, ils ne sont pas tous comme ça. Mon grand-père, que je n'ai pas connu, était un coureur de jupons qui a semé des petits bâtards dans toute la région, en plus de ses six enfants légitimes. Ma grand-mère, elle, c'est la vertu incarnée. Elle a failli s'opposer au mariage de Maman, parce que les Marèges avaient des habitudes beaucoup plus laïques : pas de prière avant et après le repas, pas de culte le soir, et une connaissance de la Bible assez réduite. Mais le point faible de ces gens-là, pour la conservation de leurs traditions, c'est qu'ils envoient leurs enfants dans des écoles publiques. Résultat, le scepticisme grandit. Maman a secoué la tutelle assez vite, et ma tante Elisabeth, et mon oncle Christian, sans doute grâce au lycée ; en revanche Emmanuel, que tu as vu, Judith et Mathieu sont fort pieux. Papa, qui n'a pas digéré d'avoir failli être repoussé par « des hobereaux minables mentionnés du bout de la plume par d'Hozier », se moque volontiers d'eux. Il n'empêche qu'il avait appris des citations bibliques adaptées à chaque circonstance pour faire la cour à Grand-mère.

Hippolyte est celui d'entre nous qui les connaît le mieux, et il s'y adapte à merveille. Grand-mère l'adore et cela lui fait croire que nos parents ne nous ont pas si mal éduqués. Bonne-Maman, elle, si voltairienne, hausse les épaules et le traite de petit faux jeton.

Mais tu as raison : les nouveaux catholiques et les nouveaux protestants, à force de vouloir se rapprocher, vont se noyer dans une soupe tiède et bien insipide, où ils vont tout perdre. As-tu pensé au monophysisme ? Voilà une hérésie qu'une fille soucieuse de se démarquer devrait adopter, à moins que le nestorianisme, dont j'ignore à peu près tout... Réfléchis-y.

Je vais maintenant te donner des nouvelles d'ici. Maman devient incroyablement collégienne avec Suzanne, qui passe le mois de juillet avec nous. Papa m'a chaudement félicitée pour le prix de thème latin au concours, tout en précisant que c'était la matière des ânes, mais il plaisantait. Ils ont découpé la photo où nous sommes tous sur le perron de l'Elysée avec la grande Zora (beurk!). Victor a dit que tu étais la plus belle du lot, et d'ailleurs à mon avis c'est vrai.

Je serai à Vienne dans quelques jours. Ecris-moi à l'ambassade d'Espagne, car Erika ne me rejoindra que vers le 10 août. Il me tarde de savoir ce qu'a fait de son année notre chère Marie du Pilier.

Vale.

Claire Rochaz
à Héloïse de Marèges

Crest-Voland, le 26 juillet 1965

Ave !

Ah, Marie du Pilier, en a-t-on assez discuté, cette année ! Elle a bien eu raison de ne pas donner de ses nouvelles, ainsi toutes les hypothèses sont permises. Et je persiste à penser qu'elle ne t'a pas écoutée et qu'elle a forniqué avec son Bulgare. Lui raconteras-tu tes propres turpitudes ? Je crois qu'il ne vaut mieux pas ; ton cas est quand même assez spécial.

Mon camp s'est bien terminé. J'ai été totémisée Alouette Encyclopédique, parce que je suis du matin et que je sais tout, sauf hélas ce qu'est le nestorianisme, mais je me renseignerai. La cérémonie elle-même est banale, comme prévu. C'est une sorte de bizutage qui se passe la nuit. Il y a un moment pénible, quand tu reçois ton faux totem, qui fait toujours allusion aux traits les plus déplaisants de ta personnalité. Mais la rumeur publique m'avait avertie, comme tout le monde d'ailleurs, que le faux totem n'est pas le vrai. J'ai donc été très stoïque quand je l'ai reçu.

Mon départ pour Oldenburg est fixé au 4 août. Le 29 ou le 30 je vous rejoins comme prévu à Tauberg. Je suppose qu'il doit y avoir des trains directs au moins jusqu'à Hamburg. Je verrai à peine Xavier : il arrive demain seulement. Je crois maintenant qu'il va falloir que je trouve quelqu'un à Paris, mais cela me fait un peu de peine pour lui : il est si gentil. Heureusement, il ne le saura pas.

Ecris-moi vite.

Vale.

Héloïse de Marèges
à Claire Rochaz

Vienne, le 3 août 1965

Ave !

Oui, Marie du Pilier a bien forniqué avec son Bulgare. Et elle a trouvé ça divin ! Evidemment, ce type, qui a au bas mot trente-cinq ans, doit savoir y faire, et de ce point de vue-là, elle a bien choisi. J'ai eu droit aux détails, que je te passe, parce que franchement... Ce qui me gêne, c'est qu'elle est exagérément sentimentale, ou plutôt qu'elle met une sauce sentimentale autour de ce qui n'est que de la baise. Je ne peux pas t'expliquer : si tu veux, je te ferai une imitation dans un mois, et tu comprendras.

A son actif, elle est consciente que cela ne peut pas durer. Elle se doute, parce que je l'ai avertie, qu'il a des arrière-pensées pas nettes. Ce que j'espère, c'est que les Bulgares n'essaieront pas de créer un scandale pour compromettre Pilar et son père. Car on ne me fera pas croire qu'il la voit en cachette de ses supérieurs, et que ceux-ci n'ont pas une idée derrière la tête. Je suis bien inquiète. Si le marquis l'apprend, il ne la tuera pas, certes, mais il la mettra au couvent, c'est sûr. Enfin, que faire ? Jupiter rend fous ceux qu'il veut perdre !

En matière de « lumière verdâtre », Pilar n'est pas si ignorante et connaît tous les ragots de Vienne. Quand je lui ai dit que je rejoignais Erika dans quelques jours, elle m'a dit de me méfier : cette dernière fréquenterait des lieux douteux, où les hommes sont absents ou très minoritaires. On l'aurait vue avec Melitta Karolyi pendant plusieurs mois, et la Melitta en question est « comment tu dis, en français ?

— Je sais pas.

— Mais si, c'est grec.

— Lesbienne ?

— Oui, c'est ça. »

Je n'ai pas voulu en rajouter en lui demandant ce que c'était, mais je lui ai dit que je ferais attention. J'ai ajouté : « Tes parents savent ?

— Oh non, tu penses, sinon elle ne viendrait pas ici.

— Et Melitta Truc, qui c'est ? Encore une espionne de l'Est ?

— Mais non, elle est d'ici. C'est une... comment tu dis pour les médecins qui s'occupent des enfants ?

— Pédiatre.

— C'est ça.

— Et elle viole les fillettes dans son cabinet ?

— Mais non, les vieilles seulement.

— Ah bon, j'ai eu peur. Faut que je demande à Erika de me la montrer, pour m'instruire.

— T'es pas folle ? C'est dégoûtant ! »

Après ce bout de dialogue, j'étais fixée : mieux vaut rester dans les normes.

N'empêche que je donnerais cher pour voir tous ces gens-là. La vie d'Erika ici a dû être pleine d'aventures sur lesquelles elle jette un voile quand je l'interroge, et c'est agaçant. L'autre jour j'ai dit à Suzanne : « Après vous et avant moi, qu'a-t-elle

65

fait ? » Réponse : « Si elle ne te l'a pas dit, je ne peux pas t'en parler. » Et toc !

Je te laisse. Ecris-moi vite.

Vale.

Claire Rochaz
à Héloïse de Marèges

Oldenburg, le 6 août 1965

χαῖρε.

Ta lettre m'inquiète. Non pas pour Marie du Pilier, à qui les avertissements n'ont pas été ménagés, mais pour toi. Vas-tu maintenant être jalouse de ce qu'Erika a pu faire avant toi ? Tu serais sur une bien mauvaise pente. Vite, rassure-moi ; dis-moi que tu n'es pas tombée si bas.

Vale.

Héloïse de Marèges
à Claire Rochaz

Vienne, le 9 août 1965

Ave !

Comment peux-tu me connaître si mal, voyons ! Tu devrais savoir que je suis toujours dévorée de curiosité sur la vie des gens qui m'intéressent, mais ça ne va pas plus loin. Si Erika a jeté sa petite culotte par-dessus les clochers baroques, c'est très bien, mais j'aimerais bien en savoir plus. Ça ne te paraît pas naturel ? Je déplore beaucoup qu'elle se refuse à en parler, si

66

peu que ce soit, sous prétexte que ça ne compte plus. Bien sûr, je sais vivre : je ne lui ai jamais demandé quand, où, combien de fois, combien de temps, etc., mais pour moi ce genre de chose fait partie de ce qu'il est bon de connaître de quelqu'un. Si elle se tait c'est qu'elle a ses raisons. Sont-ce de bonnes raisons ? Je commence à en douter. Son excès de romantisme est un peu inquiétant. Elle prend l'amour très au sérieux, et crois-moi, cela va bien au-delà d'écrire quelques sonnets, au demeurant gentiment troussés, pendant le cours de français, parce que moi, j'en rajoute un peu. Elle non. Par exemple j'ai beaucoup de mal à comprendre qu'elle m'ait aimée du premier coup d'œil, et c'est pourtant, à l'entendre, ce qui s'est passé. Enfin, peux-tu comprendre ça, toi ? Elle voit au fond d'une pièce immense une fille en dirndl lavande, et crac, l'Amour, tout de suite (j'ai mis une majuscule exprès). Bien sûr je crois à un coup de désir, exactement comme cette pauvre Phèdre avec Hippolyte, mais de là à parler d'amour... C'est confondre la cristallisation ultérieure, sûrement bien réelle, avec une pulsion sexuelle violente, et bien réelle elle aussi.

J'ai l'air de jouer sur les mots. Après tout, qu'importe : le résultat final est strictement le même. Eh bien non, pas tout à fait, en tout cas pas pour moi. Je me sens enveloppée dans un romantisme qui n'est pas toujours respirable. Moi non plus, il est clair que je ne peux pas me passer d'elle, mais j'y vois plutôt un grand bouleversement physique : tu connais la description de Sappho : on a les jambes molles, on devient verte comme une salade, bref on l'a dans la peau. La plupart des gens sont passés par là, du moins je l'espère pour eux, car c'est un divin bouleversement, surtout s'il reçoit son immédiate satisfaction.

Mais l'amour, dans tout ça, je ne sais pas du tout le définir. J'ai pour Erika beaucoup d'estime, beaucoup d'affection, beaucoup de désir, donc elle est aimable, donc je l'aime, sauf si quelque chose dans ce qu'est l'amour m'échappe. Supporterais-je qu'elle me trompât ? Il me semble que s'il ne s'agit que de tirer un coup, ce n'est pas bien méchant. Mais honnêtement, avec cette atmosphère romantique où elle me fait vivre,

67

je crois que je serais déçue. Ce qu'il y a de sûr, c'est que moi, si je la trompe, il vaudra mieux qu'elle ne le sache pas.

Enfin, pour le moment il ne saurait en être question.
Vale.

Claire Rochaz
à Héloïse de Marèges

Oldenburg, le 13 août 1965

Ave !

Ouf, tu me rassures. Te connaissant, j'aurais dû ne pas mal interpréter ta curiosité, que je trouve d'autant plus naturelle que j'en éprouve aussi. Mais si j'étais à la place de la belle Erika, je m'inquiéterais beaucoup. S'interroge-t-on sur l'amour, quand on le ressent ? Je me trompe peut-être, mais je ne crois pas. A moins que tu ne pousses le goût de l'analyse très loin, auquel cas c'est en philo avec moi que tu devrais entrer.

Tu te souviens quand j'étais amoureuse de ce chef scout, Philippe, il y a deux ans ? Eh bien c'était de la belle, de la grande, de la pure amour. Peut-être qu'il y avait un support physique, il ressemblait tellement à un dessin de Pierre Joubert ! mais il ne s'est rien passé de décisif, et j'ai quand même séché sur pied pendant neuf mois (le temps d'une gestation, en somme). Maintenant j'ai un amant et je ne l'aime pas. Mais je l'aime bien. Donc il y a plus que des nuances entre ces différents états. Cependant, à lire tes sonnets, et bien que les rimes t'en fussent dictées par moi, on avait l'impression qu'il y avait quelque chose.

Quant au coup de foudre qui te surprend, pourquoi pas ? Cette fille-là a vécu bien plus que nous, c'est le moins qu'on puisse dire. Alors elle a pu emmagasiner des expériences, savoir ce qu'elle aime, acquérir un goût très vif pour les brunes

68

et les dirndl lavande. Tu lui rappelles peut-être une femme qu'elle a beaucoup aimée, va savoir... Qui sait si, quand tu seras bien vieille, tu n'auras pas un violent coup de foudre pour une blonde à taches de rousseur ? Si tu veux, j'essaierai de la faire parler. En tout cas je crois de plus en plus que c'est à trente ans qu'on connaît la vie ; avant on fait des brouillons, avec plus ou moins de talent...

Vale.

Héloïse de Marèges
à Claire Rochaz

Vienne, le 15 août 1965

Ave !

Nous progressons dans la connaissance du sujet Erika et de ses aventures antérieures. En bref, j'ai abordé la question de Melitta Karolyi et je lui ai été présentée. « Melitta, a dit Erika comme je lui répétais les propos de Pilar, c'est une fille que j'aime beaucoup et avec qui j'ai un peu couché, sans plus, à une époque où elle était malheureuse et moi aussi. On rencontre souvent chez elle des filles comme nous, mais il ne faut pas s'en formaliser. » J'ai dit que loin de m'en formaliser, j'éprouvais plutôt une grande curiosité. Deux jours après, nous étions chez Melitta pour dîner. Elle vit seule dans une grande maison à Grinzing. C'est une très belle fille : cheveux châtain foncé, yeux brun-vert, pommettes magyares et une profonde voix de contralto, qui vous remue jusqu'au tréfonds du corps. Au fond, ce qui me perdra un jour, c'est la beauté de certaines voix. Rassure-toi, tout a été extrêmement convenable. Erika lui avait déjà parlé de moi et elle brûlait d'envie de voir « les plus belles épaules de Paris ». Je suis devenue écarlate. Enfin, qu'est-ce qu'elles ont, mes épaules ? Voilà bien une partie de mon corps à laquelle je ne prêtais pas attention, jadis ! Moi qui étais si fière de mes jambes, personne ne s'y intéresse. Tu as raison : Erika doit avoir un passé plein d'épaules divines et de dirndl lavande ! Hélas, je n'entre plus dans celui de l'été dernier.

La bibliothèque de Melitta est remplie de livres de psychiatrie viennoise, genre *Onanisme et Homosexualité* ou *Psychopathologia Sexualis*, en allemand évidemment ; ça m'étonnerait qu'on ait ça au programme de philo l'année prochaine, et je ne le déplore pas, car c'est peut-être aussi bidon que Freud.

Nous partons pour Tauberg après-demain. Manuela y sera aussi. Tu sais que Victor tenait absolument à la voir, alors que cette malheureuse m'a servi toute l'année de chandelier. Poussée dans mes retranchements, je les ai présentés l'un à l'autre. Je ne sais pas ce que pense Manuela, mais Victor a dit avec flamme et conviction que tu étais beaucoup mieux.

Téléphone-nous le moment exact de ton arrivée : nous irons te chercher à Hamburg.

Vale.

Journal d'Erika von Tauberg

Vienne, le 15 août 1965

Il y a quelques mois, j'ai tout raconté à Melitta. Depuis pratiquement l'automne dernier elle me tannait pour avoir des détails sur ma nouvelle passion. C'est drôle, tout le monde a l'air de penser qu'avec moi ça ne peut pas durer, pourtant, sans parler de Suzanne (quatre ans tout de même), j'ai tenu parfois plus d'une année. Avec Melitta elle-même il y a finalement une certaine permanence : nous ne nous sommes jamais rien promis, mais nous nous sommes souvent consolées ensemble de déceptions infligées par d'autres, et cela crée des liens. Je sais beaucoup sur elle, elle sait beaucoup sur moi, et il nous est arrivé de souffrir par la même fille. Et quand nous chassions ensemble, nous étions, après tout, une sorte de couple. Un couple où l'amitié a très vite pris le pas sur le reste. Melitta fuit l'amour durable, et peu de gens savent pourquoi. Moi-même j'ai pu donner l'impression d'en faire autant.

J'ai quand même été surprise qu'Héloïse en eût entendu parler. Décidément, Vienne est très « province », par rapport à Paris. J'ai rarement vu une ville où les ragots vont si bon train, et malheureusement c'est là que j'ai eu le plus d'aventures.

Dans ces conditions, le mieux était de les faire se rencontrer, ce que j'ai fait. Je sais Melitta incapable de me mettre dans l'embarras en me demandant des nouvelles d'une telle ou d'une telle. Tout a été parfait. Nous avons surtout parlé des aventures de Pilar. Cela aussi, c'est la fable du Tout-Vienne ; seule l'ambassade d'Espagne n'est pas au courant. Pour combien de temps ?

Dans quelques jours nous serons à Tauberg, et ce sera encore la clandestinité. Mais que faire d'autre ? Serons-nous jamais vraiment libres ? Ce que nous avons n'est pas si mal, bien sûr, mais tant que je ne peux pas aller avec elle où je le veux, quand je le veux, vivre avec elle tous les jours, et surtout toutes les nuits... Tant que je n'ai pas tout !

Suzanne Lacombe
à Erika von Tauberg

Paris, le 25 août 1965

Ça y est, je suis installée dans cette grande caserne qu'il va me falloir maintenant gouverner. Et c'est bien parce que j'ai de la chance et quelques relations bien placées, que j'ai obtenu ce grand lycée réputé. J'ai renoué avec Paris, désert en ce

71

moment. Je fais de grands circuits sur les bus à plate-forme. Le plus intéressant peut me mener d'un trait jusqu'à Montmartre, en passant par ton ancien quartier, puis par les Champs-Elysées et Saint-Lazare. Tôt le matin, à grande vitesse, c'est grisant ! Et puis le métro, avec ses escaliers pleins de paillettes de mica qui m'intriguaient si fort quand j'étais petite et que mes parents m'emmenaient à Paris. Et les rames de la ligne Nord-Sud, plus belles que les autres, me semblait-il à l'époque. Juge de ma surprise légèrement indignée, quand au métro Vaugirard j'ai vu entrer une rame rouge et verte de la CMP. Déjà, le revêtement métallique jaune et vert des stations ne m'avait pas plu, il y a quelques années, quand je l'avais remarqué. Enfin, tu ne peux pas comprendre, toi qui t'obstines à circuler en voiture pour faire cent mètres... J'exagère ? A peine. Et je ne te chanterai pas la poésie du viaduc de Passy à l'aube, quand le soleil se lève et rosit ce grand fromage d'un goût douteux qu'est l'ORTF. Je suis une Parisienne comblée. Je me sens redevenir étudiante.

Mais parlons plutôt du mois de juillet, passé à Stockholm. Cela a été parfait. Si je n'avais pas eu ce déménagement à faire, j'y serais encore. J'ai fait plus ample connaissance avec le bel Hector. Je l'avais à peine aperçu pendant la guerre. J'ai vu les autres enfants. As-tu déjà rencontré l'aîné, Hugo, que tout le monde, sauf sa mère, s'obstine à appeler Victor, si bien que la plupart des gens croient que c'est son nom ? C'est un garçon qu'il ne faut pas sous-estimer : il m'a interrogée sur toi, avec beaucoup de finesse. J'ai eu du mal à éluder. On voit que ce sont des enfants qui n'ont pas été habitués aux contraintes : bien sûr, leur milieu les oblige à connaître des choses indispensables : savoir placer à table un évêque ou un préfet, écrire au Pape, distinguer les verres à bourgogne des verres à bordeaux. Ce n'est pas très important. Pour le reste ils sont libres et ils y tiennent. J'ai beaucoup discuté avec Héloïse, tôt le matin quand tout le monde dormait encore. S'il est évident qu'elle fait preuve de maturité à bien des égards, il est non moins évident que sur certaines choses elle ne sait rien. Tu dois en tenir compte. Elle se demande en particulier ce qu'est vraiment l'amour. Vaste question en effet, et là je pense que ton rôle est de lui montrer qu'elle l'a trouvé. Ce n'est pas commode, j'en conviens. Car je sens en elle une envie d'aller voir un peu ailleurs comment cela se passe, envie que j'ai essayé de modérer de mon mieux, et en même temps un violent attachement pour toi, que j'ai discrètement encouragé. C'est un jeu tout en finesse que tu dois jouer. Je te suggère de lui faire comprendre qu'elle est libre. Je parie qu'elle ne profitera pas de cette liberté. Et si elle en profite, sois toujours là, présente mais non pesante, pour qu'elle se rende compte que tu es ce qu'il y a de mieux.

Mais dieux, que ces adolescentes sont compliquées, et que celle-ci est attachante, malgré tout !

Je t'embrasse.

Erika von Tauberg
à Suzanne Lacombe

Tauberg, le 2 septembre 1965

Ah, Suzanne chérie, comme je suis malheureuse en lisant et en relisant ta lettre. Car tout ce que tu me dis, je l'avais pensé, et j'avais essayé de chasser cette idée. Mais je crains que ce ne soit pas possible. Car j'aime, tu comprends, et c'est moi qui aime le plus, là-dessus il ne faut pas que je me fasse d'illusions. Avant, c'était physique, et sauf avec toi, mais je ne connaissais rien de la vie à cette époque, je n'étais pas profondément engagée. La petite ne me pose plus de questions sur le désir et l'amour, parce qu'elle a senti que cela m'était désagréable, mais je suis sûre que ces questions elle se les pose encore, et tu me le confirmes. Or je connais la réponse, et je la connais depuis peu de temps. Je ne peux même plus compter les filles qui sont

73

passées dans mon lit, quelquefois même par deux à la fois, et certaines, je les ai aimées autant que je le croyais possible. Et c'est maintenant que je découvre réellement ce dont il s'agit. Ce désir de possession totale, insupportable, où le moindre signe d'intérêt pour quelqu'un d'autre m'est souffrance. Mais est-ce vraiment une découverte ? Certes, j'ai assez d'expérience pour distinguer le désir de l'amour. J'ai appris à mes dépens, en prenant pour de l'amour ce qui n'en était pas et en te quittant pour ce motif. Je n'aurais pas dû. J'ai parfois essayé de te le dire, mais tu as toujours esquivé cet aveu. Je comprends, bien sûr... et je me souviens aussi qu'à Belfort je ressentais ce désir de possession, d'exclusivité, que tu réprouvais et que tu m'as obligée à refréner. Cette discipline m'est utile, aujourd'hui, car j'avais cru changer, et c'était une illusion. J'ai été une adolescente possessive, je suis redevenue une femme possessive, et entre-temps je n'ai été désinvolte que parce que je n'aimais pas vraiment. Je crains tout le monde, même mon petit-cousin, le beau Kai-Uwe, qui n'a que quinze ans, pourtant. Quand elle sortait le matin pour monter à cheval avec lui, je serrais les poings sans rien dire. Puis Claire est arrivée, et maintenant ils montent tous les trois, et Kai-Uwe n'a plus d'yeux que pour Claire, avec qui il couche, m'a dit Héloïse. L'étau de la jalousie s'est un peu desserré, mais si ce n'est pas lui, ce sera quelqu'un d'autre. Alors je me tais. Je suis encore assez prudente pour souffrir en silence et pour ne pas gâcher ce qui existe. Je m'efforce de la combler physiquement, et là il n'y a pas de problème... Une seule chair, comme dit l'Ecriture. Mais le matin, quand je me réveille, elle est déjà dehors depuis des heures. Bien sûr, elle vient tôt ou tard m'arracher ma couette, et nous y replongeons délicieusement. Mais après, toute la journée, j'ai tendance à la surveiller, avec une angoisse que je ne parviens pas à vaincre. On ne peut tout de même pas se retirer sur une île déserte ?

Suzanne Lacombe
à Erika von Tauberg

Paris, le 5 septembre 1965

Non, Erika, on ne le peut pas. Et crois-moi, cela vaut mieux ainsi. Il faut que tu apprennes à vivre avec le danger que représentent les autres. Tu te domines, c'est bien. Mais moi qui te connais j'avais déjà remarqué à Dieppe certaines tensions. Or, admettons qu'on ne fasse qu'une seule chair, et c'est bien bref, en tout cas on ne peut pas faire qu'une seule âme. Même moi qui crois à l'amour, je ne l'ai jamais tenté.

D'abord, soyons pratique, tu as un problème de décalage horaire. C'est bénin, mais insoluble. Toi et moi nous en avions déjà un, mais là c'est pire. Il faut s'en accommoder. D'ailleurs je la trouve irrésistible, cette petite, quand le marchand de sable passe vers dix heures, et qu'elle essaie, par politesse, de ne pas le montrer.

Une fois cette situation acceptée, il faut que tu te fasses à l'idée que vous n'avez pas forcément les mêmes goûts : elle aime l'équitation, pas toi ; tu aimes l'eau, pas elle. Ne vous forcez ni l'une ni l'autre.

Reste le problème d'autrui, auquel il faut se résigner. Pourquoi chercherait-elle ailleurs si elle est bien avec toi ? D'autres filles ? Ce n'est pas si facile. Un garçon ? Pourquoi pas ? C'est rarement réussi la première fois. L'épreuve tournerait en ta faveur. Oui, il faudrait un homme bien habile pour effacer ce qu'elle connaît avec toi, un vieux routier, assurément. Ce n'est pas le jeune Kai-Uwe qui fera le poids, crois-moi. Reste le désir de rentrer dans le rang, d'avoir des enfants, que sais-je ? Ce risque-là est très réel, mais il n'est pas pour tout de suite. Alors sois détendue, souple. Lâche un peu les rênes et tout ira bien.

Je t'embrasse.

75

Journal d'Erika von Tauberg

Tauberg, le 7 septembre 1965

Lâcher les rênes ! Elle me la baille belle ! Mais qu'est-ce qu'elles ont toutes, avec leur équitation ? Jusqu'à Claire, qui n'avait jamais fréquenté un sale bourrin de sa vie et qui maintenant monte presque comme si elle avait fait ça avant de savoir marcher. Ce matin, vexée de leurs quolibets, j'ai fait une superbe course pour montrer ce que la fille des Junkers était quand même capable de faire. Ensuite nous avons décidé d'aller sur la plage de nudistes la plus proche. Là, évidemment, les Françaises ont tiqué : Claire était quelque peu réticente et Héloïse pas vraiment emballée. Kai-Uwe, Manuela et moi, nous leur avons légèrement forcé la main, et elles n'ont pas regretté. Pour me venger de la séance de ce matin, j'ai obligé Héloïse à nager la brasse-papillon, ce qu'elle déteste, surtout depuis que je lui ai dit que c'était pour donner une touche de perfection supplémentaire à ses épaules : il y a devant un creux qu'il faut combler légèrement. « Ecoute ma sœur, a dit Manuela, elle s'y connaît en belles filles. » Un ange a passé, et Kai-Uwe a pris l'air détaché de celui qui sait mais qui fait semblant de ne pas savoir, Claire a eu une quinte de toux, et Héloïse a rougi intégralement. Hélas, ça devait arriver un jour.

Héloïse de Marèges
à Claire Rochaz

Paris, le 17 septembre 1965

Ave !

Dieux, que je m'ennuie ! Personne à qui faire passer des messages, personne pour me donner des rimes pour mes sonnets, j'en suis réduite à faire de la correspondance (maintenant, par exemple) et même à écouter les cours et à prendre des notes. De notre classe de l'année dernière, il ne reste qu'une dizaine de créatures toutes plus fadasses les unes que les autres, excepté Manuela, et encore c'est parce qu'on a appris à se connaître, et les inséparables Gautier et Apraxine, qui font bloc depuis la sixième et peut-être même avant. Le reste vient de M ou de C2. Quant aux profs, alors là c'est carrément la catastrophe : en allemand : Ducrest, une folle qui entre en transes quand on fait claquer sa pointe bic ; en philo : Lépicier qui est bourrée dès quatorze heures et qu'on donne donc aux scientifiques l'après-midi ; en français : Nivelle, dont l'absentéisme est connu de tous ; en maths et en physique, ça va, heureusement, et je te garde le meilleur pour la fin : en histoire, devine, mais oui, tu as gagné : Arnodin !

Toutefois, cette année j'ai décidé d'allumer un contre-feu. Je ne suis plus la bonne petite fille soumise qui supporte en silence les vannes de cette peau de vache, et elle va sentir sa douleur. Hier après-midi, à la fin de notre premier cours de géographie, j'ai réuni Manuela (nous sommes l'une à côté de l'autre), Sylvie de Dreuzé (une fille de C2 que tu dois connaître de vue), une nouvelle qui s'appelle Marie-Thérèse de Chaillant d'Ennecour et qui vient de la Légion d'Honneur et, pour faire bon poids, Apraxine qui est Russe blanche. Une fois rassemblé ce cabinet de crise, je leur ai expliqué qu'Arnodin passait son temps à m'attaquer sur mes origines, et que je comptais sur leur solidarité de classe. Apraxine et Tauberg ont confirmé qu'elles l'avaient vu, jadis, et qu'elles en étaient indignées. Dreuzé et d'Ennecour ont juré fidélité, et nous avons formé le club des ci-devant, qui a pour mission de lutter contre Arnodin, surnommée, sur proposition de d'Ennecour, la tricoteuse. Ça va chauffer, surtout quand on va arriver à la révolution de 17.

Raconte-moi ta nouvelle classe, ton nouveau lycée. Les filles ne sont-elles pas trop bêtes à concours, déjà ? Bien sûr, je comprends que ta mère ait voulu te mettre là dès la philo, mais que je m'ennuie !

77

Nous terminons la journée par les TP de chimie. Je donnerai cette lettre à ta mère. Réponds-moi par le même canal. As-tu des nouvelles de Kai-Uwe ?

Vale.

Claire Rochaz
à Héloïse de Marèges

Paris, le 17 septembre 1965

Ave !

Maman m'a donné ta lettre, en même temps que je ramassais dans notre boîte une enveloppe d'Allemagne. Pour comble de détresse, le prof de français nous a fait commencer ce matin *La Chanson du Mal Aimé*, d'Apollinaire, et depuis je me récite :

« Adieu faux amour confondu
Avec le garçon qui s'éloigne
Avec celui que j'ai perdu
L'année dernière en Allemagne
Et que je ne reverrai plus. »

Ma version a l'avantage de ne pas mêler des rimes féminines et des rimes masculines. Mais il est un peu tôt pour la nostalgie : je reverrai Kai-Uwe, il m'aime, il me l'écrit. N'empêche que j'ai le cafard. Tous ces Tauberg nous font bien du mal.

J'ai découvert pour toi un nouveau poème à forme fixe : la tierce-rime ou terza-rima. Voici le schéma : aba bcb cdc ded efe, et tu continues ad lib, mais à la fin tu mets un dernier vers isolé qui doit rimer avec le vers central du dernier tercet. Suis-je claire ? Veux-tu des rimes ? L'avantage c'est que tu peux dépasser les quatorze vers fatidiques du sonnet. Je suis sûre qu'Erika apprécierait que tu lui consacrasses quelque chose de plus long, en attendant bien sûr la tragédie en cinq actes que tu lui prépares. Tu pourrais d'ailleurs en faire une version adaptable aux hommes et que j'enverrais à Kai-Uwe.

Vale.

Héloïse de Marèges
à Claire Rochaz

Paris, le 20 septembre 1965

Ciel, es-tu folle ? Le même poème à Kai-Uwe ? Et s'ils se les montraient, malheureuse ? Non, si tu veux quelque chose pour lui, ce sera une commande spéciale. Envoie les rimes. Je vais faire ça demain.

Vale.

Claire Rochaz
à Héloïse de Marèges

Paris, le 20 septembre 1965

Sable, décor, insondable,
or, indocile, encor,
fragile, baiser, immobile,
ployer, farouche, léger,
bouche, pas, couche,
pas, vénéneuse, trépas,
amoureuse.

Voilà. Les rimes manquent peut-être un peu de consonnes d'appui, mais Apollinaire les négligeait aussi. Et tâche de faire du beau ; il faut que ça pleure dans les chaumières.

79

Maman se demande ce que nous avons à nous écrire comme ça. « Enfin, a-t-elle soupiré, c'est de leur âge ! »

Héloïse de Marèges
à Claire Rochaz

Paris, le 21 septembre 1965

Ses yeux couleur de mer et ses cheveux de sable,
Eclairés savamment par le sombre décor
De la bibliothèque au trésor insondable,

S'inclinaient lentement, faisant ruisseler l'or
Etrange et poussiéreux des mèches indociles
Où son parfum ténu se respirait encor.

J'ai goûté la saveur de ses lèvres fragiles,
La force raffinée de son premier baiser
Et le frémissement de ses mains immobiles

Qui me faisaient gémir et me faisaient ployer...
J'ai connu sa douceur dans un plaisir farouche
Et sa brutalité dans un soupir léger.

J'ai bu avidement la source de sa bouche
Et suivi le chemin du moindre de ses pas ;
Elle m'a emmenée, au profond de sa couche,

A travers des chemins où je ne savais pas
Les lentes agonies et les fleurs vénéneuses
Qui devaient la guider, par son morne trépas,

Vers l'enfer chaste et blanc des lâches amoureuses.

*Claire Rochaz
à Héloïse de Marèges*

Paris, le 22 septembre 1965

Pas mal du tout, ma vieille. Tu progresses. Il y a toujours ce problème des e muets à l'intérieur des vers, mais nous accepterons la licence. Après tout, même Corneille l'a fait une fois. Et pour les rimes, je ne t'avais pas gâtée, avec ce trépas qui vient comme un cheveu sur la soupe.

Quand tu te sentiras prête, nous passerons aux ballades et aux chants royaux, mais là il ne faudra aucune licence. Vas-tu offrir ce mini chef-d'œuvre à la belle Erika ? Vaudrait mieux pas ; les deux derniers vers sont trop morbides, et avec ces Allemands, Werther n'est jamais bien loin.

Vale, et n'oublie pas que tu viens dîner chez nous demain soir, en sortant des bras de ta maîtresse, mais ça Maman ne le sait pas.

Journal de Manuela von Tauberg

Paris, le 19 novembre 1965

Aujourd'hui j'ai dix-huit ans, et c'est le moment de commencer vraiment une nouvelle vie, même si c'est un cliché de l'écrire ainsi. D'abord je mènerai ce début de journal à terme. Depuis des années, j'ai commencé, à l'exemple d'Erika, puis abandonné. Il est vrai que je n'avais pas grand-chose à dire, mais il faut que cela change. Nous venons de terminer mon déménagement dans les anciennes pièces d'Erika. Elle m'a laissé son bureau à tiroir secret et montré comment on l'ouvrait. J'ai fait semblant de ne pas y parvenir tout de suite. Si elle savait que je l'ouvre depuis des années, et que jusqu'à

81

l'année dernière j'ai lu régulièrement les cahiers qu'elle y laissait, et les lettres de ses amies, quand elle était à Vienne. Puis elle s'est installée rue Saint-Florentin, avec un autre bureau à tiroir secret dont, faute d'occasion d'essayer, je n'ai pas encore percé les arcanes. D'ailleurs je n'essaierai pas. La vie de ma grande sœur, qui me fascinait tant lorsque j'étais petite, ne présente plus aucun mystère. C'est grâce à elle que j'ai su de la vie des choses qu'on ignore bien souvent à quinze ans. Au début de mes lectures (j'avais douze ans), ce n'était pas très clair, puis j'ai compris. Je dois avouer que le prestige d'Erika en a été accru. Déjà, quand elle est arrivée ici, j'étais pétrifiée d'admiration. Elle me sortait le jeudi, me parlait comme à une adulte, enfin j'avais une grande sœur à montrer, et qui en plus s'intéressait à moi. C'est pourquoi, je pense, j'ai lu son journal. A la suite de ces lectures, et après avoir fini par comprendre ce qu'elle faisait, j'éprouvais un délicieux sentiment de supériorité quand Maman et Vati, parlant d'elle, se demandaient si elle se marierait un jour. Je sais même qu'ils se demandaient si elle avait des amants, mais de cela ils ne parlaient pas devant moi.

Ce qui fait que quand je l'ai vue fixer Marèges avec fascination, j'ai su ce qui allait se passer. Plutôt j'ai su le début, mais je n'ai pas prévu la suite.

Marèges, je la connaissais à peine. Quand j'ai redoublé ma seconde, je me suis retrouvée dans la même classe que les deux petits génies inséparables qu'on avait surnommés Marègéroche ; toujours fourrées ensemble, ne parlant guère aux autres, fortes en thème et même en gym, et ravissantes par-dessus le marché, surtout Rochaz... on ne peut pas dire qu'elles étaient très populaires, même si parfois Marèges avait un accès de folie. Je me souviens en particulier du jour où, alors qu'Arnodin l'appelait de Marège, elle a répondu : « Je vous prie de m'excuser, Madame, mais on doit dire Marèges. C'est une règle de français. » Comme elle ne reprenait jamais les autres profs qui faisaient la même faute, tout le monde a compris qu'elle en avait ras le bol de se faire toujours attaquer par Arnodin. On a espéré un scandale, mais il n'y en a pas eu. Arnodin a fait une réponse tellement à côté de la question que Quatrefares s'est mise à râler, et résultat il ne s'est rien passé.

Une autre fois je me trouvais derrière elles dans la rue de Babylone, quand j'ai entendu Marèges dire à Rochaz : « Je ne me marierai pas et j'aurai beaucoup d'amants », et Rochaz a répondu : « Moi j'aurai beaucoup d'amants, puis je me marierai pour faire une fin. » Ce programme m'a plu. Je me suis dit que peut-être, contrairement aux apparences, il y avait autre chose que les questions scolaires dans leur tête.

Après la rencontre de Vienne, j'ai observé les événements, mais sans acquérir de certitudes. Erika a quitté Vienne, s'est installée dans son propre appartement. Moi je parlais désormais avec Marègéroche, elles venaient à la maison, et je commençais à espérer que si ma sœur avait obtenu ce qu'elle voulait, elle n'avait pas jeté cette pauvre Héloïse au bout de trois mois comme les autres. Puis j'ai entendu Rochaz dire, un jour : « Tu vas rue Saint-Florentin, ce soir, ou tu passes chez moi ? » Et j'ai su.

Maintenant elles savent toutes les deux que je sais. Claire Rochaz est à Fénelon, et je suis la voisine, en classe, de la petite amie de ma sœur, ce qui est une situation bien étrange. Petit à petit, nous en parlons. Je fais parfois la postière, mais je n'ouvre pas les lettres. Nous travaillons souvent ensemble, avec Claire. Elles me donnent des coups de main en philo et en français. Nous aidons Claire pour l'allemand. Claire et moi fournissons des alibis à Héloïse quand elle veut passer la nuit chez Erika. Et ma sœur a changé. Il est évident, aux yeux de Claire comme aux miens, qu'elle est follement amoureuse. Cet été j'ai parfois souhaité qu'elle fût plus prudente. Non qu'elle manifeste par des gestes, mais elle a un regard possessif. Même Kai-Uwe, un garçon pourtant, l'a remarqué. Je leur ai dit que j'aimerais être aimée ainsi. Ils ont répondu tous les deux que c'était peut-être un peu étouffant. Je ne sais pas. Jusqu'à présent mes passions n'ont pas été partagées. J'ai aimé

follement un copain de Kai-Uwe qui ne m'a même pas
remarquée. J'ai dansé très serré avec Alfonso, mais pas au
point qu'il s'enflamme, semble-t-il, et pourtant, moi aussi je
voudrais avoir beaucoup d'amants.

ANNÉE 1966

Héloïse de Marèges
à Claire Rochaz

Paris, le 10 mai 1966

Ave !

Enfin, ça y est, je suis sur la voie de la débauche, et je m'y suis mise très volontairement, avec même une certaine obstination. D'accord, tu vas me dire que si je racontais ma vie au premier venu, il me dirait que cela fait tantôt deux ans que je suis une fille perdue, pour ne pas dire une femme damnée. Mais cette fois-ci j'ai agi comme une grande.

Je ne vais pas te faire languir : cela s'est passé dimanche. Tu sais que je vais maintenant à mon manège de Fontenay avec Suzanne, dans sa voiture, ce qui m'épargne cet impossible train de la Bastille et dix minutes de marche à pied, en bottes, par tous les temps. Ce dimanche, donc, nous avons sauté, en carrière, des obstacles de plus en plus hauts, jusqu'à ce que, par peur sans doute, j'en refuse un. Le cheval, lui, l'avait passé. J'étais donc par terre, légèrement sonnée, et avec une douleur à la cheville assez fulgurante, mais que j'ai négligée. Je ne suis tout de même pas remontée, puisque c'était la fin de la reprise et que j'aurais eu du mal à baisser correctement le talon. Nous sommes rentrées, et en arrivant devant le lycée de

85

Suzanne, où généralement nous prenons le thé ensemble, je posais difficilement le pied par terre, et j'ai soupçonné une entorse ; j'en ai déjà eu à cette cheville. Suzanne a dit : « Si tu penses qu'il n'y a rien de cassé, je vais t'enlever ta botte tout de suite, parce que sinon il faudra la couper. Tu peux supporter ça ? » J'ai dit oui. Elle a tiré la botte, avec précaution d'abord, puis terminé l'opération d'un seul coup, et j'ai tourné de l'œil. Pas longtemps. Mais comme je me sentais délicieusement dépendante, j'en ai un peu rajouté et la malheureuse commençait à s'inquiéter. Une fois rassurée, elle a vérifié avec beaucoup de compétence qu'il ne s'agissait pas d'une fracture, et elle m'a bandé le pied. Tu n'aurais pas fait mieux avec ton badge de secouriste. Je lui ai juré que je passerais une radio si ça ne s'arrangeait pas tout seul. Puis elle a téléphoné à la maison pour prévenir Gunilla qu'elle me gardait pour la nuit.

J'étais déjà parfaitement décidée à agir, aussi lorsqu'elle m'a dit : « Ne bouge pas d'ici (ici c'était son lit), moi je dormirai à côté », j'ai dit : « Je préfère que vous restiez avec moi. » Je te livre tout cru le dialogue qui a suivi :

« Ecoute, tu ne sais pas ce que tu dis. Si je dors avec toi je ne te garantis pas que je résisterai à l'envie de te toucher. Tu es une femme, après tout.

— Mais je veux que vous me touchiez.

— Tu parles sérieusement ?

— Très sérieusement.

— Tu te rends vraiment compte ?

— Oui. »

Elle m'a regardée sévèrement. « Tu l'auras voulu. »

Ici je censure : (...). Comme je reprenais mes esprits, elle m'a regardée encore plus sévèrement, et elle m'a dit : « C'est ça que tu voulais ?

— Pas seulement ça. »

Et je lui ai rendu les complaisances infâmes, comme on dit dans les traductions latines, dont elle venait de me gratifier. Et là, quel déchaînement ! Je suis obligée de mettre encore (...). La dame, une fois comblée, m'a contemplée longuement, avec quelque chose qui m'a semblé de la perplexité, puis elle est allée me chercher la moitié d'un comprimé de somnifère en me disant que j'avais mauvaise mine, que ma cheville risquait de me réveiller cette nuit : « Prends et ne discute pas. Demain je te ferai un mot d'excuse. » J'ai pris, et avant de m'endormir j'ai quand même eu le temps de penser que c'était bien embêtant si elle jugeait ma conduite avec aussi peu d'indulgence.

Mais heureusement, le lendemain elle était souriante.

J'ai été réveillée par la cloche de huit heures. Je me suis mise debout sans trop de problèmes, et nous avons pris un somptueux petit déjeuner. J'étais un peu soucieuse, car elle était gentille, comme d'habitude, et je craignais qu'elle ne fît comme s'il ne s'était rien passé, ce qui était pire que son air de censeur de la veille. Je n'ai rien dit, rien fait. S'il fallait recommencer une entreprise de séduction, alors la barbe, je déclarais forfait. Elle a dit : « J'ai téléphoné chez toi, on va t'apporter des vêtements de ville. Mais on a le temps. On retourne au lit. » Et là (...). Résultat, en arrivant au lycée pour le premier cours de l'après-midi, non seulement je boitais, mais j'avais les jambes coupées.

Que penses-tu de tout ça ?
Vale.

Claire Rochaz
à Héloïse de Marèges

Paris, le 11 mai 1966

Ave !
Ce que j'en pense ? Eh bien j'ai essayé d'imaginer la scène, et je crois y être assez bien parvenue, surtout le moment où elle t'a fait comprendre que partager le lit d'une dame était pour elle une tentation irrésistible. Je ne sais pas si tu es sensible au

comique de la situation, mais je l'ai imaginée de glace aux côtés d'un quelconque Adonis. Remarque, peut-être qu'elle aime les deux ; au fond on ne sait pas grand-chose d'elle, sinon qu'elle fut la maîtresse d'Erika.

Mais si tu veux te compliquer la vie avec ces deux femmes, tu as bien choisi. Souhaites-tu qu'elles se battent pour toi ? Car si Suzanne a l'air de baiser assez facilement, malgré quelques scrupules que tu as vite étouffés, ça m'étonnerait qu'Erika, si elle l'apprend, prenne les choses avec philosophie.

En un mot, quels sont tes projets ?

Tiens-moi au courant.

Héloïse de Marèges
à Claire Rochaz

Paris, le 12 mai 1966

Je n'ai pas de projet précis, il faut bien l'avouer. C'est vrai que j'ai mené à bien une entreprise de séduction et que j'en suis assez fière, mais il ne faut pas que je m'exagère mes mérites. D'abord, j'étais à moitié dans les vapes, et cela a dû me désinhiber complètement ; ensuite j'ai toujours senti que séduire Suzanne était faisable, même si je n'y avais pas vraiment pensé. Maintenant je crois que je peux faire mieux en m'y appliquant, et je vois trois possibilités :

1) Je laisse tomber cette affaire-ci, et je me drague un homme ; avantages : il faut bien le faire un jour ; inconvénients : c'est facile, et surtout je n'ai pas envie... je crois qu'au pied du mur je calerais.

2) Je fuis les complications éventuelles entre mes deux bonnes femmes, et je m'en drague une troisième ; avantages : c'est difficile et donc valorisant ; inconvénients : où, quand, comment ?

3) Je pousse à fond la séduction de Suzanne ; avantages : c'est un excellent exercice, car elle résistera certainement ; inconvénients : c'est dangereux.

Pour finir il y aurait bien la solution du statu quo ante. J'arrête avec Suzanne et je reste fidèle à Erika. Mais alors, je ne m'amuse plus.

As-tu un conseil à me donner ?

Vale.

Claire Rochaz
à Héloïse de Marèges

Paris, le 13 mai 1966

Faut voir. Si vraiment la séduction complète de Suzanne est difficile, ce serait bien d'essayer. Mais alors, il faut qu'elle devienne vraiment amoureuse, que tu la retournes comme un gant. En es-tu capable ? Quand je la verrai te regarder comme le fait Erika, j'y croirai. Ce n'est pas que je doute de tes moyens, c'est qu'elle a trente ans de plus que nous, et apprend-on aux vieux singes à faire la grimace ? En tout cas il faut prendre un peu de distance avec Erika avant qu'elle ne t'étouffe, sinon vous finirez vos jours indécollables.

Vale.

Héloïse de Marèges
à Claire Rochaz

Paris, le 18 juin 1966

Ave !

Vraiment, je suis furieuse, folle de rage ! Je ne trouve pas de mots pour exprimer mon indignation, mais il faut que je me rende à l'évidence : cette garce de bonne femme fait tout pour m'éviter. Elle ne veut plus que j'aille à Fontenay en prétextant que je ne dois rien me casser entre l'écrit et l'oral, comme si je tombais sans arrêt, non mais, tu te rends compte ? Alors que ça m'arrive une fois tous les cinq ans ! Il y a des mois elle m'avait dit qu'on préparerait l'oral d'histoire-géo ensemble. Là rien : jamais libre. Elle ne téléphone à la maison que quand je ne suis pas là et laisse des messages à Victor. Et ce qui met le feu aux poudres, le comble vraiment, elle décale son voyage à Stock-holm. Maman l'avait invitée, et cela tombait au moment où je devais moi-même y aller. Nous avions même décidé de prendre le même avion. Et sais-tu la raison qu'elle donne à Maman pour justifier ce décalage ? Elle a des affaires sentimentales à régler à Paris. Bref, elle arrivera là-bas quand je n'y serai plus. Mais ça ne va pas se passer comme ça, tu peux me croire. Moi aussi je vais décaler, et sans prévenir encore ! Et ces affaires sentimen-tales, je voudrais bien savoir de quoi il s'agit. Après tout, si elle aime quelqu'un au point d'être fidèle, elle n'a qu'à me le dire, au lieu de me laisser sécher sur pied. Je m'effacerai. Je suis d'une humeur de chien. Tout m'énerve à commencer par Erika. Tu te rends compte ? Me faire ça avant le bac ? Mais c'est un coup à me faire louper mon oral ! Déjà que j'ai rendu une copie de philo dégueulasse ! Déjà que je n'ai pas pu faire les épreuves de gym à cause de mon entorse ! Mais qu'est-ce qu'elles ont toutes ?

Je crois que je vais aller cogner très fort sur le piano. *L'Etude Révolutionnaire* fera l'affaire.

Vale.

Claire Rochaz
à Héloïse de Marèges

Paris, le 20 juin 1966

Ave !

Calme-toi, ô la plus bouillante des amies. Ce n'est pas si grave, à condition de prendre la peine de réfléchir. Je trouve même ça très encourageant. Elle te fuit, c'est évident, c'est donc qu'elle te craint ; et ça c'est diablement flatteur. Songe qu'une dame de quarante-six ans qui a vu le loup (plutôt la louve) bien des fois prend la peine de te fuir. Vous n'avez jamais été seules ensemble depuis ce jour fatidique où tu l'as violée : c'est un signe. Je suis prête à parier ma chemise qu'elle n'a aucune affaire sentimentale importante à Paris ; je ne sais pas comment le vérifier, mais il faudra étudier ça.

D'ailleurs, essayons de la comprendre : il y a ta mère, qui pourrait trouver la situation d'un goût douteux ; il y a Erika, qu'elle a aimée et que d'une certaine manière elle aime encore. Ce n'est vraiment pas une situation raisonnable. En tout cas je pense que si tu ne la tentais pas, elle t'aurait franchement exposé les difficultés d'une amourette dans ces conditions, donc il y a une attirance plus forte qui lui fait peur. Tu peux jouer là-dessus, d'autant qu'il faut crever l'abcès : vous arrêtez tout, ou vous continuez, mais pas d'ambiguïté. Le mieux serait, à mon avis, que tu lui dises que tu renonces. Style : « Je ne sais pas ce qui m'a pris, je regrette, ce n'était pas bien. » Et là tu prends une attitude de femme de devoir, *invitus invitam*. Je serais étonnée qu'elle résistât à un style douloureusement résigné. Et puis ensuite, sans la prévenir, tu décales ton voyage en Suède et tu vois le résultat. De toute façon, elle n'avancera que si tu recules : Maman appelle ça le principe du rigaudon. Elle dit qu'on le découvre généralement trop tard, sauf quand on a des dispositions. J'espère que ce sera ton cas. Ce serait bien si tu passais à la maison ce soir ou demain : sous prétexte de révisions, on ira dans le jardin, et on lui écrira une lettre. Donne ta réponse à Maman.

Vale.

Héloïse de Marèges
à Suzanne Lacombe

Paris, le 21 juin 1966

Chère Suzanne,

Je ne sais pas comment vous exprimer ce que je ressens depuis un mois. Me comprendrez-vous si je vous dis que je n'aurais pas dû ? Tout est de ma faute, mais j'avais perdu la tête. Maintenant je ne veux plus y penser. Me pardonnerez-vous ?

Claire Rochaz
à Héloïse de Marèges

Paris, le 27 juin 1966

Ave !

Mission accomplie, j'ai vu la dame. Indépendamment du fait que cela pourra faire évoluer tes affaires, cela m'a été fort utile. Je vais tenter de te le raconter dans l'ordre. D'abord le téléphone : effectivement, il ne suffit pas de faire Vaugirard 63 36 pour tomber sur elle et je comprends que tu aies eu des difficultés quand on voit à quel point ses communications sont filtrées ; au fond c'est bien pratique de vivre sur son lieu de travail vingt-quatre heures sur vingt-quatre. J'ai dit mon nom, mon lycée, et je me suis recommandée de toi, tout en précisant qu'il s'agissait d'un problème d'orientation. Elle est venue au téléphone et a été charmante : « Venez dimanche à cinq heures, on prendra le thé. » Je ne sais pas si tu te rends compte des risques que je prends pour toi, car j'ai pensé qu'elle pourrait aussi bien me culbuter sur le lit de vos turpitudes. Passons.

Je te rassure : il n'y a rien eu de ce genre. Je lui ai exposé mes incertitudes : certes, je reste à Fénelon en hypokhâgne, mais il faut s'inscrire aussi à la fac, et si je puis facilement avoir une dérogation pour aller à la Sorbonne, bien que mon adresse me fasse dépendre de Nanterre, je ne sais pas ce qui est le mieux dans mon cas, car je veux me spécialiser en histoire du haut moyen âge. Bref, puisqu'elle est historienne, a-t-elle des tuyaux ? Elle a très bien vu le problème. « En effet, m'a-t-elle dit, pour la préparation du DUEL, ça n'a aucune importance, mais par la suite, c'est la croix et la bannière pour changer de fac en cours d'études. L'administration universitaire devient de plus en plus kafkaïenne. »

Il est certain qu'à Nanterre le département d'histoire possède ce que je cherche, surtout pour la période carolingienne qui m'intéresse. En revanche, à la Sorbonne, on peut faire du grec byzantin, ce qui m'intéresse aussi. De toute façon l'essentiel c'est d'entrer à Sèvres, et elle est persuadée que j'y parviendrai. « Je voulais faire un doctorat sur l'Aquitaine et les Anglais, le Prince Noir en particulier, a-t-elle ajouté, et puis il y a eu la guerre, et surtout les suites de la guerre... »

Finalement elle me conseille Nanterre, si je peux supporter la boue et les chantiers : « Vous n'aurez pas besoin d'y aller souvent, juste pour les inscriptions et les examens. »

Nous avons parlé de Fénelon, de Sèvres, puis c'est elle qui a enchaîné sur toi, et le ton a subtilement changé. Le ton et le regard. Tu m'avais dit qu'elle avait de « beaux yeux de vache », et c'est vrai, mais elle a surtout un regard très expressif. Si on y fait bien attention, on peut savoir tout ce qu'elle pense, et ce serait un atout dans ton jeu. En revanche, physiquement je l'imaginais autrement, je ne sais pas pourquoi. J'avais l'idée d'une cavalière, voire d'une amazone, et j'ai vu un jockey : si elle fait 40 kg toute habillée, c'est le bout du monde. En plus elle ne fait rien pour se grandir, avec ses mocassins qu'elle doit se procurer dans une boutique pour élèves d'Eton. Et curieusement, je suis sûre qu'elle est capable de terroriser non seulement une pauvre petite sixième, mais même une grande perche de prépa. Je n'aimerais pas du tout avoir un avertissement dans son lycée !

Nous t'avons donc évoquée : je lui avais parlé de Maman, de Papa, et elle en a déduit que c'est moi qui t'avais suggéré de faire pharmacie. J'ai dit que tout au plus je t'avais montré que ce métier existait, et que mon père t'avait dit qu'il n'y avait pas besoin d'être riche pour s'associer dans une pharmacie, puisque les banques pouvaient résoudre ton problème de gros sous. « Vous comprenez, ai-je ajouté, elle aime bien les sciences, et elle ne veut pas faire médecine, sous prétexte qu'elle n'aime pas les malades, ni véto, sous prétexte qu'elle n'aime pas les animaux, ni normale-sup sciences pour enseigner, sous prétexte qu'elle n'aime pas les enfants, alors... » Elle a ri. Puis elle a reconnu que c'était bien difficile de s'orienter quand on n'avait pas de vocation particulière. Nous avons aussi parlé de l'Allemagne, de la Suède, de ta mère un peu. C'est comme ça que j'ai su qu'elle allait en Angleterre en juillet, pour s'habiller pour l'hiver, et qu'ensuite seulement elle rejoindrait Stockholm. Je ne sais pas ce qu'il y a de vrai dans tout ça. Peut-être a-t-elle quelqu'un là-bas, mais il me semble que tu le saurais. A mon avis elle te fuit, car elle a essayé de s'assurer que tu quitterais bien Stockholm fin juillet. Tu n'as plus qu'à te débrouiller pour ne rejoindre Erika que vers le 15 août, et surtout dis-le à ta mère in extremis, car elle risquerait de le dire à Suzanne et tout serait à l'eau.

Voilà mon rapport. Je suis assez optimiste pour toi, car manifestement il y a quelque chose. Sentiments ou lubricité, je ne sais pas. Et puis ta lettre de retrait devrait produire son effet. A toi de tirer parti de tout ça.

Vale.

Suzanne Lacombe
à Héloïse de Marèges

Paris, le 24 juin 1966

Je ne dis pas que je ne regretterai pas, mais je crois, comme toi, qu'il est plus raisonnable de n'y plus penser.

Je t'embrasse quand même, si tu le permets.

Héloïse de Marèges
à Claire Rochaz

Rome, le 8 juillet 1966

Ave !

Comme tu le vois, j'ai réussi à entraîner Erika en Italie à la dernière minute, ce qui va produire le décalage souhaité dans nos projets initiaux de vacances. Elle était ravie de mon caprice, la pauvre. Cela m'a fait de la peine. Depuis deux mois je suis odieuse avec elle, irritable, agacée ; et j'ai honte. Je pense qu'il s'agit d'une application du principe du rigaudon : je me foutais éperdument de Suzanne, et puis son recul m'a accrochée plus que je n'aurais voulu. Pendant ce temps cette pauvre Erika a fait trois pas en avant, et déjà elle était très proche, trop proche peut-être. Mais je ne suis pas sûre qu'elle aurait bousculé si facilement ses projets professionnels avant.

Connais-tu ce texte :

Καὶ γὰρ αἰ φεύγει, ταχέως διώξει,
αἰ δὲ δῶρα μὴ δέκετ' ἀλλὰ δώσει,
αἰ δὲ μὴ φίλει, ταχέως φιλήσει
      κωὔκ ἐθέλοισα[1].

---

1. « Car si elle te fuit, bientôt elle te poursuivra ;
  Si elle refuse tes présents c'est elle qui t'en fera ;
  Si elle ne t'aime pas bientôt elle t'aimera,
    Même contre son gré. »
                              SAPPHO

Je te laisse traduire et trouver l'auteur. Je crois que ça s'applique assez bien à ce qui m'occupe.

Vale.

Journal d'Erika von Tauberg

Florence, le 10 juillet 1966

Maintenant ça va mieux, mais je reviens de loin. Brusquement, Héloïse est devenue distante, tendue vers je ne sais quoi. J'ai tout de suite imaginé le pire, sans penser qu'elle pouvait être simplement préoccupée par son bac, ou fatiguée. J'ai dû passer par là, bien que je ne m'en souvienne pas très bien. Les adolescents se mettent brusquement à douter, à se dire qu'il va falloir réellement faire des choix, et ça peut être dur. Manuela, à qui j'en parlais, m'a dit : « Ce n'est pas marrant. Tout le monde sait qu'il va y avoir une hécatombe, surtout en math-élem, et on se regarde toutes en se demandant lesquelles d'entre nous vont rester sur le sable. Personne n'a envie de repasser en septembre, alors on bachote. J'en ai plein le dos. Et la dirlo qui nous dit que si on n'est pas meilleures on ira garder les moutons... »

J'ai dit : « Et Héloïse ?

— Oh elle, elle n'a pas de soucis à se faire ; ça marche.

— J'ai l'impression qu'elle s'en fait.

— Mais non, elle est fatiguée. C'est toi qui t'en fais. Et tâche de ne pas trop le montrer, parce qu'il ne faut tout de même pas que tout le monde le sache.

— Tu es sûre qu'il n'y a personne d'autre ?

— Ecoute, ce n'est pas possible. On n'a pas le temps. Et tu crois qu'elle me le dirait ? Détends-toi, ça ira mieux. »

J'ai essayé. Pour comble Suzanne était quasi injoignable, car il y avait aussi toute l'organisation du bac à faire dans son lycée.

Il y a toute une série d'épreuves facultatives qui se déroulent dès le mois de mai. Si nous avions pu en parler elle se serait sans doute moquée de moi.

Mais ça s'est bien terminé. Quelques jours avant son oral, Héloïse m'a dit : « Emmenez-moi quelque part, j'ai envie d'être seule avec vous. » Maintenant nous sommes en Italie. Dans deux jours je la mets dans l'avion et elle va rejoindre ses parents. Moi je rentre à Paris, où je vais pouvoir travailler sans arrière-pensées. Ces derniers temps le rendement n'était pas terrible.

Claire Rochaz
à Héloïse de Marèges

Crest-Voland, le 12 juillet 1966

Ave !
Xavier m'ennuie. Non qu'il ait beaucoup changé, le pauvre garçon, mais il veut m'épouser. Oh, pas tout de suite. Il est conscient que la perspective ne m'enthousiasme pas, et il met ce net recul sur le compte de ma jeunesse, et surtout de la sienne. Je lui ai dit de finir ses études avant d'envisager même de s'installer avec quelqu'un, et surtout de me laisser finir les miennes, qui seront longues. Mais les miennes il s'en fiche, bien qu'il n'ose pas me le dire en face. Il compte, comme un bon bourgeois de province qu'il est, que je laisserai tomber de moi-même et que je torcherai les marmots qu'il me fera régulièrement, et par inadvertance bien sûr, pour mieux me boucler. J'ai eu tort de lui donner souvent des rendez-vous à Laroche-Migennes cette année, car c'est pour ça qu'il y croit. Tant qu'on ne se voyait qu'ici, ce n'était qu'un flirt de vacances un peu poussé. Alors j'ai dit : « Je ne t'aime pas. » Il ne m'a pas crue, ce qui est tout de même un comble. Il pense que je

crois ne pas l'aimer. J'ai donc dit : « J'en aime un autre. » Il ne me croit pas non plus, et c'est à cause des rencontres à Laroche, alors que moi je ne voulais que coucher avec lui. Je le lui ai dit. Il ne me croit pas davantage. Pas possible d'être têtu à ce point-là ! Il m'a même dit que de toute façon, et quoi que j'aie fait, il était le premier. Voilà mon pucelage qui me revient en boomerang ; c'est gai !

Depuis, l'atmosphère est fraîche. Je l'évite, il se cramponne. Nouvelle application du principe du rigaudon. Du coup je pars plus tôt pour Tauberg, en espérant que Kai-Uwe, lui, ne va pas m'embêter. Tu as de la chance : quoi qu'il arrive tes bonnes femmes ne te proposeront pas le mariage, ni un enfant.

Après une étude sommaire, sans mon Bailly, je pense que tes vers sont de Sappho : il y a la formule 11/11/11/5, et je ne vois pas qui d'autre a pu l'utiliser, sauf peut-être dans l'*Anthologie*. En tout cas, ça me plaît.

Vale.

La même
à la même

Tauberg, le 18 juillet 1966

χαῖρε.

J'ai retrouvé Kai-Uwe, toujours égal à lui-même, gentil mais pas crampon, et Manuela, qui en deux mois est devenue plus grande perche que sa sœur et qui s'est enfin décidée à sauter le pas. Mais je suppose qu'elle te l'a dit au lycée. Il se passe avec Kai-Uwe quelque chose de curieux. Tu sais que quand je suis rentrée d'Allemagne l'année dernière, j'étais pleine de nostalgie, puis petit à petit son image s'est effacée, et je ne me souvenais pas qu'il était si beau. En le revoyant j'ai eu un choc. Te souviens-tu de ses cheveux jaune paille un peu trop longs, de ces poils presque blancs qu'il a sur les jambes, de sa silhouette d'éphèbe? Et en plus il est loin d'être idiot, même s'il est encore un peu bébé. S'il croisait un Peyrefitte, je ne donnerais pas cher de sa vertu. L'ennui c'est que ce superbe spécimen est légèrement fat. Manuela dit même qu'il est vaniteux comme un pou, car il sait bien, le bougre, qu'il est irrésistible. Les filles de son Gymnasium le lui font bien comprendre. Heureusement j'ai le charme de l'exotisme et les Françaises ont encore dans le domaine de l'amour une grande réputation. Donc, malgré sa fatuité, il accepte que je lui donne quelques cours de perfectionnement : ce n'était pas du luxe !

Je suppose que Suzanne n'est pas encore arrivée à Stockholm. N'oublie pas mes recommandations : de la distance, de la dignité légèrement douloureuse, beaucoup de discrétion dans la provocation, et ta carrière de séductrice est assurée.

Vale.

*Héloïse de Marèges
à Claire Rochaz*

Stockholm, le 21 juillet 1966

Ave !

C'est vrai qu'ils sont beaux, tous ces Tauberg, mais je n'ai jamais eu un goût très vif pour les blonds. Je trouvais Manuela un peu fadasse, quand toute la classe admirait son immense chevelure blonde, mais elle s'est arrangée, peut-être parce qu'elle a les joues plus creuses, comme Kai-Uwe qui, il y a deux ans, faisait un peu bébé cadum. Bref ce sont des blonds qui vieillissent bien ; Kai-Uwe pourrait te faire de l'usage si tu améliores ses performances. Mais il leur manque à tous les deux cet aspect las et délicieusement blasé qu'a Erika. Voilà une femme, une vraie, ayant vécu et souffert. Je tâcherai, malgré mes vues sur Suzanne, de ne pas lui donner un coup de vieux supplémentaire.

Oui, Erika est superbe, mais j'ai toujours préféré les bruns et les brunes, et il serait tragique que j'eusse « mon plus grand amour pour une femme qui ne me plaisait pas, qui n'était pas mon genre ! » Maman, comme toi, aimait les blonds, et tu vois où ça l'a menée : à un brun qui lui a donné cinq bruns et l'a quand même emmenée dans un pays de blonds, histoire de lui montrer ce qu'elle a perdu.

Ma brune Suzanne n'est évidemment pas encore arrivée, mais elle est annoncée pour dans trois jours, et c'est un signe. En effet, dans le projet initial je partais le 28, ce qui prouve qu'elle a envie de me voir quelques jours, mais pas trop pour mieux résister à la tentation. Je suis très optimiste. J'affûte mes charmes.

Je te tiendrai au courant.
Vale.

La même
à la même

Stockholm, le 31 juillet 1966

Ave !

Enfin, j'ai des choses à te raconter, et fais-moi confiance pour te faire languir au maximum, et avec autant d'art que je pourrai en mettre.

Suzanne est arrivée, un peu plus tôt que prévu comme je te l'avais dit. J'ai essayé d'être très naturelle, c'est-à-dire de mettre nos relations exactement comme elles étaient il y a un an, et ce n'est pas facile. Tu sais que je descends souvent très tôt le matin, et qu'après avoir avalé une quelconque tartine et un jus d'orange, je vais bouquiner dehors ou écrire. L'année dernière elle me rejoignait assez souvent, vers sept heures en général, et nous causions (comme dit Beauvoir). Ensuite la maison commence à se remplir, et c'en est fini de l'intimité.

Naturellement, je n'allais pas rompre avec des habitudes plus anciennes que son arrivée dans la maison, mais cette fois-ci, elle a mis quatre jours à me rejoindre. Oh certes, je savais qu'elle le ferait. J'avais vu bouger le rideau de sa chambre à plusieurs reprises, depuis mon poste d'observation, et ce n'était pas le vent. D'autre part il y avait sa voix quand elle me parlait. Tu as entendu comme moi son contralto sec, avec des phrases coupées net, surtout au téléphone. Mais de temps en temps des harmoniques sensuelles s'échappent comme par inadvertance, et je crois bien que c'est ça qui me remue le plus.

Elle a fini par descendre, hier. Elle s'est assise en face de moi. J'ai fermé mon *Poètes du XVIe siècle* de la Pléiade. Le démarrage a été difficile. Elle m'a parlé du bac, de l'Angleterre, de l'Italie que je connaissais enfin. J'ai saisi la perche et évoqué à mots très couverts mon intimité avec Erika ; mais pas comme l'année dernière, où je lui expliquais franchement mes problèmes, non, cette fois-ci avec beaucoup de réticences. Comme nous parlions de mon oral de latin et que nous en récitions le texte (un poème d'Ovide !), elle a avancé la main et l'a posée sur la mienne, qu'elle recouvre exactement. J'ai eu un frisson authentique, et je me suis forcée à reculer. C'était héroïque, mais nécessaire, d'autant que la maison s'éveillait.

La journée a été très dure pour moi, et j'imagine pour elle aussi. Je ne savais pas si j'avais bien joué ma partie. Je craignais qu'elle ne fût découragée ; et surtout j'étais tenaillée par le désir, je ne pensais qu'à « ça ». Je me disais que la matinée suivante serait décisive.

Il n'a pas été nécessaire d'aller jusque-là. Le soir, vers dix heures, Hilda est venue gratter à ma porte. Cela lui arrive souvent : elle me pose des questions fondamentales sur la vie, la bonne interprétation du Köchel 466, ses livres d'enfant auxquels elle imagine une autre fin. Je lui explique qu'il y a des univers parallèles où les choses ont bifurqué autrement, que quand elle sera grande, elle sentira ce qu'il faut faire avec le Köchel 466, cela nous mène à onze heures, où je lui dis qu'une petite fille de son âge devrait être couchée depuis longtemps, et où je la raccompagne dans sa chambre et lui remonte sa couette en l'appelant Hildchen, ce qui est un secret entre nous, et me fait penser à Erikchen.

Hier soir, donc, après ce cérémonial, j'ai entendu regratter. J'ai cru qu'elle revenait, et je m'apprêtais à sévir, mais c'était Suzanne. J'ai resserré, par pur réflexe, le col de ma robe de chambre qui bâillait. Elle l'a rouvert, a enfoncé sa main dans la brèche et a dit : « De toute façon, on va recommencer, c'est inévitable, alors autant le faire tout de suite. » Que pouvais-je faire ? J'étais matée.

Quand je me suis réveillée, tard, elle était partie. J'ai rejoint la famille au petit déjeuner collectif, où l'on s'est moqué de ma « panne d'oreiller ». Elle était là, égale à elle-même, comme s'il ne s'était rien passé. J'ai eu du mal à imiter sa désinvolture. Maintenant, j'attends la nuit prochaine avec curiosité, et impatience.

Vale.

Claire Rochaz
à Héloïse de Marèges

Tauberg, le 2 août 1966

χαῖρε.

Je te félicite, ou plutôt je nous félicite, de la réussite de la manœuvre, mais attention : tu entres dans la phase la plus difficile, et de loin, de l'opération. Il s'agit de ne pas tout perdre par trop de hâte. Je préfère te l'écrire très vite : garde tes distances, ne te laisse pas aller, car je te sens atteinte. Je ne te le reproche pas, si c'est vrai, mais cela pourrait te rendre vulnérable, et peut-être attacherait-elle moins de prix à ta conquête. Evidemment, c'est toi qui es sur place, et qui vois les occasions à saisir ou à ne pas saisir, mais je te donne la ligne générale : reste un peu lointaine, au besoin recule. En voilà une qu'il ne faut pas de sitôt appeler Suzanchen, quelque envie que tu en aies.

D'abord, il faudrait bien réfléchir à ce que tu veux vraiment, maintenant. Si c'est une aventure piquante, ça y est : tu l'as. Si c'est quelque chose de plus important, alors sois très prudente : elle nous a prouvé qu'elle était sur ses gardes. Il est indispensable de savoir ce qui pourrait l'empêcher de t'aimer. Moi je crois que ce serait des scrupules, mais je ne sais pas si c'est vis-à-vis de ta mère, ou vis-à-vis d'Erika, ou plus probablement les deux. Sans compter votre différence d'âge. Tu dois essayer de savoir ce qui chez toi est un atout et ce qui chez toi est un handicap. Fais-la parler, mais je vais te donner mon opinion. Les atouts ce peut être ta mère, justement, pour qui il n'est pas exclu après tout qu'elle ait eu quelques tendres sentiments (ne hurle pas : nos mères sont des êtres humains) ; ce peut être aussi ton âge, si elle aime la chair fraîche ; ce peut être aussi le désir inconscient de se venger d'Erika qui, d'après ce que tu sais, l'aurait plaquée ; ce peut être enfin ton charme personnel qu'il ne faut pas sous-estimer : si cette ex-cavaleuse d'Erika ne jure plus que par toi, c'est bien que tu as quelque chose, et ce quelque chose est peut-être généralisable. Voyons maintenant les handicaps : les mêmes, bien sûr : ta mère, car si l'on déniaise volontiers les fils de ses amies, on peut avoir des scrupules pour les filles ; ton âge : presque trente ans d'écart, ça donne à réfléchir ; Erika, qu'elle a probablement plus aimée qu'elle ne veut bien le dire, et envers qui elle a peut-être des scrupules ; quant à ton charme personnel, il n'est peut-être opposable qu'à Erika.

Je t'expose tout ça objectivement, mais j'ai ma petite idée sur ces différents points. C'est à toi de tout vérifier, et en attendant, sois très en retrait : cela ne peut pas faire de mal.

Erika va arriver à Tauberg avant toi ; je la ferai parler sur ses

103

relations avec Suzanne, le mieux que je pourrai, mais à condition qu'une occasion se présente, et ce n'est pas forcément facile.

Vale.

Erika von Tauberg
à Héloïse de Marèges

Vienne, le 3 août 1966

Ma chérie,

Je viens de quitter Klagenfurt, et je fais un petit arrêt à Vienne avant de rejoindre Tauberg. Comme j'aimerais vous avoir avec moi ! Ne vous moquez pas, mais sans vous je me sens amputée, et j'ai mal au membre qui manque. C'est encore plus dur après nos vacances italiennes. Surtout, reposez-vous bien : vous l'avez bien mérité. Je vais aller aux nouvelles et je vous dirai ce que devient Pilar, dont le silence est effectivement un peu mystérieux.

Je n'ose pas vous demander de venir un peu plus tôt à Tauberg, mais si c'était possible... je vous aime tellement, Liebchen...

Journal d'Erika von Tauberg

Vienne, le 5 août 1966

J'ai fait hier quelque chose d'impardonnable. J'ai accepté de rejoindre Melitta dans cette boîte de la Annagasse où nous allions souvent autrefois, et là, l'ambiance, l'alcool, la nostal-

104

gie, je ne sais pas... Nous nous sommes retrouvées dans le même lit, Melitta, moi, et une tierce personne dont j'ai presque tout oublié. Melitta me dit que ce n'est pas grave, que c'est même le meilleur remède quand on est triste, mais je pense que c'est mal, que l'amour est une chose sérieuse à ne pas profaner dans une stupide partouze. « Toi, a dit Melitta, fais attention : soit tu vis l'amour de manière tragique, et c'est dommage, soit tu vis un amour malheureux. Tu n'es pas sûre d'elle ?

— Si, mais je crois que c'est moi qui aime le plus, tu comprends ?

— Tu n'en sais rien. Tout le monde ne manifeste pas de la même manière. Elle a l'air de t'aimer, en tout cas.

— L'année dernière peut-être, mais maintenant ? »

Melitta a essayé de me faire analyser tout ça, mais je ne peux pas. Je le sens, c'est tout. Il faudrait ne jamais aimer.

J'ai vu Pilar, comme je l'avais promis à Héloïse. Elle aussi est malheureuse, car il y a trois mois, sans que rien le fasse pressentir, Vasko a disparu. Plus exactement, tout le personnel de l'ambassade de Bulgarie a été changé. Un soir, Pilar avait rendez-vous avec lui et Constantin, un autre « attaché à je ne sais quoi » mystérieux, qui servait de chandelier à Vasko, ou d'espion, qui sait. Ils ne sont pas venus, et depuis c'est le black-out complet. Certes, elle ne pense pas que ses modestes amours ont déclenché cette affaire, en quoi elle se trompe peut-être, mais elle souffre. Elle aimait ce type. Et cette fille dont Héloïse dit : « Elle est gentille, elle est drôle, mais elle est un peu bécasse », cette fille donc, n'a pas l'air de manquer d'intuition, puisqu'elle m'a dit : « Vous aussi vous êtes malheureuse, n'est-ce pas ? C'est Héloïse, bien sûr.

— Elle vous l'a dit ?

— Non, j'ai fini par deviner. Ne vous inquiétez pas, elle vous aime au maximum de ce qu'elle peut faire. »

C'était gentil, mais j'étais bien avancée !

Vienne ne me vaut rien. Le foehn rend fou. Pourtant j'ai aimé y vivre, jadis.

105

Erika von Tauberg
à Suzanne Lacombe

Vienne, le 5 août 1966

Je t'envie d'être avec Héloïse en ce moment. Je ne sais pas ce que j'ai, mais elle ne m'a jamais autant manqué. Je traîne un cafard incroyable et sans cause sérieuse, au fond. J'erre dans la ville. La Schwarzenbergplatz : elle y a vécu ; la Liechtenstein-straße : c'est son lycée. Tout me la rappelle. Si je lui écris, je me maîtrise : un tel sirop l'écœurerait. Il vaut mieux que je remonte vers le nord tout de suite. Ecris-moi, dis-moi que tout va bien.

Je t'embrasse.

Suzanne Lacombe
à Erika von Tauberg

Stockholm, le 8 août 1966

Mais enfin, Erika, c'est insensé tes petites promenades dans Vienne ! Reprends-toi, ça ne va pas du tout. Et le conservatoire de la Machinstraße où elle a appris le piano, tu y as pensé ? Et le temple calviniste de la Trucgasse, et le guignol du Prater (il y en a sûrement un), et l'école d'équitation, et l'Opéra ? Mais il faut réagir, tu ne peux pas rester dans cet état. Tu as la chance d'aimer une fille qui t'aime, et tu gâches tout par ton humeur tragique. Mais on se lasserait à moins, tu sais ! Tu vas la tuer, cette petite, sous un tel fardeau. As-tu seulement le moindre motif d'être pessimiste ? Je vais être très dure, mais c'est nécessaire pour toi : si elle te quittait, je la comprendrais : c'est une fille tellement saine. Tu n'as pas le droit de lui infliger ton désespoir existentiel ; tu as des responsabilités, ne l'oublie pas.

Je t'embrasse tendrement. Réagis.

Héloïse de Marèges
à Claire Rochaz

Stockholm, le 8 août 1966

Ave !

Ta lettre est pleine de sagesse, et je m'étais fait à peu près les mêmes réflexions, sans pousser si loin l'analyse, toutefois. Si je veux que cette affaire dure, et je le veux absolument, il faut que je sois prudente, et ma nouvelle maîtresse est loin d'être accrochée comme l'est Erika. Avec Erika tout est finalement très simple : je suis gentille et elle m'aime, je suis odieuse et elle m'aime. Quoi qu'il arrive j'ai toujours vingt sur vingt. C'est lassant, tu ne peux pas savoir à quel point.

Bon, assez sur Erika, car je n'y vois vraiment pas clair. Mon travail, pour le moment, c'est de créer avec Suzanne une relation solide, agréable et durable. Pour le présent tout va au mieux. Le soir, je couche Hilda et je rejoins Suzanne dans sa chambre, qui est relativement à l'écart, par rapport à la mienne. Elle a, heureusement, un réveil de voyage qui me permet de filer à six heures. Mais je suis crevée par le manque de sommeil. Hier nous avons passé la journée sur la plage, et Hilda que cela a dû fatiguer n'est pas venue, ou alors si elle est venue je ne l'ai pas entendue, car je me suis endormie à neuf heures (je suis parfaitement habituée aux couchers de soleil tardifs, maintenant). Si bien que je n'ai pas rejoint Suzanne et que j'ai sauté l'heure du petit déjeuner collectif. Et là c'est intéressant, car dès qu'elle a réussi à être seule avec moi, elle m'a dit : « Pourquoi n'es-tu pas venue ? Je t'ai attendue. » Sa voix était rauque, angoissée, et elle avait l'air plus crevée que si elle avait passé sa nuit à baiser. Je n'ai pas eu le temps de lui répondre, car Hippolyte arrivait. Elle a repris instantanément son ton bref, et je me suis demandé si je n'avais pas rêvé. Mais une heure après, elle m'a effleurée alors que je m'effaçais pour lui laisser franchir une porte, et elle a murmuré : « A ce soir ? » J'ai acquiescé silencieusement.

107

Il m'est impossible, pour le moment, de faire une plongée dans son passé. Au sujet d'Erika, c'est le silence total. Notre devise semble être : « Y penser toujours, n'en parler jamais. » Son fantôme silencieux plane sur nos ébats. Quant à ses relations avec Maman, je ne pense vraiment pas. Elles ont un comportement d'anciennes amies de pension, plein d'allusions à un passé qui aurait été amusant (et c'est un comble quand on sait où elles se sont connues !). Elles ont surnommé mon pauvre frère Astyanax, se récitent du Marcel Aymé :

« Passez-moi Astyanax, on va filer en douce,
Attendons pas d'avoir les poulets à nos trousses.
— C'est-y pas Dieu possible ? Enfin voilà un homme,
Voulez-vous du vin blanc ou voulez-vous du rhum ?
— Du blanc.
            — C'était du blanc que buvait mon Hector
Pour monter aux tranchées, et il avait pas tort. »

Papa entre dans le jeu, naturellement, si bien que quand Hippolyte a invité à la maison un petit copain au nom rigoureusement imprononçable, Papa l'a surnommé Théramène. Remarque, j'avais déjà constaté chez mes parents cette tendance à parler de la guerre comme du bon vieux temps. Je suppose que c'est parce qu'ils étaient jeunes... et puis tout de même, c'était l'aventure.

Cependant, l'autre jour, Suzanne a remarqué les quatre ou cinq cheveux blancs que je possède, et que j'essaie de rendre bien visibles en me coiffant, et elle en a été tout attendrie. « Oui, a dit Maman, c'est la fameuse canitie des Puyferrand. Elle est en train de battre le record : moi, j'avais dix-huit ans. »

En réalité je ne sais pas du tout ce que Maman penserait de ma vie, et je ne veux pas approfondir. Il y a un peu plus d'un an, elle m'a proposé la pilule. Je lui ai dit que ce n'était pas encore nécessaire, et elle m'a fait promettre de la lui demander si cela le devenait. Mais elle était contente que j'eusse refusé. Si elle savait, mon Dieu ! Mais j'ai une chance que je ne mérite pas : ma propre mère m'a autorisée à contracevoir à quinze ans, et autour de moi des filles bien plus âgées en sont encore aux méthodes artisanales et aux dangers que cela implique. Soit dit au passage, toi tu devrais faire attention. Te vois-tu enceinte et ne sachant même pas de qui ?

J'arrive le quinze. A bientôt.

Vale.

Claire Rochaz
à Héloïse de Marèges

Tauberg, le 11 août 1966 (Sainte Suzanne...)

Ave !

Ne t'inquiète pas, depuis que je vais à Laroche mener ma vie de débauche, je prends des précautions sérieuses. L'une des stagiaires de Papa m'a refilé ce qu'il fallait, et, effet secondaire tout à fait inattendu, cela a fait disparaître radicalement mon acné. Quand je pense que j'avais tâté de toutes les pommades possibles, des vieux trucs aux produits les plus récents, et que maintenant j'ai le dos lisse et net sans avoir à y penser, je me dis que c'est quand même beau les hormones : il est vrai qu'elles soignent ce dont elles étaient responsables au premier chef.

Il est temps que tu arrives pour aider Manuela. En effet je la prépare à son rattrapage de septembre, comme un cheval de course que l'on entraîne, mais j'ai mes limites. Son cas est finalement simple : elle n'a aucune méthode de travail et elle est bordélique, mais elle est intelligente. Je lui apprends donc tout ce que je peux sur l'organisation, d'une part de ses révisions, d'autre part de ses devoirs une fois qu'elle est devant sa feuille blanche. Et ça marche. Elle arrive à faire des dissert' construites et claires juste dans le temps imparti, et même si elle n'a rien à dire. Elle fait des plans. Et, corollaire, elle ne panique plus. Je lui ai fait traiter le fameux « différence entre le concept de notion et la notion de concept », et elle a fait quelque chose qui t'étonnera, tu verras. En plus cela lui donne confiance en elle, et c'était tout son problème. Elle vit depuis l'enfance avec le regard fixé sur l'horizon des performances de sa grande sœur, qu'elle admire à n'en plus finir, mais je lui ai démontré qu'un bac math-élem en 1966 était une tout autre affaire qu'un bac littéraire en deux parties des années cinquante, et qu'elle ne devait pas se comparer à Erika, qui n'a pas les mêmes talents. Mais depuis qu'Erika, classée littéraire, se met à réussir aussi dans les affaires et prend de plus en plus de place chez Tauberg und Wesel, à la grande joie de Vati qui l'admire plus que sa sœur, la pauvre Manuela est repoussée encore dans les ténèbres extérieures, ou elle se l'imagine. Il faut donc que tu lui donnes confiance, et cela te sera facile, puisque tu joues dans la même division. Elle t'admire beaucoup aussi, d'abord parce que tu réussis facilement, ensuite parce que tu es la maîtresse de sa sœur ; ce n'est pas le terme qu'elle employait, d'ailleurs, elle disait amie, mais je lui ai conseillé d'appeler un chat un chat.

J'ai appris des choses intéressantes. Figure-toi qu'au lycée personne ne pouvait nous voir, peut-être parce que nous vivions en autarcie. Ton image s'est améliorée en terminale, grâce à mon départ. On a daigné reconnaître que tu étais humaine, après tout. Et moi, en philo, j'ai eu des relations de bonne camaraderie avec tout le monde, du moins il me semble, mais du coup je commence à douter. On ne sait jamais ce que les autres pensent, et l'image qu'on donne. Il va falloir que je creuse la question.

Ton Erikchen, ta Fleur de Bruyère [1], comme tu dis dans tes accès de romantisme, est arrivée. Elle nous a apporté à toutes de superbes dirndl. Le tien est vert et gris. Il faut reconnaître que ce vêtement est assez érotique et met bien le décolleté en valeur. Je pense qu'elle n'aspirera qu'à te l'ôter dans l'intimité.

Vale.

---

1. En allemand, Erika signifie bruyère.

Tauberg, le 12 août 1966

Au fond on ne sait rien des gens, sauf quand on lit leur journal intime, peut-être. Claire Rochaz, le super-crack, celle que même Marèges s'essoufflait à poursuivre, eh bien c'est la fille la plus sympa du monde. Si je passe en septembre, ce sera bien grâce à elle. Elle m'a raconté les circonstances de son arrivée dans notre lycée. Pour les vacances de Pâques 62, ses parents l'ont fourrée, elle et son petit frère Yves, dans le bateau qui partait pour Marseille. De là, ils se sont rendus dans leur chalet savoyard, croyant que c'était des vacances ordinaires. Une semaine après le reste de la famille est arrivé et leur a expliqué que Mascara c'était fini. Tout était vendu ou abandonné, on allait s'installer à Paris. « Tu comprends, m'a dit Claire, je savais bien qu'on était foutu, là-bas, mais ils m'ont privée de mes adieux au pays. Je suis partie contente, sans un regard en arrière. Ils croyaient bien faire, mais j'ai eu du mal à leur pardonner. J'ai pleuré pendant des jours. Même maintenant... » Là, j'ai dû lui donner un Kleenex. Elle a continué : « Ensuite c'était pire. Les autres arrivaient aussi, pauvres, ayant tout perdu. Et nous, nous étions encore riches, pas comme avant, mais quand même... Je ne me rendais même pas compte que c'était extraordinaire d'avoir une vraie maison à Paris, avec un bout de jardin. Là-bas c'était le parc, la piscine, les mûriers. J'avais commencé à préparer les boîtes pour les vers à soie, et puis... oh merde, repasse-moi un mouchoir... En tout cas je n'avais pas le droit de me plaindre : nous étions des privilégiés. Quelle horrible époque ! Et les gens qui nous détestaient, qui nous accusaient de tout, d'être responsables. Il y a sûrement du vrai, mais on ne pouvait même pas panser ses plaies. Je les déteste, toutes ces bonnes consciences de gauche, je ne leur pardonnerai jamais.

« Pendant trois mois, nous avons suivi des cours avec le lycée de Vanves, tu sais le truc par correspondance pour les malades, puis Maman a eu son poste et je l'ai suivie. Là, tout de suite, Marèges m'a parlé : " Tu arrives d'Algérie, comme tu dois être malheureuse ! " C'était la première parole de compassion que je recevais, même aux guides on s'était tu, par pudeur sans doute. Bien sûr, par la suite j'ai rencontré des tas de Français qui partageaient notre chagrin, mais elle a été la première, et je n'oublierai jamais ça. Un peu plus tard, elle m'a raconté l'épisode de la minute de silence. Tu es au courant ?

— Oh oui, on n'était pas dans la même classe, mais cela s'est su, et il y a eu aussi l'histoire du putsch de 61.

— Quelle histoire ?

— Comment, tu ne sais pas ? C'est Apraxine qui me l'a racontée. Elles étaient en rang avant d'entrer en classe. Quelqu'un a dit : " Challes et Zeller se sont rendus. " Héloïse a dit : " C'est pas vrai ", et elle est tombée raide, évanouie. Sa mère a dû venir la chercher à l'infirmerie. Tout le monde sait ça sauf toi, c'est sidérant ! Apraxine a trouvé ça très bien, d'ailleurs. Mais pour d'autres, Marèges c'est l'aristo colonialiste qui ferait mieux d'avoir ses vapeurs pour le prolétariat. Qu'est-ce que tu veux, on est tous des causes perdues, toi avec tes colonies, nous avec nos particules. Faut s'y faire.

— Oui, et Apraxine avec sa Sainte Russie. Il paraît que vous avez fondé un club des ci-devant, cette année.

— Exact, mais après quelques tentatives Arnodin s'est tenue à carreau. Elle est lâche, en plus. Tu sais que Quatrefares a aussi des problèmes avec son quartier chic et sa particule : elle est devenue trotskiste. Il paraît qu'à côté les communistes sont des modérés.

— Oui, la révolution permanente, je connais. De toute façon Quatrefares est con comme un balai, ça devait arriver. »

Et voilà, exécution. Justifiée d'ailleurs. Mais c'est avec ce genre de petite phrase qu'elle s'est fait mal voir, jadis.

Suzanne Lacombe
à Héloïse de Marèges

Stockholm, le 18 août 1966

Le seul avantage que je trouve à ton départ, c'est que je dors la nuit. Mais pourquoi te le cacher, je préférais nos insomnies. Le soir ta petite sœur vient me parler. Quelle drôle de petite fille, elle me plaît bien. Rassure-toi, j'attends sa puberté. Et toi, je suppose que tu continues à faire des folies ? Quelle santé ! Mais je vais quand même te dire quelque chose de sérieux : essaie d'être bien avec Erika ; je sais que tu es très gentille, en général, mais elle a besoin d'être traitée avec beaucoup de précautions. Que veux-tu, tout le monde n'est pas comme nous.

Ça me fera plaisir si tu m'écris.

Héloïse de Marèges
à Suzanne Lacombe

Tauberg, le 22 août 1966

L'idée consistant à faire rédiger votre enveloppe par Hilda n'est pas bête du tout. Erika ne s'est pas méfiée. Mais comme c'est vilain d'utiliser ma pauvre petite sœur pour masquer vos turpitudes. Rassurez-vous, sans aller jusqu'à traiter Erika comme une grande malade, je suis gentille, comme vous dites. D'ailleurs je l'aime. Ça n'empêche pas les souvenirs de Suède d'être tenaces. Je pense à vous dans toutes les circonstances. Je compare, et vous soutenez très bien la comparaison.

A bientôt. Où préférez-vous que je vous embrasse ?

113

Suzanne Lacombe
à Héloïse de Marèges

Stockholm, le 24 août 1966 (Saint Barthélemy)

Décidément, des gens de la RPR[1] comme toi, on n'en a pas tué assez. Tu aimes Erika, voyez-vous ça? C'est nouveau. Je me demande parfois si tu n'essaies pas de me faire marcher. Ne sais-tu pas, petite fille qui n'a pas vécu assez, que l'amour est exclusif?

Moi je sais très bien où tu préfères être embrassée. Et je le fais.

Héloïse de Marèges
à Suzanne Lacombe

Tauberg, le 27 août 1966

Mais non, l'amour n'est pas exclusif. La preuve c'est que je vous aime aussi, et je vous le prouverai à Paris.

Suzanne Lacombe
à Erika von Tauberg

Stockholm, le 27 août 1966

Comment vas-tu, maintenant? Tu sais que tu m'as beaucoup inquiétée, au début du mois? Je suppose que la présence

---

1. Religion prétendue réformée.

d'Héloïse t'a apaisée. Il faut que tu te rendes compte de ta chance : tu aimes, tu es aimée, le reste ne compte pas, et tant de gens voudraient être à ta place. Ecris-moi ; j'aimerais être rassurée.

Je t'embrasse.

Erika von Tauberg
à Suzanne Lacombe

Tauberg, le 31 août 1966

Pardonne-moi de t'avoir inquiétée. J'étais complètement folle, mais ça va beaucoup mieux. Et tu as raison, j'ai de la chance. Mais Vienne est une ville qui a une atmosphère, et je n'étais plus habituée. Si bien que je suis retombée, le temps d'une soirée, dans mes anciens errements, et j'ai eu honte. Héloïse était lointaine, pas seulement physiquement. Même avant, à Paris, nous avions eu des moments pénibles. Je sais, c'était le bac. Manuela aussi était tendue et fatiguée. Et après tout, c'est vraiment un passage difficile pour ces pauvres gosses, ma sœur surtout, qui repique au truc. Enfin, tout ceci explique que je me suis posé des questions. J'ai peur qu'elle ne m'aime plus, qu'elle se laisse séduire par un homme, que sais-je ?

Enfin, maintenant tout va bien. Il vaut mieux que j'oublie que finalement c'est moi qui l'ai trompée.

Je t'embrasse.

Suzanne Lacombe
à Erika von Tauberg

Paris, le 3 septembre 1966

Effectivement, c'est toi qui l'as trompée. Bon, ce n'est pas bien criminel. N'y pense plus et surtout n'avoue jamais. Pour le reste... quand j'étais guide, à Bordeaux, nous chantions le soir un truc qui s'appelle *La prière des complies*. Le texte était : « Eloigne de ce camp le mal qui passe. » Naturellement nous prononcions : « Eloigne de ce camp le mâle qui passe. » Je me demande si on chante toujours ça. Je demanderai à la petite Claire Rochaz, tiens. En tout cas tu peux en faire ta prière. Mais je ne suis pas sûre que le mâle soit à craindre, au contraire : il y a des bousilleurs de pucelage dans la corporation, tu ne peux pas savoir (peut-être aurais-tu dû essayer, quand même). Si elle en essaie un parce qu'elle est attirée, tu peux tout craindre. En revanche si elle en essaie un par curiosité, ou parce qu'il faut bien le faire, alors c'est bon pour toi. Et surtout ne fais pas de sentiment superflu : ça vaut le coup que ta petite chérie soit un peu froissée par « le mâle qui passe ». C'est pour la bonne cause.

Je t'embrasse.

Journal de Manuela von Tauberg

Paris, le 7 octobre 1966

On a fait une fête à tout casser hier, chez Héloïse dont c'était l'anniversaire. Il y avait Victor et la Suédoise qui est censée veiller sur eux et qui passe ses nuits dans le lit de Victor (Héloïse dixit), il y avait Claire et Paul Rochaz, Nathalie Apraxine et Anne-Marie Gautier, Marie-Thérèse d'Ennecour

116

et son frère François ; tous ces garçons étaient présents parce que Héloïse avait dit que maintenant qu'on avait quitté notre lycée couvent, il était temps de faire venir des hommes. J'étais donc venue avec Jean-Michel, mon amant (appelons les choses par leur nom, comme dit Claire). Nathalie avait trouvé un cousin : Dimitri. Ne manquait à notre bonheur que ce cher vieux Kai-Uwe. « Tu comprends, m'a dit Héloïse en m'invitant, je veux quand même avoir l'air normale, même si ce n'est pas le cas. »

En peu de temps, et grâce à la vodka, nous étions déchaînés. Héloïse nous rappelait de temps en temps qu'il y a des voisins, en particulier Bonne-Maman sur le même palier. Nous sommes tous partis d'un fou rire impossible à calmer en entendant cette appellation désuète, et quand Marie-Thérèse a avoué qu'elle aussi elle disait Bonne-Maman, c'est devenu pire. « Et tu dis aussi " vous " à ta mère ? lui a demandé Héloïse.

— Bien sûr. Je lui dis " Maman vous m'emmerdez ". Qu'est-ce que tu crois ? »

Plus tard j'ai vu, de mes yeux vu, François d'Ennecour et Héloïse s'embrasser à pleine bouche, puis Claire et Victor en faire autant, sous l'œil d'autant plus indifférent de Gunilla (la Suédoise), qu'elle était dans les bras du nommé Dimitri. En tout cas la vodka c'est vraiment bien. Je n'ai pas le moindre embryon de gueule de bois. On a bien fait de ne pas mélanger.

Claire Rochaz
à Héloïse de Marèges

Paris, le 10 décembre 1966

Ave !

Franchement, on m'avait trompée. Cette hypokhâgne ce n'est pas l'enfer, loin s'en faut. Voilà trois mois que j'attends que les choses sérieuses commencent, et je me demande s'il ne faudra pas, finalement, attendre l'année prochaine pour voir enfin ce fameux bagne des prépas. Et encore, il me serait indifférent de cuber, donc je peux considérer la première khâgne comme un galop d'essai. Je n'ai plus à m'embêter avec les matières scientifiques ; les cours sont tellement intéressants que je les écoute attentivement et que, du coup, je n'ai guère besoin de les apprendre à la maison ; les livres dont on nous a donné la liste, soit je les avais lus, soit je les aurais lus plus tard, et ils me passionnent de toute façon. En un mot je baigne à fond dans la pure littérature, et c'est une promenade de santé. D'autant que je me fiche complètement d'être la meilleure ou non. Et je crois que si les compositions m'ont été favorables, c'est grâce à ma désinvolture. Toutefois, je ne vais pas tarder à être dépassée en philo, ce qui était à prévoir. Nous ne faisons plus que de la métaphysique, et j'ai bien du mal à déchiffrer les auteurs. Je ne suis probablement pas douée, ou bien Heidegger et Hegel sont fumeux, ou c'est les deux. Juge donc de ma surprise, quand j'ai appris que j'étais deuxième à la compo. Heureusement, le prof, en me rendant ma copie, a dit : « Vous n'avez aucun sens de la philosophie, mais c'est si bien écrit ! » Je ne sais pas si mon style me sauvera la prochaine fois. Peux-tu demander à Erika, quand elle ira en Allemagne, de me rapporter *La Propédeutique philosophique* en allemand (c'est de Hegel), ainsi que *La Critique de la faculté de juger* de Kant, que nous commencerons en janvier. En effet je suis sûre qu'il y a des problèmes de traduction qui compliquent tout.

Donc j'ai pour le moment de la chance et des loisirs, et quand je te vois cavaler entre tes deux facs, la pharmacie de Papa et tes deux maîtresses, j'admire. Vas-tu encore à Fontenay ? As-tu le temps de faire ton piano ? Je n'ai pas de nouvelles de Manuela ; j'espère qu'elle s'en sort bien maintenant, car en faisant médecine elle en a pris pour au moins sept ans, et c'est un secteur où l'on doit savoir travailler seul, avec de bonnes méthodes. J'espère que tu la surveilles un peu.

Je te laisse : l'étude se termine, et on a histoire ancienne pour deux heures, maintenant. Quand auras-tu le temps de passer à la maison ?

Vale.

Héloïse de Marèges
à Claire Rochaz

Paris, le 12 décembre 1966

Ave !

C'est vrai, je ne touche pas terre. Heureusement, tu me comprends. Je ne peux pas aller à tous les cours d'histoire de la Sorbonne, donc je ne fais que les travaux dirigés. Pour le reste je me débrouille. La pharmacie, ça va encore, puisque pour le moment c'est le stage qui compte le plus. Mais j'ai l'impression de passer ma vie dans le métro. J'ai trouvé un truc pour avoir un ticket de 1re classe universel : je te montrerai. Depuis que je me livre à ce trafic, je n'achète plus que des carnets de seconde et je fais des économies. En fait, je n'ai jamais été aussi riche : c'est grisant. J'ai un salaire de stagiaire et je touche tous les trois mois le loyer du 4e gauche. Tu sais que mes parents ont décidé que nous aurions le revenu d'un appartement tiré au sort quand nous aurions dix-huit ans ; mais Maman a dit que puisque j'avais mon bac, on pouvait avancer d'une année pour moi, et tout le monde a voté pour, ce qui est gentil. J'ai eu moins de chance que Victor, puisque j'ai tiré un quatre-pièces loi de 48, alors que lui avait eu un six-pièces libéré, mais c'est la règle du jeu. En plus, comme d'Artagnan, je n'ai pas de scrupules à me faire équiper par mes deux maîtresses, et mes cachemires anglais font l'admiration des populations étudiantes, qui viennent tâter la douceur de l'étoffe. Certains, parmi les mâles, ont la main qui s'attarde. Je laisse faire par coquetterie pure, mais je ne suis guère tentée.

119

Suzanne et moi, nous avons combiné une escapade pour les vacances : cela consiste à partir un tout petit peu avant la fin des classes, à aller à Londres, à y faire nos achats de Noël, et à prendre de là l'avion pour Stockholm. La perspective est grisante et Erika n'en saura rien.

Pour le moment aucune des deux ne m'embête. Erika est charmante et Suzanne égale à elle-même. Quand je suis rentrée à Paris, nous n'allions même plus à Fontenay, alors que nous nous donnions rendez-vous pour y aller, cependant. J'arrivais chez elle et je me précipitais dans son lit ; ensuite nous n'avions plus le courage de nous lever. Mais nous avons réagi, maintenant. Nous nous sommes inscrites dans un club beaucoup plus élégant à Neuilly, et nous travaillons sérieusement. Elle m'aide aussi pour l'histoire, cela devient quasi conjugal. Tu ne peux pas savoir à quel point j'apprécie qu'elle ne me demande pas de faire un choix. Mieux, elle m'a conseillé de prendre un amant, pour voir : « Tu ne peux pas décider de ton avenir sans avoir au moins essayé. » J'ai dit que, pour le principe, elle avait raison, mais qu'il me paraissait plus sage d'attendre d'en avoir l'envie. Après tout, je n'ai que dix-sept ans.

« Et si l'envie ne venait jamais ?

— Tant pis. Vous savez qu'Erika ne l'a jamais fait.

— Tu n'es pas Erika. Et si tu veux avoir des enfants ?

— Je déteste les enfants.

— Je n'en suis pas si sûre.

— Oh, foutez-moi la paix avec ça. Vous aimez les hommes, vous ?

— Non, mais moi c'est moi et toi c'est toi. Pense à ta famille.

— Faudra bien que ma famille se fasse une raison, merde ! »

Evidemment, elle n'a pas tort, mais j'aimerais qu'elle n'insistât pas là-dessus. Je prendrai ma décision un peu plus tard, car pour le moment je suis bien comme je suis et j'ai tout mon temps. Tu vas me trouver compliquée, mais je souhaiterais qu'elle fût un petit peu plus possessive. Erika l'est trop et elle ne l'est pas assez. Si elle m'aimait elle ne me proposerait pas de coucher avec un homme, même dans mon intérêt. Elle est ma maîtresse, pas ma mère ! Cet été j'avais l'impression qu'elle ressentait quelque chose de violent, mais maintenant pas du tout. On baise, on baise, on baise, et c'est tout.

Dieux, que je suis pleine de contradictions !

Vale.

Claire Rochaz
à Héloïse de Marèges

Paris, le 13 décembre 1966

Ave !

En lisant ta lettre, hier soir, j'ai eu la sensation qu'il y avait quelque chose d'important là-dedans, mais ce quelque chose m'échappait. Je n'arrivais pas à mettre le doigt sur le petit détail qui rendait l'ensemble cohérent. Et puis, en plein milieu de la nuit, « φῶς ἐγένετο [1] » et tout s'est mis en place. Je ne te fais pas languir plus longtemps : j'avais trouvé un peu raide qu'elle te conseillât de prendre un amant, et pas de très bon augure. Le conseil semblait plus maternel, comme tu le fais très bien remarquer, que dicté par une amante éprise. Mais nous n'avions rien compris, ma vieille, c'est évident : elle veut que ça loupe, elle t'envoie à l'abattoir, ni plus ni moins. Imagines-tu ta mère, qui veut ton bien, te conseiller de coucher sans désir ? Mais c'est le meilleur moyen de te dégoûter à tout jamais de l'homme, ça ! Et cette garce de Suzanne doit bien le savoir. Je ne veux pas dire qu'elle te veut du mal, non, au contraire, mais cela n'a rien du conseil que donnerait une mère. Souviens-toi de Baudelaire :

---

1. La lumière fut.

121

« Mes baisers sont légers comme ces éphémères
Qui caressent le soir les grands lacs transparents,
Et ceux de ton amant creuseront leurs ornières
Comme des chariots ou des socs déchirants ;

Ils passeront sur toi comme un lourd attelage
De chevaux et de bœufs aux sabots sans pitié... »

Ce qu'elle veut, cette rouée, c'est que tu viennes pleurer sur son épaule et n'en décolles plus jamais. Comme c'est fort, et comme je suis fière d'avoir deviné ! Et elle a raison : cela pourrait bien arriver. Tu comprends, quand on se décide à sauter le pas avec un monsieur avec qui déjà on a connu quelques prémices, ce n'est pas tout de suite le paradis promis par les romans à deux sous. On se dit que c'est intéressant, qu'il y a certainement des choses plaisantes dans cet exercice, qu'il faut persévérer, et on a raison : petit à petit ça vient, et on est bien récompensée. Certaines ont peut-être la révélation du premier coup, mais sincèrement j'en doute. La voiture est en rodage, c'est bien naturel.

Alors toi, qui es tout de suite entrée dans le vif du sujet, et par surprise encore, avec les baisers « légers comme des éphémères » de la chère Erika, comment pourrais-tu apprécier du premier coup ce rude apprentissage ? Et crois-moi, elle le sait bien. Pour un peu elle te lèverait un fort des halles pour mieux te bousiller. Quelle perversité ! J'admire vraiment. Dieux, quelle femme !

Mais nous avons au moins, sinon la preuve, du moins la présomption qu'elle t'aime, car ça m'étonnerait qu'elle travaille pour Erika. Je me demande ce qu'elle pourrait inventer pour l'éliminer, celle-là. A moins qu'elle ne soit partageuse, mais ça m'étonnerait.

Au moins maintenant tu sais où tu mets les pieds.
Vale.

122

Paris, le 14 décembre 1966

Ave !

Bon sang, mais c'est bien sûr ! Oh la garce, oh la salope, oh l'immonde créature ! Me faire ça à moi ! Là, je n'hésite pas à le dire, elle m'a eue. Et le pire, c'est que, passé la première minute d'indignation, j'ai ri. Et j'ai admiré, car c'est superbe. Après avoir salué bien bas cette manœuvre extraordinaire, j'ai cherché la contre-attaque. Pour ça j'ai projeté mon petit cinéma intérieur :

Premier film : je lui fais croire que c'est fait, et que j'ai trouvé ça pas mal du tout. J'imagine sa tête : à peindre !

Deuxième film : je viens pleurer sur son épaule : « Le monsieur y m'a fait mal. » Déjà plus banal.

Troisième film : je refuse d'entrer dans le jeu, et je ne fais rien. C'est moins drôle mais plus intelligent. Je verrai si elle remet la question sur le tapis. Cela m'étonnerait. Elle est trop astucieuse pour appuyer, et une fois l'idée lancée, elle attendra que ça fasse son chemin. Et puis il est difficile de lui mentir sur la question de mon dépucelage. Si je lui dis que c'est fait, il faut que ce soit vraiment fait. C'est hélas vérifiable et ça complique tout.

Ce qui serait bien c'est si tu pouvais monter avec nous le dimanche. Il y a encore de la place, et les niveaux sont assez variés ; d'ailleurs le tien est très bon, surtout depuis cet été. Il suffit de passer le premier degré, c'est le nom des examens, et ensuite on te laisse sortir au bois, traverser l'avenue de Neuilly (les chevaux ont l'habitude). Il y a juste un peu de théorie à apprendre, rien de bien méchant : quand un cheval est marron tu dis qu'il est alezan ; il n'a pas de pattes mais des jambes, etc. Ce serait agréable, et tu pourrais observer des choses et me donner des idées. Tu plais beaucoup à Suzanne, et là, bien qu'elle vienne de nous donner une haute idée de sa perversité, je suis sûre que c'est en toute innocence.

Vale.

Claire Rochaz
à Héloïse de Marèges

Paris, le 17 décembre 1966

Ave !

Effectivement, je crois qu'elle n'est perverse que dans quelques cas précis, et il faut reconnaître que tu as fait tout ce qu'il fallait pour l'allumer, depuis quelques mois. Il ne faut pas s'étonner que cela porte ses fruits. Quand je l'ai vue, avant le bac, je ne me serais doutée de rien si je ne l'avais pas su ; et s'il fallait qu'elle sautât sur tous les jupons qui fréquentent son lycée...

Je n'ai donc pas hésité à dire à Maman que j'allais monter avec toi et avec une directrice de lycée : Mlle Lacombe. « Ah oui, je vois », a dit Maman, qui l'a vue à je ne sais quelle réunion, et qui a été attirée par son nom. Maman est née dans un petit bled d'Oranie qui s'appelait, il n'y a guère, Mercier-Lacombe.

Parfois je me demande quelles sont les conséquences, pour les profs et les administratifs de l'Education nationale, de tels comportements, si cela se sait. Je ne peux évidemment pas interroger Maman, mais je parie qu'il n'y a pas de conséquences. Après tout, nous avons eu des folles, des malades (ou prétendues telles), des chahutées chroniques, un prof d'allemand qui racontait sa vie en français, et le tout dans un lycée réputé. Alors là-dedans, en avoir un qui se prend pour Socrate, une qui se prend pour Sappho, quelle importance s'ils sont bons profs ? Quand je serai plus vieille et sortie du circuit scolaire, Maman m'en racontera sûrement de belles sur ses chers collègues.

Revenons à Suzanne. Je voudrais bien savoir ce qui s'est passé avec Erika jadis. On sait comment cela a commencé, mais on ne sait pas comment cela a fini. C'est une information importante. Si tu ne peux décidément pas le savoir par Suzanne, ne peux-tu pas interroger Erika?

J'arrête. Je donne cette lettre à Papa pour qu'il te la remette, puisque tu pars demain.

Vale.

ANNÉE 1967

Claire Rochaz
à Héloïse de Marèges

Paris, le 4 février 1967

Ave !

Je viens d'apprendre par Manuela des choses bien amusantes, inattendues en tout cas, et qui pourront t'être utiles si tu n'as pas trop de scrupules. Tu sais que nous traînons nos guêtres dans le même quartier, maintenant (le Quartier avec un grand Q, naturellement). Je l'ai rencontrée hier, et entraînée dans une crêperie où j'ai mes habitudes. Là, sous l'influence du cidre, sans doute, elle m'a raconté quelque chose qu'elle n'avait jamais dit à personne : depuis des années, elle lit le journal qu'écrit sa sœur. C'est te dire qu'elle connaît la vie depuis longtemps, et qu'à l'époque où nous ne savions même pas comment se font les enfants, elle savait, elle, des choses qui ne font pas partie d'une éducation sexuelle orthodoxe, telle que la conçoivent certains pédagos qui veulent l'introduire dans nos programmes scolaires. Elle m'a avoué qu'au début elle ne comprenait pas grand-chose, sauf que c'était certainement un péché. Heureusement, Erika donnait un certain nombre de références littéraires (en français) et psychologiques (en allemand), et Manuela a pu ainsi approfondir. Les ouvrages

127

allemands l'ont plutôt épouvantée. D'après ces doctes spécialistes, les femmes qui font ça ont des tas de tares plus horribles les unes que les autres et sont menacées de châtiments affreux. Heureusement, la littérature française remet les choses à leur place. Vains dieux ! Si Maman m'avait vue lire *Les Chansons de Bilitis* à treize ans ! Eh bien c'est ce que faisait Manuela, sous ses draps, à la lueur d'une petite torche ! Elle qui avait l'air si godiche, quand on l'a connue ! Je lui ai dit : « Tu n'as jamais voulu passer aux actes ?

— J'y ai pensé, mais j'ai pas trouvé. Puis l'envie m'en est passée. Au fond, c'est pas une vie.

— Et ta sœur, elle a beaucoup baisé ?

— Oh là là, si tu savais ! Je m'y perdais parfois. Surtout qu'il y a des lacunes. De temps en temps elle cesse d'écrire, et t'as du mal à reconstituer.

— Tu as vu l'entrée d'Héloïse ?

— Non, juste le début, à Vienne. Parce qu'Erika traîne toujours son cahier en cours avec elle, et qu'après elle a déménagé. J'ai pensé que cela n'allait pas faire long feu. Mais de toute façon elle donnait des détails érotiques les premières années seulement ; après elle disait que c'était toujours la même chose.

— Je vois : " La chair est triste... "

— Oui. Et elle faisait de moins en moins de sentiment, sauf justement à l'entrée d'Héloïse. Et puis c'était des filles plus vieilles que nous, en général, et quelquefois il y en avait plusieurs à la fois.

— Comment ? Plusieurs aventures à la fois, ou plusieurs ensemble dans le même lit ?

— Ensemble au lit, voyons, sinon quel serait l'intérêt ? »

Son naturel était confondant. Tout à coup j'ai pensé à lui poser la question la plus intéressante : « Et la période Lacombe, tu as suivi ?

— Oui, mais c'était sérieux, et déjà terminé quand j'ai commencé mes lectures. Ce n'était pas le plus amusant à relire.

Elle a regretté de l'avoir quittée, ça oui, mais Lacombe ne l'aurait pas reprise, c'est évident.

— Pourquoi ? Elle lui en voulait ?

— Difficile à savoir. Moi je lui en aurais voulu, c'est sûr. T'aurais vu tout ce cinéma avec la nommée Maud, pour qui elle a quitté Suzanne. Tu sais, elle est un peu cinglée, ma sœur, par moments... à moins que tous les gens dont tu lis le journal ne te paraissent cinglés ?

— Ah non, si tu lisais celui que je n'écris d'ailleurs pas, tu verrais que je ne suis pas cinglée. Non, Erika elle a un grain : c'est ce qui fait son charme, d'ailleurs. »

Voilà comment nous avons daubé sur ta maîtresse. Ma conclusion, c'est que tu pourrais demander à Manuela comment on ouvre ce fameux bureau, et lire aussi ce qui t'intéresse. Surtout qu'il y a aussi des lettres reçues d'amies, et passablement pornographiques. Mais je ne suis pas sûre que cela en vaille la peine.

Vale.

Héloïse de Marèges
à Claire Rochaz

Paris, le 10 février 1967

Ave !

J'ai été tentée, autant l'avouer, mais je ne le ferai pas. Difficile d'expliquer pourquoi. Ce n'est pas la peur de me voir évoquée dans ces pages, ce n'est pas la peur d'apprendre des événements qui ne me regardent pas, non, je crois que c'est une sorte de respect pour son intimité, pour son mystère même, ou ce qu'il en reste. Et puis je savais tout cela très globalement : elle m'avait dit qu'elle avait énormément cavalé entre 54 et 64, et c'est pour moi quelque chose d'important d'avoir été choisie par une fille qui avait un passé agité. Si maintenant j'apprenais les détails, je perdrais peut-être cette admiration pour elle, qui est tout ce qui me reste. Je crains que la fière amazone ne se transforme en femme faible, amoureuse, sottement sentimentale. Bref, je ne veux pas le savoir. D'autant que pour avoir, éventuellement, des renseignements sur certains points, je peux toujours demander à Manuela.

Pauvre Fleur de Bruyère, il ne me reste pas grand-chose pour elle. Connais-tu ces vers ?

> « Mes jours auprès de vous sont plus clairs et meilleurs.
> Vous n'avez jamais eu le geste qui repousse,
> Et vous êtes plus belle et vous êtes plus douce...
> Pourquoi faut-il qu'on aime ailleurs ? toujours ailleurs ? »

C'est de Renée Vivien. Cela s'appelle *Pour l'une en songeant à l'autre*. Tout un programme, comme tu vois.

Avec Suzanne, je suis toujours sur mes gardes. Je crois que c'est elle qui mène le jeu. Elle me traite avec ironie, désinvolture. Nous menons une sorte de petite guerre qui a son charme, c'est sûr, mais qui me laisse sur un perpétuel qui-vive. L'autre jour, sortant de son lit, je rentrais à la maison sur la plate-forme du 80, et je me chantais en moi-même l'air de Philippe II dans *Don Carlos :* « Elle ne m'aime pas, elle ne m'aime pas. » Et puis parfois elle a un éclair de tendresse et je reprends espoir. Je ne sais pas ce que je veux.

Vale.

Claire Rochaz
à Héloïse de Marèges

Paris, le 12 février 1967

Ave !

Mais si, tu sais ce que tu veux. Tu veux qu'elle t'aime parce que tu l'aimes. Tu es victime de l'application qu'elle fait du

130

principe du rigaudon. Et elle le fait bien évidemment, à son âge et avec son expérience. Mais dis-toi bien que si elle se donne cette peine, c'est parce qu'elle t'aime, et qu'elle pense que c'est le meilleur truc pour te garder. Je le sais bien, moi, qu'elle t'aime : il suffit de la regarder te regardant. L'autre jour, quand ton cheval a essayé de te vider, il y a tout eu dans son regard : angoisse, puis respect quand tu as maîtrisé cette sale bête. Puis l'ironie habituelle est revenue. D'ailleurs, dans l'ironie et le ton sec, elle en fait un tout petit peu trop avec toi, et je pense que c'est un symptôme.

Alors évidemment, Erika là-dedans... elle est peut-être plus belle et plus douce, comme dit la mère Vivien, mais elle ne joue pas dans la cour des grands. Pauvre Erikchen ! Quand auras-tu le courage de la plaquer ?

Vale.

Héloïse de Marèges
à Claire Rochaz

Paris, le 14 février 1967

Jamais. Je ne peux pas. Je suis trop lâche.
Vale.

Journal de Manuela von Tauberg

Paris, le 30 avril 1967

Hier je faisais de la chimie avec Héloïse dans sa chambre, quand Erika a téléphoné d'Allemagne. J'entendais vaguement les réponses d'Héloïse, de l'autre côté de la porte : « Oui...

Non... D'accord... Mais si, je vous assure... Oh, je vous en prie, on ne va pas recommencer avec ça... » Quand elle est revenue et m'a dit d'un ton las : « C'était Erika », ce que je savais déjà, puisque Gunilla l'avait annoncée. Je me suis dit que quelque chose n'allait pas. J'ai posé la question. « Oh, a dit Héloïse, elle me fatigue, elle est jalouse, elle veut tout savoir, je ne peux rien faire, j'en ai marre. Je ne suis pas toujours là quand elle téléphone, alors elle pose des questions. Là je lui ai dit que je travaillais avec toi. Je parie qu'elle vérifiera.

— Mais pourquoi ? Tu ne lui as pas dit que c'était ridicule ?

— Si, j'essaie, mais on se dispute sans arrêt, en ce moment. J'en peux plus. Faudrait la quitter, mais j'y arrive pas. J'ai pas le courage. » Et à ma grande stupéfaction, elle s'est mise à pleurer.

J'ai dit : « Tu ne l'aimes plus du tout ? Il y a quelqu'un d'autre ?

— Ne fais pas comme elle, ne pose pas de questions.

— Mais je ne t'en voudrai pas, moi, c'est ton droit. Tu as un homme ?

— Même pas. C'est une autre femme. Je persévère dans l'anomalie, en plus.

— Mais c'est pas grave, voyons. Tu ne vas pas pleurer pour ça. Et tu ne peux plus avec Erika ?

— Si, je pourrais, mais elle me fait une vie impossible. Autrement ça pourrait aller, et on serait toutes heureuses. L'autre, au moins, elle admet. Erika, je ne sais pas comment elle peut se douter. Je n'ai rien dit, j'essaie d'être la même qu'avant, mais y'a un truc. Et plus elle essaie de savoir, pire c'est.

— C'est quelqu'un de très clairvoyant. Elle l'a toujours été.

— Oui, mais elle perd toutes ses chances en m'emmerdant. Au début avec l'autre ce n'était qu'une aventure ; maintenant je compare. Faut que je la quitte et j'ai pas le courage.

— Tu l'as déjà dit.

— Ben oui, tu vois, on tourne en rond. Le mieux ce serait si elle me quittait.

— N'y compte pas, elle est droguée. Faut que toi tu le fasses, sinon tu vas... je ne sais pas... louper tes examens, par exemple. Et puis avec la tête que tu as, ça ne m'étonne pas qu'elle se doute d'un truc. T'as l'air, je ne sais pas comment dire, tragique, c'est ça, tragique.

— Oh, quand même pas tout le temps, si? Et puis c'est à cause de la vie qu'elle me fait. Elle a qu'à arrêter.

— Elle n'arrêtera pas, je la connais. Enfin, ce n'est peut-être pas encore l'heure de faire des choix, pour toi. T'as besoin d'alibis?

— Merci, ça pourrait me servir. T'es sympa. Pourtant c'est ta sœur.

— Oui, bien sûr, mais c'est à elle de savoir préserver ses amours, et j'ai assez à faire avec les miennes.

— Tu as des problèmes avec Jean-Michel?

— Avec lui et avec d'autres, probablement. On est trop riches et trop connus. Les dés sont pipés. Et j'ai appris qu'il s'était renseigné sur moi, quand il était stagiaire dans notre labo, et ensuite il a fait semblant de ne pas savoir qui j'étais et de me draguer par hasard.

— C'est dégueulasse. Qu'est-ce que tu vas faire?

— Continuer à coucher avec lui, lui faire croire que je vais l'épouser, puis le jeter comme une vieille serpillière quand j'en aurai extrait tout le suc. Si je me marie, ce sera avec un type aussi riche que moi, comme ça je serai tranquille. Après on s'étonne que les riches se marient entre eux! Ou alors j'aurai des enfants de père inconnu, et Vati se fera une raison, surtout s'il sait pourquoi. Au moins Erika a découragé tous les prétendants.

— Tu peux aussi prendre un pseudonyme.

— Oui, c'est mon rêve : un nom qui passe inaperçu : Martin, Schmidt...

— Smith, Popov, Lévy, Petersen... »

Nous avons ri, oubliant nos problèmes pour un moment.

133

Paris, le 7 octobre 1967

Je n'avais rien écrit depuis plusieurs mois, ce qui est mal, mais là il y a de la matière, et quelle matière ! Je ne sais même pas par où commencer !

Bon, exposons d'abord les faits : Erika a essayé de tuer Héloïse. Naturellement elle l'a ratée. J'interprète peut-être, mais je crois qu'elle voulait la rater, car tout le monde sait qu'Erika est un tireur d'élite depuis toujours. Il est vrai que l'émotion entre en ligne de compte. On ne saura jamais la vérité. La sait-elle, elle-même ? Elle m'a dit que son projet c'était de placer deux balles : l'une pour Héloïse, l'autre pour elle. C'est vraiment fou !

Enfin, toujours est-il qu'elle l'a blessée, pas gravement, à l'épaule gauche, et que c'est moi qu'elle a appelée pour réparer les dégâts. Je ne suis même pas en première année, mais il y a Jean-Michel qui entre en quatrième année, heureusement. Je l'ai appelé, car je ne pensais qu'à étouffer l'affaire. Seulement on n'extrait pas une balle comme ça, et il a bien fallu avoir recours à l'hôpital, avec toutes les déclarations que cela implique, une blessée encore mineure, des parents absents. Héloïse voulait dire qu'elle ne savait pas qui lui avait tiré dessus. Erika a dit que cela ne tenait pas debout, et elle a elle-même prévenu Vati, pour qu'il arrange tout. Quel courage ! Je ne sais pas si j'aurais osé. Car il était fou de rage, il tombait de haut. Jamais il ne s'est douté de ce que faisait Erika. C'est un homme d'une autre époque. Je pense que si Maman n'était pas intervenue, il l'aurait maudite jusqu'à la septième génération. C'est après avoir tout arrangé au téléphone, avec Suzanne Lacombe dont Dieu merci il ne connaît pas le rôle, qu'il a ramené Erika chez nous pour tonner contre la brebis égarée et lui dire que, dans l'immédiat, il l'expédiait à Francfort s'occuper du déménagement du siège social (nous quittons Ludwigshaven en décembre), avec l'ordre de ne pas remettre les pieds en France, jusqu'à nouvel avis. Erika est d'un calme étonnant, inquiétant même. Elle lui a dit que c'était sa vie, qu'elle avait trente-deux ans et pouvait la mener comme elle l'entendait. Qu'elle regrettait beaucoup d'avoir blessé la fille qu'elle aimait, mais qu'il ne fallait pas lui demander de ne plus l'aimer, même s'il s'agissait désormais d'un amour gâché. Elle a ajouté qu'elle était responsable de tout, dès le début, et qu'il ne fallait pas en vouloir à la petite Marèges, ni reprocher à son frère de ne pas l'avoir assez surveillée (ce qu'avait fait Vati). Bref, soit Vati acceptait une fille aux goûts particuliers, soit elle quittait Tauberg und Wesel et reprenait son ancien travail. Mais elle était d'accord, naturellement, pour quitter Paris où elle n'avait plus rien à faire.

Vati aime qu'on lui tienne tête. Et puis il adore Erika, ce qui explique l'ampleur de sa déception. Le fait qu'il ait dit qu'il ne voulait plus entendre parler de ça était une forme de résignation. Le pauvre homme a pris un sacré coup de vieux.

Moi j'ai dit qu'il n'était pas question de quitter Erika pour le moment, et je vais aller à Francfort avec elle. Maman m'approuve, et c'est bien le principal. Vati n'a rien objecté. Je pourrais coucher avec la terre entière, hommes, femmes, enfants... il s'en fout.

Héloïse de Marèges
à Claire Rochaz

Paris, le 10 octobre 1967

Ave !

Je vais probablement devoir écrire cette lettre en plusieurs épisodes, car ma main droite est loin d'avoir l'habileté de la gauche, et bien que je m'entraîne depuis des années, la crampe des écrivains vient plus vite.

J'ai eu une explication définitive avec Suzanne, et depuis je vis sur un petit nuage, à moins qu'il ne s'agisse de l'effet des analgésiques. Elle m'a d'abord expliqué que tout le monde s'était agité efficacement pour éviter le scandale : Victor, qui heureusement est majeur depuis quelques jours et peut remplacer mes parents, elle-même, qui a fait jouer des relations acquises dans la résistance, le père d'Erika, enfin, dont la puissance n'est plus à démontrer. Bref, l'essentiel est sauvé : Stockholm ne sait rien.

Ensuite nous avons parlé d'Erika. Suzanne lui trouve tout un tas de circonstances atténuantes, que j'aurais mauvaise grâce à nier. Elle m'a raconté leur passé : « Quand je l'ai connue, c'était une petite fille romantique qui prenait l'amour au sérieux, au tragique même. Et fondamentalement on ne change pas. J'ai essayé de lui apprendre la légèreté, l'amour-plaisir, si tu veux. Tu comprends, pour moi il était hors de question de vivre dramatiquement à cette époque. Je sortais d'épreuves dont peu de gens ont l'idée, et la fille que j'aimais était morte. C'est une chose qui ne se répare pas, la seule. Mais en fin de compte j'ai aimé Erika.

« Quand elle m'a quittée, car c'est elle qui m'a quittée, il m'a bien fallu encaisser. Par la suite j'ai pensé qu'elle avait bien assimilé mes leçons, sautant de fille en fille avec une désinvolture plus apparente que réelle. Elle avait tendance aux coups de foudre et aux déceptions à la mesure de ses emballements, et ça, je ne peux pas le comprendre, moi qui m'attache lentement et pour longtemps. Quand j'ai vu que ça durait avec toi, j'ai été étonnée. Puis inquiète de l'évidente disproportion de vos sentiments. Parce que toi, excuse-moi, mais tu ne l'as jamais aimée. Ne proteste pas. Je sais ce que je dis, et au début je n'étais pas aveuglée par... bon, passons. Je te voyais comme tu es. Quand Erika s'inquiétait, je la rassurais. Mais je n'en pensais pas moins.

« C'est tout le drame d'une mauvaise communication. J'avais aimé Erika, et elle ne le savait pas. Comment l'aurait-elle su, la pauvre gosse, puisque je ne lui ai jamais vraiment dit ? Jamais spontanément, en tout cas. Je ne vais pas refaire le monde, mais tout aurait pu se dérouler autrement. Elle avait de

136

la passion en réserve, et elle a tout jeté sur toi. Tu comprends ? »

Je me suis lancée. J'ai dit : « Elle aurait dû deviner. Moi je sais parfaitement que vous m'aimez. Et vous vous savez parfaitement que je vous aime. »

C'était dit. Il y a eu un grand silence et j'ai paniqué intérieurement. Puis elle m'a dit : « Je t'aime, c'est vrai. Je ne referai pas l'erreur de ne pas te le dire. Mais es-tu bien sûre de m'aimer ?

— Totalement.

— Tu sais que ça implique certains engagements ? C'est moi et personne d'autre, réfléchis bien.

— J'ai réfléchi.

— C'est bien. Ne t'inquiète pas, quand je fais confiance, je fais confiance. Tu ne seras ni surveillée, ni reflinguée. Et si un jour ça ne va plus, tu me le diras. D'accord ?

— D'accord. »

Le reste n'est que variation sur le même thème. Mais ce que je voudrais savoir, actuellement, c'est ce qui se passe chez les Tauberg. Curieusement, maintenant qu'Erika a eu son coup de folie, je ne pense pas qu'elle fera quelque chose d'irréparable, mais je suis quand même inquiète. Donne-moi des nouvelles. Et si tu sais comment elle a pu connaître ma double vie, dis-le-moi, car c'est un mystère.

Vale.

Claire Rochaz
à Héloïse de Marèges

Paris, le 11 octobre 1967

χαῖρε.

Je n'ai aucun scrupule à t'écrire pendant le cours d'histoire moderne, car les circonstances sont pour le moins particulières.

137

Je donnerai ces feuilles à Victor qui vient déjeuner avec moi tout à l'heure, car les événements ont produit des conséquences inattendues, que tu apprécieras en connaisseuse. Tu as vu qu'hier nous sommes partis ensemble quand Suzanne arrivait. Ce qui fait que pendant la scène décisive que tu me narres, moi j'étais au lit avec ton frère. Eh oui, il paraît qu'il le souhaitait depuis longtemps. Moi aussi, il faut le reconnaître. Si bien que quand il a voulu tout savoir sur tes turpitudes, il m'a entraînée chez vous, et voilà. Et quel talent ! Je dois dire que si vous êtes tous comme ça dans la famille, on comprend que des drames passionnels puissent en résulter. Il attribue son savoir-faire, dont je lui ai fait compliment, à l'éducation donnée par votre ex-Suédoise au pair, et puis je l'inspire, dit-il. Depuis nous parlons d'avenir. Ne te moque pas, il s'agit d'une affaire très sérieuse.

Mais revenons au fait divers, heureusement étouffé. Victor ne se doutait de rien, le chandelier Manuela ayant finalement bien rempli son office. Naturellement, s'il admet assez bien Erika, qu'il a à peine vue en somme, c'est Suzanne qui l'étonne le plus. « Quand même ! Une vieille amie de Maman ! Mais je ne vais pas oser la regarder en face, moi ! Tu te rends compte ? » J'ai dit que la situation était au contraire fort classique : « Chacun sait que les amies des mères...

— Avec moi, je veux bien, mais ma sœur !

— Sois pas bourgeois.

— Je vais te faire voir si je suis bourgeois ! » Ici (...) J'ai fini par le convaincre : il s'habitue à te voir autrement.

Tu peux aussi être tranquille avec Manuela. Elle m'a téléphoné pour savoir si elle pouvait te voir. Elle te dira tout, mais il n'y a aucun problème : elle ne t'en veut pas. Je m'en étonnais un peu, mais elle m'a dit que tu lui avais tout raconté il y a quelques mois. Dans un sens elle était préparée à un drame. Elle m'a dit qu'Erika allait à Francfort. Evidemment elle (Manuela) est un peu inquiète pour sa sœur, et elle part avec elle aussi longtemps qu'elle le pourra avant la rentrée universitaire. Elle te racontera. Je te donne quand même la réponse à ta dernière question : Erika a payé un détective privé. Eh oui, tu as été suivie et tu ne t'en es pas rendu compte. N'est-ce pas romanesque ?

Heureusement ces gens-là (les détectives) en ont vu d'autres !

Vale.

Journal de Manuela von Tauberg

Bad-Homburg, le 29 octobre 1967

Erika m'a dit, hier soir : « Tu peux rentrer à Paris. Je souhaite même que tu le fasses. Tu as été très gentille de venir ici, mais j'ai besoin d'être seule. Tu comprends ?

— Mais j'ai peur de te laisser seule.

— Je sais. Mais je t'ai fait une promesse, n'est-ce pas ? Et je les ai toujours tenues, tu sais bien. C'est pour ça que j'en fais si peu. »

Oui, c'est vrai, elle promet peu et tient toujours. Elle me l'avait dit quand j'avais six ans, et je l'ai souvent vérifié. Mais j'avais peur qu'elle ne recommençât, même sans préméditation, ce qu'elle a fait il y a une dizaine de jours. Nous étions sur l'autoroute entre Francfort et Bad-Homburg. Elle s'est mise insensiblement à rouler plus vite, de plus en plus vite, si bien que j'étais morte de trouille, paralysée, muette. Tout ça a duré très peu de temps. Elle a ralenti, puis elle s'est arrêtée sur la bande d'arrêt d'urgence et m'a dit : « J'avais oublié que tu étais là, pardonne-moi. » Elle tremblait de tous ses membres. Visiblement elle avait essayé de se — de nous — jeter dans le décor. Et je tremblais autant qu'elle. Si bien que nous sommes restées là un moment, elle la tête sur le volant, jusqu'à ce que des flics passent. Ils nous ont demandé ce que nous faisions là. J'ai dit que ma sœur était malade et qu'on attendait. Ils nous

139

ont réclamé nos papiers. Elle ne disait rien. J'ai tout sorti et quand ils ont vu que nous étions les sœurs Tauberg ils sont devenus très déférents. Ils m'ont demandé si je pouvais prendre le volant. Je leur ai dit que j'avais eu trop peur, ce qui était vrai, si bien qu'ils nous ont raccompagnées à Bad-Homburg. En fait ils ont fait ce que j'ai voulu.

Là-bas, quand Erika a moins tremblé, je lui ai dit de ne plus faire ça. On s'est engueulé. Elle disait qu'elle ferait ce qu'elle voulait et que c'était sa vie. Finalement, j'ai réussi à lui arracher la promesse qu'elle ne se tuerait pas : je lui ai parlé de Vati, de Tauberg AG, de Maman, qui a pris son parti à la maison, de moi. Ça a été dur, mais elle a promis.

Et puis elle m'a demandé de rentrer à Paris et j'ai eu peur à nouveau. Si bien que ce matin, comme je ne supportais plus de la voir aussi désespérée, comme j'avais retourné toutes mes angoisses dans ma tête, toute la nuit, sans dormir, c'est moi qui ai cédé. Je suis allée la trouver, et je lui ai dit : « Fais ce que tu veux. Tu as raison, c'est ta vie. Puisque tu n'en peux plus, je te délie de ta promesse. Ça va, comme ça ? » Elle m'a regardée avec stupéfaction : « Tu parles sérieusement ?

— Oui. Tu es libre.

— Eh bien, tu sais, c'est la plus belle preuve d'affection que tu pouvais me donner. Je n'oublierai pas. Mais, vois-tu, je ne me tuerai pas. Comme tu me l'as fait très justement remarquer, j'ai Tauberg AG, j'ai Vati, j'ai ta mère, et surtout je t'ai, toi. Et puis une Tauberg ne se tue pas pour un chagrin d'amour, certainement pas. Il y a quand même des limites, tu ne crois pas ? Alors, tu vois bien que tu peux rentrer. Tu les verras, toutes les deux (sa voix s'est étranglée, mais elle a tenu), et tu leur diras que tout va pour le mieux. D'accord ? »

Je n'irai peut-être pas jusque-là. Je pense, moi aussi, qu'il y a des limites. Mais j'ai effectivement le sentiment que je peux rentrer, parce qu'elle a vraiment besoin d'être seule, et pourquoi pas ? Si c'est une réaction d'animal blessé qui veut se soigner dans son coin avant de réapparaître, je peux évidemment le comprendre.

140

Paris, le 6 novembre 1967

Je reviens de chez Suzanne Lacombe, où Héloïse s'est installée quelque temps. Elle ne peut pas passer sa vie dans cet appartement de fonction, où les choses ne tarderaient pas à se savoir. Je leur ai dit qu'évidemment, il ne faut pas rêver, Erika était désespérée, mais qu'elle bossait comme une folle et qu'on ne pouvait pas grand-chose pour elle, sauf attendre que ça cicatrise. Comme il est hors de question que je leur parle de l'épisode de l'autoroute, j'ai raconté la scène avec Vati, ajoutant qu'il fallait le comprendre : « Bien que né en 1900, c'est un homme de l'autre siècle.

— Fatalement, a dit Héloïse, parce que le xxᵉ a commencé le 1ᵉʳ janvier 1901.

— Mais c'est pas possible, t'es toujours aussi bas-bleu ! Et indestructible ! Tu nous emmerdes avec un problème d'intervalle alors qu'on vient de te massacrer à coup de revolver et...

— C'était un pistolet », a dit Suzanne.

Et nous avons eu le fou rire toutes les trois, malgré les circonstances.

J'ai toujours bien aimé Suzanne. Je la connais depuis si longtemps, et plus encore qu'elle ne le sait, à travers le journal d'Erika. J'ai toujours pensé qu'elle l'avait aimée, mais maintenant c'est fini.

Je leur ai annoncé que je m'installais rue Saint-Florentin avec Jean-Michel. Je l'ai dit à Vati, qui m'a répondu que voir sa fille cadette s'installer avec un étudiant impécunieux lui paraissait désormais tout à fait bénin, voire rassurant. « Tu peux même l'épouser, je ne m'y opposerai pas. Mais je ne te conseille pas. Je préfère que tu aies de la peine maintenant plutôt qu'après, alors je te le dis : ce garçon aime l'argent des Tauberg plus que toi.

— Je sais, Vati. Quand j'en aurai assez je le jetterai.

— Bravo ma fille, c'est bien. »

Depuis il me regarde avec un respect tout neuf.

ANNÉE 1968

Héloïse de Marèges
à Claire Rochaz

Stockholm, le 2 janvier 1968

Ave !

Eh bien, je vais peut-être tomber dans le lieu commun, mais je suis bien contente d'avoir 1967 derrière moi. Et moi qui aime tant les aventures, je ne demande pour 1968 que la paix. Après on verra, il sera temps de repartir en guerre.

A la dernière minute, Manuela m'a proposé d'aller jusqu'à Francfort avec elle, pas pour voir Erika, rassure-toi, je ne suis pas folle, mais pour tenir compagnie à Manuela, émue de conduire pour la première fois la superbe Triumph que son père lui a offerte pour Noël. Il se peut qu'il ne s'intéresse pas à elle autant qu'à sa sœur, mais il y a des compensations, et d'ailleurs depuis qu'elle a pris de l'assurance et ne s'écrase plus en sa présence, leurs relations se sont améliorées. Elle a, après tout, obtenu la petite voiture anglaise de ses rêves au lieu des sempiternelles Mercedes de sa famille, et elle lui a dit qu'elle partait avec moi, qui ne suis pas persona grata rue Barbet-de-Jouy, parce que « c'est ainsi et pas autrement ». Suzanne et moi pensons que cette attitude se révélera extrêmement payante avec le cher Vati.

A Francfort, j'ai hésité entre le train et l'avion, et j'ai opté pour l'avion. Cela prouve, soit que je vieillis et pense à mon confort, soit que j'étais pressée d'arriver. Depuis que je suis ici je ne quitte pas mes cols roulés en cachemire, portés à même la peau. Comme je gagne à peu près ma vie, je n'ai pas à justifier leur provenance, et personne ne peut voir ma cicatrice. Si ça ne s'atténue pas d'ici l'été, je ne sais pas ce que je ferai.

Victor se conduit impeccablement bien. Pas un regard pour d'accortes Suédoises, rien. Visiblement, il ne pense qu'à toi. Je ne sais pas si la perspective va te plaire, mais il m'a sondée sur tes intentions, et il est probable que tu auras une troisième demande en mariage, à son retour, ce qui est normal : 1966 : Xavier, 1967 : Kai-Uwe, et après tu prétends que je suis une femme fatale ! Mais c'est toi qui en es une ! A dix-huit ans c'est un beau tableau de chasse.

Revenons à cette demande de mon frère. Je sais que c'est un peu tôt pour toi, que tu hésites à sauter le pas, mais il n'a pas l'intention de te faire renoncer à quoi que ce soit : études, travail, tout ça, tu le sais bien, il est chaudement pour, et il ne fait pas semblant. Il m'a dit : « Tu sais, je ne lui demanderai même pas de se convertir. Mais il y a les enfants : c'est embêtant. Il faut qu'ils soient protestants (je ne sais pas s'il compte t'engrosser souvent...), et puis la lettre H., les traditions, quoi. Tu crois que ça ira ? Et puis ses parents ? Ils vont peut-être trouver que je ne suis pas assez riche, et puis on est trop jeunes. » J'étais attendrie de le voir si peu sûr de lui. Je lui ai dit : « Mais enfin, Victor, tu rêves. Ton père est ambassadeur, tu es énarque, tu seras comte un jour (au grand dépit d'Hippolyte), et ces choses-là ont encore une certaine importance, tu sais. Et puis tu hériteras de 6,67 % d'un immeuble dans le quartier vert du monopoly (moins si Papa rengrosse Maman, mais ça devient improbable). D'accord, pour gagner il faut le quartier orange, où ils ont leur officine, mais quand même. Je les connais les Rochaz : ils te trouveront très bien. Allez, sursum corda, comme disent les papistes. »

Que n'avais-je pas dit là ! C'est la question religieuse qui

144

l'inquiète le plus. Je lui ai dit que, de toute façon, toi tu étais monophysite. Ça ne l'a pas rassuré. Qu'aurait-il dit s'il avait su que tu as envoyé promener un futur baron allemand, riche à crever, sous prétexte qu'il était fait pour faire un amant, pas un mari ?

Te voilà informée de ce qui t'attend, comme ça tu pourras y réfléchir.

Vale.

Claire Rochaz
à Héloïse de Marèges

Crest-Voland, le 5 janvier 1968

Ave !

De toute façon tu sais bien que je dirai oui, quitte à lui demander d'attendre un peu. Il a déjà fait des sondages, et je ne suis pas idiote. Mais je suis un peu inquiète pour deux choses : ma mère est assez tala [1], comme tu ne l'ignores pas, et je ne sais pas comment l'hérésie de ses petits-enfants va passer (j'en veux beaucoup...), et tes parents ? Tout de même, je ne suis pas née, comme on dit, et comme tu le fais remarquer, ces choses-là comptent encore un peu. D'un autre côté, si je ne prends pas celui-là, après le futur baron von Tauberg, la prochaine fois j'aurai une demande d'un duc, puis d'un prince du sang, alors il vaut mieux que je consente. Ah là là, que de problèmes ! Me vois-tu mariée en khâgne ? En a-t-on même le droit ? Enfin ça, Maman me le dira, quand j'oserai lui en parler.

En tout cas j'espère qu'il viendra chez nous avec des gants beurre frais.

Vale.

---

1. En argot normalien, catholique. Ceux qui vont-*t'-à-la*-messe.

Journal de Manuela von Tauberg

Bad-Homburg, le 5 janvier 1968

Pauvre Erika, elle vit dans cette grande baraque qu'elle n'a même pas pris la peine de meubler, elle qui aimait tant trouver de beaux meubles, autrefois. Elle est maigre comme un sac de clous, elle est blême, elle a des cernes. J'ai peur qu'elle ne tombe malade. Mais elle m'affirme que la bête est solide et que je n'ai pas à m'inquiéter. Tout de même ! Elle s'occupe du gigantesque chantier qu'est encore notre nouvelle tour, où une partie des établissements de Ludwigshaven et de Mannheim s'installe peu à peu. Elle s'inquiète aussi du chantier de La Défense, beaucoup moins avancé, bien sûr, où elle ne peut pas remettre les pieds pour le moment. Nous n'osons pas parler d'autre chose que de Tauberg AG, et ce n'est pas à ça que nous pensons. Pour autant que je puisse en être sûre, elle n'écrit plus, du moins je ne la vois pas, comme autrefois, prendre un de ses gros registres noirs. Il est vrai qu'elle monte se coucher de bonne heure, ce qui est nouveau, et se réveille toujours assez tard. Soit elle écrit dans sa chambre, soit elle pense, soit elle pleure peut-être, ce que je ne l'ai jamais vue faire. Mais je crois qu'en fait elle ne dort pas de façon naturelle, et si c'est le cas, il faudra tôt ou tard qu'elle arrête. Je verrai ça dans quelques mois. Je ne sais pas si je lui suis d'un très grand secours, mais que faire ?

Claire Rochaz
à Héloïse de Marèges

Paris, le 6 février 1968

Ave !

Ça y est, j'ai abordé la question du mariage avec mes parents, et si tu vois ce soir que Victor est tout joyeux, tu sauras pourquoi. Il est vrai que tu ne rentres pas souvent chez toi le soir. Naturellement, ça s'est plutôt bien passé. Maman est un peu embêtée pour la religion des enfants, mais elle a fini par dire qu'il valait mieux être élevé dans un calvinisme strict que dans un catholicisme postconciliaire. Du coup, il va falloir que les futurs enfants pratiquent leur religion plus que vous ne l'avez jamais fait, tes frères, ta sœur et toi. Je vais devoir aller prendre exemple chez les Puyferrand. Enfin, j'expliquerai ça à ta mère : elle m'aidera. Je suppose qu'il lui reste des souvenirs. J'ai aussi dit, en employant ton expression, que Stockholm était d'accord. Au fond, ce n'était pas la peine de s'en faire : tout le monde trouve ça parfait. Maman m'a dit qu'elle s'était inquiétée quand je sortais avec le petit Corbaz (c'est Xavier) et même avec Kai-Uwe, dont pourtant la venue à Crest-Voland l'été dernier a achevé de désespérer (au sens étymologique) Xavier. Je ne pense pas qu'il sera élégant d'envoyer un faire-part à Kai-Uwe, bien qu'il ait pris mon refus avec philosophie. Je le ferai prévenir par Manuela. N'oublions pas qu'il y a des exaltés dangereux chez les Tauberg.

« Bon, ai-je dit, puisque vous êtes d'accord, Victor viendra avec ses gants (il les a achetés) et on se mariera vers le 15 septembre. C'est ce qui nous arrange le mieux, à cause de nos examens.

— Déjà, a dit Maman.

— Ben oui, pourquoi attendre ? »

Maman a poussé un gros soupir. Faut qu'elle s'habitue, cette femme, et je suis sa seule fille : les mères pieds-noirs, tu sais... puis elle a dit : « Je me souviens, Héloïse dit " vous " à ses parents. C'est aussi une tradition obligatoire, ça ?

— Je le crains.

— Ça fait tellement distant !

— Mais non, question d'optique. Je te promets qu'à toi ils diront " tu ".

— Bon. »

Je n'ai pas osé lui dire que moi, je trouvais ces coutumes très chouettes et que je t'enviais, autrefois, de les pratiquer.

Vale.

147

Bad-Homburg, le 6 février 1968

Il est deux heures du matin, et impossible de dormir. Comme je tendais la main vers mon somnifère habituel, j'ai eu tout à coup un sursaut en me rendant compte que ça allait être le troisième. Seigneur, comment en suis-je arrivée là ? Je suis allée dans la salle de bains, j'ai allumé tous les néons, et je me suis bien regardée. Un cauchemar. J'espère que cette honte m'empêchera de replonger. J'en suis sûre, même. A ne jamais oublier, surtout. Car j'arrête tout, tout de suite, et sans même appliquer les principes de sevrage préconisés par les médecins du labo. D'accord, chez Tauberg on fait les meilleurs produits du monde, mais c'est pour empoisonner les autres, pas nous. Et moi, que faisais-je ? Ce n'était même pas pour me tuer que j'avalais tous ces trucs, c'était pour oublier. Et ils auraient eu un zombie au Directoire, bientôt. Qui sait si déjà ils n'ont pas remarqué ?

J'arrête tout et je me regarde en face. Le physique, d'abord. Outre que je suis droguée, il me manque au moins cinq kilos, sinon dix, c'est à vérifier. Je passe perpétuellement les mains dans la ceinture de mes jupes ; évidemment, il y a du jeu. Ce n'est pas le plus grave, tant qu'on est habillé. Le plus grave c'est la tête, et à mon âge je ne récupérerai pas comme si j'en avais vingt, faut pas rêver. Enfin, si j'arrive à refaire simplement mon âge, ce ne sera pas si mal. Les cheveux : pas coupés depuis six mois, mais pour le moment, c'est plutôt préférable, vu ma tête. On coupera plus tard.

Le mental, maintenant. Non, je ne suis pas prête encore à examiner ça. On verra également plus tard.

Bad-Homburg, le 10 février 1968

Je n'aurais pas cru qu'on puisse en baver autant. Je ne dors plus. Je tremble, j'ai des maux de tête, mais je tiens. Je m'autorise juste des tasses de café allemand, cette lavasse inoffensive que me prépare Grete, qui tient mon ménage, et qui est ravie que j'aie renoncé à utiliser ma cafetière italienne. Mais cela n'aura qu'un temps. J'imagine que quand les Allemands, pendant la guerre, obligeaient les Français à boire des décoctions d'orge, à cause des restrictions, ils ne se rendaient pas compte de l'horreur qu'ils leur infligeaient.

En tout cas, cet horrible sevrage a l'avantage de mettre mes problèmes à l'arrière-plan. Je ne perds plus mon temps à me demander ce qui aurait pu arriver si... ce que j'aurais dû faire pour éviter que... etc., pensées qui font plus de mal que de bien. Je ne rêve plus d'ELLES, toutes les deux ensemble. Oh merde, ça me fait mal, ça me fait encore mal de l'évoquer.

Bad-Homburg, le 11 février 1968

Hier, j'ai été obligée d'arrêter d'écrire. J'ai pris mille marks et j'ai filé au casino. j'essaie de perdre cet argent le plus lentement possible, j'essaie de m'intéresser à la manière dont je le perds. Manque de chance, j'ai plutôt tendance à gagner, ces derniers jours. D'autres s'en réjouiraient. Je suis chassée par la fermeture de l'établissement. Je rentre et j'essaie vaguement de dormir. J'y parviens un peu, mais j'ai des cauchemars et quelquefois ELLE est là, et c'est pire qu'avant. Il faut être lucide, j'aurais dû affronter tout ça en face dès le début. Au lieu de ça, je me suis réfugiée dans les médicaments, et voilà le beau résultat. Impossible d'aller me promener en voiture : j'ai même dû demander au chauffeur de me conduire tous les jours à Francfort. Impossible aussi de marcher ; j'ai les jambes en coton. Il faut que je me reprenne en main, mais je ne sais pas par où commencer.

Bad-Homburg, le 13 février 1968

Je dois commencer par une véritable analyse du problème. J'aimais une fille et elle ne m'aimait pas, ou bien elle ne m'aimait plus, car tout de même il y a eu quelque chose, je m'en souviens. Est-ce ma faute ? Ai-je été trop pesante ? C'est bien possible : je n'ai aucun talent pour la légèreté, il n'y a rien de français en moi. Quoi d'étonnant, quand je pense à mon Alsacienne de mère, qui était si pénible, qui me donnait toujours l'impression que j'étais une criminelle rien qu'en existant, le souvenir de sa faute avec l'ennemi héréditaire. Elle avait pourtant bien dû l'aimer, cet ennemi ; personne ne l'a obligée à se marier et je ne suis née que deux ans après. Alors ? Mystère. Elle me détestait. Point final. Peut-être détestait-elle le monde entier ? Maintenant nous n'avons plus que des échanges formels : quelques lettres parce que je suis une fille bien élevée. Elle peut tranquillement me mépriser, puisque j'ai choisi Vati. Et lui, comment a-t-il pu aimer une telle garce ? Il voulait être « heureux comme Dieu en France ». La seconde fois, il s'est mieux débrouillé. Manuela peut râler contre son père, elle a un peu raison, mais elle a une mère, elle, une vraie, une gentille, une gaie, une pas frigide.

Alors moi, avec mon hérédité chargée, que pouvais-je faire ? J'ai eu Suzanne, mais maintenant je la hais. Y penser me fait mal, plus mal encore que le reste. Elle me disait que l'amour devait être gai. Elle applique ses principes : tout cela est léger, sans conséquences, et si moi j'ai le cœur brisé, tout le monde s'en fout. Je ne sais pas si elle s'en fout tant que ça. Après tout, rien ne prouve que ça s'est fait facilement, et maintenant je ne veux pas le savoir, c'est trop tard.

Qu'aurais-je fait, si cela n'avait pas eu lieu avec Suzanne, mais avec une inconnue ? Je ne sais pas. Je suis incapable de sagesse, et la sagesse c'est de patienter, de récupérer lentement l'infidèle, avec beaucoup de calculs, de savantes manœuvres. D'autres l'ont fait, qui ont gagné ainsi la guerre, après avoir consenti à perdre une ou plusieurs batailles. Ce que Großvati appelait le repli sur des positions préparées à l'avance. Je sais tout ça, mais « Video meliora proboque, deteriora sequor[1] ». Encore une manie des citations latines qui me vient d'elle, la femme que j'aime et que j'imite encore.

J'aurais pu aussi accepter le partage, autre forme de sagesse. Je l'aurais encore dans mes bras en ce moment, à Paris... oh et puis merde, je ne vais pas revenir là-dessus, je ne vais pas non plus culpabiliser. Après tout, j'ai été odieusement trahie, c'est un fait.

Mais ce n'est pas consolant.

Bad-Homburg, le 2 mars 1968

Manuela me téléphone régulièrement. Pauvre gosse, elle est inquiète, et j'étais tellement enfoncée dans mon drame que je ne m'en apercevais pas. Pourtant, depuis l'épisode de l'autoroute, comment serait-elle rassurée, malgré mes promesses ? Et au fond, comment a-t-elle su, au départ, ce que personne n'avait deviné ? Etais-je si transparente ? Pourtant je vivais dans un autre pays. En tout cas, j'ai bien de la chance d'avoir sa totale compréhension. Il y a aussi Kai-Uwe, qui mène une vie particulièrement dissipée avec des filles et des garçons. Je comprends que Claire Rochaz n'ait pas pu le prendre au sérieux. Je l'ai quand même réprimandé, non sur ses mœurs, mais sur les conséquences de sa dissipation. « Enfin, Kai-Uwe, il faudra bien que tu te maries, tu es le dernier mâle de la lignée, que dirait ton père ?

— Mon père ! Mais dans quel monde vis-tu, ma pauvre Erika ? Mon père n'aime que les garçons, tout le monde sait ça. Il a épousé Mutti[2] pour nous avoir, moi et Ulrike, mais une fois sa descendance assurée, il est retourné draguer des marins

---

1. « Je vois ce qui est le mieux, et je l'approuve. Cependant je fais le pire. » Ovide.
2. Maman.

151

à Kiel. Il n'y a que vous, les Tauberg de France, pour ne pas savoir ça. Et moi, j'ai quand même une supériorité sur lui : j'aime bien les filles aussi. Oh sois tranquille : ici tu peux te dissiper, ça n'étonnera personne. On connaît la famille.

— Il est hors de question que je me dissipe, c'est fini.

— On en reparlera. »

J'étais vraiment stupéfaite. Mon cousin Ernst, lui qui me paraissait si... sérieux[1], justement. Et quand Kai-Uwe dit que tout le monde le sait, c'est qui tout le monde ? Tauberg AG, Francfort, l'Allemagne ? Et Anneliese, qui a l'air tout ce qu'on veut sauf mal baisée ? Ils ont dû conclure un arrangement. Mais quelle famille ! Je vais peut-être apprendre que Großvati se faisait sauter chez les cadets, maintenant ?

Journal de Manuela von Tauberg

Paris, le 30 avril 1968

Je crois que d'une certaine manière Erika va mieux. Bien sûr, quand je l'ai vue là-bas, il y a quinze jours, j'ai d'abord été épouvantée : ça avait l'air pire qu'à Noël. Mais elle m'a expliqué que c'est parce qu'elle était désintoxiquée. En arrivant à Francfort, elle s'était mise à prendre, non seulement des somnifères comme je le pensais, mais des trucs pour se réveiller, pour ne pas penser, pour tout. Un jour elle a décidé d'arrêter et, dit-elle, de se reprendre en main. Evidemment, dans un premier temps ça n'arrange pas les choses. Là-bas, je n'ai pas beaucoup dormi la nuit. Un peu dans la journée, quand Erika était à Francfort. Le deuxième soir, elle m'a promenée dans la ville, et quand nous sommes arrivées devant le casino, elle m'a expliqué que c'est là qu'elle passait ses

---

1. En allemand Ernst signifie sérieux.

nuits : « Quand tu seras majeure, je te montrerai les salles de jeux. » Là, j'ai gaffé : je lui ai dit : « Où as-tu appris à jouer ?

— A Dieppe. » Le ton était dur.

J'ai dit : « Excuse-moi. » Elle est restée sans rien dire, une dizaine de minutes, peut-être, qui m'ont paru durer un siècle, puis elle m'a demandé : « Comment ça va, à Paris ? Tu LA vois ?

— Oui.

— Et... l'autre ? ELLES sont encore ensemble ?

— Oui. »

Elle s'est encore tue un moment, puis elle a dit : « Je ne m'habituerai jamais. Pourquoi m'a-t-ELLE fait ça ?

— Qui, Héloïse ?

— Non. L'autre.

— Ce n'est pas elle qui a commencé.

— Oh... »

Encore un silence, puis : « Tu es sûre ?

— Certaine. »

Nouveau silence, puis sur un ton véhément : « Ça ne fait rien, je les hais, je souhaite qu'elles crèvent, l'une et l'autre.

— Tu as essayé d'en tuer une.

— Oh, pas vraiment, tu sais. C'est l'autre que j'aurais dû aller tuer, je ne sais pas pourquoi j'ai pas eu l'idée.

— Tu ne vas pas recommencer, arrête, c'est dingue.

— Mais non, c'est trop tard. Je ne tuerai plus personne, pas même moi, sois tranquille.

— Alors pourquoi dis-tu que tu souhaites qu'elles crèvent ?

— J' sais pas. Ça me fait du bien. Je ne peux pas supporter l'idée qu'elles sont là-bas, bien tranquilles, à s'envoyer en l'air, pendant que moi...

— Je ne pense pas qu'elles sont si tranquilles. Si ça peut te faire plaisir, je crois qu'il y a des remords de part et d'autre. Mais qu'est-ce que tu veux, il faut regarder la vérité en face : elles s'aiment. Tu ne pèses pas bien lourd, là-dedans.

— Je sais. »

Que pouvais-je lui dire d'autre ? Bien sûr, elles n'ont pas la

153

conscience vraiment tranquille, mais ce serait pire si Erika ne s'était pas mise dans son tort en tirant. Elle a, en quelque sorte, justifié leur choix. Suzanne a beau être compréhensive, et elle l'est, elle a quelque chose d'une tigresse dont on aurait essayé de massacrer le petit. Quant à Héloïse, elle n'est pas à l'aise, c'est sûr ; il suffit de voir les questions qu'elle me pose quand je reviens de là-bas. La cicatrice, ce n'est pas à l'épaule qu'elle la gardera, c'est à l'âme.

Claire Rochaz
à Héloïse de Marèges

Paris, le 2 mai 1968

Ave !

Il y a déjà quelques jours, je traînais à Nanterre pour mes inscriptions. Cette fac est vraiment dégueulasse, et on ne voit pas la fin du chantier. Rien que la station de train, c'est un signe avant-coureur : naïvement, tu pourrais croire qu'il suffit de descendre à la gare de Nanterre, et Nanterre c'est plein de réminiscences littéraires qui me ravissent. Tu sais, le passage de la mère Sévigné sur l'archevêque de Reims : « Il passait au travers de Nanterre, tra, tra, tra. Il rencontre un homme à cheval, gare, gare. Ce pauvre homme se veut ranger, son cheval ne le veut pas. » Ce qui prouve qu'au XVIIe les chevaux étaient aussi stupides que maintenant... Et puis je m'attends toujours que les gens soient laids, et naturellement par la faute à Voltaire. Bref, je me demande si je n'ai pas choisi cette fac à cause de toute cette poésie, plutôt qu'à cause des conseils de ta Suzanne.

Hélas, triste réalité. On descend à la station de La Folie, si, si... tu peux vérifier, ça s'appelle comme ça, c'est juste après la Garenne-Bezons, un bien beau nom, ça aussi, comme Bécon-les-

Bruyères... Bon, assez de digressions. Donc on descend à la station de La Folie, et c'est tout de suite la boue, le chantier, les bidonvilles et les HLM. Mais où sont passés sainte Geneviève et ses moutons ? On dirait qu'Attila est arrivé jusque-là et que l'herbe ne repoussera jamais.

Je m'apprêtais à descendre du train, quand une fille me tape sur l'épaule. « Salut. » Sa tête me disait quelque chose. Elle a vu que je flottais, et elle m'a dit : « Je suis Marie-Thérèse d'Ennecour.

— Ah oui, ça y est. T'es pas à la Sorbonne, toi ?

— Non, j'habite Neuilly. On est sur Nanterre. Mais si j'avais su je me serais fait domicilier chez Bonne-Maman ; quel endroit sinistre, bon Dieu ! Et toi, je ne t'avais jamais vue ici.

— Je ne viens presque pas. Je suis en khâgne à Fénelon, mais j'habite la Trinité. Remarque, c'est pratique : c'est à côté de Saint-Lazare.

— Oui, tandis que nous, c'est le 43 jusqu'à Saint-Lazare, ou des bus pourris qui traversent le chantier de La Défense. Ils pensent qu'on a tous des voitures et des chauffeurs, à Neuilly.

— A ce point-là ?

— Oui, ici c'est l'extrême gauche qui fait la loi, surtout dans mon bâtiment.

— T'es dans quoi ?

— Psycho, mais c'est une connerie, ils sont trop littéraires, ici. Ils ne savent même pas ce qu'est un écart-type.

— Heu, moi non plus.

— Mais toi t'es en lettres, c'est normal. En psycho, faut avoir des notions de stat et de proba, sinon c'est pas la peine. De toute façon ils ne croient pas aux tests, à tout ça ; ils n'y voient que de la sélection bourgeoise. Quelle merde ! »

J'aimais beaucoup son langage, que je te transcris comme tel. Les aristos savent parler comme des charretiers avec beaucoup de classe. Il m'a fallu tout de même réfléchir cinq minutes pour traduire stat et proba par statistiques et probabilités.

Nous sommes entrées dans le bâtiment des lettres, perpendi-

155

culaire à celui du droit et de l'éco (ça y est, je fais des apocopes à la d'Ennecour). Le bâtiment des lettres est divisé en cinq parties (et non pas en trois comme la Gaule) : de A (français, latin, grec) à E (langues vivantes). On entre par E, l'entrée la plus proche de la gare. Comme nous nous dirigions vers C (histoire-géo), nous nous sommes heurtées à une bande de braillards à cheveux longs, qui, munis d'un haut-parleur en forme d'entonnoir, manifestaient pour je ne sais quoi. D'Ennecour est blasée, mais pas moi, aussi sommes-nous restées pour voir. Ils attendaient des ouvriers qui, à ce que j'ai compris, étaient censés venir les soutenir. J'étais sidérée : s'ils s'imaginaient que des vrais syndicalistes allaient venir s'associer à leurs monômes d'enfants gâtés ! Et, à ma grande surprise, ils sont venus. Là, j'ai voulu briller aux yeux de ma compagne, et j'ai dit, entre haut et bas, mais plutôt haut que bas : « Oh, des ouvriers, des ouvriers... Faites voir vos mains calleuses, camarades. » Et l'un des syndicalistes en question m'a regardée et s'est mis à rigoler, pendant que d'Ennecour disait : « T'es folle, on va se faire lyncher. » On aurait pu, mais par les étudiants, pas par les syndicalistes, car ces dignes représentants de la classe ouvrière, qui n'ont sans doute pas tourné-fraisé depuis des lustres, se sont emparés du porte-voix (j'ai retrouvé le nom de l'engin), et ont traité les étudiants de petits cons et d'enfants gâtés de la bourgeoisie nantie. Il y avait un pauvre chevelu qui essayait de les interrompre : « Mais camarades, mais camarades... » Rien à faire. Les professionnels de l'agitation n'allaient pas laisser des amateurs suspects reprendre la parole. Nous, nous étions écroulées de rire. Ah, le bon moment ! Dans la foule des agités, j'ai reconnu Marie-Christine, ex CE des Cigognes à la 150ᵉ Paris. J'ai dit à d'Ennecour : « Tu la connais ?

— Oui, c'est un pilier de l'UNEF Renouveau.

— C'est quoi, ça ?

— Staliniens, je crois, mais je m'y perds un peu. Ici il y a beaucoup de trotskistes et de maoïstes, et ils se disputent comme des chiffonniers. De toute façon si t'es de droite t'es

156

mort. Là, ils se réconcilient sur toi. Moi je dis que je suis anarchiste, ce qui est vrai dans un sens. Alors comme ils n'ont pas deux sous de culture, ils ne pensent pas aux anars de droite, et je survis très bien. Mieux, je me marre. Tu vas voir, après ce truc ils vont faire une AG pour dire que les ouvriers sont avec eux, et on aura le tract demain.

— Tu pourras m'en prendre un ?

— D'accord. »

Je lui ai donné mon nom et mon adresse. Elle me plaît cette fille ; elle n'est pas du genre à se laisser abattre. N'avais-tu pas longuement flirté avec son frère, il n'y a guère ?

Je t'en serre cinq, camarade.

Héloïse de Marèges
à Claire Rochaz

Paris, le 4 mai 1968

Ave !

Comme j'étais morte de rire en lisant ta lettre, et qu'elle ne contenait rien de particulièrement confidentiel, je l'ai montrée à Suzanne, oubliant qu'elle se terminait par une allusion à mon flirt avec le petit duc. C'est si loin, tout ça ! J'ai dû lui préciser qu'il s'agissait d'une vieille tentative faite le jour de mes dix-sept ans, et que j'étais ivre morte, et qu'au demeurant ce n'était pas terrible, comme sensation. « Quoi, a-t-elle dit, d'être ivre morte, ou d'embrasser un garçon ?

— Les deux. Pourtant il avait la peau douce.

— Alors il avait dû se raser avant de venir à ta soirée, car passé midi les hommes n'ont jamais la peau douce.

— Vous en savez des choses ! Je ferai donc ça avant midi.

— Tu vas te taire, petite brute ! »

Tu vois, le ton n'a pas changé, et j'aime ça.

157

Mais professionnellement, et bien que ton récit l'ait beaucoup fait rire, elle commence à s'inquiéter, car dans son lycée comme dans d'autres, un vent de fronde se lève, chez les prépas surtout, mais ça contamine les secondaires. Elle est obligée de sévir sans arrêt, et certains profs se raidissent, pendant que d'autres sont plutôt trop laxistes. Par exemple, la question évidente (pour nous) du tabac. Jadis, on en grillait une dans les toilettes, uniquement pour le plaisir de transgresser. Maintenant c'est la tabagie, quand le prof laisse faire, dans les salles de classe. « Tu penses bien que dans ce lycée j'ai mon lot habituel d'asthmatiques, et même les autres, les non-fumeuses ordinaires, ont le droit de se défendre. J'ai donc pondu une note interdisant formellement le tabac dans mon établissement. Résultat, elles ont fait un tract en me traitant de fasciste et de suppôt du patronat. On croit rêver. En tout cas je ne suis pas le suppôt de la Seita. Elles mélangent tous les problèmes : je veux bien que les prépas se baladent dans le square d'en face, voire au bistrot ; après tout, elles pourraient être en fac. Mais les autres ! J'ai des responsabilités, moi. Je ne peux pas laisser des gamines se promener dehors. Alors je contrôle strictement les cartes de sortie, encore plus qu'avant, et résultat : « Lacombe facho. » D'accord, j'ai des prépas de dix-sept ans et des terminales de dix-neuf ans, parfois, mais ce n'est pas le problème : après le bac on mérite certains privilèges. Ces gosses de terminale, d'ailleurs, elles ont tout simplement la frousse du bac, et il y a de quoi après l'hécatombe de ces deux dernières années, et ça je le comprends. Mais à trop demander des réformes, on risque de les obtenir, et après on ne sait pas où ça s'arrête. Depuis que j'ai commencé ce foutu métier, je ne compte plus les réformes, et ça a toujours été de pire en pire. Je suis réac, mais qu'on me rende simplement le bac 1935, et ça me suffira.

— Vous l'avez passé en 35 ?

— Le premier, oui. Y'en avait deux.

— Je sais. »

Je l'ai consolée, lui démontrant qu'on n'était pas tous

mauvais, mais elle a fondamentalement raison : le ver est dans le fruit depuis belle lurette, et je ne sais pas où ça va s'arrêter. Qu'en pense ta mère ?

Vale.

Claire Rochaz
à Héloïse de Marèges

Paris, le 9 mai 1968

Ave !

Maman, elle est littéralement consternée, surtout que ça prend de l'ampleur. Bien sûr, en physique-chimie, elle est plutôt privilégiée : on conteste moins qu'en français et en philo. Mais quand je vois ce qui se passe dans deux bons vieux lycées de filles de la capitale, et même trois en comptant Fénelon, j'imagine le désastre dans les dépotoirs de banlieue. Car chez nous, ce n'est pas brillant : les hypokhâgnes, pour qui le concours est loin, sont déchaînées. Rivière, notre prof de thème latin, en pleurait presque : on a osé cracher sur l'Alma Mater ! Je les comprends, les malheureuses. Elles ont travaillé d'arrache-pied pour entrer à Sèvres, elles sont souvent filles d'instits, eux-mêmes enfants de paysans, elles sont issues d'un milieu rad-soc féministe et républicain, et tout à coup leur univers vacille Débordées par leur gauche, les pauvres. Je trouve ça dégueulasse ; on devrait quand même y réfléchir avant de les traiter de fachos. Quand je pense que Suzanne a été déportée et que les parents de Maman étaient petits épiciers à Mercier-Lacombe, ça me dégoûte. Et les plus agités sont des enfants de banquiers, des sales mômes gâtés. Les mêmes qui nous ont chassés d'Algérie. Bon, j'arrête. En admettant que nous vivions des moments historiques, ce dont je doute, regardons-les. Si tu vas à la manif de demain, je te suis.

Manuela est d'avis d'aller voir, et aussi Marie-Thérèse d'Enne-cour. Seulement on ne sait pas où c'est. As-tu des tuyaux ?
Vale.

Journal de Manuela von Tauberg

Paris, le 14 mai 1968

Plus de cours, c'est terminé. Tout est suspendu. Le dix et le treize il y a eu deux manifs monstres, mais nous les avons loupées. Nous arrivions à Saint-Michel, on nous disait : « Ils sont à Denfert. » Nous allions à Denfert, pour entendre : « Ils sont à Censier. » On nous a baladées comme ça toute la soirée, jusqu'à ce qu'Héloïse, la couche-tôt, dise qu'elle en avait ras le bol. Elle m'a dit le lendemain qu'elle était rentrée chez Suzanne, laquelle l'attendait, folle d'inquiétude, suspendue à la radio : ça avait commencé, les pavés volaient, les barricades s'élevaient. On a décidé d'y retourner hier soir, mais avec Suzanne cette fois-ci, qui se plaint de n'avoir jamais vu de belle manif. Et c'est le même topo : on n'a rien vu. Claire commence à être excitée à la pensée que ça pourrait déstabiliser De Gaulle, et pour elle c'est un anniversaire : il y a dix ans, elle agitait un petit drapeau tricolore en papier en criant de toutes ses forces : « Algérie Française ».
Erika me téléphone. Je dois lui expliquer que tout ça est très exagéré. Les Allemands croient que c'est la révolution ; mais non, Sire, c'est une révolte. A Stockholm on prend les choses avec plus de philosophie, mais on téléphone quotidiennement quand même. Du coup Héloïse ne campe plus chez Suzanne, laquelle ne peut pas déserter son navire en perdition. Moi je m'amuse, mais Vati a peur que ça ne s'étende à son groupe. Nous sommes une multinationale pourrie, mais aujourd'hui il vaut mieux être allemand qu'américain. C'est une consolation.

160

Anne de Marèges
à Suzanne Lacombe

Stockholm, le 25 mai 1968

Ma chère Suzanne,

Toi qui es une adulte raisonnable, et impliquée dans les « événements », comme on commence à dire partout, raconte-moi tout. Je te fais passer cette lettre par la valise, puisqu'il n'y a que ça qui fonctionne. Hugo t'expliquera la marche à suivre pour la réponse. Les enfants, au téléphone, ne savent que me dire : « Tout va bien, ne vous en faites pas. On se marre ; De Gaulle va sauter. » Ils y croient, les pauvres petits. Ici, Hippolyte est excité comme une puce, et je discerne chez Holger les premiers symptômes de la contestation : il n'arrête pas de dire « non ». C'est plus ou moins de son âge. Hilda est inquiète, c'est elle qui insiste pour que je téléphone. J'espère que les lignes ne seront pas coupées : cette pauvre petite fille est une angoissée.

Moi je regrette amèrement de louper ça. Je loupe tout. Mon oncle Jérémie me racontait, quand j'étais petite, le 11 novembre 1918, et je regrettais d'être née après. Je rêvais de chanter *La Madelon de la Victoire*, pas *La Madelon* ordinaire, non, l'autre. Tu ne dois pas connaître : trop jeune, toi aussi. En 1934, pour le 6 février, j'étais pensionnaire à Nîmes. Idem pour le Front populaire. Je n'ai pas fait l'exode, et comble des combles, j'étais au fin fond de l'Allemagne pour la libération de Paris. Si j'ajoute qu'on était à Vienne en 58, je n'ai guère connu que les bêlements affolés de Debré lors du putsch de 61.

Je plaisante, mais je me dis que pour toi ce n'est peut-être pas très drôle. Bien sûr, l'ordre se rétablira, c'est fatal ; mais avec tant de dégâts dans l'Education nationale, sans doute. On peut craindre encore davantage de rigidités, comme ici en Suède, où il est interdit d'apprendre à lire à un enfant avant sept ans révolus, où tout est obligatoire, réglementé. Dès que tu fais preuve de fantaisie, on te retire tes enfants. Impossible

161

de choisir son école, même presque ses loisirs. Le paradis social-démocrate n'est qu'apparent, mais les Suédois ont l'habitude : avant ils se laissaient dicter leur conduite par leurs pasteurs, encore avant par leurs curés. C'est un drôle de peuple : aucun sens de la liberté.

J'ai beau me dire qu'en France on n'est pas comme ça, je ne peux m'empêcher de craindre pour les études des trois derniers. Déjà en quatrième, quand Héloïse a voulu faire une seconde langue vivante avec le grec, ça n'a été possible qu'un seul trimestre. Après, ils ont regroupé les horaires et il lui a fallu choisir. On se méfie des enfants qui en font trop, c'est déjà un peu la Suède.

Je te laisse. Je ne veux pas rater le départ du courrier.

Je t'embrasse.

Suzanne Lacombe
à Anne de Marèges

Paris, le 28 mai 1968

Ma chère Anne,

Rassure-toi. Au fond tu ne perds pas grand-chose. Je laisse les enfants et la pauvre petite Claire Rochaz à leurs illusions. Ce rusé coriace, qui a réussi à récupérer toute la résistance, tout le mouvement en faveur de l'Algérie française, ne va pas se laisser déborder par un chahut. Il lui suffit de laisser pourrir. Il en sortira renforcé. Moi, à sa place, j'en profiterais pour dissoudre. Il a une majorité minable depuis l'année dernière. Mais évidemment il faut encore attendre.

Mon lycée est symboliquement occupé. Ce qui veut dire qu'il est désert. Ce n'est pas 36, de ce côté. Le folklore des ouvriers (aux mains calleuses, comme dit ta future belle-fille) et des gamelles apportées par leurs femmes dévouées, c'est fini. La « télé », comme ils disent, a tué tout ça. Nous assistons aux derniers soubresauts de la bête, malgré les apparences. Ce sont les gamins gâtés de la bourgeoisie qui s'agitent : des marmots nourris au lait en poudre, habillés luxueusement, ne sachant même pas qu'une chaussure, ça peut se ressemeler, qu'un manteau, ça peut se retourner et se re-retourner, et que la consommation c'est une sorte de paradis, pour qui a crevé de faim. Et nous, nous avons crevé de faim. J'assume (comme on dit aujourd'hui) mon côté « scrogneugneu de mon temps ». Rien à foutre. Elles (ou ils) ont écrit « Lacombe SS » sur le mur de mon lycée. Héloïse était consternée, mais moi j'ai ri, parce que trop c'est trop. Elle m'a conseillé de sortir plus souvent ma rosette, que je n'affiche que dans les circonstances officielles (ou utiles...). Le conseil n'est pas mauvais : la fille d'Hector a évidemment le sens du cérémonial. En tout cas je n'ai pas peur de ces gamins irresponsables, je crains beaucoup plus certains professeurs qui les encouragent, et que les décorations impressionnent malgré qu'ils en aient.

Du côté des examens on ne sait rien. Ton Astyanax m'a dit que même la préfecture de Bobigny était en grève, mais tu dois le savoir. Il est complètement désarçonné : « Ben et ma note de stage, alors ? Qu'est-ce qu'on fait dans ces cas-là ? » Je lui ai dit que le brillant énarque se reconnaissait dans l'adversité. « Et après tout, ils vont peut-être la raser, ton école. ». Sa tête était à peindre.

Je me suis aperçue, à la faveur des événements, que ta fille connaissait les six couplets de *L'Internationale* par cœur. Elle dit que comme ça on ne lui coupera pas la tête. Quelle génération !

A propos de chansons, je connais évidemment *La Madelon de la Victoire*, avec « Joffre, Foch et Clemenceau ». Ils m'en ont tellement parlé, de leur guerre de quatorze, que j'ai regretté de ne pas l'avoir faite. Résultat, je me suis jetée dans l'autre, c'est malin. Il faut faire attention à ce qu'on raconte aux enfants, car pour en revenir aux « événements », il y a du romantisme là-dedans. Faute d'avoir une bonne guerre, ils se créent de petits orages désirés.

163

Et Marcelin Albert (je saute un peu du coq à l'âne), est-ce qu'on t'en a parlé, dans ton enfance ? Les « braves soldats du dix-septième » et tout le folklore ? Chez nous on n'avait que mépris pour les immondes pinardiers que vous étiez, dans le Gard. Mon père disait : « Ils n'ont qu'à faire de la tomate, mais ils ne veulent pas travailler, ils font pisser la vigne, c'est tout. » Et il reprochait à Clemenceau (encore lui !) de vous avoir cédé. Il y a là tout le mépris du fabricant de grand cru classé en 1855. Je ne lui donne pas tort. Toi non plus, je sais bien.

Tout cela nous éloigne du sujet. Ton fils et Claire sont soucieux. Ils ont peur de voir les examens indéfiniment reportés et de ne pas pouvoir se marier en septembre. Rassure-les : à la limite, pourquoi ne pas faire ça pendant les vacances, même s'il manque du monde. Car je suis tout à fait persuadée que les examens et concours, s'ils ont lieu, se passeront en septembre. Quand je pense à toutes ces vacances gâchées pour tant d'étudiants travailleurs, je suis écœurée.

Je te laisse, et surtout ne t'inquiète pas : il n'y a pas de quoi fouetter un chat.

Vale, comme dit ta fille.

Héloïse de Marèges
à Manuela von Tauberg

Stockholm, le 18 août 1968

Finalement, après de multiples palabres, et comme je te l'avais laissé entendre à Paris, le mariage a eu lieu ici. C'était la seule solution, compte tenu de ces maudits examens qu'il va bien falloir passer en septembre. Les Rochaz sont tous venus, et les Marèges, et quelques Puyferrand. On a pu organiser un mariage mixte (je veux dire par là catholico-calviniste) et une réception emmerdante, mais ça, on ne peut pas y couper à cause de Papa. Ensuite Claire et Victor sont partis voir le pôle Nord, et les Rochaz sont restés quelques jours. Tu sais qu'au fond, ça fait un drôle d'effet, quand on sait qu'on ne se mariera jamais. Ils n'ont plus qu'à attendre Hippolyte, qui projette d'épouser une dot. Rassure-toi, tu es trop vieille pour lui. Et je me demande toujours s'il est aussi arriviste qu'il le prétend, car il l'affiche un peu trop. Le véritable arriviste se cache, il me semble, surtout quand il est intelligent, et le petit frère est intelligent.

J'en viens naturellement à te demander des nouvelles de Jean-Michel. Pourquoi ne pas le quitter, si tu le méprises à ce point ? Il n'y a certainement pas que lui qui sache comment se comporter dans un lit, encore que le talent des gigolos fasse partie de leurs fonds de commerce. Tu devrais quand même voir ailleurs. Je suis certaine que tu peux être aimée pour toi-même, et il ne faut pas être trop méfiante, sinon tu bloques toute possibilité. Bon, je ne vais pas moraliser : tu as le temps de voir venir, et de quel droit donnerais-je des conseils, moi qui n'ai pas toujours su ce qu'il fallait faire ?

Comment va Erika ? Dis-moi la vérité, surtout, même si elle est désagréable. Tu peux me croire, je ne l'oublierai jamais. c'est elle qui la première... J'espère que jamais je ne referai mal à quelqu'un à ce point. Suzanne, si je cessais de l'aimer (ce qu'aux dieux ne plaise !), je ne la quitterais jamais. De toute façon, je ne parviens pas à imaginer que je puisse cesser de l'aimer, et pourquoi pas ? J'ai vu des amours durables, autour de moi : mes parents, par exemple.

Je suppose que tu ne vas pas tarder à rentrer pour bosser. Appelle-moi, on a du pain sur la planche et je fais retraite. Suzanne reste ici un peu plus longtemps.

A bientôt.

165

Bad-Homburg, le 18 août 1968

Manuela est ici depuis deux semaines, et Vati est arrivé hier. Il m'a raconté l'épopée des grèves comme si cela avait été une sorte de fin du monde : le sac de Troie :

« J'ai vu mon labo mort et nos murs embrasés
J'ai vu trancher les jours de mon usine entière. »

Comme je sais par Manuela que ça n'a pas été si grave, j'avais du mal à ne pas rire, d'ailleurs ma sœur et moi évitions de nous regarder.

Mais l'essentiel, c'est qu'il soit venu. Pauvre homme ! En moins d'un an il apprend que sa fille est indigne et son entreprise pourrie !

Heureusement, ici ça marche, et il est content de moi. Je préfère qu'il ne soit pas venu plus tôt, car maintenant j'ai à peu près figure humaine, bien que je ne dorme guère. Mais est-il vraiment nécessaire de dormir ? Disons que ce serait bien agréable : j'aimais ça, autrefois, poser la tête sur l'oreiller, et plonger, seule ou accompagnée, et me réveiller lentement, et me rendormir, et traînasser. Maintenant je ne peux plus.

Je ne peux plus faire quoi que ce soit de sensuel, en fait. Manger m'indiffère, je le fais parce qu'il le faut. Je ne bois plus. La vue d'une bouteille de bordeaux me fait frémir... Château Lacombe, Saint-Julien, Troisième grand cru classé... l'horreur ! Et la musique ! L'autre jour, dans une maison voisine, j'ai entendu ce quintette de Schubert, dont je savais tenir les deux parties de violoncelle, à Belfort. Mais Belfort, ce quintette, mon violoncelle, ma mère et son alto, mon grand-père et son violon, et Suzanne qui parfois nous écoutait. Et je l'aimais... et je la hais. Une partie de moi est morte.

Claire de Marèges
à Héloïse de Marèges

Paris, le 16 octobre 1968

Ave !

Maintenant qu'un miracle sans nom m'a propulsée Boulevard Jourdan, je me demande vraiment ce que je fais là. Et je ne suis pas la seule, loin de là. Les réformes nous épouvantent toutes et notre vocation s'effiloche. Même moi, fille de prof, je me pose des questions. Encore, en maths et en physique, il n'y a pas de problèmes, mais nous, les littéraires, que faire ? Tu me vois parler de la Renaissance carolingienne à des mômes du lycée de Hénin-Liétard ? Maman me décourage franchement, et Suzanne, tu l'as entendue comme moi, n'y croit plus. J'ai avec moi deux anciennes de son lycée, et elles en pensent le plus grand bien. Il paraît que depuis qu'elle est là ça marche à la baguette, certes, mais qu'elle n'attache d'importance qu'à ce qui en a vraiment. Je n'ai pas osé demander si des bruits couraient sur ses mœurs, puisque cela aurait été le plus sûr moyen d'en déclencher.

J'ai des privilèges de femme mariée, c'est divin ! Oh, bien sûr, on n'est plus dans Gabrielle Reval ou même dans Jeanne Galzy ; tout le monde couche, ou presque. Nous ne sommes plus obligées de nous rabattre les unes sur les autres, et celles qui sont lesbiennes le sont de leur plein gré. Mais moi je fornique avec la bénédiction des autorités, et c'est bien amusant. J'ai cessé de prendre des précautions, ce qui n'est pas raisonnable du tout, mais j'aime laisser faire le hasard, sans aller toutefois jusqu'à le provoquer en visant juste. Victor et moi faisons de très vagues calculs. Nous n'avons pas le sou, ou plutôt nous n'en avons pas beaucoup, mais nous sommes fonctionnaires, alors après tout, nous pourrions nous en tirer. Si Maman savait ça, et ta mère... aïe !

Je me demande si je ne vais pas faire l'ENA, finalement.

167

J'étais contre, mais maintenant... et il paraît que le concours interne n'est pas si difficile.

Je te laisse. J'ai un cours dans dix minutes.

Vale.

Héloïse de Marèges
à Claire de Marèges

Paris, le 18 octobre 1968

χαῖρε.

Hé, déconne pas, ma vieille. Tu te vois, à ton âge, sans avoir fini tes études, t'occuper d'un bébé? Mais où le mettras-tu? Comment le feras-tu garder? T'es folle ou quoi? Et l'autre abruti qui t'encourage! Ah mais ne comptez pas sur moi pour vous aider à le torcher, je déteste les enfants, moi : c'est de notoriété publique, et il est temps que je le crie très fort. Et d'ailleurs, où vous installerez-vous? Personne ne meurt en ce moment dans l'immeuble, et personne ne change de garnison. Et puis je te connais : tu as toujours dit qu'il fallait des enfants d'âge rapproché, et je t'approuve. Nous, on est trop espacés, ce qui est dû aux méthodes approximatives de Maman. Alors si tu en fais un, tu vas devoir enchaîner. Et le concours de l'ENA dans ces conditions, faut pas rêver.

Allez, reprends-toi. Tu n'as que dix-neuf ans!

Vale.

Claire de Marèges
à Héloïse de Marèges

Paris, le 30 octobre 1968

Trop tard.

168

Anne de Marèges
à Suzanne Lacombe

Stockholm, le 30 novembre 1968

Ma chère Suzanne,

Oui, tu as appris l'événement, ou plutôt le futur événement, et je suis bien d'accord avec toi, ce n'est pas raisonnable du tout, mais que faire ? Hector s'est fait une raison assez vite, parce qu'il pense qu'ils ne l'ont pas fait exprès, comme si une fille de pharmacien... passons. En outre il prétend qu'il a l'habitude de voir sa propre femme dire, aux moments les plus inattendus : « Zut, je suis enceinte. » Il est gonflé, comme diraient les enfants. Monique Rochaz, qui est moins innocente, le prend évidemment beaucoup moins bien. Quant à moi, mon Dieu, comment leur en vouloir ? Je t'ai assez cassé les pieds, en Allemagne, en regrettant de ne pas laisser d'enfants, alors après tout... Ils ont de quoi manger, eux, et pas de problèmes de points textiles pour la layette.

J'ai donc annoncé à Holger qu'il allait avoir un neveu. Il a répondu « Non, je veux pas.

— Tu préfères une nièce ?

— Non je veux pas. »

Dieu qu'il m'agace ! Pourquoi passent-ils tous par ce stade ? Et chez lui ça se prolonge, parce que son père lui cède tout. Malgré cela, et pour fêter sa nouvelle dignité d'oncle, j'ai décidé de lui apprendre à lire. Je ne peux pas faire moins pour lui que pour les autres, mais à toi je le dis parce que tu comprendras : j'en ai assez. Facile de dire qu'on les aime tous pareil, mais je vais te confier un secret : ce n'est pas vrai. Moi j'aime surtout mes aînés : Hugo parce que c'est Astyanax, Héloïse parce qu'elle me ressemble et que je suis narcissique, parfaitement. J'aime aussi Hilda, parce que tout le monde l'aime, mais c'est un cas cette petite fille, avec elle on n'a pas le choix : elle est aimable par essence. Hippolyte devient un monstre froid, et Holger m'agace. Voilà, c'est dit. Et depuis

169

quatre ans je suis séparée de mes préférés. L'un engrosse négligemment sa jeune femme, l'autre mène une vie mystérieuse dont elle se garde bien de me parler. Et je suis obligée de me dire que tout ça est normal. Héloïse se repliait sur ses secrets à sept ans, pourquoi aurait-elle miraculeusement changé à dix-neuf ans ?

À son âge, je me disputais avec ma mère, mais ma mère était ce que Valéry appelle une emmerdante, une emmerdeuse et une emmerderesse. L'unique moment où nous avions la paix, c'est quand elle se cloîtrait avec sa migraine et que la seule consigne était de ne pas faire de bruit. Je n'y croyais pas. J'y voyais inconsciemment une sorte de fuite devant son mari (un saint à la maison, un cavaleur dehors, le roi des faux jetons comme Hippolyte) et je ne prenais pas son mal au sérieux. Si bien que quand Héloïse, vers l'âge de dix ans, m'a dit qu'elle voyait des espèces d'éclairs lumineux et qu'elle avait mal à la tête, j'ai été consternée, et repentante d'avoir mal jugé ma pauvre mère, car c'était exactement les mêmes symptômes, et ce mal passe pour héréditaire. As-tu remarqué que quand une maladie est à prédominance féminine, on ne la prend pas au sérieux ? Ma parole, si l'hémophilie, par exemple, touchait les filles, on dirait que c'est de l'hystérie. Passons. Je pense à tout ça parce qu'hier Hilda est venue me trouver pour me dire que sa partition devenait lumineuse et qu'elle ne voyait plus les notes : « Maman, j'ai peur de devenir aveugle ! » Pauvre petite fille ! Je lui ai donné de l'ergot de seigle, et une heure après elle était rassurée. Joli cadeau de leur grand-mère, cette migraine. Enfin, maintenant on peut soigner ça. Je ne sais pas pourquoi je te raconte tout ça. Ou plutôt si, je le sais. Je n'ai personne à qui parler, et je noircis du papier, comme ma fille pendant ses vacances. Je crois que je vais aller faire un tour à Paris.

Comment va ton lycée, maintenant ? Ces horribles gamines se sont-elles calmées ? Surtout, ne te décourage pas : nous maintiendrons.

Je t'embrasse.

Suzanne Lacombe
à Anne de Marèges

Paris, le 6 décembre 1968

Ma chère Anne,

Pauvre petite Hilda ! Ce n'est pas seulement à sa migraine que je pense. Mais aussi au fait que ça signifie que la puberté n'est pas loin, et fini l'innocence : les ennuis commencent. As-tu fait vérifier sa vue ? Après tout, Héloïse porte des lunettes quand elle y pense, et la petite a toujours le nez sur ses doubles croches. Mais tu sais ça mieux que moi, et je ne vais pas t'apprendre ton métier.

Et pauvre petite Anne qui déprime en pensant à sa nichée ! Je ne me moque pas du tout, je te comprends très bien. Même si l'on a l'existence que l'on souhaitait avoir, les choses ne sont jamais exactement conformes à nos rêves. C'est ce

> « parfum de tristesse
> Que même sans regret et sans déboire laisse
> La cueillaison d'un Rêve au cœur qui l'a cueilli. »

C'est une chose que mes contestatrices du lycée apprendront bien assez tôt. D'autant que je doute qu'elles puissent réaliser leurs utopies. Je discutais l'autre jour avec l'une de mes meilleures hypokhâgneuses, pauvre gosse qui traverse une phase de révolte. J'ai réussi à lui faire avouer que dans ces fameux comités d'action, mixtes évidemment, les filles faisaient le café, les sandwiches et la vaisselle, pendant que les garçons refaisaient le monde. Pauvre petite : elle s'en rend vaguement compte, évidemment. Et en plus elle est irrémédiablement laide, sans espoir d'amélioration. Moi qui suis si sensible à la beauté des femmes, je comprends son calvaire. Mais quand un garçon est laid, et Dieu sait s'il y en a, c'est moins grave. J'ai essayé de la remettre dans le droit chemin : celui de la réussite scolaire, mais comme c'est difficile de le faire avec délicatesse, quand on ne peut pas dire : « T'es

171

moche, tu seras une mal baisée, alors prépare tes concours et fais carrière. » Encore celle-là a-t-elle un bon cerveau, mais j'ai aussi des moches stupides, et des belles stupides, et, ma consolation et ma joie, des belles intelligentes, que j'encourage de toute façon à faire carrière et à ne pas se contenter d'une belle enveloppe. Je suis bien contente d'avoir réussi à avoir un lycée de filles. Il faut dire que je me suis débrouillée avec quelques vieilles relations utiles : ça sert d'avoir fréquenté des « petits camarades » dans un maquis FTP. Il y a des secteurs où les communistes font la loi, et le mien en est un. C'est parce que je les connais que je perce à jour leurs manipulations. Les fameux CAL, qui empiètent sur mon territoire, ils sont derrière. Ils cherchent à récupérer toute l'agitation, mais ils n'y parviendront pas car, dans un sens, ils sont déjà morts. Ils sont obligés de se garder à gauche : bien fait. Je me souviens que jadis j'avais réussi à semer le doute dans l'esprit de Madeleine, au départ une pure et dure, pourtant. Je lui avais dit que son parti acceptait très bien Hitler tant qu'il fraternisait avec Staline. Elle était fort troublée. Encore un peu de temps et je la retournais comme un gant, et en douceur. Je me suis souvent dit, quand je pense à cette époque, que, grâce aux discussions que nous avons eues sur ce sujet, elle n'a pas subi un choc trop violent en rencontrant, en Allemagne, des détenues russes au courant de la triste réalité du paradis soviétique. J'aurai au moins réussi à lui épargner ça ! Maintenant je suis cynique avec ces gens-là. Je les utilise pour ma carrière. Les élèves ne savent pas de quel bord je suis. Mon comportement est d'une « faf », pour employer leur jargon, mais mon passé de « stal » a fini, Dieu sait comment, par être connu. Pauvres petites ! Elles ne savent pas encore que tout ça c'est pareil, camps de concentration inclus ! Et moi, la seule chose qui m'intéresse c'est qu'elles bossent : elles sont là pour ça, et c'est leur seule chance dans la vie.

C'est pour appliquer ce programme que j'ai décidé de rester à bord, malgré des moments de découragement. Tu penses bien que je n'ai plus réellement besoin d'exercer ce métier. A

Bordeaux mon frère a réussi brillamment à redresser nos affaires communes. L'argent rentre enfin. Mon père, qui avait beau jeu de critiquer les gens du Languedoc, préférait parader sur le Cours Xavier-Arnozan plutôt que d'aller mettre ses mains dans le moût. Résultat : nous n'étions pas dignes de notre classement. Heureusement, à Saint-Julien on ne déclasse pas, mais les prix baissent. Le marché, lui, ne fait pas de cadeaux. Pierre a tout redressé, fait des investissements en matériel moderne avant tous nos voisins, soigné la qualité, et ça marche. Récemment il a acheté deux crus bourgeois à Pauillac et à Saint-Laurent. Car dans le Médoc nous avons notre noblesse (le fameux classement de 1855, c'est nos croisades...) et notre bourgeoisie. Maintenant nous avons dépassé nos voisins, Gaston compris, et ce sont eux qui songent à prendre exemple sur nous.

Tout ça pour te dire que je pourrais me retirer et vivre de mes rentes, mais je ne le veux plus. Et puis j'ai depuis un an une vie sentimentale (et sexuelle) qui me satisfait au plus haut point, et ça, ça donne du courage.

Quand viens-tu à Paris ?

Je t'embrasse.

Anne de Marèges
à Suzanne Lacombe

Stockholm, le 10 décembre 1968

En janvier seulement, malheureusement. Ici, il y a un boulot fou, avec la Saint-Nicolas qui vient de se terminer, et notre Noël français qui enchaîne aussitôt. Les enfants vont venir et je voudrais bien te voir aussi. Seulement si tu as tes amours à Paris, je n'ose pas te le demander. Comme tu me parles des belles filles de ton lycée, je ne peux m'empêcher d'être inquiète sur le choix que tu as fait. Pas là, j'espère ! Des mineures c'est très dangereux. Au fond je ne sais pas grand-chose de tes préférences, à part ton Anglaise épisodique et la « ravissante idiote », selon tes propres termes, que j'avais vue à Dieppe et qui, je présume, a dû sortir de ta vie. Ne me dis rien si tu me trouves indiscrète. Mais pourquoi ne pas t'avouer que je suis dévorée de curiosité ?

Je dois résoudre à Paris les problèmes de logement de Hugo et de Claire ; heureusement, les locataires d'Héloïse, deux adorables petits vieux, s'en vont à la campagne. On retapera l'appartement à partir de janvier, et ils pourront s'y installer. Hugo et Héloïse échangent donc leurs appartements. Elle, elle recevra le loyer plus important du six-pièces, et elle pourra faire des économies pour son officine, ce qui n'est que justice. Tu as dû remarquer d'ailleurs qu'elle a des goûts de luxe, dans le même genre que les tiens. Je pense qu'elle a hérité ça de son père, et qu'elle se rattrape de ses frustrations d'adolescente fauchée. Je lui ai fait remarquer que, tout de même, deux Burberrys c'était beaucoup. Réponse : « Mais Maman, ils ne sont pas pareils. Et puis c'était des soldes. » Evidemment. Et ces polos Lacoste de toutes les couleurs ? Elle ne portait que ça, cet été. Bien sûr, elle s'est sérieusement abîmé l'épaule en tombant de cheval sur ces fameux barbelés, et ça doit l'embêter, ce qui se comprend. On ne peut pas lui demander tout de suite de faire des effets de décolleté, pauvre gosse ! Et c'était un de ses points forts... ça reviendra.

Montes-tu toujours avec elle ? Car je suppose que Claire s'abstient, désormais. Claire, c'est un peu un mystère. C'est une intello, sinon elle ne serait pas l'amie de ma fille, mais elle est maternelle, elle, et cet été Holger ne s'y est pas trompé. Tandis que ma fille... mes filles, même ! Figure-toi que Hilda, la bonne petite Hilda, m'a dit l'autre jour, avec tout le mépris du monde : « Mais enfin Maman, vous n'allez pas apprendre à lire à " ce " gosse ? » Ce gosse c'était son petit frère. Et je me suis rendu compte que j'avais fait un mauvais diagnostic à son sujet : je pensais qu'elle ne s'y intéressait pas parce qu'elle était jalouse, et naturellement je faisais tout ce qu'il est d'usage de faire en ces circonstances. Mais là je me suis rendu compte que ce n'est pas ça : elle s'en fout littéralement. Elle ne le voit même pas, sauf quand il la gêne ; elle le méprise. Totalement. Pas parce qu'il est lui mais parce qu'il est un gosse. Si ça se trouve, il lui plaira plus tard. Je l'ai interrogée : « Tu n'aimes pas les petits enfants ?

— Non.

— Pourquoi ?

— Y sont bêtes et y sont dégoûtants. »

Au moins c'était franc. J'ai eu de l'effroi à la pensée du discours moralisateur qu'une autre mère aurait pu lui tenir, et j'ai quand même essayé d'en savoir plus long : « C'est ta sœur qui t'a dit ça ?

— Mais non. On parle pas de ça. Mais je vois bien toute seule.

— Tu sais que tu as été un bébé, toi aussi.

— Faut bien passer par là, mais je ne le suis plus.

— Et est-ce que tu aimes avoir dix ans ?

— Oui, c'est pas mal. »

Depuis je regarde Hilda avec une considération toute neuve. Le moins qu'on puisse dire c'est qu'elle a ses idées et qu'elle n'est pas conformiste. J'espère qu'elle ne deviendra pas trop secrète, comme sa sœur.

Je t'embrasse.

Suzanne Lacombe
à Anne de Marèges

Paris, le 13 décembre 1968

Ma chère Anne,

Contrairement à ce que tu penses, la petite Hilda a une vie secrète, elle aussi. Je ne trahis rien de grave en te la racontant : cette petite, qui est une petite dormeuse comme tu le sais, au lieu de lire des livres interdits sous sa couette, se promène la

175

nuit pour parler aux gens qui ne dorment pas. Essentiellement, pour autant que je le sache, à sa sœur et à moi. Elles ont de longues conversations et Héloïse renvoie la petite quand elle a sommeil (pas Hilda, Héloïse...). Moi je tiens plus longtemps : jusqu'à minuit environ. Mais Hilda est très obéissante. Quand on lui dit : « Ce soir tu ne viens pas, je dors », elle ne vient pas. Elle a peut-être un peu de mépris pour notre faible résistance... Surtout ne lui en parle pas : c'est sans doute son jardin secret.

C'est à cause de ces relations clandestines que je pensais qu'Héloïse aimait les enfants, malgré ses discours. Parce que les discours d'adolescentes, tu sais... Mais peut-être qu'elle n'aime qu'Hilda, après tout. Tu dois le savoir mieux que moi. On verra bien ce qu'elle fera avec le bébé de Claire. Puis est-il indispensable d'avoir du goût pour les enfants ? Après tout, ils sont censés grandir. Et les mères à bébés les prennent souvent en grippe quand ils deviennent grands. J'ai vu ça bien souvent. Apparemment ce n'est pas ton cas.

Pas de problème pour venir pour les vacances : cela ne gênera pas la bonne marche de mes amours. Et je te rassure tout de suite : j'applique le grand principe qui veut qu'on n'ait aucune aventure dans son évêché. Il m'est arrivé de le faire une fois, jadis à Belfort. Je ne me suis pas fait prendre, mais toutes ces précautions... Enfin, quand on aime on passe par-dessus tout ça. L'amour n'est pas censé nous rendre la vie confortable. Je suis habituée à la clandestinité, à la tromperie. Je vis au milieu de femmes intouchables. Car il n'y a pas que les mineures, il y a aussi les profs, et ce ne serait pas bon pour la discipline. Je me souviens, à Dieppe, d'avoir séduit une stagiaire d'agrégation, mais elle n'était pas destinée à rester, et c'était un petit truc distrayant, sans intérêt profond, où l'état de manque a joué son rôle. Agnès (t'ai-je parlé d'Agnès ?) avait quitté la ville, et je n'avais pas encore croisé ma « ravissante idiote ».

Je te laisse. J'ai un conseil de classe et c'est devenu un exercice difficile.

A bientôt.

ANNÉE 1969

Suzanne Lacombe
à Héloïse de Marèges

Stockholm, le 2 janvier 1969

Chérie,

Je ne peux pas te cacher la vérité, ta mère sait tout. Cela ne s'est pas trop mal passé, rassure-toi. Mais j'aurais tant voulu lui épargner cette épreuve! Car c'en est quand même une pour une mère. Tu te doutes évidemment que c'est l'épisode des marches allemandes qui lui a ouvert les yeux. Nous avions raison de le penser, et tes inquiétudes étaient fondées. Ce pauvre Hippolyte, qui m'avait demandé si poliment si cela ne me gênait pas d'écouter ces chants; ce pauvre Hippolyte qui avait confectionné avec tant de soins sa bande magnétique; comment se serait-il douté que le choc serait pour toi? Personne n'y a pensé. Et alors que nous discutions tranquillement du vocabulaire militaire que ce peuple guerrier a bel et bien copié sur nous, tout à coup j'ai entendu l'air, les paroles : « Aus der Heide blüht ein kleines Blümelein, und das heißt Erika [1]... » Je me suis tournée vers toi beaucoup trop vite,

---

1. « Sur la lande pousse une petite fleur qui s'appelle bruyère. » Célèbre marche allemande où l'on joue sur la double signification d'Erika : un prénom et une fleur.

177

première faute ; tu étais sur le point de t'évanouir, deuxième faute ; et Victor a dit à Hippolyte : « Arrête cet air-là », troisième faute. Si j'ajoute que Claire se mordait les lèvres et était presque aussi pâle que toi, et que je n'ai pas pu me retenir de faire un geste dans ta direction, ça fait cinq fautes en tout, en quelques secondes.

Naturellement ta mère connaît cette chanson aussi bien que nous tous. Elle s'est souvenue de certains faits. Quand elle te demandait des nouvelles de Manuela, pas de problème ; quand elle te demandait des nouvelles d'Erika, à qui elle savait pourtant que tu écrivais, tu étais réservée, et même ces derniers temps carrément raide. Tu lui aurais dit : « Elle ne vit plus à Paris, je ne la vois plus. » Tout ceci n'est pas grand-chose, mais ça s'ajoute au reste : elle connaît mes mœurs, elle sait que je connaissais Erika depuis des années et doit bien se douter que nous avons été amantes, enfin elle avait l'impression que tu avais une vie secrète. Elle sait bien que si tu étais sortie avec un garçon, tu ne l'aurais pas caché, sauf circonstances particulières : un homme marié par exemple. Elle y a pensé, figure-toi. Alors je lui ai tout dit, enfin presque tout. J'ai dit ce qui te présentait sous le meilleur jour et ne me noircissait pas non plus, car il y a des limites. J'ai donc dit que tu avais eu une aventure avec Erika, que ça s'était mal terminé pour des raisons de mésentente dont je ne savais rien, que je t'avais consolée et, en quelque sorte, réparée, parce que je t'aimais (il paraît que ça se voit...) et que dans l'état actuel des choses tu m'aimais aussi. J'ai dit que, perturbée comme tu l'avais été après ta rupture avec Erika, c'était pour toi la meilleure solution. Et elle est tout à fait d'accord avec moi sur ce point : ce n'était pas le moment de te jeter dans les bras d'un homme. Tu vois qu'ainsi c'est ouvert, en quelque sorte : si ta mère souhaite que tu aies une vie normale — et quelle mère ne le souhaiterait pas ? — je lui ai laissé de l'espoir. C'est tout ce que je pouvais faire. Maintenant essaie de tirer un trait sur Erika. C'est pour ton bien. Parlons-en, si tu veux. C'est vrai que tu t'es conduite comme une garce ; c'est vrai que moi aussi ; c'est vrai qu'on lui a fait du mal. Mais il faut aller de l'avant. Elle a des torts aussi. Non, je ne devrais pas dire ça. Si elle en a, c'est à elle de s'en accommoder. Nous, nous devons examiner les nôtres avec lucidité, ne pas avoir trop bonne conscience, mais ne pas vivre non plus bourrelées de remords. Voilà ce que je voulais te dire.

J'ajoute que je n'avais jamais remarqué chez toi cette sensibilité à l'effet de surprise. Tu sembles mener calmement tes petites affaires, conduire ta vie avec une froide détermination, et puis brusquement tu vides les étriers. Ce n'est pas une critique. Tu es encore si jeune. Ta mère m'a raconté que tu avais eu une réaction de ce type en apprenant l'échec du putsch de 61. Et si tu essayais d'être plus émotive, quotidiennement, pour canaliser tout ça ? Oh ! et puis je ne vais pas te donner de conseils : chacun est comme il est, mais je crois que, pour en revenir à Erika, une partie de votre mésentente provient de cette différence, entre vous, dans la conduite des émotions.

Le lendemain la vie a repris comme avant. Ta mère et moi nous sommes toujours de vraies amies, et cela compte beaucoup. Je pense qu'elle ne va pas tarder à te téléphoner, mais je lui ai demandé de me laisser envoyer cette lettre d'abord.

Je t'embrasse là où tu préfères...

Héloïse de Marèges
à Anne de Marèges.

Paris, le 4 janvier 1969

Maman chérie,

Il faut que vous sachiez que les choses ne se sont pas passées exactement comme Suzanne vous les a racontées. C'est moi qui ai des torts envers Erika von Tauberg, et c'est moi qui ai séduit Suzanne. Elle ne voulait pas. Ma seule excuse c'est que je l'aimais. J'espère que vous comprendrez.

179

Anne de Marèges
à Suzanne Lacombe

Stockholm, le 6 janvier 1969

Ma chère Suzanne,

Ma fille m'envoie cette lettre, que je commets l'indiscrétion de te transmettre. Tu me la rendras dans quatre jours à Paris. Tu vois que c'est assez émouvant, et je crois que sa version des faits est plus convaincante que la tienne. Surtout soyez discrètes à Paris : je viens avec Hippolyte !

Je t'embrasse.

La même
à la même

Stockholm, le 21 janvier 1969

Ma chère Suzanne,

J'ai pu rassurer Hector sur l'installation de ses enfants, et de son futur petit-enfant, dont le prénom est encore l'objet de débats infinis, comme chez nous jadis. Mais on a encore le temps : c'est prévu pour fin juin début juillet, le plus tard possible j'espère, pour que Claire puisse passer ses examens. Je sais par expérience qu'on est plus valide avant qu'après, mais ce n'est peut-être pas pareil pour tout le monde. J'enverrai à ce moment-là deux filles au pair suédoises (j'ai un vrai réseau, maintenant), l'une pour Hugo et Claire, l'autre pour Héloïse et Hippolyte.

Figure-toi qu'Hippolyte m'a fait plaisir : dans l'avion du retour, je lui ai dit : « Ce serait bien si tu enlevais la chanson *Erika* de ta bande magnétique, tu sais. Ta sœur avait une amie qui s'appelait comme ça, et elles sont fâchées, alors ça lui

180

fait de la peine. » Il a ouvert tout grands ses beaux yeux verts et m'a dit d'une voix émue : « Oh, elle est fâchée avec Erika ? » C'est vrai, ai-je pensé, il l'a vue une fois. J'ai dit : « Tu te souviens d'elle ?

— Oh oui, elle était si belle... »

Incroyable, il y avait de l'amour dans la voix de ce petit robot au cœur sec. Cela m'a fait bien plaisir. Je lui ai dit : « Mais Hippolyte, tu es amoureux ? » Il a répondu : « Faut bien rêver un peu »... soupir ! Là je le retrouvais, maître de lui comme de l'univers, mais il m'avait démontré qu'il y avait un peu de romantisme en lui, et c'est une découverte précieuse.

Je le renvoie à Paris en septembre, pour qu'il fasse sa terminale. Normalement il dépend de Buffon, mais si tu pouvais lui trouver le meilleur lycée pour préparer HEC, ce serait mieux. Aucune importance s'il doit prendre le métro ou même le train pour y aller, car je crois qu'il pense à Hoche, à Versailles. Mais pour la terminale ce ne serait peut-être pas la peine d'aller si loin. Après tout, j'ai lâché sa sœur dans Paris quand elle avait quinze ans, et Hippolyte en aura seize. Que peut-il lui arriver de pire ? Se faire séduire par un monsieur d'âge mûr ? Mais tel que je le connais, il choisirait un homme influent, alors...

Rassure-toi, je plaisante. Pour le moment il partage les goûts de sa sœur aînée... du moins ses goûts passés...

Je t'embrasse.

Journal de Manuela von Tauberg

Paris, le 6 mai 1969

Le club des ci-devant se réunit régulièrement pour bosser, ou pour faire semblant, chez Héloïse ou chez Claire. Plutôt chez Héloïse parce que Victor travaille d'arrache-pied, et on lui fiche la paix. Il y a, de notre ancien groupe, Marie-Thérèse, qui est en psycho, Héloïse, Claire et moi. Je ne sais pas ce qu'est devenue Apraxine, ni beaucoup d'autres, du reste. Claire a mérité d'entrer dans le club, car elle est enfin persécutée. A Nanterre, aux travaux dirigés d'histoire contemporaine, elle s'est fait prendre à parti par le prof, une sorte de virago qui raconte sans cesse que ses grands-parents travaillaient à la mine. La dame lui a dit : « Vous, là-bas, de Marèges... Vous venez de Sainte-Marie, vous ?

— Non, Madame.

— Hum, les gens comme vous, ça vient toujours de Sainte-Marie... vous venez de La Folie Saint-James, alors ?

— Non, Madame.

— Alors vous venez d'où ? »

Claire a cherché l'endroit le plus misérable qu'elle connaissait, et elle a dit : « Honoré de Balzac ». Elle aurait pu trouver mieux, car c'est un peu près de la plaine Monceau, mais l'autre n'a pas insisté. Claire était indignée : « C'est du racisme, non ? » Et nous de rire : « Oh encore, t'as pas tout entendu ! Les pires ce sont les gentils, ceux qui disent en parlant de toi : elle est pas fière pour une noble, comme ils diraient il est généreux pour un juif. Tu t'habitueras.

— Je reprendrais bien mon nom à moi, mais j'en avais marre d'entendre prononcer Rochaze et de devoir rectifier ; ça aussi c'était pénible. »

Nous lui avons démontré qu'il y avait tout de même des avantages : le respect des concierges, le droit de jongler avec le savoir-vivre avec un préjugé favorable, pas mal de petites choses plaisantes qui font contrepoids.

Paris, le 18 mai 1969

Les choses deviennent de plus en plus difficiles avec Jean-Michel. Il veut qu'on se marie. Ce n'est pas nouveau, bien sûr, mais il remet sans cesse la question sur le tapis. Pas besoin

182

d'être très futée pour comprendre que les choses ne marchent pas à sa guise : c'est un étudiant médiocre : ni externat, ni internat. Oh certes, je ne ferai peut-être pas mieux le moment venu. Mais il me disait que c'est parce qu'il avait trop de problèmes matériels : chambre de bonne, pas d'espace, etc. Je l'ai connue, sa chambre : une douche quand même, un bout de cuisine, jamais utilisée d'ailleurs, un bon chauffage, et plein d'étagères. Le propriétaire, un radiologue de l'avenue Marceau, avait conçu ça pour un étudiant en médecine et n'avait pas lésiné. Je ne connais pas bien les prix en usage dans ce genre de location, mais il me semble que c'était donné. Au fond il était tombé sur une sorte de philanthrope, un type qui avait dû réellement en baver pendant ses études et qui offrait à un étudiant méritant la piaule dont il avait rêvé jadis...

Mais moi, au début, j'étais émue par le côté bohème de l'installation. Il était Mimi, la tuberculose en moins, et j'étais Rodolphe, le fric en plus. Notons déjà l'inversion des rôles masculins et féminins. Et j'aurais mieux fait de me projeter dans le rôle du riche entreteneur.

Il m'avait vue avenue d'Iéna, un soir que je venais taper quelque chose sur une des Olympia électriques du secrétariat de Vati, parce qu'une électrique c'est nettement plus confortable que mon Hermès baby de l'époque. C'était en mai 66. Je m'en souviens parce que j'étais obsédée par la peur du bac, et en même temps par l'envie de faire l'amour avec quelqu'un, homme ou femme (influence d'Erika), et que ces deux obsessions étaient parfaitement contradictoires. C'était le printemps, l'avenue de Tourville sentait divinement bon quand je me suis trouvée face à lui. J'ai levé les yeux vers ce beau garçon, plus grand que moi, ce qui est rare, quand il m'a dit : « Bonjour, vous n'êtes pas secrétaire chez Tauberg, vous ? » Il prononçait bien : Ta-obergue. Et moi : « Non, je suis encore au lycée. » Cette réponse c'est tout à fait moi, brave et honnête Manuela avouant qu'elle était encore au lycée, ce qui, à dix-huit ans et demi, n'était pas spécialement glorieux. Il m'aurait renvoyée à mes pâtés de sable que j'aurais trouvé ça normal. Au lieu de ça, il a repoussé mes cheveux que j'avais dans la figure (il y avait du vent, la mode proscrivait absolument toute barrette), et il m'a dit : « Vous avez des cheveux magnifiques, mais vous ne devez pas voir bien clair, non ? » A ce moment-là j'ai su, mon corps a su, qu'il fallait que ce fût celui-ci, et personne d'autre. Il a ajouté : « Où allez-vous ?

— Rue Cler.

— Je vous accompagne. »

Voilà comment les choses se sont passées. Et le bonheur, puisqu'il faut l'appeler par son nom, aura duré neuf mois : symbolique, non ?

Fin février, ciel gris, froid, pas de printemps en vue. Je discute avec la vieille secrétaire de Vati. Elle me dit : « Ce garçon, Jean-Michel Thévenet, vous le voyez toujours ? » J'ai eu une drôle d'impression, le sentiment d'une catastrophe imminente. J'ai dit : « Oui, pourquoi ?

— Il s'était renseigné sur vous, l'année dernière. Pas très adroitement, je crains, puisque votre père l'a su.

— Il s'est renseigné QUAND ?

— Oh, fin avril, je crois. Oui, c'est ça, puisque j'ai pris mes vacances début mai. »

Je ne sais pas pourquoi elle me l'avait dit : par amitié, je crois ; par une sorte de solidarité féminine, certainement. Elle a vu que mon univers était en train de s'écrouler, et elle m'a dit : « Il vaut toujours mieux savoir la vérité. » En effet.

La sagesse aurait été de rompre tout de suite. Mais il y avait mon corps, et, à ma grande surprise, je jouissais parfaitement avec un type que je méprisais. Et puis j'avais toujours un peu d'espoir. Bon, il s'était renseigné, et alors ? Est-ce que ça voulait dire vraiment qu'il en voulait à mes sous ? Je lui ai tendu des pièges. Il est tombé dans tous. Il se voyait déjà directeur médical au labo, il fantasmait peut-être sur Tauberg et Thévenet, va savoir... Mais directeur médical, il pouvait le devenir en travaillant, simplement. Il n'est pas nécessaire de faire partie de la famille pour réussir chez nous, et de toute façon Vati veut toujours que les gens fassent leurs preuves

184

avant, même Erika qui a commencé par les relations publiques parce qu'elle était journaliste.

Le pire, c'est avec Erika que ça s'est passé, justement. Jean-Michel sentait bien qu'il y avait un problème avec moi. J'essayais d'être la même, mais j'avais changé. Et un jour je l'ai vu regarder ma sœur, et je savais qu'il pensait : « Je pourrai toujours me rabattre sur celle-là. »

Je doute qu'il y pense encore. Après tout, il sait ce qu'elle est, maintenant, et il n'a pas perdu tout espoir avec moi. Nous vivons ensemble : six pièces, deux salles de bains, le luxe. Je sais que ses parents lui envoient toujours l'argent du loyer de l'avenue Marceau, et même plus, et moi ici je paie tout et je le laisse utiliser ma voiture (qu'il me laisse le soin de remplir d'essence). En échange je jouis, ça de ce côté il ne lésine pas : j'ai ma dose. Je peux tout supporter : les « marions-nous tout de suite », les « je veux te faire un enfant », tout. Un jour je lui présenterai la facture, mais quand ?

Paris, le 25 mai 1969

Hier, je rencontre Marie-Thérèse. Je sortais de chez mes parents. Elle me dit : « Je vais te montrer ma nouvelle installation chez Bonne-Maman.

— Tu vas habiter chez elle ? Tu veux faire ta maîtrise à la Sorbonne ?

— D'une part. D'autre part j'ai décidé de quitter ma mère. Ras le bol. »

Je ne lui ai rien demandé, car en fait je ne sais pas trop quoi dire. C'est la mode, dans notre génération, de se révolter contre ses parents, mais ça recouvre quoi, au fond ? N'est-ce pas une sorte de conformisme, de snobisme même ? Et comment distinguer les révoltes sérieuses des autres ? Et en psycho à Nanterre, n'est-on pas plus exposé ?

Nous montons donc rue de Chanaleilles, 5e étage, ascenseur d'une inquiétante vétusté, banquette de velours à chaque

185

étage, pittoresque très parisien. Elle ouvre avec sa clé, dit bonjour à une dame qui avait tout de la fidèle vieille servante, frappe au salon, entre et dit : « Bonne-Maman, je vous présente Manuela, une amie. » Curieuse Bonne-Maman, pas du tout conforme à son appellation : une vieille dame excentrique, maquillée, emperlousée, très 1925, comme d'ailleurs la décoration de l'appartement. Et un accent difficile à identifier. Mais charmante, chaleureuse. On prend le thé, on bavarde, puis Marie-Thérèse m'emmène dans sa chambre, en fait une chambre de bonne à laquelle on accède par un escalier intérieur, ce qui fait qu'il y a deux sorties et qu'elle ne dérange personne avec ses allées et venues. « C'est chouette, hein ? C'est Bonne-Maman qui m'a installé tout ça. Elle m'a dit : " Comme ça tu es complètement libre. " » Elle imitait l'accent, alors j'ai dit : « Elle n'est pas française ?

— Non, américaine. »

Voilà qui rendait l'ensemble cohérent. Ensuite Marie-Thérèse me dit : « Comment ça marche, avec ton jules ? » Je lui explique. Elle savait vaguement qu'un truc n'allait pas, sans plus. Elle me dit : « Oh mais c'est mauvais, ça. T'es mal barrée. Tu le méprises et il te fait jouir ? Prends garde de ne pas associer les deux choses.

— Oh écoute, ça c'est de la psycho de bazar.

— Peut-être ou peut-être pas. Ton truc n'est pas sain, en tout cas.

— On n'est pas sain, dans ma famille.

— Oh, arrête ton cinéma. Reconnais que t'as peur de mettre du temps à le remplacer et que pendant ce temps tu seras seule dans ton petit lit, obligée de…

— Tais-toi. »

Elle me regarde : « C'est pas vrai ?

— Si. »

Il y a eu un silence, et j'ai tout à coup essayé d'être honnête. J'ai dit : « Le problème c'est que ce ne sera pas si bon. » Nous avons ri. L'atmosphère s'était détendue. Elle a dit : « Bon, c'est simple, il faut que tu le remplaces avant de le quitter.

L'ennui c'est que je n'ai personne à te proposer. Faudrait sortir, toi et moi, comme ça je m'en trouverais un aussi. J'ai vingt et un ans, il est temps de commencer.

— Tu n'as jamais fait ça ?

— Non, pas encore, et ça commence à faire long. C'est pas que j'ai envie, mais je deviens ridicule. Tout le monde me croit affranchie, alors quand faut y aller faut y aller.

— Ta mère t'empêchait de sortir ?

— Non, pas vraiment, mais elle organisait des trucs, tu sais, avec les rallyes.

— C'est quoi ?

— Un marché pour se marier entre soi : fils de ducs, de marquis, avec ou sans fric, remarque, mais entre soi. Et moi je ne peux pas, ça me coince complètement. C'est pas qu'ils soient pires que d'autres, je suppose, mais j' peux pas.

— Quelle horreur ! Ça existe ?

— Dans quel monde vis-tu, Manuela ? Ce n'est pas l'industrie chimique, mais c'est fermé aussi. On ne fait pas ça, chez toi ?

— En Allemagne ? Je ne crois pas... je ne sais pas. Je demanderai à mes cousins. Mais regarde Héloïse, par exemple, elle n'a pas de problème de ce genre.

— C'est une chance, mais ça peut la rattraper au tournant, car Maman a des vues sur elle, figure-toi, pour mon frère.

— Quoi !

— Oui. Ce n'est pas que Maman ait envie que son petit chéri se marie, ça non, mais malheureusement il le faut bien, pour la descendance... et les Marèges sont d'une ancienneté telle que...

— Ah bon ? Je ne savais pas. En tout cas elle peut toujours courir pour avoir Héloïse, parce qu'Héloïse a sa vie. Je ne te raconte pas parce que ce sont ses secrets, mais crois-moi, il n'y a pas de place pour ton frère là-dedans.

— De toute façon ça vaut mieux pour elle, parce que mon frère, c'est pas un parti. Faudra d'abord qu'il quitte les jupons de sa Maman, et c'est pas demain la veille.

— C'est ça qui ne va pas chez toi ?

— En gros, oui. J'aime beaucoup François, remarque. C'est mon jumeau : ça laisse des traces, mais Maman n'aime que lui, et elle l'aime trop pour son bien. Tu sais que mon père est mort en Indochine ?

— Oui.

— Je m'en souviens à peine. Elle, elle m'a foutue en pension dès la sixième, à la Légion d'Honneur. Si elle avait pu avant... Petit chéri, lui, devait aller au Prytanée de La Flèche. Mais il est tombé malade. Elle s'est débrouillée pour ça. Elle l'a gardé. Moi, je voulais rentrer à la maison, alors en première je me suis décidée à me rendre insupportable. Auparavant je pensais que si j'étais sage et bonne élève, elle m'aimerait. Tu parles ! J'ai été dégradée, puis finalement virée. J'espérais aller à Saint-James, et tu sais quoi ? Elle m'a flanquée au lycée dans ce quartier en me disant que je déjeunerais chez Bonne-Maman. Et ça a été très bien, figure-toi, parce que j'ai découvert Bonne-Maman, et ça c'est quelqu'un. Et elle m'aime. Et elle ne s'entend pas, mais alors pas du tout, avec Maman. Bon. On parle d'autre chose, parce que mes problèmes c'est plutôt chiant. »

Pauvre d'Ennecour ! Moi qui la soupçonnais d'en rajouter ! Que sa mère l'aime ou non, ce n'est même pas le problème. Le problème c'est qu'elle a toujours vécu avec l'idée qu'elle n'était pas aimée, un peu comme Erika avec sa mère, d'ailleurs. Et moi avec Vati ? Non, je pensais que Vati préférait Erika, mais je savais qu'il m'aimait quand même, qu'il attendait beaucoup de moi, au point que j'avais (et ai toujours) peur de ne pas être à la hauteur. Il m'a dit plusieurs fois de ne jamais écouter les gens qui me diraient que les filles ne valent pas les garçons, que lui était heureux d'avoir des filles, et qu'il comptait sur elles. Il vaut mieux vivre avec l'idée qu'on risque de décevoir son père, qu'avec une famille à la d'Ennecour.

Bad-Homburg, le 6 juin 1969

J'ai passé trois jours avec Vati. Le pauvre homme a bien des soucis. Pas du côté du groupe, bien sûr. C'est plutôt sa famille qui l'obsède. Il dit que nous sommes une famille maudite : « Ce n'est pas tant ta sœur, avec son gigolo, non, c'est plutôt sain ça... mais tout le reste. Toi qui souffres... ne proteste pas, je le vois bien. Et Kai-Uwe qui commence à imiter son père...

— Tu sais ?

— Qui ne le sait pas ? Et sa putain de mère, Anneliese, qui en fait autant de son côté...

— Ça me paraît assez normal.

— Oui, mais à cinquante-cinq ans... enfin, admettons, mais elle est cinglée, tu sais. Sa mère était une Wesel, sa grand-mère était une Wesel, et je crois que c'est eux qui ont fait entrer le drame dans la famille... sans compter un excès de consanguinité.

— Ils ont fait entrer l'argent aussi.

— Oui, mais à quel prix ! Ton arrière-grand-mère a fini à l'asile...

— La mère de Großvati ?

— Oui. Mon oncle, lui, s'est suicidé, et ça je peux le comprendre : il avait perdu ses deux fils à la guerre, et son neveu, le tout en quelques mois ; mais je crois que le pire, pour lui, c'était d'avoir perdu la guerre. C'est lui qui aurait voulu être officier, et mon père qui aurait voulu faire de la chimie, seulement à l'époque on obéissait à ses parents. Ton Großvati était un homme très sain, lui. Il m'a empêché de m'engager en 18, il me l'a rigoureusement interdit, même, et il a eu raison. Il ne restait plus que moi et mon neveu Ernst, un bébé.

— Et Anneliese.

— Oui, mais les filles à l'époque... Enfin, dans un sens, tous ces morts ce n'était pas désavantageux pour nous. On n'a pas osé nous accuser. Ton Großvati a pu impunément faire joujou avec les Corps-francs de la Baltique.

— T'exagères.

— Bon, c'est vrai qu'il était patriote, ce n'était pas un jeu. Enfin, il a pu le faire impunément et reprendre nos affaires. Et c'est lui qui m'a fait aimer la France et m'a envoyé là-bas.

— Pourquoi as-tu épousé Maman ?

— Ça t'étonne, bien sûr. Eh bien elle était française et elle ressemblait à une Allemande. Je la trouvais belle. Je l'ai rencontrée à un concert, à Bâle. Il me semble que c'était à la première de la symphonie de Bizet ? Ou peut-être avant, je ne sais plus.

— Et pourquoi t'a-t-elle épousé ?

— Je ne sais pas. Faudra le lui demander.

— Tu rigoles ? Lui demander ?

— Oui, elle ne doit même pas le savoir, d'ailleurs. Mais elle l'a fait, et elle a eu du mérite, parce que son père ne voulait pas.

— Malgré le fric ?

— Oui, c'était son bon côté : austère et désintéressé ; honnête aussi. Ils ne t'ont jamais dit de mal de moi.

— Non, mais c'était implicite. Remarque, un jour Grand-Père m'a dit : " Ton père est un Allemand, mais il n'est pas un nazi. "

— C'était bien, ça. Il y avait confusion, à l'époque. De toute façon, en 39, on ne s'entendait plus, ta mère et moi. Ce qui m'a fait mal, c'est de te laisser, mais que pouvais-je faire d'autre ? Te laisser à cette femme qui ne t'aimait pas... ou si peu. Je me le reproche encore. Je me dis que c'est pour ça que tu es devenue... comme tu es...

— Mais non ! Et puis on laisse toujours les enfants à la mère.

— Oui, puis je me disais que si l'Allemagne gagnait, je te reprendrais, t'empêchant d'être du côté des vaincus, et que si l'Allemagne perdait, tu serais aussi du bon côté.

— L'ennui c'est que je ne suis d'aucun côté. A Belfort je me prenais pour une Allemande, ici je me rends compte qu'il n'en est rien. Je suis apatride.

— Justement. Ce sont les gens comme nous qui ont gagné, à terme. Tout ça te sera utile quand tu me succéderas.

— On n'en est pas là, et je n'aime pas quand tu oublies Manuela.

— Je n'oublie pas Manuela. Disons que cela vous sera utile quand vous me succéderez. Et j'espère qu'elle aura des enfants, parce que toi...

— Désolée. C'est sans espoir.

— Je sais. Tu ressembles à un petit chat perdu. Tu ne crois plus en rien ?

— C'est à peu près ça. Je vis pour Tauberg AG.

— Eh bien, tu vas être étonnée, mais ça m'ennuie. Je voudrais te voir aimer à nouveau.

— Impossible.

— Si au moins tu avais à nouveau du plaisir...

— Difficile. Mais je te remercie d'admettre... »

Pauvre Vati ! Dans un sens, j'ai découvert qu'il pouvait s'habituer à certaines choses, venant de moi, tout au moins. Et puis je crois que Manuela y a gagné. Il croit en elle, maintenant. Mais c'est vrai que nous sommes une famille maudite.

Bad-Homburg, le 9 juillet 1969

Aujourd'hui, je lis dans *Le Figaro* qu'Hugo de Marèges et Claire, née Rochaz, annoncent la naissance de leur fille Hécube. J'ai un instant de vive souffrance, puis j'appelle Kai-Uwe, qui est ici en stage, et je lui montre. Et il accuse le coup. Nous sommes vraiment une famille maudite !

Bad-Homburg, le 12 juillet 1969

Et maintenant, c'est Manuela qui vient m'annoncer qu'elle est enceinte ! Rien ne nous sera donc épargné ? Il paraît que les toubibs prétendent qu'il faut régulièrement interrompre la

191

prise de la pilule, pour voir si ça fonctionne. Eh bien ça fonctionne, en effet. Bande de salauds irresponsables ! Encore des mâles, ça. Bon, je me calme : les mâles ne m'ont rien fait à moi ; je ne leur en ai pas donné l'occasion. Je soupçonne le nommé Jean-Michel d'avoir placé habilement son spermatozoïde maudit.

Après une première réaction d'accablement total, j'ai tenté de consoler Manuela. Difficile de lui dire que ce n'était pas grave, car j'ai tout de suite vu des implications qu'elle ne voyait pas. Je l'ai écoutée me dire : « Je pourrais m'en débarrasser, tu penses, mais je ne PEUX pas, c'est impossible, je ne sais pas pourquoi.

— Tu as peur ?

— Mais non, même pas. C'est l'idée. Tu comprends, IL existe, IL est vivant, je ne PEUX pas.

— Bon : c'est peut-être l'appel de l'espèce, j'en sais rien, mais c'est une réaction estimable, en tout cas. Alors que faire ?

— Je souhaite que tu en parles à Vati.

— Et tu vas épouser ton gigolo ?

— Plutôt crever. »

Encore une réaction estimable, mais j'ai dû lui mettre les points sur les i : « Tu connais la législation française sur la filiation ?

— Non.

— Dommage, parce que ton bonhomme, tu ne vas pas t'en débarrasser comme ça. Rien ne peut l'empêcher de reconnaître ton bébé, et d'avoir donc des droits sur lui. Je ne sais pas jusqu'à quel point, remarque.

— Je peux dire que ce n'est pas lui.

— Tu rigoles ! Tu vis en concubinage notoire, c'est comme ça que ça s'appelle, et si c'est le père, comment veux-tu prouver le contraire ? En général les bonshommes s'enfuient à toutes jambes dans un cas comme le tien ; mais là il va s'y cramponner à ton — à son — moutard. C'est son gagne-pain, tu sais bien. Sait-il que tu es enceinte ?

— Il doit bien s'en douter.

— Bon. J'appelle Vati, et on va voir ce qu'on peut faire. Il a sûrement de bons avocats qui ont des confrères spécialisés en filiation. Garde ton courage, va. »

Vati a pris le premier avion, et nous avons tenu une conférence au sommet. Il n'a pas accablé la malheureuse Manuela et l'a même approuvée de ne pas avorter (elle c'est à cause de ses tripes, lui c'est à cause de ses principes). Mais il a vu encore bien plus de conséquences désastreuses que moi : en effet, Jean-Michel sait tout sur moi, et surtout ce que j'ai fait à Héloïse, et même s'il ne peut rien prouver, il peut déclencher un scandale qui nous salira tous : les Tauberg, les Marèges. On a tourné en rond. Manuela pensait à épouser un type complaisant : Kai-Uwe par exemple. Vati pensait à acheter (très cher) le silence de Jean-Michel. Finalement, il a bien fallu se résigner : Manuela épouse Jean-Michel, qui n'osera pas s'opposer au contrat de séparation exigé par Vati, et on attend la faute, qui permettra à Manuela de divorcer dans son droit. Mais y aura-t-il une faute ? Trompe-t-on une fille non seulement riche mais belle ? Et en attendant, que va faire ma pauvre petite sœur ? J'ai dit que c'était de ma faute, que je lui avais gâché la vie avec mes conneries. « Mais non, c'est moi qui ai été d'une imprudence insensée. J'aurais dû le larguer avant. J'aurais dû surtout ne pas faire appel à lui ce jour-là. » Nous étions tous les trois désespérés. Vati a dit : « Mes filles, il commettra une faute, on lui en fera commettre une. Et je lui briserai les reins. »

Anne de Marèges
à Suzanne Lacombe

Stockholm, le 13 juillet 1969

Ma chère Suzanne,
Je regrette bien de n'avoir pas pu te voir lors de mon bref passage pour voir Hécube. Mais tu as raison d'emmener ma

fille en Angleterre : cela la décidera peut-être à apprendre cette langue utilitaire au lieu de s'obstiner sur le suédois. A moins qu'il ne s'agisse encore d'une descente chez Harrod's ou à la Scotch House. Je vous connais.

Hécube est très laide, ce qui est normal. J'ai rassuré sa mère en lui disant que c'était un caractère familial qui disparaissait en deux semaines. Hugo m'a raconté leurs recherches pour trouver un endroit pour accoucher. En effet, ils ne voulaient pas tant une clinique confortable qu'un officier d'état civil complaisant. C'est comme ça qu'ils se sont retrouvés à Boulogne, lieu snob, donc habitué aux pires prénoms. Néanmoins, Hugo s'était muni d'un Euripide dans la traduction de chez Budé : le volume : *Hippolyte, Andromaque, Hécube,* et il a dû argumenter : « Mon frère s'appelle Hippolyte. Pourquoi ma fille ne s'appellerait-elle pas Hécube ? » Ça a marché. Moi je trouve ça bien dur à porter, mais c'est leur problème.

Bien que grand-père, Hector a pris du revif depuis la démission de son ennemi, celui qui bloquait sa carrière. Quel drôle de type, quand même ! (pas Hector, De Gaulle). Je croyais qu'il s'était mordu les doigts d'avoir fichu le camp en 47, et il recommence, et avec une chambre introuvable, encore ! Il ne s'imagine quand même pas qu'on va le rappeler à son âge ? Tout compte fait Mai 68 a dû lui saper le moral. Ou bien il a cru qu'on allait voter oui à son référendum : un cas d'ὕϐρις des tyrans, en quelque sorte.

Hector est heureux, donc il rêve de grands postes difficiles. Je lui ai dit : « Je crains que la grande époque ne soit terminée ; vous ne serez jamais Paléologue à Petersbourg. » Il a soupiré : « Hélas ! » Et il m'a avoué son rêve d'enfant, celui qui a déterminé sa vocation. Tu vas rire mais c'est émouvant : il voulait être celui qu'on rappelle quand la guerre éclate, tu sais : quand les communiqués de presse disent : « Nous rappelons nos ambassadeurs. » J'ai ri, et je lui ai dit : « Mais c'est un échec quand l'ambassadeur n'a pas évité la guerre.

— Oh non, nous ne sommes pas si importants. »

En attendant, ce n'est pas la Suède, ce pays cramponné à sa neutralité, qui lui exaucera son rêve.

Donc tout le monde est heureux : Hugo parce qu'il est père et que ses notes sont meilleures qu'il ne l'espérait (il a désocculté, ce qui dans le jargon de son école signifie demander son classement provisoire), Héloïse parce qu'elle ne porte plus de trop lourds secrets, Hippolyte parce qu'il pense : « A nous deux Paris », Hilda parce qu'elle s'est aperçue que son petit frère avait quelques qualités, et Holger parce qu'Hilda s'intéresse à lui. Je m'explique : le petit se balançait dans son fauteuil d'enfant en chantonnant un passage du *Requiem* de Mozart. Au lieu de lui jeter un regard agacé, elle l'a écouté, et elle s'est aperçue (comment, grands dieux ?) qu'il avait l'oreille absolue. Depuis elle l'a testé, et ça se confirme. Moi qui ne jouis pas, contrairement à mes filles, de cet insigne privilège, je dois la croire sur parole. J'ai promis qu'on allait le mettre au violon. Elle se voit déjà jouer *la sonate à Kreutzer* avec lui. Il semble bien que dans cette maison tout le monde poursuit son rêve. Le mien c'est de revenir à Paris ou à Vienne.

A dans quelques jours. Je t'embrasse.

Claire de Marèges
à Héloïse de Marèges

Crest-Voland, le 2 août 1969

Ave !

Maman vient de rentrer avec *Le Figaro* et de me dire, comme si ce n'était pas extraordinaire : « Tiens, Manuela von Tauberg se marie. » Et en effet. Mais que se passe-t-il ? Elle ne voulait pas, pourtant. Sais-tu quelque chose ? C'est dans le numéro d'hier.

Vale.

Héloïse de Marèges
à Manuela von Tauberg

Stockholm, le 4 août 1969

Mais qu'est-ce qui te prend ? Tu es folle ou quoi ?

Manuela von Tauberg
à Héloïse de Marèges

Tauberg, le 6 août 1969

Je suis enceinte et je ne voulais pas imposer un bâtard à Vati. Peut-être que je manque de courage, aussi. Je t'en supplie, ne me critique pas trop : c'est dur.

Héloïse de Marèges
à Claire de Marèges

Stockholm, le 9 août 1969

Ave !

Je te joins notre échange de messages affolés, ainsi tu sauras tout. Ne jetons pas la pierre, le père n'est pas commode et je ne sais pas ce que j'aurais fait à la place de Manuela. En tout cas Marie-Thérèse d'Ennecour va avoir une attaque, si ce n'est déjà fait. Dur de résister aux pressions. Pauvre Manuelchen !

A bientôt, Maman vous attend avec une impatience qu'elle parvient mal à dissimuler.

Vale.

ANNÉE 1970

Héloïse de Marèges
à Claire de Marèges

Vienne, le 18 janvier 1970

Ave !

C'est une impression étrange de retrouver Vienne, surtout en plein hiver. Nous nous disions, en relisant le faire-part et l'invitation de Pilar, que c'était une drôle de saison pour se marier, et depuis l'histoire de Manuela je m'attends à tout. Pourtant non, Marie du Pilier n'est pas enceinte, elle me l'a dit, mais elle est majeure depuis novembre, et elle a ainsi pu faire pression sur ses parents. Ils ne sont pas ravis, c'est assez évident, mais ils savent que leur fille est dévaluée sur le marché espagnol, et Zoltan est catholique, alors...

C'est tout ce que j'ai appris par Pilar, faute de temps, car la malheureuse avait beaucoup à faire : dévaluée ou pas, on sauve les apparences, et on fait comme si c'était une vierge qu'on envoyait vers l'inconnu. J'avoue qu'ils n'ont pas le choix. Je discutais de cela avec Melitta Karolyi que j'ai rencontrée à la réception. Tu ne te souviens peut-être pas : c'est une amie d'Erika que j'ai vue une fois. C'est elle qui a comblé pour moi les trous de la biographie de Pilar. Après la disparition du Bulgare Vasko, Pilar, désespérée car elle l'aimait, s'est lancée dans la débauche et dans la provocation : un Slovène, un Polonais, un Allemand de la « so genannte DDR [1] », comme si elle narguait son père et l'accusait d'avoir éliminé Vasko, ce qui est peut-être vrai, va savoir. La patience du marquis m'étonne beaucoup, mais enfin il a patienté. Si bien que quand elle s'est éprise, réellement cette fois, d'un Hongrois dont l'anticommunisme n'est pas à démontrer, puisqu'il s'agit d'un réfugié de 56, tout le monde a été soulagé, malgré la différence d'âge. Melitta connaît bien Zoltan : elle m'a dit : « C'est un cousin de mon mari. » Un mari ? J'étais surprise, car en 65 je n'avais pas vu de mari. Comme malgré mon excellent dressage j'avais dû manifester une légère surprise, elle a précisé : « Mon mari était d'origine hongroise, comme moi d'ailleurs, d'une famille fixée à Vienne depuis un siècle ou deux... En 56, il a traversé la frontière pour aider les insurgés, lui et quelques autres. Il n'est jamais revenu. Mort ou déporté en Sibérie ? On ne saura jamais. Zoltan l'a vu à Budapest avant de s'enfuir lui-même, et c'est la dernière fois qu'il a été aperçu par quiconque. »

J'étais horrifiée par son bref récit, fait calmement, comme un compte rendu. Toute une époque me revenait en mémoire : l'afflux des réfugiés à Vienne, ceux qui passaient par notre ambassade pour demander l'asile à la France, l'horreur. Quelque chose qui nous a énormément marqués, Victor et moi, et qui est probablement à l'origine de notre position sur l'Algérie et le débarquement des réfugiés pieds-noirs. Et je n'étais pas dupe du ton détaché de Melitta. Il y avait dans sa superbe voix de violoncelle une vibration supplémentaire qui prouvait que treize ans après l'affaire n'était pas close. Je ne savais pas quoi lui dire. C'est elle qui a continué : « Ne me regardez pas avec vos grands yeux émouvants, parlez-moi plutôt d'Erika. Je ne l'ai pas vue depuis au moins trois ans. Que devient-elle ?

— Elle vit à Francfort. Je ne la vois plus.

— Oh... ça vous embête d'en parler, n'est-ce pas ?

---

1. La soi-disant République démocratique allemande.

— Un peu. On s'est séparées en 67.

— Ça a dû être dur, non ?

— C'est moi qui l'ai quittée.

— Oh... je n'aurais pas cru... d'habitude c'est elle qui filait. Il est vrai qu'avec vous elle était différente. C'est peut-être pour ça qu'elle n'est jamais revenue à Vienne ?

— Probablement. Ça a été très dur pour elle. Ça l'est encore, pour tout vous avouer. Elle ne quitte pas Francfort. Elle travaille.

— Son appartement de la Landesgerichtsstraße est occupé. Vendu ou loué, je ne sais pas. Vous n'êtes pas passée devant ? »

Comme je l'avais fait, autant l'avouer. Elle n'a pas insisté, et elle a enchaîné :

« Vous restez quelques jours ?

— Oui. J'ai un examen le 25. Je ne rentrerai pas avant.

— En janvier ?

— Hélas, ça s'appelle le contrôle continu.

— Vous faites quoi ?

— Histoire et pharmacie.

— Histoire c'est comme Erika, ça. Et la pharmacie ?

— J'aime ça, et j'ai bien du mal à le faire comprendre, et ça me permettra de gagner ma vie.

— Mais c'est très bien ça, la pharmacie. » (et toc, une qui me comprend.)

Ensuite, elle m'a invitée à venir la voir, ce que je vais faire. Elle me trouble...

La même
à la même

Orient-Express, le 23 janvier 1970

Oui, elle me trouble mais il est beau de résister, et je l'ai fait. J'ai pris le thé chez elle, et nous avons parlé de pas mal de choses, sauf de nos vies privées, et elle m'a dit : « J'ai envie de vous, mais je sens que ce n'est pas le moment. » Qu'aurais-je fait si elle avait estimé que c'était le moment ? Je m'inquiète énormément. Que vais-je devenir si je suis si facilement émue par des filles ? Une cavaleuse ? Oh que ça me déplaît ! Comme je déteste ce que je crains d'être !

Vale.

Claire de Marèges
à Héloïse de Marèges

Paris, le 24 janvier 1970

χαῖρε.

Allons, ce n'est pas si grave. Evidemment, quand j'ai lu ta première lettre je me suis dit : « Mon Dieu, que va-t-elle faire ? Quelle catastrophe va-t-elle encore enclencher ? » Mais après tout ce sont des choses difficiles à maîtriser, je suppose. Tu n'as rien fait et c'est ça qui compte. Et puis si tu avais fait ? Quelles sont tes conventions avec Suzanne, sur cette question ? Avez-vous passé un accord ?

Vale.

Héloïse de Marèges
à Claire de Marèges

Paris, le 26 janvier 1970

Ave !

Eh bien c'est un contrat d'exclusivité, naturellement. Etant entendu que la première qui en a marre quitte l'autre. Mais ce

200

n'est pas ce qui me gêne, car les termes de notre accord ont été bien posés une fois pour toutes. Je pense que si je le voulais vraiment, il y aurait des accommodements avec le ciel, c'est-à-dire avec Suzanne, mais je me méfie, et je pense qu'elle se méfie. Quoi de plus normal ? Comme tu le fais remarquer, j'ai déclenché des catastrophes. Chat échaudé... Elle n'a pas besoin de me faire la leçon, car si j'avais largué Erika proprement on n'en serait pas là. Par larguer proprement je veux dire si je ne l'avais pas quittée pour une femme qu'elle avait aimée jadis. Et si, d'abord, je n'avais pas « violé » Suzanne. Je voulais m'amuser, séduire, accomplir une performance, bon. Erika m'étouffait, c'est sûr. Mais je suis allée au plus facile, car, et je ne sais pas dire comment, j'ai su que Suzanne me désirait. J'avais tourné de l'œil, elle m'avait à moitié déshabillée, son malaise était palpable. Je l'ai senti. Tu l'ignores, faute d'expérience, mais les sorties de pâmoison rendent sensibles à l'atmosphère. Agir proprement, ç'aurait été ne pas passer aux actes. Nous nous serions calmées l'une et l'autre. Je l'ai obligée à faire l'amour, et après, je le sais parce qu'elle a fini par me le dire, c'était trop tard. Il paraît que m'essayer c'est m'adopter...

Mais Erika, elle, a été doublement trahie, et c'est bien plus grave. Certes, il fallait la quitter, mais moi j'ai laissé pourrir la situation. J'ai brisé une amitié, et c'est ce qu'il y a de pire.

C'est pourquoi je me méfie et je m'impose des règles strictes. Parfois, nous voyons une « ex » de Suzanne, une ravissante brune que j'avais vue deux ou trois fois à Dieppe. Je désire cette fille, d'autant plus que nous fleuretons légèrement ensemble, sous le regard indulgent de Suzanne, et que je sais bien qu'elle me passerait ce caprice si je le voulais. Mais je ne le veux pas. On commence un truc, et on ne sait pas l'arrêter. Merci, j'ai déjà donné !

Si j'ajoute que ces aventures, parallèles à un grand amour, sont une chose que j'ai toujours reprochée au mâle de l'espèce, et que je ne veux pas ressembler au mâle de l'espèce, tu connais maintenant les raisons de ma sagesse.

Vale.

Paris, le 31 janvier 1970

« A mon avis, me disait Marie-Thérèse hier, à mon avis tu as fait une connerie. J'ai du mal à comprendre. T'as pas l'air bien gaie. » Oui, certes, pas gaie. Et fatiguée, en plus. Personne ne peut traîner ce fardeau à ma place, mais comment me plaindre ? Je n'ai pas à m'occuper de la maison, je n'ai pas d'examens avant juin, et mon cas est tragiquement normal. A qui en parler ? A Claire ? Elle m'a dit : « Sûr que le dernier mois c'est pas marrant. » Moi je trouve que c'est pas marrant depuis le début.

Pourtant ça marche assez bien avec Jean-Michel. Il a eu ce qu'il voulait, et il ne s'attendait pas à mieux. En fait Vati le terrorise, ce que je comprends, et je suis à peu près sûre qu'il n'aurait pas osé le prendre de front. Que se serait-il passé si j'avais refusé de l'épouser ? Quelle drôle d'histoire : il m'a forcé la main comme on dit que les filles forcent la main des hommes ; et je ne sais pas si ces mariages finissent plus mal que les autres. Bon, il est intéressé, c'est sûr. Il a triché en faisant semblant de ne pas savoir qui j'étais, c'est patent. Mais parfois je cède à la tentation de me dire que ce n'est pas si grave. Qu'aurais-je fait, moi, si j'avais été pauvre ? Ce qui m'ennuie, en fait, c'est qu'il n'était pas dans la misère, et puis je ne saurai jamais si c'est MOI qu'il aime, s'il m'aime. Il le dit. Mon moi est peut-être inséparable de ce qu'il y a autour : la fortune, le pouvoir. Je prenais ça pour une enveloppe extérieure, mais peut-être que c'est dans MOI, tout ça.

Ben ma vieille, on dirait qu'être enceinte te donne du talent pour la métaphysique ! C'est toujours ça de gagné, si ça résiste à l'accouchement.

En attendant il est content, il est gentil, et il a l'air d'aimer son futur gosse, alors de quoi me plaindrais-je ? Ce qui m'ennuie, c'est son travail : soit il n'est pas courageux, soit il n'est pas doué. Je crois surtout qu'il n'est pas courageux, pas

motivé non plus depuis qu'il me connaît. Alors je le secoue :
« Si t'échoues trop longtemps à tes examens, pas de boulot. A
moins de te spécialiser en médecine du travail, puisque tu
sembles penser que le travail est une maladie...

— Oh ça va. Je la connais.

— Bon. Mais sérieusement, dans ma famille ce n'est pas
concevable. »

Il a soupiré, assez gentiment : « Ouais... " Arbeit macht
frei [1]... "

— Voilà, t'as tout compris. »

Il me demande si moi je vais continuer, et je lui dis que la
question ne se pose même pas, il voit bien que je bosse, non ?
Alors si la fille du patron, enceinte jusqu'aux dents, continue sa
médecine, il n'y a pas de fuite possible pour lui. Pauvre Jean-
Mi ! La séparation de biens et les études à boucler... je me
demande s'il n'est pas déjà puni. En plus Erika le hait, c'est
palpable, et du coup il le lui rend.

Journal d'Erika von Tauberg

Paris, le 18 février 1970

Ma sœur a accouché d'un garçon qu'elle a appelé Wolfgang,
« parce que c'est moi qui décide ». L'autre n'a pas son mot à
dire, et il file doux. Evidemment, c'est amusant, mais il m'est
arrivé d'avoir des éclairs de pitié — oh, très fugitifs ; il a voulu
forcer la porte des Tauberg, il commence à en payer le prix. A
cette occasion je suis venue à Paris, mais j'ai refusé d'aller chez
Vati : problème de proximité, peur de la rencontre. Je suis au
Continental. Même chez Manuela, c'est dur. C'est dans cet
appartement que j'ai tout perdu. De toute façon, elle va le

_____

1. Le travail rend libre.

quitter : je suppose que le parasite ne le trouve plus assez grand.

Je rentre demain. Bad-Homburg, c'est mon refuge ; j'y suis aussi bien que possible.

Bad-Homburg, le 7 mars 1970

Il y a quelques mois, j'ai commencé à parler avec une fille du contrôle de gestion : Lise Schulberg. J'avais déjà remarqué qu'elle était souvent là, le soir, bien après les autres. A Francfort, ce n'est pas l'habitude, au contraire de Paris. Ici, les gens sont là de bonne heure, partent de bonne heure, et font ce qu'ils ont à faire sans s'occuper de l'effet qu'ils produisent. Ou plutôt, soyons justes, le conformisme local veut qu'on ne traîne pas, alors que le conformisme français (ou peut-être simplement parisien) veut qu'on reste tard le soir : certains pour travailler, beaucoup pour être vus (c'est fou comme les portes des bureaux restent ouvertes, après six heures...).

Si bien que j'ai été étonnée de voir, de temps à autre, pas toujours, de la lumière dans son bureau. Cette marque de légère excentricité m'intéressait, j'étais presque déçue si cela ne se produisait pas plusieurs soirs d'affilée. Un soir, j'ai frappé. Elle m'a accueillie avec un gentil sourire et a posé le crayon avec lequel elle remplissait d'immenses feuilles du modèle dit « 18 colonnes sans libellé ». J'ai dit : « Je vous dérange ?

— Oh non. Si je fais une petite pause, ça ira mieux après. Je traque une erreur. »

Elle était vraiment sympathique, naturelle. Une fille que je n'ai jamais eu l'impression de terroriser. « Vous aimez bien faire ça le soir ?

— Oui, le matin je ne suis pas bonne à grand-chose. Même quand j'arrive à l'heure, et c'est rare, je n'arrive pas à m'y mettre. »

J'ai apprécié l'aveu : pas une once de fayotage dans sa réponse, et à mon niveau c'est rare. Elle a ajouté : « Vous, vous êtes là à l'aube et vous partez tard, j'admire.

204

— C'est normal. Au fond c'est mon héritage. »

Puis tout à coup j'ai eu envie d'être sincère, pas tellement avec elle, avec moi, et j'ai ajouté : « Au fond je fais partie de ces gens qui n'ont pas envie de rentrer chez eux. » Elle m'a regardée très directement et m'a dit : « Ça se voit », puis elle a ramassé son crayon, ce qui était un congé. Je lui ai dit bonsoir et je suis rentrée.

Nous avons pris l'habitude d'échanger quelques mots, ainsi, dans la soirée. Dans la journée, quand je la croise, c'est la seule personne qui me fasse un franc sourire, sans arrière-pensée, et avec son naturel elle a obtenu ce qu'aucun des lèche-bottes de l'étage ne pourra jamais avoir : je m'intéresse à son travail, à son rôle, alors que je ne connais en principe que des rouages plus importants.

Aujourd'hui notre conversation a dérapé sur les autres, justement : ses collègues de la direction financière, qui sont bien évidemment des hommes pour la plupart, malgré l'effort que je fais pour que l'on prenne des femmes. Elle m'a dit : « Vous leur faites peur. Devant vous ce sont de tout petits garçons face à leur institutrice, mais le reste du temps ils sont assez arrogants.

— Avec vous ?

— Oui. Ils font la roue. C'est amusant, d'ailleurs.

— C'est curieux que je leur fasse peur ; ils ont l'air si sûrs d'eux.

— Oui, mais vous êtes une Tauberg, et puis je crois que ce n'est pas ça. Vous êtes... ils vous trouvent dure.

— Pas vous ?

— Non, moi je pense que vous êtes ailleurs.

— Ailleurs ?

— Oui. Physiquement vous êtes toujours là, et même beaucoup plus que n'importe qui d'autre, mais d'une certaine manière vous êtes ailleurs. Vous vous tenez à distance. Pas à cause de la différence de rang, ce n'est pas votre genre, mais je crois pour vous protéger. »

Là il s'est passé quelque chose de curieux : tout à coup, et je

205

n'ai pas pu l'empêcher, mes yeux se sont remplis de larmes, et pourtant cela me semblait sans rapport avec la question que nous évoquions, c'était plutôt la découverte qu'on s'intéressait à moi au point de m'observer, qu'on me prenait en pitié, et je me sentais tout à coup extrêmement misérable. Elle a dit : « Oh, je suis vraiment désolée, je ne voulais pas...

— Ce n'est pas votre faute : je me suis vue tout à coup telle que je suis. »

Comme elle me regardait avec consternation, j'ai ajouté : « Il vaut mieux que je parte. » J'avais repris ce ton que j'ai maintenant spontanément, ce ton que j'ai dû inconsciemment copier sur Suzanne, mais qui ne m'est pas naturel, et qui sans doute sonne faux. Et je ne veux pas que cela devienne ma seconde nature. Je ne veux pas enterrer l'ancienne Erika, qui peut-être n'était pas très gaie, un peu trop sérieuse, mais très tendre.

Bad-Homburg, le 10 mars 1970

Pendant deux jours je n'ai pas pu me résoudre à parler à Lise, le soir, puis je me suis dit qu'elle risquait de penser que je lui en voulais, et que cela la mettrait dans une situation aussi injuste qu'inconfortable, et je suis allée lui dire bonsoir avant de partir. Nous sommes restées prudemment sur des sujets impersonnels. J'ai énormément de mal à sortir de cette carapace que, semble-t-il, j'ai construite moi-même. Evidemment, il y a cette distance prise par les autres, parce que je suis Erika von Tauberg ; ce phénomène existait déjà avenue d'Iéna. Mais Lise m'a prouvé qu'elle y était relativement insensible, pour son propre compte. D'ailleurs les femmes sont en général moins sensibles à ces questions hiérarchiques. En outre nous ne sommes pas très éloignées par l'âge, puisque je sais qu'elle a vingt-huit ans, et nous sommes proches surtout par le niveau intellectuel et culturel. Il est donc normal qu'elle me considère comme un être humain. Mais j'avais perdu l'habitude.

Bad-Homburg, le 16 mars 1970

Nous reparlions, il y a deux jours, des hommes de l'étage, pour convenir qu'il s'agissait d'une espèce étrangère. Lise a dit : « Je ne comprends pas les hommes, j'ai l'impression qu'on n'est pas sur la même planète, et c'est désolant, car je ne peux pourtant pas m'en passer, et comme j'ai besoin d'eux, je cherche à les comprendre, et ce n'est sans doute pas ce qu'il faut faire ; il faudrait les prendre comme ils sont et, éventuellement, les jeter après usage. Vous ne croyez pas ? » Sans réfléchir, j'ai été franche : « C'est probablement vrai, mais j'ai un avantage sur vous, c'est que pour le plaisir je n'ai pas besoin d'eux. » C'était parti tout seul, avant que j'aie eu le temps de le rattraper. Et elle n'a pas compris tout de suite : elle a commencé : « Oh mais il ne faut pas dire ça, c'est ce qui vous rend si distante, justement... », puis voyant que je regrettais mes paroles imprudentes, elle a su tout à coup les interpréter : « Vous voulez dire que... vous ne les aimez pas... pas du tout ?... même pour...

— Même pour ça. Je regrette. Ça m'a échappé.

— Mais ce n'est pas grave, il ne faut pas regretter, vous n'êtes pas la seule, après tout. »

J'ai ri : « Heureusement, sinon comment ferais-je ? Ou plutôt comment aurais-je fait ? »

Evidemment, elle ne pouvait pas savoir ; elle a cru que j'avais arrêté par principe, parce que j'avais honte. Elle m'a dit : « Mais il ne faut pas renoncer à ça, vous êtes comme vous êtes. Où est le mal ?

— Il n'y a pas de mal, c'est vrai. J'ai arrêté parce que j'ai été plaquée.

— Oh, je comprends. Il y a longtemps ?

— Deux ans et demi.

— Et pendant deux ans et demi vous êtes restée seule à tourner autour de votre souffrance ? Mais c'est horrible. Vous ne l'avez jamais dit à personne ? Parce que c'était quelque chose d'anormal ?

— Non. Mon père et ma sœur sont au courant, et mon petit-cousin Kai-Uwe, c'est tout. Vous pensez que ça change quelque chose d'en parler ?

— Oui. On est moins seule, on encaisse mieux. Moi, chaque fois que je suis plaquée, j'en parle à deux ou trois amies de fac, on échange nos expériences, on se dit que c'est leur faute... les bonshommes, bien sûr. Enfin, certaines ruptures sont quand même très dures, c'est vrai. Mais deux ans et demi ! »

Ce qu'elle voulait dire par là, c'est bien clair, c'est qu'il y a dans la vie de bonnes choses dont on ne se prive pas impunément pendant deux ans et demi. Pas tellement je crois pour des raisons d'ordre psychologique, mais pour des raisons hédonistes. Je lui ai demandé si ses propres ruptures avaient été douloureuses, et pourquoi finalement une fille qui avait l'air si facile à vivre avait, de son propre aveu, été plaquée. « Mais c'est que je ne suis pas si facile à vivre. Il y a des choses auxquelles je tiens ferme, et mon travail en est une. Mon premier homme, je l'avais rencontré à Göttingen pourtant, ne pensait même pas que je pouvais avoir de l'ambition. Il me voyait parfaitement avec les trois K [1], vous savez...

— Oui.

— J'ai eu du mal à m'en séparer. C'était le premier, vous comprenez. Je n'avais pas le courage de prendre une décision, et finalement c'est lui qui est parti en me disant qu'il cherchait une vraie femme.

— Quelle horreur ! Il voulait dire qu'une universitaire n'est pas une vraie femme ? Pourquoi vous avait-il recherchée, dans ce cas ?

— C'est ce que je vous disais ; ils sont bizarres. Ils veulent qu'on ait un cerveau et qu'on ne s'en serve pas. Après j'ai couché un peu à droite et à gauche, puis j'en ai rencontré un autre qui m'a fait le grand jeu. Il me disait de rester comme j'étais, de ne pas changer. J'ai cessé d'être sur mes gardes et je l'ai aimé. Et une fois qu'il en a été bien sûr, il a voulu des

---

1. Kinder, Kirche, Küche (enfants, église, cuisine).

changements. Les reproches ont commencé : j'étais une mauvaise ménagère, je ne savais pas cuisiner, coudre, tout ça. Il voulait être servi comme il l'avait été par sa mère. Seulement moi, non seulement je ne vois pas pourquoi je le ferais, mais en plus je ne sais pas. Les aspirateurs me détestent, les casseroles s'échappent de mes mains, les aiguilles s'enfoncent plus facilement dans mes doigts que dans le tissu ; vous voyez le genre. Si bien qu'il a commencé à dire que c'était un refus inconscient de ma féminité, comme si l'essence de la féminité c'était une casserole sur le feu ou un moteur d'appareil ménager. Il ne m'a jamais reproché de ne pas savoir planter un clou ou réparer ma voiture, alors qu'à mon avis ma maladresse est un tout. Quand je le lui ai dit, il a commencé à faire appel à Freud et à tous ces grands pontes de la psycho, tous anti-femmes faut noter, et à partir de là j'étais toujours coincée : il avait une réponse pour tout ce que je faisais, ne faisais pas, et de toute façon on tournait autour du fait indiscutable que je n'étais pas une vraie femme. Comme il avait achevé le travail de sape de l'autre, que je doutais terriblement, j'ai eu le courage de le foutre dehors. Il m'a fallu plusieurs mois pour reprendre confiance, et encore je ne suis pas sûre d'y être parvenue aujourd'hui. Dans un sens vous avez de la chance : c'est le genre de truc qui vous a été épargné, je suppose ?

— Tout à fait. Mais je pense que si l'on connaissait ma vie, je n'aurais pas la réputation d'une vraie femme. Et les psychos viennois, je les ai tous lus aussi, et ça m'a sapé le moral, au début. Ils ne sont pas tendres pour les filles dans mon genre. Mais bon, c'est vrai que je ne suis pas normale.

— Statistiquement seulement. Je ne vois pas pourquoi on vous collerait des problèmes supplémentaires alors qu'avoir des goûts sexuels particuliers est largement suffisant. Moi je trouve que vous êtes une vraie femme. C'est tellement évident que je n'aurais pas imaginé...

— Il vous manque le flair de notre minorité. La plupart du temps nous nous reconnaissons entre nous. Enfin, peut-être pas toujours... mais moi je ne me suis jamais trompée, même la première fois. Il m'est arrivé d'avoir des doutes, quand la fille était trop jeune, trop innocente pour savoir où elle en était, mais dans l'ensemble je sais. Vous, par exemple, vous pourriez le faire après... disons deux ans de prison, peut-être un an ; mais à peine dehors, fini, retour aux hommes. Je me trompe ?

— Je n'y avais jamais réfléchi. Je suppose qu'en effet la prison me procurerait des frustrations insupportables. Je pourrais aussi être capable d'essayer par curiosité, je pense.

— Eh bien ne le faites pas. Si on fait ça uniquement pour voir, ça ne marche pas. »

Tout à coup, j'ai pris conscience de ce dont nous parlions, et j'ai ri. « On ne pourra toujours pas dire que je vous drague. » Elle a ri à son tour, puis redevenant sérieuse : « Pourtant vous devriez draguer quelqu'un, je vous assure. C'est le meilleur remède. Je sais que je suis indiscrète, mais... est-ce que c'était votre première rupture ? »

Il était tard, le gardien nous jetait des regards intrigués chaque fois qu'il faisait sa ronde, pourtant je me suis installée plus confortablement et je lui ai tout raconté, tout depuis Belfort. Mes innombrables passades encadrées de mes deux grandes amours. Pas dans l'ordre, avec des retours en arrière, en essayant d'analyser. Elle m'écoutait attentivement, me posant quelques bonnes questions, montrant qu'elle comprenait. Quand j'ai eu fini mon récit, j'avais les larmes aux yeux encore une fois. J'ai dit : « Si nous ne rentrons pas maintenant, nous ne pourrons pas nous réveiller demain. Allez, on y va. » Elle s'est levée et m'a caressé les cheveux en me disant : « Pauvre Erika. » Et là, j'ai vraiment pleuré. Un vrai déluge. J'ai pleuré, la tête sur l'épaule d'une fille qui n'est pas comme moi, mais qui me comprend.

Moi qui ne pleure jamais, je ne pouvais plus m'arrêter. Je tremblais aussi, un peu comme le jour où j'ai failli nous expédier, Manuela et moi, dans le décor. Au bout d'un moment, Lise a dit : « Je vous accompagne chez vous. » Elle a attendu le passage du gardien, puis nous sommes descendues au parking, elle a pris ma Mercedes et j'ai réussi, tout en pleurant, à lui indiquer le chemin de Bad-Homburg. A la maison, comme je pleurais toujours, elle est restée avec moi et j'ai sombré dans le sommeil. Le lendemain, vers six heures, je me suis réveillée, mourant de soif, avec quelque chose qui ressemblait à une forte gueule de bois. Lise dormait sur mon lit, tout habillée, l'air crevé, ce qui se comprend. Je l'ai laissée dormir et je suis allée voir à quoi pouvait ressembler une femme de 34 ans et demi ayant pleuré toute la nuit. Pas brillant. Impossible d'aller au bureau. Il allait falloir trouver quelque chose pour nous excuser toutes les deux. Lise, réveillée sans doute par l'odeur du vrai café français, est descendue une heure plus tard et m'a dit : « Eh bien, c'est la première fois que je passe la nuit dans le lit d'une femme qui aime les femmes, et j'ai l'impression que je suis toujours intacte. » J'ai ri : « Ça vous déçoit ?

— Non. Vous allez mieux ?

— J'ai une tête pas possible.

— Je crois que moi aussi. Enfin moins, bien sûr. Mais vous... »

Et elle a enchaîné, en français à ma grande surprise :

« Mais vrai, j'ai trop pleuré ! Les aubes sont navrantes.
Toute lune est atroce et tout soleil amer :
L'âcre amour... »

« C'est l'âcre amour, ou l'âpre amour ?

— Acre, je crois. » Et j'ai continué avec elle :

« m'a gonflé de torpeurs enivrantes.
O que ma quille éclate ! O que j'aille à la mer ! »

« Eh bien, ai-je dit, c'est une surprise. Vous n'avez presque pas d'accent.

— L'accent, ça va à peu près. Mais pour le reste... je peux vous réciter du Rimbaud, mais je ne saurais pas, je crois, demander du pain dans une boulangerie sans chercher mes mots. C'est l'inconvénient quand on apprend le français à

211

l'université. Et mes parents préféraient m'envoyer en Angleterre : c'est plus utile.

— A mon avis, quand on peut réciter des poèmes au pied levé, après une nuit aussi courte, on a acquis l'essentiel. Après le petit déjeuner, je vous conseille de retourner dormir. Je vais appeler Horn pour lui dire que je vous ai emmenée avec moi à Ludwigshaven.

— Il va penser que je le court-circuite.

— J'arrangerai ça. Nous avons toute la journée pour trouver un motif à cette visite à Ludwigshaven. Ne vous en faites pas. »

Elle est retournée dormir, et moi j'ai réglé quelques problèmes urgents, dont le sien, au téléphone. L'après-midi, nous avons bavardé gentiment, de boulot surtout. Comme elle m'appelait à nouveau Fräulein von Tauberg, j'ai protesté : « Hier, vous avez dit Erika.

— C'est vrai. Dans le feu de l'action. Mais ça vous a transformée en fontaine.

— D'accord, mais ça n'arrivera plus.

— Alors, Erika, promettez-moi quelque chose.

— Quoi ?

— Sortez de votre chasteté, draguez quelqu'un. Ça ne vous vaut rien de ne vivre que pour Tauberg AG. Même votre oncle ne fait pas autant de présence.

— Ernst est mon cousin germain. Vous savez, il y a parfois des décalages importants dans les générations. Et puis il n'a plus rien à prouver. A qui d'ailleurs ? Moi je ne veux pas décevoir mon père. J'ai beaucoup de chance qu'il m'ait pardonné ce que j'ai fait.

— Pourquoi ? Ce n'est pas votre faute.

— Aimer les femmes, non, en effet. Mais leur tirer dessus ? Vous trouvez ça normal ?

— Pas vraiment à première vue, mais qui sait si nous n'en serions pas tous capables, dans certaines situations ? En tout cas je ne pense pas qu'avoir une vie un peu plus gaie, à l'extérieur, vous empêcherait de vous donner à fond dans votre travail. Que faites-vous, quand vous quittez la tour le soir ?

212

— Le casino est juste à côté d'ici.

— Et vous croyez que c'est mieux qu'une petite aventure avec une fille ?

— Non. Et mon père m'a dit quelque chose de ce genre.

— Alors essayez. Savez-vous qu'on vous a surnommée Erika von Eisberg, à l'étage et même ailleurs ?

— Je vais essayer de me dégeler. Promis. Mais ce sera dur. »

Oui, ce sera dur. Jamais, à l'époque où je changeais de fille presque tous les jours, à Vienne, je ne me serais crue capable de rester plus d'une semaine sans faire l'amour, et maintenant je n'ai plus envie. Et je crois qu'il serait raisonnable de recommencer. Qui sait si un jour... Non, je ne me crois plus capable d'aimer, d'abord parce qu'il me faudrait cesser d'aimer celle qui m'a trahie, et je n'y parviens pas, même après deux ans et demi, mais refaire l'amour ? Oui, je crois qu'il le faut.

Bad-Homburg, le 29 mars 1970

Ce matin, je me trouve dans l'ascenseur avec Lise, Schmiedel et ce petit prétentieux de Kunzle. Sur mon ton le plus impersonnel, je dis à Lise : « Je me suis décidée à suivre votre conseil, je pense qu'il était bon. » Et elle, comprenant au quart de tour : « C'était bien ? » Moi, sur le même ton : « Disons que j'ai beaucoup donné et pas reçu grand-chose. » Et elle, très professionnelle : « Il faut considérer ça comme un investissement. » La tête des deux types valait son pesant d'or. Je souriais toute seule en entrant dans la salle du Directoire. Ernst m'a dit : « T'as l'air gai. » J'ai dit : « Pourquoi pas ? »

Bad-Homburg, le 31 mars 1970

Je me suis donc effectivement décidée à sauter le pas, et Francfort n'étant pas avare en boîtes en tout genre, cela m'a été aussi facile qu'à Vienne. La différence c'est qu'à Vienne j'étais

213

très connue dans ce milieu. Ici c'est encore l'anonymat. On ne me connaît qu'à la tour Tauberg et à Bad-Homburg. Je compte utiliser mon vieux nom de plume, celui de ma mère. J'ai discuté avec quelques filles sympathiques, qui m'ont demandé si j'étais nouvelle à Francfort. A minuit j'étais chez l'une d'elles, Heide, à Oberursel. J'ai fait preuve de mon savoir-faire habituel, mais j'ai eu beaucoup de mal à éprouver moi-même quelque chose. Je lui ai dit : « Il ne faut pas m'en vouloir ; c'est la première fois après une rupture difficile. » Elle a compris. Elle m'a demandé d'où venait mon léger accent. Je lui ai expliqué que j'avais été élevée en France, et que cela restait la langue dans laquelle je pensais, le plus souvent. Comme je me rhabillais, elle m'a proposé de rester, disant : « Ça ira peut-être mieux demain. » J'ai dit : « Non, une autre fois, promis.

— Tu habites loin ?

— A côté de chez toi : Bad-Homburg. »

Je lui ai donné mon numéro de téléphone à la maison, en précisant qu'au bureau ce n'était pas possible. Elle m'a téléphoné tout à l'heure, et je lui ai proposé de venir chez moi Maintenant je l'attends, sans grande conviction, mais elle est sympathique, alors pourquoi pas ?

Bad-Homburg, le 4 avril 1970

Eh bien, ça va beaucoup mieux, maintenant. Heide s'est acharnée sur mon cas et a réussi de mieux en mieux à en tirer quelque chose. Pendant ce temps-là, à la tour, Lise me disait de m'obstiner : « On ne devient pas frigide comme ça, c'est pas vrai. C'est le moteur qui a besoin d'être chauffé, c'est tout.

— Je croyais que vous ne connaissiez rien aux moteurs ?

— Mais si, je connais la théorie. En tout cas vous avez l'air beaucoup mieux. Je suis sûre que Kunzle va finir par le remarquer.

— Pouah !

— Il continue à me regarder d'un drôle d'air, depuis notre

mystérieux voyage à Ludwigshaven, et surtout depuis que nous avons parlé dans l'ascenseur. Il me fait un peu de lèche, comme s'il pensait que j'étais sur un coup extraordinaire avec vous, susceptible de faire trembler la Bourse de Francfort. Naturellement, je prends des airs mystérieux...

— Il va peut-être essayer de coucher avec vous, pour avoir des confidences sur l'oreiller.

— Il peut toujours courir. J'ai un principe : jamais au travail.

— En France, on dit " jamais dans son évêché ". C'est d'ailleurs l'expression qu'employait Suzanne.

— Elle a fait au moins une exception pour vous.

— Je me suis jetée à sa tête... enfin, sa tête... si on veut. »

Car maintenant, je peux parler de Suzanne, aussi bien que d'Héloïse. Non que ça ne me fasse pas mal, mais je peux le supporter. Il y a des aspects de Suzanne, des aspects essentiels d'ailleurs, pour une Allemande, que j'ai soulignés à Lise. Son arrivée à Belfort, en particulier : j'avais entendu parler d'une résistante, d'une déportée. Tous ces gens de Belfort, que je haïssais à l'époque parce qu'ils me traitaient, franchement ou sournoisement, de boche m'avaient prévenue : « Si tu as Lacombe en histoire, tu verras. » Eh bien, avant même d'avoir Lacombe en histoire, j'ai vu : elle m'a rencontrée dans la rue, m'a fait le plus gentil sourire du monde et m'a dit : « Morgen [1], Erika. » A partir de ce jour, j'ai su que la déportée était de mon côté, et j'ai été heureuse à Belfort, enfin vengée de tous ces gens qui ne s'étaient pas battus, eux, mais qui critiquaient mon sang. Comment ne l'aurais-je pas aimée ? Deux ans après environ, alors que j'étais en première et que nous étions amantes depuis plus d'un an, le prof de français nous avait donné à remplir le questionnaire dit « de Proust ». En voyant la question : « Quelle est votre occupation préférée ? » Suzanne s'est mise à rire et m'a dit : « Tu devrais répondre, comme Blondin je crois, l'occupation allemande. » Je ne l'ai pas fait,

_____

1. Bonjour.

215

car il y a des limites à la provocation, mais j'avais pris une leçon d'humour, de légèreté dans les choses graves, dont j'aurais dû mieux tirer parti.

Cette apparente désinvolture, je n'ai pas bien su l'interpréter. Et quand je l'ai quittée je lui ai fait plus de mal qu'elle n'en a montré. Et au fond, je le savais. Je l'aurais su du moins, si j'avais consenti à aller au fond des choses. Mais Lise ne pense pas qu'elle a essayé de se venger, car au bout de tant d'années, et alors que nous étions de vraies amies, ça ne tient pas debout. Toutefois il ne faut pas exclure qu'une certaine rancune soit remontée à la surface et l'ait empêchée de résister aux avances d'Héloïse, car c'est cette dernière qui a commencé. Elle me l'avait dit le jour de notre ultime bagarre, mais avec un ton si provocateur que je ne l'avais pas crue. Mais Manuela m'a assuré, à plusieurs reprises, que c'était vrai, et Manuela dit toujours la vérité. Héloïse a eu la cruauté de l'extrême jeunesse, la même cruauté que j'avais eue avec Suzanne. « Non, dit Lise, pas la même. Elle ne vous a pas quittée, elle s'est partagée entre vous deux, et si vous n'aviez pas mis le feu aux poudres (au sens propre), vous auriez peut-être gagné. Il aurait suffi, je pense, d'être un peu plus calme, moins passionnée. Vous lui faisiez sans doute peur.

— Elle avait du mal à comprendre que je fusse tombée amoureuse d'elle du premier coup, et je n'ai jamais pris la peine d'essayer de lui expliquer.

— C'était pourtant une bonne question. Pourquoi ?

— Si je le savais... elle était une synthèse physique de ce que j'avais aimé chez d'autres ; j'en avais assez de mener une vie dissolue, avec de plus en plus de filles. J'étais mûre pour une grande passion. Mais à ce stade, cela aurait pu encore échouer. Même après Copenhague, si elle n'avait pas été aussi... je ne sais pas... heureuse de découvrir le plaisir. Sa joie éclatait avec une telle évidence... et à partir de là je me suis sentie responsable. Enfin Suzanne, dont l'opinion comptait beaucoup pour moi, l'aimait bien. Jusqu'au jour où elle l'a aimée tout court. J'aurais dû me méfier de leur amitié, c'est sûr. Quoique

Suzanne affirme avoir choisi l'enseignement par hasard, je pense qu'elle est pédéraste, au sens étymologique. Cette fille si jeune, si belle, si bonne élève surtout, ne pouvait que la séduire. Et puis Héloïse était gentille, ce qui excluait, me semble-t-il, toute idée de cruauté.

— Erreur. Elle était gentille comme les enfants qui ont toujours eu la vie facile, ou bien qui ont été aimés et acceptés, comme moi à son âge. Cela ne prouve pas grand-chose.

— Sans doute. A quinze ans j'avais eu une vie bien plus difficile que la sienne. Et je ne sais pas si l'on doit attribuer à la gentillesse le fait d'avoir essayé de naviguer entre deux eaux. Je n'aurais jamais pu le faire à son âge, ni encore maintenant. Je suis hélas une exclusive, quand j'aime. Elle et moi nous ne pouvions pas nous comprendre : un monde nous séparait. Pourtant je l'aimais. Je l'aime encore.

— Vous êtes sûre ?

— Il me semble. Seulement maintenant, si je cherchais quelqu'un pour refaire ma vie, ce serait quelqu'un de différent. Femme ayant souffert, comme on dit dans *Le Chasseur Français*.

— C'est quoi, *Le Chasseur Français* ?

— Oh, un mensuel sur la chasse, vous savez, la vraie chasse : fusils, affût, munitions, mais qui publie aussi les meilleures annonces matrimoniales du pays. C'est une institution, en France.

— En somme, ils font de la chasse en tout genre.

— Oui, mais dans le genre sérieux et orthodoxe. Je ne pourrais pas y faire passer une annonce, même en affichant le chiffre de mes espérances, pour trouver une douce compagne.

— Ayant souffert. »

Maintenant, je m'interroge. Est-ce que réellement je l'aime encore ? Impossible de répondre. Lise dit que ce qui m'a démolie c'est surtout la trahison de Suzanne, en qui j'avais toute confiance. Possible, mais il n'y a pas que ça. La pensée qu'elles sont toujours ensemble me fait mal. Je trouve que ce n'est pas juste, que le ciel aurait dû leur tomber sur la tête,

217

qu'un Dieu vengeur (celui de l'Ancien Testament) aurait dû s'occuper de mes affaires. Que dirait mon grand-père, le pasteur Westermann, de ce retour à la Bible ? Pas de doute, il me maudirait, moi et ma descendance inexistante.

Anne de Marèges
à Suzanne Lacombe

Stockholm, le 6 juin 1970

Ma chère Suzanne,

Enfin, nous quittons Stockholm à la rentrée ! L'endroit où nous allons n'est pas très différent, puisqu'il s'agit de Copenhague, mais pour moi c'est déjà le sud. Si Copenhague est une ville objectivement moins belle que Stockholm, je préfère de loin les Danois, ces méridionaux de la Scandinavie, sans compter que je n'aurai plus besoin de prendre le bateau pour acheter ma porcelaine. Autre avantage : le Conservatoire est un excellent établissement, et je pourrai peut-être garder Hilda plus longtemps avant de l'envoyer tenter sa chance rue de Madrid. J'appréhende de la lancer dans cette jungle, non que je craigne qu'elle ne se fasse détourner, encore que... mais l'esprit de compétition du CNSM me fait peur pour elle. Malheureusement, elle est terriblement en avance, et il lui faut de bons professeurs. Pourquoi ai-je couvé ce cygne ? Et par-dessus le marché elle devient ravissante.

Hector, lui, commence à se demander pourquoi sa fille aînée ne lui présente pas un quelconque Abélard. Je lui ai fait remarquer que la petite n'avait que vingt ans, et que probablement elle se livrait à des essais, comme tous ceux de sa génération. « Ce n'est pas parce que Claire est mariée et mère d'un enfant et demi que votre fille doit en faire autant. Laissez-la trouver sa voie et garder ses secrets. » Il sera bien temps,

218

plus tard, que le pauvre homme se rende compte des réalités, et ce ne sera pas drôle, bien que je l'imagine mal en faire tout un drame. Je ne sais pas moi-même ce qu'il faut penser de cette situation à laquelle je suis résignée parce que je n'ai pas le choix. Nous en avons déjà parlé, toi et moi. Je ne sais pas qui est responsable : la nature, l'éducation, le hasard ? La mode voudrait que ce fût l'éducation. Je lis évidemment tout ce qui paraît sur cette grave question, et je m'interroge. Je ne vois pas comment moi, j'aurais pu provoquer cela. Et je pense à ma sœur Elisabeth, que je soupçonne depuis des années de pratiquer ce genre de liaisons à Montpellier, où elle vit. En admettant que mes soupçons soient fondés, on ne saurait parler de l'influence qu'elle aurait pu avoir sur Héloïse. Elles se connaissent peu, même si elles s'aiment bien. Je ne sais vraiment pas quoi penser, car si c'est l'éducation, pourquoi Elisabeth et pas moi ? Si c'est l'hérédité, il faut croire que cela se transmet de façon aléatoire, comme la migraine. Quant au hasard, il ne favorise que des esprits préparés, dit-on. Il serait certes tentant de penser que l'irruption d'Erika von Tauberg dans sa vie a provoqué cette orientation décisive ; après tout, elle n'avait pas quinze ans. Mais je n'y crois même pas. Et même, qu'aurais-je pu faire pour empêcher cela ? Est-ce que je l'ai laissée trop libre ? Mais Elisabeth était visée, alors... Et si je dis que je n'ai pas été assez proche d'Héloïse, trop occupée par mes autres enfants qui s'élevaient moins facilement, trop sûre qu'avec elle il n'y avait pas de problèmes, si je dis qu'elle est donc partie à la recherche d'une mère de substitution, tu vas m'arracher les yeux, et aïe...

Bon, tu me diras aussi qu'on peut être heureux comme ça, qu'il suffit de s'accepter. C'est pourtant plus simple d'être comme la majorité, de ne pas se cacher, de pouvoir s'afficher Et pour le moment je ne crois guère à un changement des mentalités. Ma sœur, si j'ai raison à son sujet, se cache. Ma fille se cache et se cachera. Que de soucis ! Il faudrait ne pas avoir d'enfants.

Je t'embrasse.

Paris, le 9 juin 1970

Ma chère Anne,

Que puis-je te répondre ? Oui, on peut être heureux comme
ça, à condition d'être fort, et ta fille est forte, ce qui est quand
même le résultat de l'éducation que vous lui avez donnée. De
ça tu peux être certaine. Pour le reste, je n'ai jamais pu
trancher entre l'inné et l'acquis, pas même dans mon propre
cas. J'ai rencontré toutes les situations possibles : des mères
odieuses, des mères gentilles, des pères présents, des pères
absents, des filles sabotées par des hommes incompétents,
d'autres n'ayant même pas envie d'essayer, d'autres aimant les
deux, ce qui représente certainement le cas idéal, et ce qu'il
faudrait souhaiter à Héloïse. Seulement je l'aime, comme tu le
sais. Je l'aime au point de penser que si elle m'a prise comme
une mère de substitution, eh bien tant pis. Qu'importent les
motifs, si j'ai la femme.

Car il m'est arrivé d'y penser, mais je n'y crois pas. Personne
ne pouvait être une meilleure mère que toi. Et puis merde pour
Freud, après tout. Crois-tu qu'on passe sa vie à coucher avec
ses parents ?

Néanmoins, parfois j'y songe. Je sais que notre bonheur est
menacé par la différence d'âge. Mais c'est peut-être cette
différence qui a, au départ, provoqué ce bonheur ? Mieux vaut
ne pas trop approfondir.

Mais décidément, je ne peux pas te faire croire que c'est une
vie facile. Admettons qu'elle continue dans cette voie, elle sera,
elle aussi, comme moi, menacée par la concurrence des
hommes, ses amours seront toujours fragiles, clandestines, à la
merci des filles tentées par la normalité ou par le désir
d'enfants, désir qu'elle ne semble pas éprouver pour son
compte, mais qui sait si plus tard ? Ma seule consolation c'est
que les hommes ne rendent pas toujours les femmes heureuses
et que, peut-être, nous ne sommes pas pires.

Mais nous n'y pouvons rien. Tu as été à mon avis la meilleure des mères et tu l'es encore en admettant ce qui se passe. Accusons plutôt l'hérédité. La tante Elisabeth est un argument solide, si réellement... Cette hypothèse passe pour dépassée, mais qui sait si elle ne jouira pas d'un regain de faveur ? La responsabilité du psychisme est à la mode, même pour les maladies organiques. C'est agaçant mais ça passera. J'ai fait récemment connaissance avec la migraine, moi aussi, ce que j'attribue à l'âge et à rien d'autre. Les psytrucs s'empresseraient de dire que je veux imiter la femme que j'aime. Eh bien merci ! S'il y a quelque chose à lui prendre, tout ce qu'on veut mais pas ça. Je m'en passerais bien. Enfin, cela ne durera que quelques petites années, en principe.

Voilà, j'ai essayé de ne pas te dorer la pilule. La petite affrontera de rudes problèmes, c'est sûr. Je la crois de taille à les surmonter.

Je t'embrasse.

Manuela von Tauberg
à Héloïse de Marèges

Bad-Homburg, le 4 septembre 1970

Ma vieille, je crois que tu vas être très contente, alors je te l'écris tout de suite : Erika va beaucoup mieux, et il semble qu'elle a réussi à te passer par pertes et profits. Il était temps, me diras-tu. En effet, je commençais à désespérer, moi aussi. Au début, j'ai cru qu'elle couchait avec une certaine Lise Schulberg, une fille de la direction financière qui vient parfois ici. En fait ce n'est pas le cas, mais elles se voient plus ou moins clandestinement pour ne pas créer de sombres histoires de rivalité au bureau. Néanmoins, Erika couche, et si j'ai bien compris avec pas mal de filles. C'est le défilé, comme autrefois, avant toi. En somme, il vaut mieux être remplacée par une série que par une seule, si tu te veux irremplaçable, naturellement

Lise est une fille sympa, qui a l'air au courant de plein de choses et n'en fait pas toute une histoire. Elle nous raconte, sur le mode humoristique, ses démêlés avec les bonshommes. Je lui parle du mien ; elle n'avait pas encore rencontré ce modèle, qui est, il est vrai, spécialement carrossé pour « pauvre petite fille riche ». Erika a entrepris d'améliorer son français : pour cela, elles se réunissent ici le dimanche pour écouter, sur le tuner perfectionné d'Erika, *La Tribune des Critiques de Disques*. Je ne sais pas s'il sera utile à cette pauvre Lise de parler de phrasé ou de vibrato, surtout si elle le fait avec l'accent roumain de Goléa, mais pourquoi pas ? De toute façon Erika reviendra tôt ou tard à Paris, comme Vati le souhaite, et elle veut prendre cette fille dans ses bagages. Evidemment ce n'est pas pour tout de suite, et je pense qu'elle évitera le quartier de Suzanne et le tien, et celui de ta future et mythique pharmacie. Dommage que tu ne puisses pas entrer chez nous. A bientôt. Je rentre dans une semaine, et toi ? Et à propos, comment s'est passé ton retour dans la ville où tu as « connu l'amour », comme on dit dans je ne sais quelle rengaine ?

Héloïse de Marèges
à Manuela von Tauberg

Copenhague, le 7 septembre 1970

Je vais essayer de te répondre point par point, en commençant par la fin. Ben oui, quoi, il y a sur cette ville l'ombre d'Erika, je n'y peux rien, et je ne suis pas insensible à certaines réminiscences : « la première fille qu'on a pris dans ses bras », la première ville où l'on a baisé, que veux-tu ? Papa passe pour

222

un spécialiste de la Scandinavie : ç'aurait pu être Oslo, voire Helsinki, voire (horresco referens) Reykjavik. En tout cas Maman est contente et c'est le principal.

Figure-toi que mon père, lui aussi, me suggère l'industrie pharmaceutique. Il m'a dit ce que tout le monde me serine depuis quatre ans quand Claire n'est pas là : « Tu crois que ça va t'amuser de vendre des petits pots, des couches et du lait maternisé ? » Certes, il veut mon bien, et comme je lui dois des explications, il m'a fallu leur raconter la naissance de ma vocation, que j'avais jusqu'à présent gardée pour moi, par peur du ridicule sans doute. Dans mon enfance, j'entrais dans les pharmacies sans éprouver plus d'attirance pour ce commerce que pour n'importe quel autre : ça sentait meilleur que chez le boucher, moins bon que chez le boulanger, c'est tout. Et puis un jour, en troisième, Claire m'a emmenée dans l'arrière-boutique de la rue Victor-Massé et, ne me demande pas pourquoi, j'ai eu le coup de foudre : c'était beau, propre, bien rangé, scientifique. Il y avait des noms grecs partout, et le contact avec les malades était limité. C'était exactement ce qu'il me fallait. A ce point, question des parents, en chœur : « Pourquoi ne l'as-tu pas dit ? » Et moi : « Je pensais qu'on n'avait pas assez d'argent, alors je me suis dit que j'entrerais dans l'industrie, à défaut. Mais maintenant je sais qu'on peut emprunter, et j'aurai mon officine à moi, dont je serai le maître, et dont le chiffre d'affaires vous étonnera. Parfaitement. Et je vendrai des petits pots, du lait maternisé et des couches, et un peu d'acide acétylsalicylique en prime.

— Plaît-il ? a dit Papa.

— C'est l'aspirine, a dit Maman.

— Elle a raison, a dit Hippolyte, c'est avec les couches qu'on gagne sa vie, pas avec l'acide machintruc. »

Pour finir, tout le monde a promis de ne plus se moquer de moi. Voilà comment il faut se faire respecter. C'est te dire que je n'entrerai ni chez Tauberg, ni chez Servier, ni chez Roussel, même provisoirement, car si je n'ai pas un sou, j'ai un nom, et pour les banques ça compte, d'autant que j'irai taper les gens de la HSP[1].

Je passe au sujet principal de ta lettre : Erika. Je suis bien contente, crois-moi, et Suzanne aussi. J'espère même qu'elle va remplacer son défilé, comme tu dis, par une seule fille, et qu'elle sera aimée selon ses mérites, qui sont grands. Oui, ça me retire un terrible poids, même si c'est égoïste de le dire. Pourvu seulement qu'elle soit plus légère, plus apte à conserver ce qu'elle a. A l'époque où nous étions ensemble, et j'étais trop môme pour le comprendre, elle avait vraiment le goût du malheur. J'espère que maintenant qu'elle a touché le fond et qu'elle semble commencer à s'en sortir, elle laissera derrière elle cette tendance à se précipiter vers l'abîme.

C'est toute la grâce que je lui souhaite.

---

1. Haute Société Protestante.

ANNÉE 1971

Claire de Marèges
à Héloïse de Marèges

Paris, le 2 janvier 1971

Ave !

Finalement, après des hésitations dont tu as été témoin, j'ai décidé de ne pas aller à Crest-Voland. Hélène est vraiment trop petite, non pas pour l'altitude, à mon avis (comment font les petits montagnards ? Et puis Crest-Voland, ce n'est pas l'Anapurna), mais pour le froid. En revanche, j'ai confié Hécube à Maman, qui Dieu merci a toujours pensé que les enfants devaient s'endurcir vite pour être en bonne santé. Et on voit le résultat : sa fille, victime de ces méthodes spartiates, accouche allégrement après des grossesses de rêve. On peut penser que si Maman avait su, elle m'aurait élevée dans du coton, car mes deux filles si rapprochées la consternent. Passons...

Si je te parle de ça, c'est parce que, après la conversation que j'ai eue avec Victor hier soir, ma mère (et la tienne) vont encore hurler. Il m'a en effet convaincue de recommencer. Je sens que toi aussi tu vas crier. Bon : ça y est ? Tu as crié ? Je peux commencer mon récit.

En octobre, j'avais vu dans le regard de ce salaud contem-

225

plant deuxième fille (comme disent les Chinois, et tu noteras que je ne dis pas seconde fille...), une lueur infime de déception, j'irais même jusqu'à dire qu'il avait poussé un léger soupir, vite réprimé parce qu'il me connaît. Toutefois nous avions fait, à l'époque où il m'a convaincue de ne pas enseigner et de tenter l'ENA, une planification assez serrée qui nous conduisait à faire six enfants, par groupes de deux, ce qui nous donnait la possibilité de nous en tirer financièrement et me permettait de passer le concours après avoir bouclé Sèvres. Il était toutefois entendu que ce plan pourrait être remis en cause si j'avais du mal à m'en sortir, parce qu'après tout comment savoir si on appartiendra à la race des poulinières si l'on n'a pas essayé ? Et quoique Victor m'aide énormément, il ne peut pas porter mon fardeau à ma place.

La première partie du plan s'est déroulée comme un songe d'énarque, sauf sur un point : Victor, sans le dire, rêvait d'un garçon. Si bien que quand il a repris ses papiers, hier, pour revoir le Plan (grand P, bien sûr), en me démontrant qu'on pourrait, sans remettre en cause notre système, caser quelque part un troisième bébé, et que trois enfants rapprochés, c'était mieux pour jouer, si... si... et qu'il naîtrait au moment où Victor, service militaire bouclé, entrerait à la Cour des comptes, et que ça me vaudrait des points pour le concours, et que, et que, et que... j'ai tout compris. Il n'empêche qu'il m'a fallu le chatouiller dix bonnes minutes pour le faire avouer. Je l'ai traité de sale macho, d'horrible phallocrate et d'abominable faux jeton, car il mettait sa déception sur le compte de sa famille, famille qui outre lui, Victor, se compose de deux jeunes frères et d'un cousin germain, tous nantis pour autant que je le sache de spermatozoïdes valeureux. Enfin, il a su me convaincre, et j'ai promis d'essayer, non pas de lui donner un garçon, car cela dépasse mes moyens, mais de lui donner un enfant pour la fin de 1971. En échange il a promis de ne pas me répudier si c'est encore une fille.

Mais inutile de te dire que je m'attends à un tollé général, si bien que si tu pouvais prévenir tes parents que LEUR fils se prépare à m'engrosser, je pourrais me consacrer aux miens, moins sensibles aux arguments généalogiques.

Vale.

Héloïse de Marèges
à Claire de Marèges

Copenhague, le 5 janvier 1971

Ave !

Mission accomplie. Papa a gémi : « Mon Dieu, mon Dieu... » et Maman a ri. Ton récit, que j'ai présenté tel quel, lui fait voir son fils sous un jour nouveau. En fait toute la famille s'est moquée de ce pauvre Victor et de ses rêves secrets. Mais maintenant ils sont habitués à vos décisions, et comme ils trouvent que tu as eu une excellente influence sur lui, Papa affirmant même que tu as poussé ce grand flemmard à travailler et que tu es responsable de son rang de sortie, tu peux faire ce que tu veux. Mais attends-toi — attendez-vous — à une franche partie de rigolade si c'est une fille, et je te rappelle que tu as à peu près une chance sur deux, puisqu'en probabilités chaque coup est indépendant du précédent.

Papa apprécie, il l'a dit, que Victor ait refusé d'utiliser sa situation de père de famille pour couper au service militaire, même s'il pantoufle confortablement boulevard Saint-Germain, ce qui est de bonne guerre, si tu me passes l'expression. Il apprécie aussi que tu refuses énergiquement l'argent de tes parents. A ce sujet, le mois dernier j'ai dû rassurer ton père qui, à la pharmacie, me confiait ses inquiétudes. Je lui ai dit que vous vous en tiriez très bien, et qu'en cas de coup dur tu n'hésiterais pas à le taper, mais seulement en cas de coup dur. « Il faut comprendre, ai-je dit. Elle s'est mariée très jeune, trop jeune d'après vous, elle a fait deux petits enfants très vite, et ils

227

veulent prouver qu'on peut s'en sortir sans aide. » Il comprend, bien sûr, mais il soupire... Les parents pieds-noirs, comme tu le dis parfois... J'espère que l'arrivée du troisième ne va pas les achever !

Oui, l'argent est un problème, je m'en rends bien compte. Moi c'est avec Suzanne que je suis en désaccord. Je t'ai dit que de temps en temps elle a des accès de « ras le bol », généralement à l'époque des conseils de classe. Elle dit : « J'en ai marre, je fous le camp, je me retire et je claque mon fric au casino, comme Papa... » La première fois j'ai été surprise : de l'argent ? Quel argent ? D'accord, une bouteille de Château-Lacombe coûte la peau des fesses, mais rapporte-t-il à ce point ? Eh bien oui. Il y a eu des périodes de vaches maigres, mais maintenant le petit frère chéri de Suzanne a rétabli une prospérité dont je n'avais pas la moindre idée, et qui avait dû être fort compromise par le casino de Papa. Donc, ma maîtresse est riche, et je l'ai appris avec étonnement. Certes, j'ai toujours su qu'elle avait autre chose que les maigres subsides de l'Education nationale, car quand on voit ce qu'elle dépense en vêtements de luxe pour elle et pour moi... mais de là à dire : « J'achète une maison à Montmartre, je t'achète une pharmacie, un piano Bösendorfer, et on claque le reste au casino ! » Bon, ce jour-là elle était en colère, mais la question est parfois revenue sur le tapis, et moi je ne veux pas. Je veux bien la maison à Montmartre, à la rigueur le piano puisque ça lui fait plaisir, mais pas la pharmacie. Je ne peux pas t'expliquer pourquoi. L'idée que ce serait trop facile, l'idée que je veux m'en tirer toute seule. Je ne sais pas. Toi seule peux comprendre.

En attendant la question est provisoirement enterrée, puisque de toute façon je n'ai pas encore mon diplôme. Nous sommes allées à Londres, comme tous les ans avant Noël, et je me suis trouvée équipée de pied en cap... « J'ai plus de cachemirs que si j'avais mille ans. » Ne fais pas attention à la faute d'orthographe : elle est volontaire, pour l'alexandrin.

J'ai dû interrompre ma lettre. Suzanne est venue me

demander si je n'avais pas la crampe de l'écrivain, et de proche en proche (...). Dire que jadis elle me conseillait la prudence ! D'accord, Maman est au courant, mais quand même ! Evidemment, je ne déteste pas le risque, finalement assez limité, et je suppose qu'elle trouve du piment à me sauter à l'heure de la sieste et dans ma propre chambre. De toute façon j'avais écrit tout ce que j'avais à écrire.

Je rentre demain, donc à bientôt.

La même
à la même

Zürich, le 9 juillet 1971

Ave !

Je n'ai pas eu une minute pour t'écrire pendant mon séjour dans le Bordelais, mais je ne voulais pas laisser passer l'occasion de souhaiter un bon anniversaire à Hécube, surtout qu'elle commence à ressembler à un être humain. Donc, tu lui transmettras. Dis à Maman que j'arrive le quatorze juillet (fête nat.), mais que Suzanne viendra plus tard, à une date qu'elle précisera. Quand je t'aurai fait le récit du voyage, tu comprendras ce qui se passe, mais il importe de rester discret. Il y a d'abord eu la descente vers Bordeaux, pour régler, m'a-t-elle dit, un certain nombre d'affaires avec son frère. J'avais suggéré le train, car Suzanne est crevée, mais elle m'a dit : « Impossible, après on va ailleurs. Et puis ça ne te fera pas de mal de conduire aussi. Il faut t'entraîner.

— Où allons-nous, après ?

— C'est une surprise. »

Nous avons donc débarqué à Saint-Julien. C'est là que sa famille passe l'été. J'ai été présentée comme « la fille d'Anne ». Au début je me suis demandé s'ils savaient ; en fait oui, surtout son frère à qui elle ne cache rien. Ce dernier est muni d'une femme, qui est une amie d'enfance de Suzanne et donc en sait assez long, et d'enfants : deux garçons et une fille qui ont à peu près notre âge. Eux ne savent rien. Enfin rien ? Va savoir ! Ni toi ni moi ne sous-estimons les connaissances de nos contemporains, leur capacité à deviner ce qu'on ne leur dit pas... J'ai passé presque tout mon temps à monter à cheval avec eux, pendant que les « grandes personnes » réglaient leurs affaires. Au fond j'étais dans mon rôle de « fille d'Anne ».

J'ai appris plein de choses sur la viticulture, choses que tu dois évidemment savoir, puisque vous aviez des vignes à Mascara. Nous en avons parlé un peu et t'avons donc évoquée. Bien sûr, un grand cru classé en 1855 (c'est le terme officiel) ne se compare à rien d'autre, mais Pierre Lacombe m'a dit que les coteaux de Mascara étaient ce qui se faisait de mieux en Algérie, et qu'il y était allé, pour voir un confrère, avant 1954. Et naturellement, à cause du nom, il s'est fait conduire à Mercier-Lacombe. Je comprends qu'il n'ait pas pu résister. Mais je ne vais pas m'étendre là-dessus, par crainte de raviver tes vieilles douleurs (*Enéide*, Chant IV). Suzanne m'a quand même emmenée à Bordeaux et m'a fait visiter le superbe hôtel qu'ils ont près des Quinconces. Ensuite, elle m'a dit : « Maintenant on va à Belfort. »

Diable, Belfort ? Belfort, c'est Erika. Et parfois je me dis qu'elle n'a peut-être pas enterré si facilement l'affaire Erika. Car que penser d'autre de ce petit pèlerinage ? Que penser des accès de tristesse qu'elle a, parfois, et sur lesquels je n'ose pas l'interroger ? Elle a dû deviner ce que je pensais, car elle m'a dit : « Ne fais pas cette tête tragique, petite buse, en réalité nous allons en Suisse. J'ai des choses à y faire. Mais comme nous devons y aller par le train, pourquoi ne pas laisser la voiture à Belfort ?

— Bon. »

Nous avons donc fait une lente diagonale vers Belfort. Là, parcours nostalgique dans la ville où elle a vécu, et où elle n'était jamais retournée : le lycée, sa rue, celle d'Erika : « On ne peut pas toujours faire le silence sur Erika, n'est-ce pas ? Ce n'est pas sain, je te l'ai déjà dit.

— D'accord, mais de là à faire un pèlerinage !

— Chérie... ça te fait de la peine ?

— Oui. »

Et c'est vrai. Elle m'a dit qu'il fallait aller de l'avant, ne plus trop penser à ça, et elle m'emmène à Belfort. Me croit-elle complètement insensible, aveugle à ce qui m'entoure ? Je croyais qu'elle me comprenait mieux, qu'elle savait que même si je n'aime pas en parler, je n'ai pas oublié le mal que nous avons fait à Erika. Et elle aussi, elle y pense encore. Sinon comment expliquer ? Mais surtout j'ai toujours peur qu'un jour elle ne me le reproche. Il suffirait, en somme qu'elle m'aimât moins, et pourquoi pas ? Ces derniers temps elle me traite avec un excès de douceur qui m'inquiète, et je me dis qu'il va peut-être falloir encore pratiquer l'art du rigaudon pour qu'elle redevienne comme avant. Mais si ça se trouve je bats complètement la campagne. C'est même probable. Comment savoir ? Nous sommes un vieux couple...

Enfin, ma vieille maîtresse a daigné remarquer que j'avais de la peine, et elle m'a dit : « Pardonne-moi. Je n'ai pas assez pensé à ça. Nous aurions pu passer par Mulhouse, mais comme je te l'ai dit, je dois aller à Zürich par le train, et cela se combinait avec mon envie de revoir Belfort, pas seulement à cause d'Erika, je te promets, mais parce qu'à Belfort j'avais trente ans, et c'est une ville où j'ai découvert des choses précieuses, entre autres qu'on pouvait aimer plusieurs fois.

— A cause de Madeleine ?

— Oui. Après sa mort je pensais que c'était fini pour moi, puis tu vois...

— Je comprends. »

Ça aussi, elle m'en a parlé un peu, récemment. Je connaissais, bien sûr, cet épisode, par Maman, et Suzanne elle-même y faisait parfois allusion. Mais il y a quelques mois elle me l'a raconté vraiment en détail, et je me suis rendu compte que ce n'était pas effacé par le temps. Comment cela se pourrait-il, d'ailleurs ? Rentrer de déportation pour apprendre que la fille qu'on aime ne rentrera jamais. Je ne vois pas très bien ce qu'il peut y avoir de pire. Et si elle y pense, et je sais qu'elle y pense, comment ne serait-elle pas triste, parfois ? Elle pourrait, si les choses avaient tourné autrement, vivre avec cette femme qui avait à peu près son âge, au lieu d'être avec moi qui pourrais être sa fille. Je sais bien que ça l'angoisse, même si nous n'en parlons jamais.

Elle a repris : « Donc, on va à Zürich, par le train. Mais attention : nous serons dans des wagons différents, et nous ne nous connaissons pas. Je te donnerai un lieu de rendez-vous sur place

— Vous ne seriez pas en train de faire évader des capitaux, par hasard ? »

Elle a ri : « Bien sûr que si. Mais moins je t'en dis, moins tu pourras en raconter sous la torture. »

Là je la retrouvais. Nous avons joué à l'espion. Elle m'a donné deux lieux de rendez-vous, au cas où, mais elle le faisait exprès pour m'amuser. En fait nous nous sommes retrouvées à l'hôtel, situé dans la Bahnhofstraße. Cette rue, outre qu'elle conduit évidemment à la gare, est littéralement truffée de banques. Et voilà où passe l'argent du pinard ! Je l'ai laissée aller faire ses petites affaires, et je t'écris en attendant qu'elle ait fini. Demain nous partons pour Saint-Gall, visiter l'abbaye et nous promener un peu à pied. Ensuite elle retourne à Bordeaux (au rapport, j'imagine, ou avec quelque truc mystérieux à rapatrier), et elle nous rejoint au Danemark.

Voilà. Garde le secret sur ces activités mystérieuses, car même si nous pensons tous que le contrôle des changes est une mesure stupide, c'est quand même illégal. Il est vrai que sans lui on se priverait d'aventures bien amusantes.

Vale.

Suzanne Lacombe
à Héloïse de Marèges

Paris, le 16 juillet 1971

Chérie,

Quand tu recevras cette lettre, je serai morte. Je ne sais pas comment te l'annoncer autrement qu'avec cette brutalité, mais je suis obligée de me tuer car j'ai une tumeur au cerveau. C'est sans remède, tu peux me croire sur parole. Je dois profiter de ce que je suis encore parfaitement saine d'esprit pour m'évader. Je sais que tu comprendras.

Je tiens à te dire que c'est toi qui as fait le bonheur de mes dernières années. Nous ne savions pas que ce serait si court; c'est dommage, mais je ne peux pas me plaindre, puisque j'ai probablement la plus belle part. Je voudrais te demander de m'oublier. Mais en même temps je ne le souhaite pas.

Pourtant il faut que tu saches qu'on survit toujours à la mort de l'autre : je le sais, je l'ai fait. Et je répondrai maintenant à une question que tu m'as posée autrefois : combien de fois j'ai aimé : trois fois, et c'est bien assez dans une vie. C'est toi que j'ai le plus aimée.

Comme je n'ai pas le courage d'écrire d'autres adieux, je compte sur toi pour prévenir ta mère. Elle t'aidera.

Tu trouveras, dans la petite enveloppe bleue jointe, un numéro de compte sur une banque de Zürich et la clé d'un coffre. Ce qu'il y a dedans est parfaitement anonyme, j'y ai veillé, et te permettra d'acheter une pharmacie.

Parfois j'ai voulu te prévenir. Je n'en ai jamais trouvé la force. Pardonne-moi et surtout n'oublie jamais que je t'aime.

233

Manuela von Tauberg
à Claire de Marèges

Tauberg, le 20 juillet 1971

Je ne vois que toi pour me répondre, puisque tu es à Copenhague. J'ai lu l'article du *Figaro* présentant le suicide de Suzanne comme « un drame de la contestation dans les lycées », et bien sûr nous ne pouvons pas le croire, ni Erika ni moi. Je n'ose pas téléphoner. Réponds-moi vite !

Claire de Marèges
à Manuela von Tauberg

Copenhague, le 22 juillet 1971

Non, ce n'est pas un drame de la contestation, c'est une tumeur au cerveau, cancéreuse j'imagine. La catastrophe nous est tombée dessus il y a quelques jours, quand Héloïse a reçu une lettre de Suzanne. Elle pensait que c'était l'annonce de son arrivée, et elle est allée la lire tranquillement dans sa chambre. Tranquillement... la malheureuse ! Je te raconte les choses comme elles se sont passées. Au bout de quelques minutes elle est descendue, méconnaissable, blême, et elle a dit à sa mère : « Maman, venez voir. » Ma belle-mère a compris qu'il se passait quelque chose de grave, et elle l'a suivie dans sa chambre. Ne restaient comme témoins que Victor, Hilda et moi, et impossible de parler devant Hilda. Nous avons attendu. Au bout d'une dizaine de minutes, ma belle-mère est redescendue et nous a dit : « Suzanne est morte. » Et elle nous a expliqué pourquoi. Puis elle a dit à Hilda : « Il faut que tu sortes, ma chérie, je dois parler aux grands. » Hilda, qui avait bien évidemment la même tête que nous tous, est sortie. Ma

234

belle-mère nous a dit : « Je compte sur vous pour que tout le monde pense, dans cette maison, que c'est moi qui suis effondrée et qu'Héloïse me soutient. Vous savez ce qu'il en est, bien sûr... Non que je ne sois pas effondrée, d'ailleurs, mais je ne peux pas me permettre... Bon. Quand ton père rentrera, Hugo, préviens-le. Et dis-lui que nous sommes parties pour Paris. Je lui téléphonerai dès mon arrivée. »

Voilà les faits. Non seulement Héloïse n'y est pour rien (je comprends qu'à distance on ait pu l'envisager) mais je ne sais pas dans quel état on va la retrouver. Et qui saura ce qui lui arrive, excepté quelques personnes ? Moi, si Victor mourait, je pourrais proclamer ma douleur à la face du monde entier, on me ménagerait, on me comprendrait, mais elle ? Cette clandestinité, ça doit être bien dur à vivre.

J'attends la suite des événements. Ecris-moi. Comment ça se passe, du côté d'Erika ? Dans un sens elle est vengée.

Manuela von Tauberg
à Claire de Marèges

Paris, le 27 juillet 1971

Il serait bien injuste de penser qu'Erika éprouve quelque obscure satisfaction, de même qu'il a été bien injuste de notre part de penser qu'Héloïse portait une responsabilité dans ce suicide, car nous en avons envisagé l'hypothèse, pourquoi le nier ? Mais dans le journal du lendemain (que nous avons évidemment avec vingt-quatre heures de retard), la mise au point de Pierre Lacombe était parfaitement claire. Au moins, l'honneur professionnel de Suzanne sera sauf, et tout le monde saura qu'elle avait les meilleures raisons du monde. Ta lettre a donc confirmé ce que nous savions déjà. Erika est effondrée. Elle a énormément pleuré, elle qui autrefois ne versait jamais

235

une larme. Je ne suis pas parvenue à lui faire dire si elle pleurait Suzanne, son passé, ou si elle compatissait, au sens le plus précis, avec Héloïse. Elle n'en sait rien, c'est un peu tout ça, et puis elle avait jadis appelé de ses vœux une vengeance, si bien qu'elle a honte en plus. J'ai essayé de lui démontrer l'inanité d'un tel raisonnement, mais tout ça n'est pas très rationnel, et elle en conviendra elle-même quand elle ne sera plus sous le choc. Finalement j'ai laissé Wolfgang avec sa gouvernante à Tauberg et j'ai emmené Erika à Celle, chez Lise Schulberg, qui a un talent certain pour s'occuper d'elle. Ensuite j'ai pris la route de Paris pour voir ce qu'il était possible de faire pour Héloïse. J'ai eu raison, car ta belle-mère m'a dit qu'elle devrait elle-même assez vite retourner au Danemark, et qu'elle préférait qu'Héloïse n'y revînt pas tout de suite. Elles sont toutes les deux dans un triste état. Madame de Marèges a perdu une amie qu'apparemment elle aimait beaucoup, et elle est inquiète pour sa fille. Mais elle se conduit normalement. Tandis qu'Héloïse, depuis qu'elles sont revenues de l'enterrement à Bordeaux, dort sans arrêt et ne dit pas grand-chose. « Elle prend des somnifères ? ai-je dit.

— Pas du tout. J'aurais trouvé ça normal, vous savez, car moi-même... mais ce n'est pas le cas. Elle se couche tôt, se réveille tard, et dort presque tout l'après-midi. Je n'ose pas lui faire de remarques. Car si c'est une façon de fuir la réalité...

— Ce n'est peut-être pas une mauvaise chose. Il y a des gens qui réagissent comme ça. Et c'est vrai que quand elle dort, Suzanne n'est pas morte.

— C'est ce que je me dis. Mais je voudrais la voir pleurer, et elle n'a pas versé une larme. Je ne sais pas quoi faire. »

Que lui dire ? Héloïse est arrivée, l'air éteint de quelqu'un qui n'arrive pas à se réveiller. Tu imagines ? Quand on la connaît ! Je lui ai dit qu'on avait décidé que je resterais un peu avec elle. Elle m'a dit : « T'es gentille, mais je peux très bien me débrouiller toute seule. Claire voulait venir, Victor aussi, mais je n'ai besoin de personne. Je peux m'en sortir. » Madame de Marèges a répondu : « Je sais très bien que tu peux t'en sortir, mais je serai plus tranquille si Manuela reste un peu avec toi, d'accord ?

— Bon, si vous voulez. »

Ce n'était pas l'enthousiasme, mais moi j'ai vu comment Erika a essayé de se débrouiller toute seule, et je ne pense pas que le résultat ait été tellement bon.

Ta belle-mère m'a appris que tu étais enceinte (t'es vraiment givrée !) et m'a dit qu'elle préférait te savoir au Danemark. « Quant à Hugo, je crois qu'il n'est pas la personne qu'il lui faut en ce moment. Leur affection s'est toujours manifestée par des taquineries réciproques. Je ne sais pas s'il saurait changer de registre, ni si elle pourrait le supporter dans un autre registre. Vous, c'est différent. » Elle croit que Jean-Michel est en Allemagne avec Wolfgang, pour les vacances. Pas le moment de lui dire qu'il me fait déjà le coup du congrès... Garde ça pour toi : mes malheurs, qui n'en sont pas vraiment, sont assez dérisoires à côté de ce qui est arrivé. Et en plus je l'aimais beaucoup, Suzanne, toi aussi j'imagine, et voilà !

Claire de Marèges
à Manuela von Tauberg

Copenhague, le 2 août 1971

Oui, j'aimais beaucoup Suzanne. Ma nécro ne sera pas celle des journaux, héroïne de la résistance et tout ce sirop, mais ce que je connaissais d'elle me remplissait d'admiration. Pas des choses qu'on admire habituellement : je pense à son habileté manœuvrière pour provoquer l'amour chez Héloïse, qui au début ne recherchait que l'aventure. Il faut dire à sa décharge qu'elle était lasse du poids de la grande passion d'Erika. J'ai vu des choses qu'on ne voit pas souvent, et il semble que le résultat en a valu la peine. Elles se livraient toujours une petite guerre, et ça renforçait leurs liens, et il faut bien dire que c'était une forme d'amour qui leur convenait. Voilà quelque chose qui aurait pu durer longtemps, une union assortie en quelque sorte, malgré la différence d'âge. Je sais qu'Erika en a fait les frais, mais Erika ne savait pas jouer de cette corde : la souplesse, l'ironie, l'humour bien placé. C'est une qualité qu'ont tous les Marèges : le père, la mère, Victor naturellement, et peut-être Holger (les deux autres je ne pense pas.) C'est te dire qu'Héloïse aura du mal à retrouver un ou une partenaire à la hauteur, et j'allais même dire adversaire. Et en étant ce qu'elle était, Suzanne ne pouvait que partir de cette manière, avec élégance, il faut bien le dire, sans attendre que la maladie l'eût détruite dans ce qu'elle avait de plus important : le mental. Ça, il faut avouer que toute la presse lui a reconnu ce droit.

Ici tout le monde a du chagrin. Ma belle-mère, cela va de soi, mais aussi Hilda et Hippolyte, qui se montre d'une dignité exquise qu'on aurait tort de prendre pour de la froideur.

Victor rentre à Paris demain, où son devoir l'appelle. Il pourra veiller un peu sur sa sœur. Je voudrais rentrer aussi, mais il y a les enfants, et ma belle-mère a envie de les garder un peu, et comme je ne veux pas qu'elle se fatigue avec eux en ce moment... Sans compter que je suis la seule à qui elle peut parler de Suzanne, ou du moins de certaines choses concernant Suzanne. Comment va réellement Héloïse ? Au téléphone elle ne fait que me dire « T'inquiète pas, ça va ». Je n'ose pas insister. Son ton, à la fois glacé et résigné, m'impressionne. Il y a un côté « Noli me tangere » qui vous décourage d'aller plus loin. Comment t'en sors-tu ?

Manuela von Tauberg
à Claire de Marèges

Paris, le 6 août 1971

Comment je m'en sors ? Pas trop bien. Héloïse m'a dit :
« T'es vraiment gentille, mais cesse de me traiter comme une
grande malade, tu veux ? » Elle a repris le piano et elle
s'obstine sur des problèmes techniques qu'elle avait résolus
autrefois et dont elle a perdu la solution à force de ne plus
travailler. Je fais la navette entre l'avenue de Breteuil et
l'avenue Barbey-d'Aurevilly, où Jean-Michel, miraculeusement de retour, me fait des scènes inimaginables. Je ne pensais
pas que ça se dégraderait si vite, et je ne peux pas le supporter,
surtout en ce moment. Pourquoi n'accepte-t-il pas que nous
gardions des relations courtoises ? Je ne sais vraiment pas quoi
faire avec lui, et on ne se réconcilie même plus au lit ! Avec
Héloïse, j'essaie de faire bonne figure, car que sont mes ennuis
comparés aux siens ?

Ce que je voudrais bien connaître, ce sont les fameuses
manœuvres dont tu me parles, et qui changent complètement
ma vision des choses. Je croyais qu'elle avait été poussée vers
Suzanne par une pulsion irrésistible, et réciproquement d'ailleurs. Tu penses bien que je n'ose pas lui en parler.

Hier matin, j'allais avenue de Breteuil, vers dix heures
(Héloïse ne se réveille jamais avant maintenant) et je l'ai vue,
au moment où je m'apprêtais à traverser. Elle quittait votre
immeuble, d'un pas rapide, avec cet air perdu qu'elle a
maintenant, les cheveux nattés, les mains enfoncées dans les
poches de sa saharienne grise. Je l'ai suivie. Elle a remonté
toute l'avenue, jusqu'au métro aérien, et s'est engagée dans la
rue Lecourbe. J'ai cru comprendre où elle allait, et en effet.
Elle a marché jusqu'au square, s'est assise sur un banc, face au
lycée, et elle est restée comme ça, tête baissée. J'ai hésité, puis
j'ai osé m'approcher. Elle ne pleurait pas. Elle m'a regardée
comme si ma présence était naturelle, et elle m'a dit : « Crois-

tu qu'en s'y prenant plus tôt on aurait pu la sauver ? » J'ai dit non, et j'en suis vraiment tout à fait persuadée. D'abord parce que ces trucs-là ne s'opèrent pas facilement, ensuite parce que c'était bel et bien un cancer, et de la pire espèce. J'ai vu ça, à l'hôpital : les gens deviennent à moitié fous, et pas tout le temps naturellement, ce qui est pire. Héloïse m'a raconté que Suzanne avait très mal, brusquement, et que ça s'en allait aussi vite... « Du moins c'est ce qu'elle me disait, et tu sais, une bonne migraine ça fait aussi un mal de chien, surtout quand on se fait piéger, qu'on a oublié ses comprimés ou qu'il n'y a pas de signes avant-coureurs ; là c'est trop tard, il faut laisser se dérouler tout le processus. Alors on s'est trompé sur le diagnostic, ou plutôt elle m'a laissée me tromper. Je lui avais quand même dit de voir un médecin si ça ne s'arrangeait pas. Evidemment, elle l'a fait, sinon comment aurait-elle su ? Mais j'ai peur qu'on n'ait perdu du temps au début.

— Je ne pense pas. Elle a dû se rendre compte assez vite que c'était différent. Elle savait comment se déroulent tes migraines ?

— Fatalement. Chez moi ça se passe généralement l'été, quand la pression atmosphérique change brutalement. Et c'est encore pire quand, à ces moments-là, je fais l'amour. Je dirais que si le baromètre est instable, il faut que je prenne du DHE avant de le faire, ou que j'aie la sagesse de m'abstenir. Si on le sait, on s'en sort très bien.

— Et chez elle aussi ça se déclenchait à ce moment-là ? Je ne parle pas de la pression atmosphérique, mais...

— Oui, j'ai compris. C'est arrivé. Et ça m'a paru normal. Et il y avait quelque chose qui n'allait plus très bien de ce côté, surtout depuis quelques mois. Elle avait beaucoup plus souvent envie qu'avant... tu vois ?

— Oui.

— A la limite, c'était un peu bizarre. C'était comme quand on a commencé, il y a cinq ans, mais ça ne marchait pas si bien pour elle. Tout ça m'inquiétait un peu. Sans compter sa gentillesse. Je ne sais pas comment t'expliquer. Trop gentille, trop tendre. Je me suis dit qu'elle m'aimait moins. Je me suis dit aussi que peut-être, à cinquante ans, c'était normal. Les hormones, tu sais... On cherche à rattraper par la quantité ce qu'on a perdu en qualité. Enfin, j'ai tout imaginé, sauf ça... Et elle ne m'a rien dit. J'aurais pu l'aider, lui dire que je comprenais. Elle m'a écrit qu'elle n'en avait pas eu la force... oh, je l'admets, bien sûr, mais j'aurais voulu... Bon, en fait je veux qu'elle soit vivante, et ça... Allez, on rentre. Je ne vais pas passer ma vie dans ce square. »

Nous sommes rentrées par le bus. Elle m'a expliqué qu'elle devait travailler son piano : « Tu comprends, elle me disait qu'il fallait m'y remettre, une fois que j'aurais mon diplôme et du temps pour refaire des exercices. J'avais promis. Et puis je vais avoir du temps. Plus encore que je ne pensais, sans elle. » J'ai cru qu'elle allait pleurer, mais pas du tout. Elle a ajouté : « C'est le seul plaisir que je peux prendre, maintenant. Car pour le reste... Elle a beau m'en avoir souhaité...

— Elle t'en a souhaité ?

— Oui, je pense. A l'aéroport, quand elle m'a quittée, elle m'a souri très joyeusement, avec une sorte de complicité, je crois, et elle m'a dit : " viel Spaß[1] " !

— Viel Spaß ?

— Oui. Tu te rends compte ? Et moi je suis partie tranquillement, souriante, et elle, pendant ce temps... Et on avait passé la matinée à plaisanter sur ses magouilles avec le change. Elle m'avait dit : " J'ai échangé un microfilm avec un mystérieux correspondant. Le sort du monde libre dépend de ton silence. " Et tout ça c'était pour moi. Elle avait déposé de l'argent pour moi, pour ma pharmacie. Je suis bien obligée de l'accepter, maintenant. »

Que lui dire ? De ne plus y penser ? Certainement pas. C'est la première fois qu'elle me parlait de tout ça. Avant, c'était des « T'inquiète pas, tout va bien ». Sa mère se rongeait les sangs

---

1. Bien du plaisir.

241

parce qu'elle ne pleurait pas. En tout cas, elle en parle, et c'est déjà mieux.

Voilà où nous en sommes pour le moment.

Claire de Marèges
à Manuela von Tauberg

Copenhague, le 9 août 1971

Maintenant tu dois comprendre ce que je veux dire, quand je parle de l'admiration que m'inspirait Suzanne. Ce « Viel Spaß », c'est tout à fait elle, et que pouvait-elle faire d'autre ? C'est quand même une sorte de consigne, et j'espère qu'Héloïse le prendra comme tel, même si pour le moment l'idée de plaisir ne peut que lui faire horreur. C'est comme pour l'argent de la pharmacie : Héloïse n'en voulait pas lorsque Suzanne avait évoqué la question. Maintenant elle n'a plus le choix.

Ma belle-mère me tient à peu près les mêmes propos qu'Héloïse : « J'aurais dû deviner. Quand je suis allée à Paris, ce printemps, elle avait une mine épouvantable. Je le lui ai dit, d'ailleurs. Je pouvais me le permettre, puisque nous avons, pardon nous avions, le même âge.

— Et que vous a-t-elle répondu ?

— Comme je lui avais dit, très étourdiment d'ailleurs, que je ne l'avais jamais vue aussi fatiguée, elle m'a répondu : " Pas même en 45 ? ", et nous avons eu le fou rire. Ce qui lui a permis d'éluder le sujet. Et puis il n'était pas délicat d'insister, mais j'ai eu tort. J'aurais pu l'aider. Seul son frère était au courant, semble-t-il. Peut-être était-il plus facile, pour elle, de se taire. Je n'en sais rien. Et ma pauvre petite fille, eh bien ma foi... elle a été heureuse le plus longtemps possible, mais maintenant ! »

242

Bien sûr, nous avions toutes des indices, même moi. Je connaissais l'histoire de la migraine et la plaisanterie qu'elles en avaient tirée. Suzanne, parfois, téléphonait et disait : « Pas ce soir chérie, j'ai la migraine. » Héloïse riait. Je pense que cette classique plaisanterie ne l'amusera plus du tout.

Pour en revenir à l'origine de cette liaison, ce n'était pas exactement ce qu'on t'a laissé imaginer : il y a eu des grandes manœuvres, et j'y ai participé en donnant pas mal de conseils qui, je le crois, étaient bons. Difficile de savoir ce qu'il y a vraiment au fond de l'âme des gens, mais au départ Héloïse m'a dit qu'elle n'avait pensé qu'à une petite aventure, un exercice de séduction. Elle a profité d'une circonstance fortuite pour s'introduire dans le lit de Suzanne et l'obliger à faire l'amour. Tu sais comment on est à seize ans : on se lance des défis absurdes, on joue... Toujours est-il qu'elle a été piégée, ensuite, par l'habileté de Suzanne qui a joué la désinvolture. Et Suzanne a été piégée, elle, par l'habileté d'Héloïse, que j'aidais en me prenant pour la Merteuil. Nous n'étions pas trop de deux pour jouer une partie égale avec une femme qui avait l'âge de nos mères. Le résultat : Erika a été broyée (pardon...) et nos deux brillantes tacticiennes ont connu l'amour fou. C'est drôle, hein ?

Je te laisse. Et surtout, fais attention à après-demain : c'est le 11 août, sainte Suzanne...

*Manuela von Tauberg
à Claire de Marèges*

Kérivin, le 15 août 1971

Comme tu dois le savoir, puisque Héloïse a téléphoné à Copenhague avant de partir, nous sommes chez les d'Enne-cour. Plus exactement chez la mère de Marie-Thérèse, parce que Kérivin, c'est son fief. C'est Héloïse qui a rencontré Marie-Thérèse, au Bon Marché, et cette dernière lui a dit, pour autant que je le sache : « Tu as l'air crevée, tu devrais m'accompagner en Bretagne. » Héloïse a dit : « Pourquoi pas ? Mais on emmène Manuela. Elle passe son temps à se disputer avec son mari, et Wolfgang est en Allemagne jusqu'à la fin du mois. »

Nous avons pris le train toutes les trois, et Paris-Brest c'est long. Marie-Thérèse, la première, nous a raconté ses ennuis : elle a un amant marié, père de famille, qui lui a promis de divorcer, mais elle n'y croit pas beaucoup et elle a le cafard. Puis elle a demandé à Héloïse : « Et toi ? Tu traînes à Paris en plein mois d'août avec une tête épouvantable ; qu'est-ce qui se passe ?

— Moi j'aimais quelqu'un qui était plus âgé que moi, et ça marchait. Puis ce quelqu'un est mort, il y a un mois. Voilà. »

Silence consterné de Marie-Thérèse, puis : « Mon Dieu, pardonne-moi.

— Il n'y a rien à pardonner. Tu ne pouvais pas savoir. »

Je pense qu'elle a voulu nous donner la version officielle de ses chagrins, et c'est celle à retenir : un amour avec un homme plus vieux, sans doute marié, et sur qui on ne pose pas de questions. Si Marie-Thérèse t'en parle, tu sais quoi dire. Et notre fille d'ambassadeur a réussi, sans un seul mensonge, à tout dire et à ne rien vraiment dire.

Prudemment, nous avons parlé de nos études. Marie-Thérèse compte terminer son doctorat de troisième cycle à la fin de la prochaine année scolaire, puis entrer dans un cabinet de recrutement. Héloïse a dit : « Je vais chercher une pharmacie à vendre et m'inscrire à l'IAE. Mon frère pense que c'est ce qu'il y a de mieux pour apprendre un peu à gérer. » Là, seconde gaffe de cette pauvre Marie-Thérèse : « Pour la pharmacie, t'as trouvé l'argent ?

— J'ai résolu le problème, oui. »

Je me suis dépêchée de dire quelque chose, n'importe quoi, je le crains. Héloïse m'a souri avec complicité. C'est la première fois qu'elle avait l'air un peu gai.

Demain, je reprends l'avion, les avions plutôt, pour aller chercher Wolfgang. Si tu es encore à Copenhague, je passerai te voir.

Peut-être à bientôt.

Héloïse de Marèges
à Claire de Marèges

Kérivin, le 17 août 1971

Ave !

Je ne pouvais pas t'écrire plus tôt, j'étais sous le choc et je sais bien que tu as compris. Manuela est vraiment extraordinaire : je l'ai envoyée promener je ne sais combien de fois, et elle ne m'a pas lâchée, mais sans peser, avec une délicatesse que j'aimerais bien posséder, le cas échéant. Mais ici je lui ai dit : « Ecoute, Manuela, tu as ton petit garçon qui t'attend, et il te manque, ne dis pas le contraire. Alors je te jure que je n'ai plus besoin de toi. » J'ai ajouté que j'étais consciente d'avoir été dure avec elle, et que je la remerciais profondément d'avoir supporté ça. Elle prétend que j'ai été parfaite. Tu parles ! Au fond elle ne devrait pas entrer au labo mais faire réellement de la médecine : c'est là qu'est son talent.

D'Ennecour nous a fait passer quelques bons moments, tu la connais : curieuse comme une chouette, bavarde comme une pie, et dynamique comme... je ne sais quel animal. Si tu vois Manuela, elle te dira la version acceptable de ma tristesse, que j'ai improvisée du côté de Versailles-Chantiers.

Le reste de la famille ne manque pas d'intérêt. Tu connais François-Xavier, qu'on appelle François tout court, et qui a fini sa troisième année de droit à Nanterre, après avoir été subtilement découragé de faire Saint-Cyr. Je crois qu'il regrette. Il parle de Coët' (il semble qu'il faut prononcer

245

« Couette »), avec nostalgie. Pauvre garçon ! Sa mère le castre. Tu sais que le père, un cyrard, est mort à Ban Yen Nhan. Maintenant, peut-être que François n'avait pas le niveau suffisant pour entrer à « Couette » ? Encore que cela semble moins difficile que du temps de Bon-Papa, et même que du temps de son père. Quand un concours suscite peu de candidatures il est connu que le niveau baisse.

La duchesse-mère est atroce. Je ne pense pas seulement au fait qu'elle a découragé la vocation de son fils, car après tout elle a des raisons de savoir que ce métier peut devenir dangereux, et elle ne serait pas la première veuve de guerre à réagir ainsi. Je pense surtout à son côté mondain : elle ne me parle que de parents, d'alliés, le marquis de Machin, le duc de Tartemolle (comme dirait Papa). Du mauvais Proust. J'attends le moment où elle me parlera de Baba de Guermantes. Marie-Thérèse me regarde en coin. Nous avons du mal à ne pas pouffer. Mais pauvre fille : quand elle nous racontait ses rallyes, ses soirées, ce marché aux bestiaux pour débutantes, elle n'exagérait pas. Heureusement qu'elle a de l'humour !

Moi, ça m'égaie. Ce n'est pas plus mal. J'écoute, je me dis que je vais t'écrire pour te le raconter. J'évite de penser au reste. Je me dis que mes parents sont merveilleux, qui ne m'ont jamais fait fréquenter ce circuit de la noblesse, où j'aurais été aussi malheureuse que Marie-Thérèse, sur qui le résultat escompté ne s'est pas produit, bien au contraire.

Je te parle de la duchesse-mère, mais il y a aussi la duchesse-grand-mère, dite Bonne-Maman, que nous connaissons et apprécions. Non seulement elle est américaine, comme nous le savions, mais elle est née Sarah Bernheim, à Manhattan, cinquième avenue. Le duc François-Sixte, décavé par la flemme, la noce et le trente-et-quarante de Monte-Carlo, l'a épousée pour se refaire. Elle, elle était fascinée par les titres français, le charme un peu faisandé du duc, et la vie intellectuelle de la rive gauche. Elle a fini par comprendre qu'il la méprisait et a énergiquement coupé le robinet à finances. Elle l'a obligé à louer, par petits morceaux, l'hôtel d'Ennecour, gloire de sa famille, situé dans le Marais, quartier qui était à l'époque tombé bien bas, et à la mort du noceur elle s'est retirée avec son fils rue de Chanaleilles : rive gauche, certes, mais faubourg Saint-Germain quand même. Cela dit, je ne la vois pas, avec ses dollars, s'installer dans un galetas rue de la Huchette. Le fils, un brave petit gars, semble-t-il, s'est fait harponner par la demoiselle Kérivin, et tu connais la suite. Comme me l'a dit Marie-Thérèse, qui sait de quoi elle parle, le jeune cyrard est un gibier très convoité par les demoiselles bretonnes depuis que l'école est dans la banlieue de Rennes.

Ils sont très divertissants, au sens pascalien. J'ai très vite pensé à toi et au plaisir que nous aurions à en parler. Et je ne t'ai pas parlé du château ! Tu as lu *L'Enfance de Bécassine ?* Eh bien nous sommes à Grand-Air. Certes, on voit que la toiture défaille, on présume que l'argent manque, mais je guette l'arrivée de l'oncle Corentin, avec son grand chapeau. Hélas, le folklore breton n'est plus ce qu'il était, et les paysans sont plus riches que « Not'Maître », grâce, j'imagine, à la fraise de Plougastel. Ils ont su s'adapter, eux.

Pour le reste, je survis. Suzanne m'a dit qu'on survivait toujours, alors je le fais. Elle ne m'a pas précisé dans quel état. D'ailleurs, comment aurait-elle pu le faire ? Voilà bien le genre d'expérience qui ne se communique pas avec des mots. Je me rends bien compte qu'elle a essayé, mais en vain, je crois. Je retourne dans ma tête son dernier petit message, mais ce sont surtout les différentes choses qu'elle m'a dites les derniers mois qui sont significatives, et quand j'y repense j'ai trop mal et j'arrête.

Et Maman ? Je suppose que tu fais de ton mieux. Suzanne comptait beaucoup pour elle. Elles s'écrivaient sans arrêt, ce que nous pouvons évidemment comprendre, toi et moi. Leur amitié avait résisté à bien des choses... enfin, à une chose grave, en tout cas, et tu sais laquelle. Je pense que je reviendrai à Copenhague début septembre.

Vale.

Claire de Marèges
à Héloïse de Marèges

Copenhague, le 21 août 1971

χαῖρε.

Je suis bien contente, si tu savais, de te voir regarder autour de toi. Et ta mère est contente aussi. Car son chagrin pour Suzanne se double d'inquiétude pour toi. Je fais ce que je peux pour elle : ce n'est hélas pas grand-chose. Nous parlons beaucoup. Elle me dit : « Je crains de n'avoir rien pu pour elle. Que peut-on faire dans un cas pareil ? Et son père qui ne se doute pas... Heureusement tu es là avec les enfants, tu sais tout. Hugo aussi, bien sûr. Mais nous sommes quand même tous bien impuissants. Et en plus elle est obligée de se cacher. »

J'avais envie de rentrer à Paris, mais j'ai préféré tenir compagnie à ta mère, avec mes filles, le plus longtemps possible. Maman a compris que je ne pouvais pas aller à Crest-Voland dans ces conditions. Ta mère était rassurée aussi par la présence, à tes côtés, de Manuela, qu'elle a finalement découverte à cette occasion. Pauvre Manuela qui a subi avec patience des sautes d'humeur que j'imagine. Elle prétend que non, remarque.

Je ne sais pas quoi te dire sur ce qui est arrivé. Ce que tu as subi est irréparable, et moi qui savais tout depuis le début, je ne peux pas te dire à quel point je regrette cette fin. A mon avis le problème n'est pas de survivre mais de revivre, et je pense que c'est ce que Suzanne voulait dire. On survit d'abord, on revit ensuite. La question est de savoir quand.

Reviens vite ici, on en parlera si tu veux.
Vale.

Paris, le 21 août 1971

Ave !

Je suis rentrée à Paris avec Marie-Thérèse, et je m'apprête à remplir un sac à dos avant de venir vous rejoindre. Marie-Thérèse en avait déjà marre de sa mère (je la comprends) et moi j'avais besoin de prendre le large pour réfléchir. Car il y a trois jours, j'ai couché avec François d'Ennecour. Je ne te dirai pas, comme lors de mes débuts avec Erika, que j'ai aimé ça. Mais il faut s'habituer, et ça c'est toi qui me l'as dit autrefois. Il est gentil, assez féminin, il faut bien le dire. Je n'avais guère d'appréhension, il me semble. Mais ça m'a fait très mal, autant l'avouer. Enfin ça, ça s'est arrangé à force de persévérer, et c'est l'essentiel. Je ne remplacerai jamais Suzanne, je ne coucherai plus jamais avec une femme. Alors autant rentrer dans le rang, avoir des amants. A la limite il vaut mieux que ce ne soit pas exactement le même plaisir. Et puis je crois aussi, en y réfléchissant, que j'ai fait ça parce qu'il ne me regardait pas avec cette compassion que je voyais dans les regards de Manuela et de Marie-Thérèse. Il ne sait rien. Pour lui je ne suis pas cette petite chose fragile devant qui l'on mesure ses paroles, mais une fille de son âge à qui l'on parle de « Couette », qui vous écoute gentiment... Alors on lui prend la main... et voilà comment ça arrive.

Vale.

249

Claire de Marèges
à Manuela von Tauberg

Copenhague, le 26 août 1971

Héloïse est arrivée à Copenhague, et je suis assez embêtée, car j'ai l'impression qu'elle ne réagit pas d'une façon saine. Je ne parle pas de ses traits tirés et de sa maigreur, car tout ça est bien normal. Sa mère a dit à son père : « N'embêtez pas Héloïse, ne la taquinez pas. Elle vient d'avoir un gros chagrin d'amour. » L'explication est convaincante et de ce côté tout va bien. Mais j'ai l'impression que son désespoir lui dicte une conduite insensée. Je te raconte : elle a couché avec François d'Ennecour. Bon, jusque-là ce n'est pas trop grave. Je pense simplement que ce n'est pas la bonne manière, pour apprendre à aimer l'homme, que de le connaître quand on est en deuil d'un grand amour. Elle me dit qu'elle ne couchera plus jamais avec une femme, et ça me semble une décision malsaine, parce que prise pour de mauvaises raisons. J'ai essayé de le lui dire, mais ce n'est pas facile : on a terriblement peur de la casser. Elle qui est toujours si ouverte à la discussion sur ses actes, elle est devenue complètement fermée. En gros son argument c'est : « J'ai eu un grand amour, je n'en veux pas d'autre. Et comme on n'est jamais à l'abri d'une surprise dans ce domaine, puisque Suzanne elle-même affirmait m'avoir aimée plus que Madeleine, eh bien je prends mes précautions. Avec un homme ce ne sera pas pareil.

— Tu n'en sais rien. Pourquoi n'aurais-tu pas un jour une grande passion pour un homme ?

— Ça m'étonnerait. Mais à supposer que ça arrive, ce ne sera pas pareil.

— Mais pourquoi n'admets-tu pas que tu aimeras à nouveau ? Tu ne serais pas la première.

— Je ne veux pas.

— Pourquoi ?

— Entre autres parce que ça fait trop mal. Et puis parce que je veux lui être fidèle.

— Elle ne t'en demandait pas tant.

— Mais moi, je me le demande. Et puis je ne veux plus parler d'elle. C'est fini. Elle est morte, et complètement morte. Je tourne la page. »

Que répondre ? Toi et moi nous manquons d'expérience pour cela. Mais il est bien évident que pour elle, au contraire de ce qu'elle dit, Suzanne n'est pas morte. Et quoi de plus normal ? Cela fait si peu de temps...

Alors ces réactions étranges, ce désespoir glacé, je peux comprendre. Mais l'ennui c'est qu'elle est sur le point de prendre des décisions graves. François l'a demandée en mariage, et au lieu de dire non elle réfléchit. Coucher, passe encore, mais épouser ? C'est grave de se marier pour de mauvaises raisons. Je ne sais pas quoi faire. Si je lui dis que c'est de la folie, ça risque de l'ancrer encore plus. En parler à ma belle-mère ? Ce serait me montrer indiscrète, et en plus inquiéter cette femme au sujet d'une décision qui n'est, après tout, pas encore prise. Car comme moi elle criera casse-cou.

Que penses-tu de tout ça ?

Manuela von Tauberg
à Claire de Marèges

Tauberg, le 31 août 1971

Ce que j'en pense ? Encore plus de mal que toi. Je pense que je n'aurais jamais dû la laisser seule à Kérivin, sachant ce que je savais. Mais je n'y pensais plus. Marie-Thérèse, en effet, m'a raconté une fois que sa mère avait des vues sur Héloïse, depuis qu'elle savait que François la connaissait. Or, quand tu me parles de mariage contracté pour de mauvaises raisons, tu touches un point sensible. Je sais, moi, ce qu'il en coûte. Et se marier par désespoir serait la pire des choses. Sans compter que les motifs de François ne sont pas clairs non plus. Il est très

251

soumis à sa mère. Marie-Thérèse nous l'a dit maintes fois, et je l'ai vérifié sur place. Alors sa déclaration, sa demande, dont je ne vais pas jusqu'à mettre en cause la sincérité, est quand même un peu téléguidée.

D'un autre côté, de quel droit essayer de convaincre Héloïse de ne pas faire ça ? Et si elle a envie de mener une vie normale, d'avoir des enfants ? Cet été, à Paris, quand je la voyais si triste et obligée de faire bonne figure à cause de la clandestinité de son deuil, je me disais que c'était plus cruel que le reste. T'a-t-elle raconté l'enterrement ? Sa mère ne souhaitait pas qu'elle y fût : elle trouvait ça trop dur. Mais impossible de la faire changer d'avis. Et donner des condoléances qu'on devrait, logiquement, recevoir ! Je me demande comment elle a pu supporter cette épreuve.

Et puis je n'ai jamais su si elle était très à l'aise avec ses tendances. N'a-t-elle pas pris ce chemin par accident ? Erika se vante de ne jamais partir à la chasse sans certitudes. Admettons. En attendant, pour moi qui ai tout vu dès le début, il est évident qu'elle était d'une innocence totale à cette époque.

Je ne sais pas quoi faire. Comme toi j'ai l'intuition que ce serait une erreur d'accepter d'épouser ce garçon. Mais outre que ce n'est pas sûr, il nous sera impossible de la faire changer d'avis. D'abord, même quand elle est dans son état normal, elle est têtue. Et en ce moment on ne sait pas par quel bout la prendre.

Enfin, nous pouvons toujours essayer.

Anne de Marèges
à Claire de Marèges

Copenhague, le 6 octobre 1971

Ma petite Claire,
Intuitive comme tu l'es, tu dois bien te douter que je suis très soucieuse. Quand Héloïse est arrivée, il y a quatre jours, pour

nous faire part de son intention de se marier, nous avons été extrêmement surpris, même son père qui la traite d'amazone et prétend, pour la taquiner, qu'elle est gauchiste. Il est d'autant plus surpris que je lui avais donné à entendre qu'elle avait passé un été sentimentalement difficile, mais bien sûr, il ne sait pas à quel point c'était grave. Il est perplexe aussi sur le prétendant. Paradoxalement il a peu d'estime pour la famille d'Ennecour. Il m'a rappelé le célèbre mariage du duc Sixte, dans les années vingt, destiné à redorer un blason qui, au demeurant, ne remonte pas aux croisades, loin s'en faut. Il me rappelle, à ces moments-là, un digne comte (ou marquis ?) anglais chez qui je passais l'été dans mon enfance, et qui au moindre nom cité devant lui sortait son *Dobrett* : le *Dobrett* est à la noblesse britannique ce que le *Gotha* est aux têtes couronnées. Mon mari a fait quelques recherches, lui aussi, dans les annuaires que sa fonction l'oblige à posséder : *Le Bottin Mondain* (ils y sont, manque de chance : il ne faut pas en être, ça fait parvenu), *Le Who's who* en France (ils n'y sont pas, ça prouve qu'ils ne font rien de leurs dix doigts), *L'annuaire de l'ANF* (comment des ducs et pairs n'y seraient-ils pas ?). Notre vieux d'Hozier est resté à Paris, bien à l'abri avec les livres fragiles et précieux. Pour le *Mondain* je ne peux pas les défendre, mais pour le *Who's who* j'ai protesté : comment une famille où il ne reste que deux enfants de vingt-trois ans pourrait-elle y figurer ? La mauvaise foi d'Hector est patente, et il l'alimente avec sa connaissance d'événements dont j'ignorais qu'il les connût : la duchesse douairière et son fils, le père de François, étaient aux Etats-Unis pendant la guerre. J'ai objecté : « Qu'auriez-vous souhaité qu'ils fissent ? Une juive et un demi-juif, qu'ils mourussent ? » Grognements du pater familias : « Bon, bon, admettons ! » J'ai ajouté, consultant les annuaires : « Il n'avait que quinze ans en quarante, et puis il est mort en Indochine. » Rien à rétorquer à cela, d'où de nouveaux grognements. Il est revenu au mariage Bernheim et au grand-père de François : « Un abominable noceur ! Qui sait de quoi il est mort, celui-là ? (ici, ombre de cette bonne vieille

253

vérole, non citée bien sûr). Et la manière dont il a traité cette pauvre femme ? Pire que le Castellane. Une honte. Elle a fini par lui couper les vivres, heureusement.

— Eh bien, cela prouve que ce garçon a au moins une grand-mère énergique et un père courageux. Tout n'est pas mauvais dans cette famille. Et la mère ?

— La mère (retour au *Mondain*) : Anne de Kérivin. Connais pas. Hobereaux bretons, sans doute. Des papistes fanatiques, si ça se trouve. » Re-grognements. Je lui ai dit que c'était peu probable : les enfants ont fait leurs études dans des établissements publics, puisque Héloïse a connu Marie-Thérèse au lycée, et que François-Xavier était à Pasteur (il est vrai, entre nous, que ces prénoms sont furieusement papistes...).

Nous avons donc joué la scène classique du père qui, après avoir proclamé haut et clair qu'il était inquiet que sa fille n'eût aucun prétendant, démolit le premier qui ose se présenter pour enlever sa perle précieuse. Il a ajouté, toujours dans la note classique : « De toute façon VOTRE fille n'a jamais fait que ce qu'elle a voulu. Je n'ai aucun exemple où nous avons pu la faire changer d'avis. » Puis, avec un gros soupir : « Je déteste les mariages mondains. Elle veut faire ça quand ? »

Cela valait acceptation résignée. Et nous n'avions pas encore vu le prétendant. Seulement moi je suis inquiète, et il n'y a qu'à toi que je peux le dire. Elle ne l'aime pas, bien sûr : elle m'a dit qu'elle l'aimait bien. Comme si l'on fondait un mariage sur de l'affection ! Un mariage de convenances, cette horrible institution périmée. Un mariage pour se ranger, ou pire un mariage désespéré, pour essayer d'oublier. Mais comment veux-tu que je ne sois pas folle d'angoisse ? Mais que lui proposer d'autre ? De quel droit ? Hector a raison sur un point au moins : elle n'a jamais fait que ce qu'elle a voulu.

François arrive dans deux jours. Toi qui le connais, peux-tu me donner ton opinion ?

Je vous embrasse tous les quatre (et même tous les quatre et demi).

254

Paris, le 8 octobre 1971

Ma chère Maman,

Je suppose que quand vous recevrez cette lettre vous aurez vu le prétendant. Je ne sais pas quoi vous dire de lui, car je le connais assez peu, beaucoup moins bien que Marie-Thérèse, à qui il ne ressemble que physiquement. La première fois que nous l'avons vu, lors d'une soirée qu'Héloïse avait donnée pour ses dix-sept ans, elle a semblé marquer une prédilection pour lui. Autant vous l'avouer, ils ont flirté... eh oui ! Et Manuela et moi, qui sommes parfois bien mauvaises langues, nous avons remarqué qu'elle se jetait sur le garçon le plus féminin de la bande ! Je veux parler bien sûr de son aspect physique : comme la plupart des blonds, il a un joli teint clair et la peau douce ; il n'est pas très grand, a les attaches fines et de longs cils raides, comme ceux de sa sœur, qui lui donnent un regard émouvant.

Je ne vous donne ces éléments sur son physique que parce qu'ils peuvent expliquer l'attirance d'Héloïse. Pour le reste, il semble avoir réagi à l'inverse de sa sœur. Elle est du genre révoltée, volontairement grossière, assez brutale dans ses comportements. Lui est un parangon de bonne éducation. S'il épouse Héloïse, il va y avoir des larmes de déception chez les jeunes personnes qui étaient sur les rangs, et surtout chez leurs mères. Mais apparemment c'est elle qu'il veut. Pourquoi ? Elle correspond évidemment aux critères définis par sa mère, et il lui est très soumis, mais je me demande si Héloïse ne lui plaît pas à cause des points sur lesquels elle s'écarte du modèle idéal. Et puis il y a un défi à relever, puisqu'elle lui a dit qu'elle l'aimait bien, mais qu'elle ne l'aimait pas. Il aurait répondu qu'il en faisait son affaire et qu'un jour elle l'aimerait tout court.

Admettons, mais tout ça me paraît très dangereux. D'abord il y a la mère : pour le moment, tout va bien entre elle et

255

Héloïse, mais je ne les vois pas s'entendre à terme. Et s'il y a une lutte d'influence entre elles, qui gagnera ? Héloïse dit que François est décidé à grandir et à changer certains comportements (lesquels ? Il semble que c'est un secret entre eux) et qu'elle doit l'aider. L'aider ? Comment ? Elle qui a toujours proclamé qu'elle n'avait pas une vocation d'infirmière ! Une fois qu'elle sera sortie de cet état étrange où elle est depuis la mort de Suzanne, le réveil risque d'être rude.

Heureusement, il y a aussi Bonne-Maman (c'est la fameuse Sarah Bernheim dont vous parlez). Nous la connaissons depuis quelques années, car Marie-Thérèse a habité chez elle. Elle vous plaira, je crois. C'est elle qui a décidé de faire des travaux dans l'hôtel d'Ennecour, abandonné depuis les années trente, pour qu'ils puissent y occuper quelques pièces, ainsi d'ailleurs que Marie-Thérèse. Et il y a du boulot : presque tout était occupé par des ateliers qui, avec leurs grosses machines, ont abîmé murs et parquets. Le sol n'est pas droit, et je ne me risque plus à m'y aventurer en ce moment, où j'ai perdu de ma stabilité. Tant pis : j'ai vu l'état des lieux avant, je le verrai après, et la surprise n'en sera que plus agréable.

Mais ce sont des détails matériels, et pour le reste je suis, comme vous, plutôt inquiète. Il est évident qu'elle se marie pour de mauvaises raisons. Cependant elle est maintenant complètement décidée, sinon elle ne serait pas venue vous en parler. Car je dois vous avouer que le projet date de la fin du mois d'août. Vous seule pouvez la faire changer d'avis. Manuela et moi nous avons essayé, mais nous n'osons pas aller trop loin. Elle est tellement différente, maintenant. Alors, avec cynisme, je me dis que les mariages se rompent, de nos jours. Quand on fait une erreur, ce n'est plus pour la vie.

Si vous arrivez à en discuter avec elle, tenez-moi au courant.

Nous vous embrassons, tous les quatre et demi.

Copenhague, le 15 octobre 1971

Ma petite Claire,

Je ne devrais pas te faire part de mes tourments : tu es si jeune et tes filles sont si petites. Et tu ne sais pas encore ce qu'on peut éprouver quand on voit sa fille se lancer tête baissée dans quelque chose de complètement aberrant, car c'est bien de cela qu'il s'agit, quelque chose de fou ! Et je ne peux rien faire : j'ai tout essayé.

Quand mon mari dit qu'elle a toujours fait ce qu'elle voulait, c'est un peu vrai, mais c'est quand même exagéré. Il s'agissait de petites choses, dans son enfance, où elle faisait preuve d'une invincible obstination : refus de porter un vêtement qu'elle n'avait pas choisi elle-même, refus de travailler avec tel professeur de solfège qui l'obligeait à battre la mesure de la main droite, et ce même quand j'étais intervenue auprès de la Fräulein en question pour qu'elle reconnût à ma fille le droit à la gaucherie ; et je dois bien avoir encore quelques exemples de cette ténacité, à laquelle Hector fait évidemment allusion. Pour le reste, nous l'avons laissée libre très tôt, par principe. Elle a choisi elle-même ses options au lycée, dès la sixième, ce qui est rare. Plus tard, je le sais bien, son père a été subtilement déçu qu'elle ne fût pas plus littéraire, au point que j'ai pensé qu'elle faisait de l'histoire, en fac, pour lui faire plaisir, avant d'y discerner l'influence de Suzanne, et ce n'était peut-être l'influence de personne, au fond. Il a réagi un peu comme tes propres parents quand ils se sont aperçus que toi, tu ne serais pas pharmacienne : intrigué, un peu déçu, ne comprenant pas très bien, espérant vaguement qu'elle lâcherait l'une des deux branches ; et c'est l'histoire qu'elle a abandonnée (suspendue, dit-elle). Et puis un jour, elle nous a fait comprendre que sa vocation était sérieuse, et elle nous a cloué le bec, et je n'hésite pas à dire que c'est bien fait pour nous. Mon mari croyait à une

257

idée « alimentaire », ce qui aurait été à mon avis très respectable aussi, mais ce qu'il admet pour Hippolyte, un garçon, il le prend moins au sérieux pour une fille. Et si tu savais à quel point cela peut m'agacer ! Par grâce, empêche Hugo de devenir comme ça, j'ai essayé : je crois t'avoir livré un mari féministe, mais c'est une vigilance de tous les instants qu'il faut !

Enfin, pour le moment ce n'est pas Hugo qui me tourmente. J'ai cru qu'Héloïse, pour quelque chose d'aussi sérieux que son mariage, serait ouverte à toute discussion. Impossible : elle est butée, fermée, raide comme la justice si on lui demande simplement de réfléchir. Lorsque toi tu t'es mariée, tu as accepté de peser le pour et le contre avec tes parents, ne serait-ce qu'à cause de la question religieuse ; et c'est tellement normal ! Là rien, le blocus. Pas tant avec son père qui, ne sachant rien de ce que je sais, trouve ce mariage assez convenable, et n'a fait, au fond, que les objections d'usage du père qui trouve que personne n'est digne de sa fille préférée, mais avec moi. Quand tout le monde était là, elle était normale, ouverte, assez gaie même ; mais seule à seule, dans sa chambre où je suis allée la retrouver, rien à faire. J'ai tout essayé, y compris quelque chose de douloureux pour nous deux : évoquer Suzanne. Cela a été encore pire : la fermeture, le rideau de fer. Comme j'aurais préféré qu'elle pleurât ! Mais même cet été, moi j'ai pleuré (et pour tout t'avouer, je le fais encore), mais pas elle. Une petite fille qui avait la larme si facile, qui se transformait en fontaine pour obtenir quelque chose !

Comme Suzanne me manque, si tu savais ! Bien sûr, si elle était encore vivante nous n'en serions pas là. Bien sûr, cet amour posait d'énormes problèmes, mais elle avait de l'influence. Elle s'imposait. J'ai toujours pensé qu'elle aurait résolu à sa guise la question de l'argent de la pharmacie. Elle m'en avait parlé, ce printemps. Elle m'avait demandé de faire pression, le cas échéant Evidemment, je n'avais pas compris ce qu'elle voulait dire par « le cas échéant ». Et les deux positions me paraissaient également défendables : celle d'Héloïse, qui

258

voulait réussir toute seule, celle de Suzanne, qui ne voulait pas la voir couverte de dettes pendant des années. Maintenant ce problème est, hélas, résolu. Mais Suzanne n'a pas laissé d'autres consignes, et il m'arrive de le regretter. J'ai tort : ce qui faisait qu'elle était elle-même, c'est justement qu'elle laissait libre. Mais dans le cas de ce mariage, ça m'aurait bien arrangée qu'elle lui expliquât qu'on ne se lance pas là-dedans par désespoir. C'est ce que je voulais dire à Héloïse. Je voulais lui dire que Suzanne désapprouverait. Mais comme je te l'ai dit, il m'a été impossible de parler.

Alors je laisse aller, avec découragement. Le pire ne serait pas l'échec rapide de ce mariage. Le pire serait qu'elle s'en accommodât ; là elle perdrait définitivement quelque chose de précieux.

Non que je veuille qu'elle ne se marie pas, pauvre petite. Mais je veux que ce soit par amour, avec un homme véritable, et non pas avec ce jeune homme propre et doux, qui ressemble à la poupée mâle qui accompagne l'abominable poupée Barbie. Voilà, j'ai échoué.

Je t'embrasse.

Claire de Marèges
à Anne de Marèges

Paris, le 20 octobre 1971

Ma chère Maman,

Oui, j'espérais un peu que vous arriveriez à quelque chose. Il ne faut pas vous tourmenter, encore que je ne sache pas ce que je ferais à votre place, bien sûr. Mais tout peut s'arranger, soit par un échec rapide, soit par une amélioration du prétendant. Après tout, il est jeune, il est timide, mais malheureusement je ne pourrai plus le regarder sans penser au boy friend de Barbie (il s'appelle Ken, j'ai vérifié dans un catalogue). Cela lui va si bien, hélas !

Héloïse m'a dit que la chose était fixée début décembre et à Paris. Je suppose que nous nous verrons d'ici là. Un mariage de ce genre, quand on est enceinte de huit mois, quelle corvée ! Et VOTRE fils qui m'a dit : « Avec un peu de chance cela te fera accoucher prématurément et nous aurons un cadeau fiscal. » L'infâme !

Je vous embrasse.

Journal de Manuela von Tauberg

Bad-Homburg, le 15 novembre 1971

Héloïse s'est enfin décidée à aller en Suisse pour le 11 novembre, jour que ces neutres ne chôment évidemment pas. Elle m'a demandé si je pouvais l'accompagner, puisque j'allais à Francfort. Je pense, bien qu'elle ne me l'ait pas dit, que c'est une rude épreuve pour elle. Je lui ai demandé : « Où faut-il descendre ?

— On peut aller au Baur au Lac. Je l'ai vu de loin, en juillet. Mais nous, nous étions dans un hôtel de la Bahnhofstraße, à côté de la banque. C'est déjà dur d'aller à la banque, mais je n'ai pas le choix. Je leur demanderai si on peut transférer à Genève. De toute façon, dès que je trouve l'officine je sors tout. »

Je l'ai attendue dans un salon de thé. Elle est sortie, assez pâle mais pas trop (j'ai vu pire cet été), avec une grande écharpe écossais-rouge autour du cou. J'ai dit : « Ça va ? » Je pensais au moral, mais elle m'a répondu : « Oh là là, si tu savais ! Je peux acheter une chaîne de drugstores, si je veux.

— Tu leur as demandé, pour un transfert à Genève ?

— Non. Je dois affronter cette ville, finalement. Après tout, nous y sommes restées peu de temps. Et puis la page est tournée.

— Vraiment ? » Et j'ai caressé du bout du doigt l'écharpe rouge que j'avais reconnue, en ajoutant : « Et ça ?

— C'était dans le coffre. J'ai regretté ton absence, parce que j'ai cru que j'allais tourner de l'œil ; et les salles des coffres, ici, c'est spécial. Tu es enfermée toute seule, avec une sonnette pour prévenir quand tu as fini. Enfin, je suppose qu'il y a un système de sécurité, remarque. Toujours est-il que je me suis assise par terre cinq minutes, avant de trouver la force d'affronter ça. Puis je l'ai sortie, je l'ai mise, et là... le parfum... J'ai dû retourner m'asseoir. Enfin, ça va mieux. Je suis vraiment une petite nature, faut s'y faire.

— Je ne trouve pas. Bouge pas, je te commande un thé. Tu veux des gâteaux ?

— Non, le thé seulement. Je ne pourrai rien avaler.

— Tu veux que j'aille chercher la voiture ? Ou qu'on prenne un taxi jusqu'à l'hôtel ?

— Non. Dans un quart d'heure je pourrai traverser tout Zürich à pied, je t'assure. »

C'est ce que nous avons fait, finalement, avec l'impression curieuse d'être trois : moi, et elle avec son fantôme : cette écharpe devant le nez, qu'elle respirait, je crois. En arrivant à l'hôtel elle était d'une pâleur impressionnante, claquait des dents, et j'ai regretté de l'avoir écoutée et de ne pas avoir pris de taxi. Il est vrai que ça n'aurait probablement rien changé, puisqu'elle était manifestement en état de choc. Un drôle de choc à retardement, ce qui lui ressemble beaucoup. Je l'ai mise au lit, tout habillée, avec toutes les couvertures sur elle : celles de mon propre lit et celles des placards. Mais quand j'ai voulu lui enlever l'écharpe elle s'est mise à crier : « Non ! », puis, entre deux frissons : « Laisse-moi cette écharpe et donne-moi de l'alcool.

— Non. Pas d'alcool.

— Je t'en supplie ! »

J'ai haussé les épaules. Après tout il y a des cas où il faut savoir transgresser les grands principes. Etat de choc ou pas, elle est solide, physiquement du moins. Je suis allée prendre deux cognacs dans le petit bar de la chambre et je lui en ai donné un en lui disant de le boire très lentement. Après elle m'a souri : « Tu peux enlever toutes ces couvertures, Docteur von Tauberg. J'ai chaud. Tu sais...

— Oui ?

— Elle me disait que j'étais trop sensible à l'effet de surprise, que j'avais tendance à vider les étriers...

— Toujours ses métaphores de cavalière.

— Oui, c'est vrai. Mais elle avait raison. C'est même pire que tout ce qu'on peut imaginer, puisque j'en ai perdu la mémoire.

— Pardon ?

— Oui. Entre le moment où je l'ai vue morte, au lycée, avec Maman et son frère, et le jour où tu es arrivée à la maison pour me tenir compagnie, j'ai tout oublié. Tout.

— Même l'enterrement ?

— Tout, je te dis. Je me demande si c'est vraiment normal.

— Mais bien sûr que oui. Je veux dire... ça arrive. Pas seulement à toi. Tu n'as pas pu supporter ça et tu as disjoncté. C'est plutôt sain, finalement.

— Peut-être. Je me demande si je vais arriver à m'en sortir... à tenir longtemps comme ça...

— Comment, comme ça ?

— Avec cette douleur à l'intérieur... cette impression d'étouffer. Tu ne peux pas comprendre.

— Non, sans doute.

— Je ne te souhaite pas de comprendre un jour, d'ailleurs. Suzanne a tenu, quand ça lui est arrivé. Je ne peux pas faire moins. »

J'ai pensé qu'heureusement, elle avait cet exemple, mais en même temps j'aurais aimé la voir moins tendue. Je le lui ai dit, puis, pensant aux remarques de sa mère sur la question : « Tu n'as pas du tout pleuré ?

— Ma pauvre Manuela, on ne pleure pas sur commande.

D'ailleurs j'ai la larme facile, quand il s'agit de bricoles.

— Je comprends... écoute... je peux te faire une remarque ?

— Bien sûr.

— Dans l'état où tu es c'est une folie de te marier.

— Mais non, puisque ça le rendra heureux, lui.

— Mais attends un peu, au moins. Ne te précipite pas.

— Personne ne veut de ce mariage, je sais bien. Sauf lui et moi.

— Et sa mère.

— Oh, elle... Bon, mais il le faut. »

Je n'ai pas osé insister. Elle était en train de se refermer. J'ai soupiré : « Ça va ? Tu veux un autre cognac ?

— Oui, s'il te plaît.

— Je vais faire monter le dîner. Qu'est-ce que tu veux manger ?

— Rien. J'ai pas faim. »

Là, je me suis fâchée : « Ecoute, ça suffit. Je ne vais pas te laisser boire tout cet alcool si tu ne manges pas. Marie-toi, fais toutes les conneries que tu veux, mais laisse-toi soigner sans discuter. »

Elle a ri : « Te fâche pas. Tout ira bien, tu verras. »

Mais quand je me suis réveillée, le lendemain matin, elle avait remis son écharpe autour de son nez, et elle ne l'a plus quittée jusqu'à notre départ.

Bad-Homburg, le 18 novembre 1971

J'ai profité d'une soirée où Lise était à la maison pour dire ce que j'avais à dire à Erika : « Puisque tu lis les journaux français, autant te le dire moi-même : Héloïse va se marier.

— Quoi ? Au bout de... quatre mois ? Et c'était ça le grand amour ?

— Tu vas trop vite. Essaie de comprendre que...

— Comprendre quoi ? C'est écœurant. »

Lise est intervenue : « Moi j'aimerais bien comprendre, Manuela. Alors vous pouvez m'expliquer, à moi ? »

Chère Lise ! J'avais raison de compter sur son aide. J'ai dit : « Elle se marie parce qu'elle est désespérée. » Et Erika : « Désespérée, tu parles ! Elle s'en fout, elle passe à autre chose. Il n'y a que toi pour croire...

— J'en suis sûre. Je ne suis pas la seule à le penser.

— Elle vous possède tous ! Puis je ne veux pas en entendre parler. Qu'on me foute la paix avec ça. Bonsoir. »

Et elle est montée dans sa chambre. Nous avons attendu un claquement de porte, mais un ultime réflexe de bonne éducation a dû l'arrêter à temps. Lise a ri : « Ce n'est pas encore aujourd'hui qu'elle claquera une porte. » Puis : « Au fond ce n'est pas vraiment drôle. Vous pouvez me raconter votre version des faits ? »

Je lui ai dit ce que je pensais : que ce mariage est une façon de tirer un trait sur un passé douloureux, et de rentrer dans la norme ; que je trouve ça dangereux, mais que personne n'arrive à lui en parler. Lise a dit : « Moi qui vois ça du dehors, je crois que je comprends, mais je n'approuve pas. Dans un sens, ce n'est pas très courageux de tourner le dos à sa nature. Mais est-ce vraiment sa nature ?

— Je n'en sais rien. Et elle non plus. Elle est quand même très jeune.

— Le même âge que vous ?

— Non. Seulement vingt-deux ans. On l'oublie parce qu'elle a commencé très jeune, avec Erika, et parce qu'elle a fini ses études de pharmacie, mais elle est désarmée comme une gamine qui affronte ça pour la première fois. Et d'ailleurs, quel que soit l'âge, c'est une épreuve épouvantable. Mais à vingt-deux ans on peut encore s'interroger sur sa nature, comme vous dites.

— Même plus tard, après tout. Peut-être qu'aller avec un homme est une forme de fidélité à Suzanne.

— Probablement. »

Je lui ai raconté l'épisode de l'écharpe. Puis : « J'étais sûre qu'Erika le prendrait mal. Je sentais qu'elle ne comprendrait pas.

— Normal. Elle l'aime encore, entre autres raisons.

— Oh, pas possible ?

— Si. Et je ne jurerais pas qu'elle n'a pas eu un embryon d'espoir de la récupérer, informulé, à la limite de la pensée, cet été. Il vaut mieux que ça reste informulé, d'ailleurs, parce que je n'y crois guère.

— Moi non plus. Parce que Héloïse a terriblement évolué. Erika ne pourrait pas soutenir la comparaison avec Suzanne, qui était si habile.

— Habile ? »

Je lui ai raconté l'épisode des grandes manœuvres, comme dit Claire. Elle a apprécié en connaisseuse, puis a dit : « Erika ne saura jamais faire ça. Même moi, qui suis convaincue que c'est la méthode, la seule, je ne sais pas si je le ferais bien. Et vous, vous sauriez ?

— Hélas, c'est peu probable. Même en prenant des leçons à la source, c'est-à-dire chez Claire, je ne parviens pas à passer aux travaux pratiques.

— C'est toujours la bagarre, avec votre... comment dit Erika, déjà... parasite ?

— Oui, parasite. Au lieu d'être content de ce qu'il a obtenu, il me fait des tas de reproches : je refuse d'utiliser son nom, je le traite avec mépris, c'est moi qui décide tout et qui mène tout le monde à la baguette, je crois qu'avec le fric on achète tout, etc.

— Pour le fric, il a du culot, mais et le reste ?

— Oh, c'est vrai, mais pourquoi pas ? Il le savait en m'épousant. S'il veut le beurre, l'argent du beurre, et le cul de la laitière, c'est-à-dire mes sous, un boulot pas cassant chez Tauberg, et en plus de la gentillesse et de la soumission, il n'a pas frappé à la bonne porte. Et maintenant il fait la grève du plumard. La seule chose qu'il faisait bien. Alors ça ne m'arrange pas le caractère, c'est sûr ; je suis une mal baisée et je me conduis comme telle.

— Vous n'auriez pas dû l'épouser.

— Sûr. On s'est laissé intimider, même Vati. Nous avons eu

265

peur d'un chantage sur l'épisode d'Erika et de son pistolet. Mais il n'aurait même pas osé, je le connais. Et puis même ? Il n'aurait pas eu plus de droits sur Wolfgang que maintenant, je pense. Je me suis dit qu'on aurait un bon arrangement, que ce serait un mariage convenable, et voilà le travail. Moi qui ai horreur de me disputer, j'ai installé l'enfer chez moi.

— Eh bien, il faudrait divorcer, je pense. Et ne lui laisser que... redites-moi votre drôle d'expression sur le beurre.

— Le beurre, l'argent du beurre, et le cul de la laitière.

— J'adore les proverbes français ! Il faut ne lui laisser que l'argent du beurre.

— Oui. Il faudra que je me décide. Mais je n'aimerai jamais plus personne !

— Ah ces Tauberg ! Toujours absolus, définitifs. Vous n'avez pas honte, à votre âge ? On croirait entendre Erika.

— Touché. Mais comment ne pas se méfier ? Après tout, c'est aussi ce que vous faites, non ?

— Si, mais je n'ai sûrement pas raison. Ce qui est sûr c'est que plus le temps passe, plus je deviens invivable. Même au plus parfait des princes charmants j'arriverais à trouver des défauts, et je ne passerais pas sur ces défauts. Alors je ne vous souhaite pas d'en arriver là. Bon, je vais rentrer, parce que décidément, elle boude, notre Erika. »

Exit Lise, providence des Tauberg égarés.

Bad-Homburg, le 19 novembre 1971

Ce matin Erika est descendue, très naturelle, et m'a dit : « Bon anniversaire, Manuela. » Je l'ai remerciée, d'autant plus que moi je n'y pensais même plus. Elle m'a dit : « J'ai quand même le sens de la famille, tu vois, et puis un bon agenda. Si tu veux, on fera la noce ce soir. Là il faut que j'aille bosser.

— Un samedi ?

— Oui. Pas le choix. Tu devrais venir avec nous, d'ailleurs. On s'occupe de toute l'implantation informatique : ça t'intéresserait.

266

« — Tu fais ça avec Lise ?

— Le samedi, oui. Elle a exactement les qualités qu'il faut pour ça : un bon sens phénoménal, et la capacité de ne pas s'en laisser conter par les spécialistes. Sans elle, je n'ose imaginer les erreurs que j'aurais laissé faire !

— Oui, j'imagine. Pas tes erreurs, mais son bon sens. Qu'est-ce qu'ils disent, les autres, de l'irrésistible ascension de Lise Schulberg ?

— Ernst est subjugué. Kai-Uwe, quand il vient, fasciné. Vati n'ose pas me demander si je couche avec elle, et les autres...

— Je pense surtout aux autres, ceux qui ne sont pas de la famille.

— Ils lui jettent des peaux de banane, qu'elle contourne avec élégance, ou ils lui font de la lèche, ou les deux. Ça la fait rire. Tu ne veux vraiment pas venir avec nous ?

— Non, je n'y connais rien. Vaut mieux que je reste dans mon secteur.

— Comme tu veux, mais tu as tort. Un jour il faudra t'y mettre.

— Laisse-moi finir mes études. Après on verra.

— D'accord. A ce soir. »

Drôle de fille, Erika. Tantôt complètement professionnelle, efficace, bosseuse, tantôt empêtrée dans sa vie privée chaotique. Aucune allusion à sa réaction d'hier. Je me dis qu'un jour, peut-être, elle conduira ses affaires sentimentales comme le reste. Mais pour le moment elle semble s'être remise au régime viennois, et même pire, parce que ça m'étonnerait qu'une fille parvienne à durer plus d'une semaine, maintenant. Au moindre signe d'attachement ou d'intérêt pour autre chose que le lit, elle fuit. Mieux : elle jette. Et Lise applique le même système, me semble-t-il, avec les hommes. Je me demande si ces derniers apprécient d'être traités comme des Kleenex. Je me demande si je saurais en faire autant. Il est vrai qu'elle me souhaite de ne pas en arriver là.

ANNÉE 1972

Héloïse d'Ennecour
à Claire de Marèges

Paris, le 31 janvier 1972

Ave !

J'ai enfin découvert la pharmacie de mes rêves, ou plutôt j'en ai découvert deux : l'une, que je pourrais acheter tout de suite, se trouve rue Caulaincourt : c'est ton père qui m'a d'ailleurs mise sur cette piste ; l'autre, libre dans deux ans, se trouve rue des Archives. Dans les deux cas, il y avait le pour et le contre, et j'hésitais beaucoup, quand un événement est survenu pour m'obliger à trancher : je suis grosse.

Alors évidemment, étant donné les circonstances, je prends la rue des Archives, et en attendant je continue chez ton père (je lui ai tout dit), et je boucle l'IAE, et dans la foulée je me demande si je ne vais pas reprendre ma maîtrise d'histoire.

Hélas, ma belle-mère est au courant. Comme je pouvais difficilement le cacher à François, comme il est incapable de le cacher à sa mère, la nouvelle a fait le tour de toute sa famille alors que la mienne ne sait encore rien. Agaçant, mais il faut se résigner. De toute façon c'est une femme bien éprouvée par le prochain mariage de Marie-Thérèse que l'expectative de l'heureux événement a consolée. En effet, Marie-Thérèse épouse

269

son divorcé, et ça c'est le scandale, alors qu'en principe sa mère se moque éperdument de ce qu'elle fait. Il y a eu des scènes épiques :

La duchesse : « Mais c'est un divorcé !

Marie-Thérèse : Tout le monde peut se tromper.

La duchesse : Mais il s'appelle Prieur !

Marie-Thérèse : Vous pouvez toujours l'appeler Prieur du Val-de-Marne : il est né à Saint-Mandé.

Moi : Ah bravo, très bon, excellent !

La duchesse : Je ne vois pas ce qu'il y a de drôle.

Moi : C'est un nom de conventionnel.

La duchesse : Vraiment ? »

Et en plus, elle est inculte !

Comme tu as de la chance d'avoir la belle-mère que tu as ! Moi, je m'entends bien avec Bonne-Maman. Elle me raconte sa vie parisienne, ses soirées chez sa compatriote Natalie Barney entre autres, et quand on connaît Barney, on peut se poser des questions sur ce qu'elle a vu là-bas, et cela montre, au minimum, sa tolérance.

Bonne-Maman, donc, ne désapprouve pas le mariage Prieur, au contraire. Elle nargue sa bru en améliorant l'installation de Marie-Thérèse dans l'hôtel. Je soupçonne d'ailleurs qu'il faudra une installation non pas pour deux personnes, mais pour trois, car ma petite camarade de lycée me paraît « un petit peu enceinte ». Tout ça est bien amusant.

Troisième grande nouvelle : Manuela divorce. Il y a eu une bagarre un peu plus décisive que les autres, où Jean-Michel lui a fait les reproches habituels : « Tu veux tout régenter, tu refuses de porter mon nom, tu crois qu'on peut tout acheter. » Et elle, sur une impulsion : « Précisément. Tu veux combien pour filer d'ici ? » Là, sans répondre à sa question, il a tout déballé : famille de fous, des autocrates, de vrais boches (sic), et la sœur : une gouine (resic) et une cinglée. Et ses amies, n'en parlons pas : la duchesse d'Ennecour (c'est moi), elle couche avec tout ce qui porte un jupon, avec toi certainement...

Interruption de Manuela : « Je devrais bien le faire, tiens, parce que avec toi ça n'arrive pas souvent. » Et c'est reparti : Wolfgang qui parle mieux l'allemand que le français...

Manuela : « Si tu lui parlais de temps en temps, il apprendrait le français. Tu n'es jamais là, il ne te voit jamais. D'ailleurs y a rien à voir. Alors combien veux-tu ?

Jean-Michel : C'est pas la question.

Manuela : Mais si. Tu dois bien être capable d'évaluer le prix des coups que tu as tirés, non ? »

Je résume, je résume : ça a duré longtemps et ce n'est pas très drôle. Finalement il est allé faire évaluer son pretium doloris par un avocat, et moi j'ai envoyé Manuela chez ma tante Huguette, à Breteuil, ce qui fait que si tu la rencontres (Manuela) tu ne seras pas étonnée.

C'est drôle : on imagine mal Manuela se déchaînant ainsi, mais il n'est pas inexact, et c'est elle qui le reconnaît, qu'elle lui a mené la vie dure. Au fond c'est la déception qu'elle a éprouvée de se voir recherchée pour son argent qui l'a durcie. Tu dois te souvenir qu'elle n'était déjà pas très sûre d'elle quand nous l'avons connue, et cette expérience n'a rien arrangé. Mais quels que soient les torts de Manuela, certaines injures sont inadmissibles. Passe encore qu'il nous traite, Erika et moi, de gouines : l'expression est vulgaire, mais de la chose elle-même je n'ai pas honte, sauf que je n'aimerais pas que ces propos arrivassent aux oreilles d'un d'Ennecour. Mais boche me déplaît souverainement. Pourquoi pas nazi ? On comprend que cela ait fait à Manuela l'effet du chiffon rouge sur le taureau. Sale type !

J'ai appris à cette occasion qu'elle l'avait épousé en grande partie par peur qu'il ne parlât de sa sœur et de moi. Cela m'a émue profondément, mais je pense que c'était une erreur. Qu'il ait parlé il y a deux ans ou qu'il parle maintenant, je crois qu'il faut affronter ce genre de risque. Et je le dis d'autant plus fermement que c'est maintenant que le danger, pour moi, est grand. Tant pis : nos actes nous suivent.

Tels sont les derniers événements. Tu peux annoncer à Hécube, Hélène et Héraclès qu'ils vont avoir un cousin

271

(souhait de François), ou une cousine (mon souhait), c'est dans le domaine public. Mais ne dis rien à Maman : je lui téléphonerai moi-même.

Vale.

Claire de Marèges
à Héloïse d'Ennecour

Paris, le 2 février 1972

χαῖρε.

J'ai annoncé l'heureux événement, ou l'expectative comme tu dis, à Victor, qui a dit : « On aura tout vu ! » Toi qui n'es pas tenue par la contrainte de la lettre H, comment vas-tu l'appeler ? Si tu y as pensé, bien sûr. J'espère que ça ira bien. Moi, à chaque fois c'était le rêve, mais je suis contente de m'arrêter quelques années : ils sont vraiment petits, surtout le cadeau fiscal à qui il manquait quinze jours de gestation, et même si je suis bien aidée, c'est dur. Je suppose que ta mère t'expédiera une Danoise de son réseau. Enfin quand même, j'ai du mal à t'imaginer... Tu n'as pas la tête de l'emploi.

Pour Manuela, j'étais au courant, parce que je l'ai vue sortir de chez ta tante, et je ne voyais pas ce qu'elle pouvait faire chez un avocat, sauf divorcer. Elle m'a servi une version plus édulcorée des événements, mais d'où il ressortait quand même qu'on avait insulté sa famille et ses amies, et qu'elle était prête à supporter qu'on l'injuriât, elle, mais pas sa famille, pas ses amies. Il serait piquant qu'elle lui versât une pension. Elle a l'air prête à casquer pour qu'il se taise. Mais dans quel monde vivons-nous ?

Ainsi donc, Prieur a divorcé ? Tu vois bien que cela se produit, parfois. On doutait de sa sincérité, mais finalement tout arrive. J'imagine que Marie-Thérèse doit être bien contente, et pour deux raisons : elle a son homme et elle provoque sa mère !

Je te laisse, parce que je travaille énormément pour le concours, et que je devrai encore travailler énormément après, et que je commence à en avoir marre, et que je suis crevée. Non, ce n'est pas la dépression du post partum, c'est l'accumulation d'années de labeur en tout genre. Ah là là, les pères de l'Eglise avaient raison : Tota mulier in utero. Tu verras.

Vale atque salve.

Héloïse d'Ennecour
à Claire de Marèges

Paris, le 30 avril 1972

Ave !

Tu m'écrivais, il n'y a guère, tota mulier in utero. Eh bien nous sommes en plein dedans. Ce gosse, que jusqu'à présent je tolérais sans le moindre problème, menace de s'en aller. Et c'est bien embêtant, parce que j'ai tout le monde sur le dos, et j'ai envie de leur dire de me laisser tranquille et, à la limite, de le laisser filer s'il le veut. Peut-être a-t-il ses raisons. Mais on m'objecte que les enfants mal formés s'en vont bien avant, et puis d'ailleurs ça m'ennuierait d'avoir tenu quatre mois et demi et d'échouer à la moitié du but. Je suis vraiment très, très, très embêtée, je ne te le cache pas, même si je joue la désinvolture.

Tout ceci produit des effets secondaires navrants. François, qui se fait du souci pour son futur fils (depuis le début il refuse d'admettre que ce pourrait être une fille), a recommencé à se droguer. Je t'avais dit qu'il m'avait promis d'arrêter tous ces abominables tranquillisants que sa mère et des médecins scandaleusement laxistes l'ont habitué à prendre. Et il avait arrêté, et il ne s'en portait pas plus mal, au contraire. Mais

273

maintenant c'est reparti, et je me fais réprimander par Madame Mère parce que je refuse de fournir la marchandise. Tu te rends compte ? Ce qu'elle a fait de lui ? Un garçon parfaitement sain qui ne supporte pas la plus petite contrariété sans avaler un Valium ou un Tranxène, comme si ces produits étaient faits pour soigner le mal-être des enfants gâtés ?

En attendant, moi j'avale tout ce qu'il faut et je reste couchée. J'espère que ça va s'arranger. Viens me voir : il n'y a que Marie-Thérèse qui vient me distraire. Elle affiche une bonne santé insolente, non pas pour me narguer, mais parce que sa mère préférerait bien qu'elle avortât à ma place. Et heureusement que je l'ai, car pour le moral elle est exactement ce qu'il me faut, et la seule qui parvienne à me faire rire.

A bientôt, et vale.

Anne de Marèges
à Claire de Marèges

Copenhague, le 10 juin 1972

Ma petite Claire,
Je ne t'ai pas assez remerciée, à Paris, de m'avoir appelée au secours quand Héloïse a failli perdre son bébé. Le fait en lui-même n'aurait pas été trop grave, s'il n'y avait pas eu l'attitude de sa belle-mère, qui ne contribuait pas à arranger les choses. D'après ce que m'a dit Héloïse, elle l'accusait de ne pas avoir pris assez de précautions. Je lui ai dit : « Tu exagères ! Elle ne peut pas avoir dit ça.

— Mais si, elle l'a dit. Et moi il me semble que j'ai vécu normalement, non ? Elle m'a demandé aussi si des choses pareilles étaient arrivées dans ma famille. »

J'ai failli rire, un rire mêlé d'indignation, mais ce n'était pas le moment. La petite n'était absolument pas en état de voir de côté humoristique de la situation. Je lui ai dit : « Tu sais bien que j'ai failli perdre ton frère aîné un nombre incalculable de fois. Et finalement il est assez réussi, avoue-le.

— Mais vous sortiez d'un camp de concentration. Ce n'est pas pareil.

— On l'a dit, mais ça reste à démontrer. C'est peut-être aussi parce qu'il était le premier. Tu dois savoir que ça arrive assez souvent. Et les quatre autres étaient fort bien accrochés, crois-moi. J'espère que tu n'as pas avoué ma première défaillance à ta belle-mère ?

— Ah non alors ! Si elle veut enquêter je ne vais pas l'aider ! »

Il est certain, en tout cas, qu'elle doutait d'elle et voyait les choses en noir. Je me suis employée à lui remonter le moral, mais ce n'est que quand elle a eu la permission de retourner travailler qu'elle a retrouvé le sourire. Et j'ai l'impression que ce n'est pas le même sourire qu'autrefois. Son humour, sa capacité de se moquer d'elle-même, ont disparu avec Suzanne.

Quant à François ? Mystère. Ils ont l'air de bien s'entendre, mais ils sont tous les deux tellement secrets, alors va savoir ! Le fait qu'il veuille si nettement un garçon m'agace au plus haut point, tu me connais, mais je suppose qu'il subit fortement l'influence de sa mère, qui ne pense qu'à sa dynastie. On n'est pas près de voir la fin de tels comportements. « Moi je m'en fiche, a dit Héloïse. Un garçon d'abord, pour leur faire plaisir, et ensuite plein de filles pour moi, et ce sera parfait.

— Plein de filles ? Toi ? Tu veux faire comme Claire ? »

Elle a soupiré. « Non... décidément je n'ai pas la vocation. »

Sur ce point, au moins, elle n'a pas beaucoup changé.

Je t'embrasse.

Paris, le 4 septembre 1972

J'étais encore à Tauberg, quand j'ai appris, à la fois par ce bon vieux *Figaro* et par le passage chez nous de Claire, de Victor et d'Hippolyte, la naissance, à Copenhague, d'Anne de Chaillant d'Ennecour, et à Paris, de Camille Prieur. Claire était morte de rire : « Tu te rends compte, c'est ça ce fameux prénom sur lequel ils étaient d'accord : Anne pour un garçon. Et Marie-Thérèse qui donne aussi dans l'ambiguïté... elles ont dû se donner le mot. Ma belle-mère trouve ça dur à porter, mais mon beau-père est ravi. Il nous a chanté la gloire d'Anne de Montmorency et d'Anne de Joyeuse. Et puis cette naissance hors de France leur a permis d'échapper aux remarques des employés de mairie. La prochaine fois, j'y penserai. Evidemment, Héloïse ne l'a pas fait exprès. Ils s'apprêtaient à reprendre le train pour Paris, et tout à coup... En deux heures tout était consommé. Et le bébé est en pleine forme, bien que son hypocondriaque de père le traite comme un prématuré.

— Ça ne m'étonne pas de lui. Mais il ne va pas s'amuser à l'école maternelle, le pauvre petit. Il est vrai qu'Hécube et Héraclès non plus.

— Et ton Wolfgang, alors ? Tu comptes l'envoyer en Allemagne pour qu'il passe inaperçu ?

— C'est vrai. Et encore, il l'a échappé belle : au début je voulais Siegfried ou Sieglinde. Remarque, peut-être qu'on s'installera en Allemagne un jour. Vati souhaite qu'Erika revienne en France, mais elle hésite. Pour le moment elle fait la navette. Nous pensons que notre père n'en a plus pour très longtemps.

— Oh, je suis désolée...

— Tu sais, il est vieux finalement. J'ai toujours été la fille qui avait le père le plus vieux, quand nous en parlions au lycée. Maman a vingt-cinq ans de moins que lui. Et ça a été un bon mariage. Seulement maintenant il refuse d'arrêter de travailler, et dans un sens il a raison. Ça le tuerait plus vite, je crois. Il a les coronaires foutues. J'espère qu'il mourra d'un coup. »

Ils sont repartis ce matin pour la France, où Claire doit retrouver ses enfants et commencer son stage à la préfecture de Versailles. Pour les enfants son mari l'aide énormément, mais quand même, c'est une vie de fou. Néanmoins, elle a l'air beaucoup moins fatiguée qu'il y a quelques mois, et de quel droit la critiquer ? Si nous ne nous défonçons pas un peu à notre âge, quand le ferons-nous ?

Journal d'Erika von Tauberg

Bad-Homburg, le 6 septembre 1972

Depuis que j'ai manifesté ma désapprobation du mariage d'Héloïse, on ne me parle plus de rien, et comment leur en vouloir ? Manuela n'a certainement pas envie que je l'envoie promener, et Lise pense, manifestement, que c'est mon problème. Il n'empêche qu'elle a vu le faire-part, comme moi, et qu'elle m'a dit : « Ça va ? » J'ai répondu : « Très bien. » Je crains que le ton n'ait été, encore une fois, très sec.

Aucune des deux ne peut comprendre ma répugnance quand je pense à ce corps qui d'abord a été possédé, puis a été abîmé. Il faudrait pouvoir n'y plus penser, et c'est ce que je fais, la plupart du temps, mais quand je ne dors pas, j'imagine, j'évoque, et c'est hélas assez précis.

C'est étrange, car je ne déteste pas les hommes : ils ne m'ont rien fait, je ne les désire pas, et il y a parmi eux une proportion raisonnable de gens très bien. Lise les déteste, au fond, et quoiqu'elle dise que non. Moi ça m'est égal, au point que si certaines de mes amies avaient eu des amants ou des maris, je m'en fichais éperdument. Mais dans le cas d'Héloïse, je ne supporte pas, je suis écœurée. Qu'elle aime ça ou qu'elle n'aime pas ça, c'est pareil, d'ailleurs je suppose qu'elle aime, sinon pourquoi ?

Il faut que je me déprenne de ce corps, que mon dégoût serve au moins à ça, mais pas moyen pour le moment. Cinq ans ont passé, et j'ai toujours les mêmes souvenirs, toujours aussi précis. Je connais d'elle le moindre centimètre carré de peau, odeur comprise. Foutue mémoire ! J'aurais dû m'entraîner à l'amnésie ; au lieu de ça j'ai toujours été fière de la qualité de mes souvenirs, de leur précision, et j'ai cultivé cette faculté.

Et puis la vision des femmes enceintes me répugne. D'accord, ce n'est pas normal, je suis folle, mais il faut bien le dire puisque c'est vrai. Leur simple vue me donne envie de changer de trottoir, et je suis bien obligée d'en côtoyer. Au demeurant c'est une phobie mineure, puisque personne ne s'en doute, et quant à en connaître la cause, quelle importance ? J'ai à peu près évité Manuela à l'époque où elle l'était, et tant qu'on n'aura pas trouvé un autre système pour se reproduire, je devrai me faire une raison.

Si j'avais vu Héloïse dans cet état, j'aurais au moins cessé de la désirer. Manque de chance, quand je l'apprends, c'est terminé, et bien que je tente de me dégoûter en imaginant, ça ne marche pas. Mémoire brillante, mais imagination nulle.

Alors je baise, en me disant que tôt ou tard ça va s'effacer. Que ces corps interchangeables finiront par occulter le seul qui m'obsède. Je cherche des filles qui lui ressemblent, comme si c'était possible, puis des filles qui ne lui ressemblent pas... et de toute façon, ce n'est jamais ça, ce ne sera jamais ça.

ANNÉE 1973

*Héloïse d'Ennecour
à Claire de Marèges*

Vienne, le 3 mars 1973

Ave !

Tu vas être étonnée en recevant cette lettre, ou peut-être pas, après tout, car Maman, à qui je viens de téléphoner, ne l'a pas été tellement. Bon, j'en viens au fait : j'ai quitté François et je ne reviendrai pas. C'est terminé. Maman me dit que c'est une erreur d'avoir quitté le domicile conjugal, et qu'il faut que je prenne contact avec ma tante Huguette pour réparer, si possible, cette faute ; mais je ne vois pas très bien ce que j'aurais pu faire d'autre. De toute façon il l'avait quitté avant moi, ce domicile : il était, tu l'as deviné, chez sa mère quand je suis partie avec mon bébé sous le bras.

Je vais revenir au point de départ, au moment où ça s'est dégradé, en somme, bien qu'on ne puisse jamais dater avec précision. Quand nous nous sommes mariés, tout allait très bien, vraiment tout. Il m'aimait, cherchait à me faire plaisir, et il y parvenait. Moi je l'aimais vraiment beaucoup. Sa vulnéra-bilité m'émouvait, sa faiblesse me semblait de la douceur, et je pensais qu'avec le temps il évoluerait dans le bon sens. Cela avait commencé, puisqu'il n'était plus sous la coupe de sa mère

279

et qu'il avait arrêté ses médicaments. Nous avions passé un accord privé : il ne se droguait plus et je lui donnais un fils, ou du moins j'essayais. En outre cela marchait assez bien au lit, ce qu'on peut considérer comme une chance inespérée. Il ne s'est jamais douté de mon passé. J'ai joué le jeu, je l'ai joué honnêtement, j'ai accompli ma part du contrat.

Cela s'est dégradé quand j'ai failli perdre le bébé. Sa mère a recommencé à avoir de l'influence, et lui a recommencé à se droguer. On s'est disputé. Pourtant ce n'était jamais moi qui commençais, mais il m'accusait d'un tas de choses injustes et stupides, y compris de ne pas pouvoir vivre sans ma mère, parce qu'elle était venue passer un mois avec moi. Une telle mauvaise foi me laissait muette de fureur, mais je pensais que ça se calmerait s'il avait un fils, et puis Marie-Thérèse me disait qu'il avait toujours été comme ça. Il se disputait avec sa mère, quand il était adolescent, et il lui disait qu'il allait se suicider si ça continuait, et elle, au lieu de prendre ce chantage pour ce qu'il était, l'a emmené chez les psys, et c'est là que l'habitude des médicaments s'est installée, et naturellement, il a continué ses chantages. Avec moi chaque dispute se terminait aussi comme ça : il partait en claquant la porte et en hurlant qu'il allait se tuer. Il m'est arrivé de souhaiter qu'il le fît.

Après la naissance d'Anne, paradoxalement, cela a été pire. Comme je ne comprenais pas pourquoi, j'en ai parlé à sa sœur, qui se doutait bien que ça n'allait pas, mais à qui je n'avais jusqu'alors rien dit, ou peu de chose. Car si François racontait nos disputes à sa mère, moi je me suis toujours tue. Tu peux en témoigner. Mais Marie-Thérèse habite en face, et elle me regardait avec l'air de deviner qu'il y avait un problème. Son diagnostic n'est pas mauvais : elle pense qu'il est jaloux qu'il y ait dans la maison un autre bébé que lui. Il paraît que ces choses-là existent, de façon généralement légère et surmontable. Mais François est immature. Sa jalousie est pathologique. J'ai eu droit aux querelles quotidiennes et contradictoires : si je laisse Sigrid s'occuper seule d'Anne, je suis une mauvaise mère ; si je le fais moi-même, je le pourris. Si Anne a un truc qui ne tourne pas rond, les dents ou n'importe quoi comme ils ont tous, François tombe malade et ne va pas à la fac, et moi j'ai deux bébés à soigner. D'ailleurs si François a loupé ses examens et redouble, c'est de ma faute, puisque je ne suis même pas capable d'être enceinte normalement. Et c'est logique : je ne suis pas féminine. C'est pour ça que j'ai rejeté ce bébé, c'est dans la tête. Je ne me maquille jamais (avant il aimait ça), je ne porte que des talons plats, je ne pense qu'à mon travail, je bouquine sans arrêt, et je joue du piano une heure par jour au lieu de m'occuper de lui. D'ailleurs, la preuve que je ne suis pas féminine, c'est que personne n'a voulu de moi avant lui. De nos jours ce n'est pas normal d'être vierge à vingt-deux ans.

Je sais bien qu'en lisant ça, tu vas me dire qu'il fallait partir plus tôt, que ce type débloque complètement. Oui, mais tu ne sais pas le poids de ces reproches continuels : on doute, on se dit : « Et s'il avait raison ? » Il ne sait pas tout. S'il savait ce que cachait ma virginité, toute matérielle, cela conforterait son analyse.

Le soir où je suis partie, la journée avait été infernale dès le début. Anne pleurnichait depuis le milieu de la nuit parce qu'il avait mal aux gencives, et que pouvais-je faire, sinon lui donner des trucs durs à mâchouiller et lui expliquer que c'était la vie, et que jusqu'aux dents de sagesse incluses il allait souffrir, pauvre petit garçon, et qu'il fallait qu'il s'habituât. Il n'a que six mois, mais je lui parle en français, et non pas en langage bébé. Cela m'est reproché. Dire « areuh, areuh, l'a bobo le bébé », c'est féminin.

Donc Anne pleurnichait, et François n'était pas à la fac, et j'étais crevée. La querelle a commencé quand François a suggéré de lui donner du Théralène. Mon sang n'a fait qu'un tour, et j'ai dit que le fils ne serait pas drogué comme le père. Et c'est parti : accusations, critiques, menaces. Une sorte de routine, hélas ! Je lui ai dit de s'en aller. Il est parti, non pas à la fac mais chez sa mère, comme d'habitude. Je suis allée à la pharmacie, et heureusement que je descends au terminus du

67, parce que je dormais aux trois quarts dans le bus. Là-bas, j'ai reçu un coup de téléphone de Madame Mère qui s'imagine toujours qu'au boulot je suis disponible pour tout écouter, et elle m'a accusée de déstabiliser son fils. Ton frère Yves, qui était là et qui entendait pratiquement tout, car elle a un soprano braillard qui transperce l'ébonite, me regardait avec consternation. Quand j'ai réussi à raccrocher, il m'a emmenée au bistro de la rue Henri-Monnier et m'a suggéré de rentrer chez moi pour faire une sieste, puis de sortir le soir avec lui et quelques copains de la fac de pharmacie, pour me changer les idées. Ce n'est pas la première fois qu'il est témoin des manifestations de Madame Mère. Lui et ton père sont, par la force des choses, informés de mes ennuis. Mais c'est la première fois que j'en parlais.

J'ai pensé que ton petit frère avait une excellente idée, et je suis rentrée. Sigrid travaillait son piano, Anne dormait, sans Théralène, mais avec l'aide de la *Berceuse* de Chopin, seul somnifère que je tolère pour lui. Pour moi, j'ai demandé à Sigrid la *Fantaisie en ré mineur* de Mozart, et j'ai dormi jusqu'à cinq heures. A mon réveil, j'étais découragée, mais en forme. Je me suis longuement contemplée en me demandant ce qui n'allait pas chez moi, puis j'ai conclu qu'au moins les apparences étaient belles, et que mon 92-59-90 me donnait l'air plutôt plus féminine que la mode ne l'exige depuis quelques années. J'ai enfilé un chemisier assez fin, sans soutien-gorge, bénissant la maternité qui a foncé la pointe de mes seins et les rend donc plus visibles en transparence, j'ai mis une jupe portefeuille modèle oral d'examen (tu la connais : c'est la Cacharel marine qui fait pensionnaire, mais qui s'ouvre quand on croise les jambes). J'ai ajouté à ça des collants blancs à chevrons réservés aux jambes parfaites, et des mocassins Weston bien cirés. Bref, je me suis trouvée extrêmement séduisante. J'ai estimé, comme d'habitude, que le maquillage c'était bon pour les vilaines peaux et les petits yeux porcins, mais mauvais pour moi ; j'ai laissé mes cheveux comme ils sont, dans le dos, en prenant soin de faire passer les plus blancs à la surface. Un loden autrichien là-dessus, et c'était parfait : je n'étais plus une mère de famille accablée. J'ai également laissé la chevalière ovale des d'Ennecour, si féminine, et récupéré ma chevalière Marèges à coins carrés, dont on me reproche la virilité. Et voilà, l'heure de la révolte avait sonné. J'ai retrouvé ton frère et ses amis dans ce café près de l'Observatoire où nous avions rendez-vous, et comme ma décision de me libérer, que je ne m'étais même pas formulée, devait être visible, j'ai fini par me retrouver isolée avec un certain Frédéric Laruelle, un garçon superbe dans le genre de Victor : brun, des yeux bleus clairs, une mâchoire élégante comme je les aime. Il m'a emmenée chez lui. Là, j'étais au pied du mur (ou du lit), avec un garçon dont j'étais très probablement l'aînée, mais qui avait l'avantage d'être exactement le contraire de François, et que je semblais fasciner.

Je le fascinais si bien qu'il m'a ratée, expédiant en trente secondes ce qui m'aurait satisfaite si cela avait duré seulement six ou sept minutes, temps qui en principe me suffit. Mais il s'est rattrapé en me disant exactement ce que je voulais entendre : « Je suis désolé, mais tu es si belle que... » Mon ego a repris du poil de la bête, et j'ai quitté ce charmant jeune homme en lui disant qu'on ferait mieux la prochaine fois. Je suis rentrée à pied, heureuse, comblée, satisfaite. En traversant le parvis de Notre-Dame, je me suis surprise à chanter cet air très gai de *Don Giovanni*, tu sais, celui où il dit : « Se trovi in piazza qualche ragazza [1]... » Tu te souviens, je le chantais souvent, autrefois, en sortant du lycée ou de la fac pour courir à mes rendez-vous. Depuis combien de temps ne m'étais-je pas sentie aussi légère ?

Mais il était minuit et demi et François n'était toujours pas rentré. Alors j'ai réfléchi, et malgré l'heure tardive j'ai téléphoné à Pilar qui ne dort jamais avant deux ou trois heures. Je lui ai fait un petit résumé, et elle m'a dit : « Quitte ce fou et viens me voir. » J'ai encore réfléchi, puis j'ai cherché dans le

---

1. « Si tu trouves sur la place quelque fille... »

Chaix, j'ai trouvé un bon train partant à l'aube, et je suis allée contempler Anne en me demandant ce que j'allais faire de lui. D'un côté, je le prendrais volontiers en grippe, à cause de sa ressemblance avec son père. D'un autre côté, c'est quand même mon petit garçon, et sans moi ce n'est pas un peu de Théralène dans son lait qu'il aurait, mais un peu de lait dans son Théralène. Je ne peux pas laisser faire ça. J'ai donc fait nos bagages à tous les deux, sans oublier l'écharpe en cachemire rouge de Suzanne ; j'ai donné à Tibert le chat un peu d'anguille fumée ; j'ai laissé un message à Sigrid, un autre à Marie-Thérèse, sans leur dire où j'allais. Ensuite j'ai attrapé Anne en lui disant : « Réveillez-vous, marquis de Chaillant : nous émigrons. Non pas à Coblence, mais à Vienne. » Il l'a pris avec bonne humeur, ce qui m'a fait conclure que sa dent était sortie, et en effet.

Voilà comment j'ai quitté le domicile conjugal. Et moi qui ai toujours proclamé que je n'aimais ni les enfants, ni les animaux, ni les malades, j'ai laissé le malade (imaginaire) et le chat, mais j'ai quand même pris l'enfant.

Pilar n'a pas été surprise de me voir débarquer en cet équipage. Elle s'est emparée de mon petit garçon, qu'elle a installé avec le sien à peu près du même âge. Ensuite j'ai téléphoné à mes parents et à ton père, à la pharmacie : c'était le plus urgent, mais maintenant il va falloir s'occuper des formalités et appeler ma tante. Je ne me fais pas trop de soucis pour la garde du bébé, car il est si petit que je ne vois pas comment on pourrait le confier à quelqu'un d'autre, surtout à un étudiant comme son père. Et puis j'ai des arguments : le Théralène entre autres. Pour le reste, ça m'est égal : c'est moi qui nous faisais vivre. Il n'aura pas le front de me réclamer une pension, j'imagine ? Je n'ai pas, et tant mieux, la fortune inépuisable des Tauberg. Je compte rester ici le plus longtemps possible, le temps de mettre en route correctement la procédure.

Ecris-moi vite et raconte-moi ce qui se passe à Paris.
Vale.

Claire de Marèges
à Héloïse d'Ennecour

Paris, le 7 mars 1973

Ave !

Eh bien on peut dire que ta fuite a fait du bruit dans Landerneau. François et Madame Mère te cherchent partout, d'abord à Paris, puis assez logiquement à Copenhague. François s'est même jeté dans un avion de la SAS et s'est précipité chez tes parents pour dire « Rendez-moi ma femme. » Seulement il s'y est mal pris. Je ne sais pas s'il aurait eu des chances en manifestant du chagrin, car ta mère ne l'apprécie guère, mais de toute façon il a préféré menacer et tempêter. Ton père l'a donc traité avec hauteur, très ambassadeur tout à coup, et quand, téléguidé sans doute par Madame Mère, il a juré de t'arracher Anne, son Excellence lui a conseillé d'essayer : il verrait le résultat. Bref, c'est la guerre. Je suppose que ta mère t'a raconté tout cela.

J'ai vu aussi Marie-Thérèse, qui m'a fait ce commentaire : « Moi je serais partie depuis longtemps. Ça ne pouvait pas s'arranger. »

Je suppose que tu devais être dans un drôle d'état, malgré tout, pour avoir songé à abandonner ce pauvre petit garçon. Je me souviens d'un soir, il n'y a pas si longtemps, où j'ai complètement craqué. Hécube était enrhumée et abominablement grognon, Héraclès avait hurlé toute la journée, sans parler de la nuit précédente, Hélène, Dieu merci, ne mouftait pas. Ma fille au pair était à ses cours, et moi je tentais d'apprendre du droit administratif, ce qui est mortel. Si bien que quand Victor est rentré, je me suis précipitée dehors en lui disant : « Je fous le camp avant de les tuer, débrouille-toi. » J'ai marché à grande vitesse le long des avenues, et je me suis retrouvée, à peu près calmée, du côté de l'hôpital Necker. Quand je suis rentrée, j'ai trouvé Victor fou d'angoisse et les mômes calmes et paisibles. Parfois je me dis que si j'avais eu

285

sous la main ce Théralène qui t'obsède, je l'aurais fait avaler de force avec un entonnoir à Héraclès, et j'aurais assommé Hécube avec la bouteille vide. Ce fantasme fait beaucoup de bien, sur le moment. En tout cas, Victor m'a consolée, a plaisanté, m'a suggéré de les mettre à l'Assistance ou de les vendre, voire d'exposer simplement le petit Héraclès devant l'immeuble, avec de beaux langes, puisqu'il y a, avenue de Breteuil, le précédent du petit Rémi de *Sans Famille*. Et c'est ça qui fait la différence entre un bon mari comme Victor, ou comme nos pères, et un gamin névrosé comme François.

C'est pourquoi je te comprends. Car si Madame Mère t'accuse de déstabiliser son chéri, et ce langage psy est déjà tout un programme, elle ferait mieux de balayer devant sa porte. Qui déstabilise l'autre en lui disant qu'une vraie femme se peinturlure et se perche sur des échasses ? Mais ça n'a pas de sens ! Te vois-tu essayant de ressembler à sa mère à lui ? Soyons sérieux ! Je suppose que tu lui as opposé ta fameuse technique : la règle de vie que nous avait donnée Suzanne : « Ne jamais se disculper, ne jamais juger. »

Yves m'a dit que Madame Mère téléphonait sans arrêt quand tu étais à la pharmacie. Il trouve que tu as fait preuve d'une sainte patience. Il ne m'a rien dit de la soirée que vous avez passée ensemble le soir fatal, par discrétion je pense, car il a dû te voir filer avec le beau Laruelle (je l'ai déjà vu, ce garçon. Je pense qu'il a deux ou trois ans de moins que nous. Et la beauté de ses mâchoires m'a, je l'avoue, échappé` Il faut dire aussi qu'Yves ne cesse de dire à nos parents que sans toi il n'aurait jamais réussi à passer le cap de la première année, car tu l'as aidé à combler toutes les lacunes qu'il avait accumulées au cours d'études secondaires navrantes. Comment as-tu fait ? Nous avions tout essayé, cependant.

Bon, je vais te laisser pour le moment. Tiens-moi au courant. Je te dirai ce qui se passe ici. Je te joins une lettre de ta future ex-belle-sœur.

Vale.

Marie-Thérèse Prieur
à Héloïse d'Ennecour

Paris, le 7 mars 1973

Quel choc de trouver ton petit mot glissé sous ma porte ! Mais au fond, ce n'est pas vraiment une surprise, car je me rendais bien compte que François ne se conduisait pas comme il avait promis de le faire. Peut-être aurais-je dû te faire part de mes doutes, mais tu avais l'air si décidée, et il avait changé. Dommage que cela n'ait pas duré. Dans la lutte d'influence avec Maman, tu n'as pas gagné. Je le regrette, mais ce n'est pas de ta faute. La partie était rude.

Maintenant elle est déchaînée et crie partout que tu es une traînée (si, je te jure, ça se dit encore). François c'est plus contrasté : un jour il pleure qu'il t'aime, le lendemain il crie qu'il te hait. Elle veut qu'il divorce et demande la garde d'Anne, lui ne veut pas divorcer. Cela peut être ennuyeux pour toi, puisque tu es décidée à en finir, d'après ce que m'a dit Claire, mais en fin de compte il fera ce que veut sa mère. Et je ne vois pas comment il obtiendrait la garde.

En attendant, il ne remet pas les pieds rue Pavée. Il est à Neuilly en permanence. J'ai recueilli Sigrid et Tibert : ils vont très bien, ne t'inquiète pas.

Je ne veux pas savoir où tu es, c'est plus simple. C'est ce que j'ai dit à Claire. Mais tu me connais : je ne peux pas m'empêcher de chercher. Et je sèche. Tant mieux Comme ça ils ne trouveront pas non plus.

Tout le monde t'embrasse : Alain, Camille, Sigrid, moi, et même Tibert.

287

Vienne, le 13 mars 1973

Ave !

Oui, j'essaie toujours d'appliquer la règle de vie de Suzanne, et, comme je suis loin d'y parvenir toujours, je vois de plus en plus clairement combien c'est difficile et combien elle avait raison de mettre les choses dans cet ordre. Ne pas juger, c'est encore le plus facile : question d'entraînement, comme l'application des impératifs kantiens. Mais ne pas se justifier, c'est dur. Parfois on se justifie en croyant simplement expliquer. J'ai dit une fois à François, qui m'attaquait un jour que je revenais de chez Weston : « Vois-tu, j'ai une particularité tout à fait exceptionnelle, pour une femme : je mets des chaussures pour marcher. » C'était déjà trop. J'aurais dû me taire. J'ai essayé aussi d'éviter, dans nos disputes, le fameux : « Ben et toi tu peux parler », quand il me critiquait. C'est aussi une règle de Suzanne, ça, mais je ne sais pas si elle te l'a apprise : passé six ans, on ne doit plus user d'arguments du type « celui qui l' dit il l'est ». Résultat, quand il m'a accusée d'être dépendante de ma mère, je l'ai fermée : furieuse, mais assez satisfaite au fond de ma supériorité morale.

Ici, à Vienne, j'ai l'impression de revivre. Pas seulement parce que c'est la ville de mon enfance, mais parce qu'il vient de se passer des choses fort intéressantes. Te souviens-tu (c'était il y a des siècles), quand nous nous racontions nos turpitudes en mettant, en guise de carré blanc (...) ? Eh bien, j'ai des turpitudes à raconter. J'ai vu Melitta Karolyi. Elle est venue chez Pilar voir son bébé : Baltazar-Carlos (te souviens-tu qu'elle est pédiatre ?), et Anne par la même occasion. Mais ce n'est pas à Anne qu'elle s'intéresse, c'est à sa mère. Et la mère d'Anne n'a pas hésité à la suivre, sous l'œil renseigné de Pilar, jusqu'à Grinzing. En fait, dès que je l'ai vue, je me suis sue incapable de résister. Une fois chez elle, elle m'a dit : « Alors, qu'est-ce qu'on fait ? », et elle me souriait très gentiment. J'ai réendossé mon personnage d'amazone, et je lui ai dit : « Montrez-moi votre chambre. » (...) Après, elle m'a dit : « Tu es complètement folle de t'être mariée, tu n'es pas faite pour ça du tout.

— Mais non, ne crois pas ça Ça marchait assez bien.

— Allons donc ! mieux que ça ? », puis (...).

J'ai repris : « Toi aussi tu étais mariée, après tout.

— Oui, mais ça ne marchait bien que dans nos têtes. En bas c'était un désastre.

— Et tu supportais ça ?

— Les événements ont décidé pour moi. Après, j'ai choisi de faire ce que j'avais envie de faire depuis si longtemps.

— Tu avais quel âge, en 56 ?

— Vingt ans. Et je l'aimais. Mais je suppose que ça n'aurait pas pu durer, parce que le lit c'est important, et tôt ou tard on en prend conscience.

— Tu as essayé avec d'autres ?

— Oui. Un désastre. Pourquoi t'es-tu mariée, toi ?

— Je ne sais pas. Chagrin d'amour, probablement.

— Ce n'était pas Erika. Tu m'as dit que tu l'avais quittée, je crois. Il y avait quelqu'un d'autre ?

— Oui. Je l'aimais, et elle est morte. Je me suis sentie perdue et j'ai fait n'importe quoi. Mais ça a assez duré, maintenant. »

Jusque-là, nous devisions gentiment, dans les bras l'une de l'autre. Elle s'est dégagée, m'a regardée gravement, et m'a dit : « Toi aussi, tu as connu ça ? Je comprends pourquoi tu as changé.

— J'ai changé ?

— Oui. On ne se remet jamais de ça. Je ne devrais pas te le dire, mais...

— Je le sais, de toute façon. »

Nous sommes restées silencieuses un moment, puis elle m'a dit : « Enfin, tu t'es mariée, et ça t'a valu ce ravissant petit garçon.

— Oui, si on veut. Moi, tu sais, les gosses... Tu n'en as pas ?

— Ça ne m'intéresse pas vraiment. J'en vois toute la journée, et c'est bien suffisant. Sinon, c'est assez facile à faire : j'ai le mode d'emploi. Au fond j'aurais dû faire gynéco, tiens...

— Ce serait du joli ! tu les sauterais toutes, comme ça (...). »

Après, elle m'a demandé de venir chez elle avec Anne. Je lui ai dit qu'il me fallait retourner à Paris pour régler au mieux mes problèmes juridiques. Finalement elle m'a demandé de lui confier Anne, que je voulais primitivement laisser à Pilar.

J'ai l'impression de revivre : d'abord ce Frédéric, à Paris, puis elle ! En me rhabillant je lui ai dit : « Crois-tu que je suis une vraie femme ? » Elle m'a répondu : « Je ne vois vraiment pas ce qu'il te manque pour en être une. Tu veux que je te le prouve ?

— Une autre fois. J'ai les jambes coupées.

— Moi aussi. Je vais t'appeler un taxi. »

Pilar m'a accueillie en riant : « T'as pas changé. Tu crois que je ne savais pas ce que tu faisais avec la Tauberg ? Tu lui en as fait baver, à celle-là. » Et moi : « Que veux-tu ? Je suis une femme fatale. »

Mais assez ri. Il faut que j'aille à Paris affronter mes problèmes en face. Maman vient me chercher demain et nous y allons ensemble. Je laisse Anne à l'abri chez Melitta jusqu'à ce que le problème de sa garde soit réglé au moins provisoirement ; c'est te dire que je vais faire la navette Paris-Vienne, et que je ne vais pas pouvoir retourner à la pharmacie. J'ai la chance d'avoir de l'argent en Suisse, et aussi un employeur compréhensif, qui m'a dit, il n'y a pas longtemps, qu'il me vouait une reconnaissance éternelle pour Yves. En fait, avec Yves, ma méthode a été simple, mais il fallait y penser : d'abord il a eu la chance de décrocher un bac 69, autant dire pas grand-chose, mais ça lui a redonné confiance. Je lui ai dit qu'il pouvait parfaitement faire pharmacie s'il se défonçait un peu, car à force de lui donner des cours de chimie, avec une patience que ta mère n'avait pas, sans doute parce qu'elle était trop impliquée, j'avais trouvé l'origine du mal. Paul et toi, si

290

brillants, l'aviez passablement complexé, et le départ de Mascara l'avait achevé. Seulement comme vous aviez tous du chagrin, vous n'avez pas compris qu'il déconnait par désespoir. Restait à le convaincre qu'il était capable, à détecter ses lacunes, et à les boucher, et voilà le travail !

A bientôt à Paris, et vale.

La même
à la même

Vienne, le 5 avril 1973

Ave !

Quand j'étais petite fille, à Vienne, mon père nous avait un jour raconté cette histoire, que je te livre ici : C'est dans une école religieuse : le professeur de français demande aux élèves de faire une rédaction brève, dans laquelle il y ait de la religion, de la noblesse, du sentiment maternel, et du mystère. Et une petite fille écrit cette simple phrase : « Mon Dieu, s'écria la duchesse, je suis enceinte et je ne sais même pas de qui ! »

As-tu besoin que je t'explique plus longuement ce qui m'arrive ?

En plus, tu dois t'en souvenir, à l'époque où nous lisions du Berthe Bernage et des auteurs de ce style, nous nous moquions de l'héroïne qui s'apercevait qu'elle était grosse non pas en constatant du retard, méthode somme toute prosaïque, mais en ayant des malaises. Là il y avait deux possibilités : soit l'auteur avait un certain réalisme, et l'héroïne dégueulait, par exemple dans l'écurie du château ou près des pressoirs à raisin, soit l'auteur était plus distingué, et l'héroïne s'évanouissait avec beaucoup de grâce, et tout le monde comprenait, je me demande bien comment d'ailleurs, car dans ce genre de livres l'héroïne s'évanouit sans arrêt de toute façon.

291

Eh bien je peux te dire que quand on a décidé de s'aveugler, on ne remarque pas qu'on est en retard, surtout quand, comme moi, on est en train de changer de vie. A ma décharge, la régularité n'a jamais été mon fort. Quant au reste, aucune écurie et aucun pressoir à raisin n'est venu me chatouiller l'estomac, et mes malaises étaient du genre vertiges le matin, somnolence l'après-midi, mais avec un appétit toujours solide. Et moi qui ne suis pas novice en la matière, j'aurais dû me souvenir que ce sont là mes symptômes à moi. Mais quand Melitta, dont je partage la couche depuis trois bonnes semaines, est devenue indisponible pour la bagatelle et m'a dit : « Au fait, toi c'est pour quand ? », j'ai failli faire comme l'héroïne des petits romans évoqués supra. Elle m'a rattrapée, posée sur un fauteuil, et regardée avec consternation. J'ai compris — nous avons compris — ce qui m'arrivait.

J'étais effondrée. Je voyais toute la procédure remise en cause, alors que c'est à peine commencé. J'ai appelé ma tante, qui m'a dit que cela n'avait aucune importance si j'étais bien décidée, puisque de toute façon j'avais cohabité avec François jusqu'au 1er mars et rompu le lendemain (elle n'imagine pas que je puisse avoir un doute sur le père), et qu'on déciderait de la garde de deux enfants au lieu d'un. Elle m'a simplement demandé si je n'avais pas changé d'avis, ce qu'aux dieux ne plaise, et aussi demandé avec précaution si je voulais le garder, parce que là il faudrait être très prudente et ne pas leur donner des arguments contre mon instinct maternel. Je n'avais pas pensé à cette solution, tant je suis naïve, mais je ne la retiens même pas. Pourquoi le ferais-je, au fond ? Ils seront deux, assez proches par l'âge, et ils seront donc plus forts pour affronter les conflits inévitables avec François et sa mère. Et avec un peu de chance ce sera une fille. Quant au fait que je risque de déposer chez les d'Ennecour un môme qui vient d'ailleurs, non seulement cela m'indiffère totalement, mais même je trouve ça drôle. Ils ont dû en avoir d'autres dans leur arbre généalogique dont ils sont si fiers, et nous aussi d'ailleurs, mais nous c'est différent : nous le savons, car Papa

292

nous a toujours rabattu le caquet en nous disant que des palefreniers avaient, statistiquement, coupé notre sang bleu.

Ma tante m'a aussi parlé de délai de viduité, mais je lui ai dit qu'il était hors de question que je me remariasse, et que je n'avais pas d'amant. Donc tout va bien, la bataille continue.

Mais je suis crevée. Ce qui me console un peu, c'est de savoir pourquoi.

En principe, je viens à Paris dans quinze jours. Je vais prévenir Copenhague de la nouvelle situation.

Vale.

Claire de Marèges
à Héloïse d'Ennecour

Paris, le 8 avril 1973

χαῖρε.

Pour paraphraser à mon tour les romans populaires, je dirai que « les événements se précipitent ». Voilà des nouvelles assez consternantes en effet. Mais tes arguments sont bons : ils seront deux, et ça vaudra mieux.

Ta lettre m'a fait quand même beaucoup rire. Quand je pense qu'à l'époque où ton père te racontait l'histoire de la duchesse enceinte, chez moi on n'en était même pas au pollen et aux abeilles, quand je pense que Victor descend d'un ou de plusieurs palefreniers ! Vous êtes assez spéciaux, dans la famille. Comment les d'Ennecour feraient-ils le poids ? Et ta respectable tante qui te parle d'avortement !

Ta respectable mère, elle, n'est pas ravie de ce qui t'arrive, et on la comprend. Mais quand on sait tout ce que tu lui as fait avaler en quelques années, on s'étonne qu'elle n'ait pas davantage de cheveux blancs.

En plus, mais ce n'est pas un mal, Hippolyte couche avec sa

293

Danoise. Puisse-t-elle lui donner la même éducation que Gunilla à Victor, et la famille de Marèges n'a pas fini de nous étonner.

Vale.

Héloïse d'Ennecour
à Claire de Marèges

Vienne, le 12 avril 1973

Quand j'ai appris la nouvelle, par un coup de fil de Maman, j'ai eu un curieux réflexe. Après avoir raccroché, je suis allée trouver Anne et je lui ai caressé la tête en lui disant : « Bonjour, Monsieur le Duc. » Melitta, qui avait tout compris en m'entendant parler au téléphone, me regardait comme si j'étais folle. J'ai dû l'être, en effet, quelques minutes.

Elle est venue vers moi et m'a dit : « Tu ne te crois pas responsable, j'espère ? » J'ai dit : « Responsable, si, un peu. Coupable non. » Je lui avais raconté plein de choses, le passé d'adolescent suicidaire de François, nos disputes et les menaces par lesquelles elles se terminaient. J'ai dit : « J'ai eu tort de penser que c'était du chantage. Pourtant il me semble que plus on en parle moins on le fait, non ?

— Ah non, c'est tout le contraire ! Ce qui ne veut pas dire que ce n'était pas une forme de chantage. »

J'ai dû la regarder d'un drôle d'air, car elle m'a serrée contre elle, très gentiment, et m'a dit : « Le mot ne te plaît pas ? Je comprends. Techniquement on dit un suicide-appel. Ça te va ?

— Tu veux dire qu'il espérait se rater ?

— Probablement.

— Eh bien c'est encore pire. »

Et je me suis mise à pleurer.

Elle n'a plus rien dit, m'a laissée tremper son pull-over cinq minutes, jusqu'à ce que j'ajoute : « Une autre fille lui aurait mieux convenu.

— Ça c'est évident. Mais d'autres auraient pu aussi être pires pour lui. Si tu cherches une coupable, tu as sa mère, avant toi.

— On accuse toujours les mères.

— Je sais, je sais... alors on ne cherchera pas de coupable, d'accord ?

— Si, il y a des coupables ! On l'a habitué à prendre des médicaments qui n'étaient pas faits pour lui. Parce que de deux choses l'une : ou il faisait des suicides-appels, comme tu dis, parce que sa mère le coinçait dans un avenir qui ne lui convenait pas, et dans ce cas il fallait l'aider à se défendre contre elle, à tenter d'entrer à Saint-Cyr au lieu de faire du droit qui le barbait à un point inimaginable, ou il était vraiment dépressif, ce que d'ailleurs je ne crois pas, et il fallait lui donner un antidépresseur, pas un tranquillisant. Les trucs qu'il prenait, c'est pire que tout, tu sais bien ! Je suis pharmacienne, quand même ! Je sais que quand on prend ça à mauvais escient c'est de la merde !

— Je sais. Ne t'énerve pas.

— Je sais que tu sais. On en a déjà parlé. N'empêche que c'est scandaleux. Quand il ne les prenait pas, au début, il était gentil. On s'amusait même ensemble, comme des gosses. Seulement au premier pépin c'est reparti, et voilà... »

Maman est arrivée ce matin et, comme Melitta, elle m'a dit de ne pas me sentir coupable. Leur premier réflexe, à toutes les deux, semble être de me décharger de ce fardeau. Je lui ai dit la même chose qu'à Melitta, mais sans entrer à ce point dans des détails professionnels. Je lui ai dit : « La faute, ça n'a pas été de partir, mais de me marier. J'aurais dû vous écouter. Ecouter tout le monde, en fait : Manuela, Claire, vous. » Maman n'est pas du genre à proclamer : « Je l'avais bien dit. » Elle m'a laissée pleurer, elle aussi, puis elle a ajouté : « Quand tu es vraiment désespérée, tu ne pleures pas.

— C'est vrai. »

Et nous avons pensé très fort à l'été 71, si bien qu'elle avait aussi les yeux pleins de larmes.

Mais elle est plutôt rassurée sur mon état d'esprit. Je n'ai pas l'intention de battre ma coulpe et de macérer dans les remords. Je le lui ai dit. Il faut que je m'occupe sainement de mon orphelin et de mon futur posthume, de manière qu'eux, au moins, soient solides et gais comme de vrais Marèges. Or, de ce côté, j'ai quelques soucis. Tu te souviens des problèmes que j'ai eus avec Anne, où l'on se demandait si j'étais vraiment enceinte, parce que les dosages hormonaux étaient très bas, et où cela s'est arrangé, puis à nouveau détérioré, puis arrangé grâce aux médicaments, bref un parcours du combattant assez déplaisant pour que les d'Ennecour aient leur héritier. Eh bien pour le second (je ne dis pas le deuxième...) les dosages sont tout aussi anormaux, et j'espère que ça ne va pas mal tourner. Je ne sais pas si l'essence de la féminité se trouve dans les talons aiguilles, mais on ne peut nier qu'elle soit dans l'utérus, et je crains fort que de ce côté il n'y ait un problème.

Maman me conseille de rester ici sous prétexte de grossesse difficile. Elle craint que l'enterrement ne tourne au règlement de comptes. J'espère que Marie-Thérèse, la seule dont l'opinion m'importe, comprendra. Comment va-t-elle ? Mal, je suppose. As-tu de ses nouvelles ? Je n'ose pas lui téléphoner, ni lui écrire. Elle était de mon côté, certes, mais elle aimait tellement son frère. Je crois qu'elle seule l'aimait vraiment pour ce qu'il aurait pu être, sans Madame Mère.

Maman ne m'a pas dit un mot de mes relations avec Melitta. Prudemment, avant son arrivée, j'avais déménagé dans une autre chambre. Mais je pense qu'elle n'est pas dupe, d'autant que Melitta, vers minuit, est venue dans ma chambre en me disant : « Je n'aime pas que tu restes seule en ce moment. » Alors nous avons dormi ensemble, sans plus, et quand je me suis réveillée elle prenait le petit déjeuner avec Maman dans la cuisine. Elles s'entendent à merveille. Pauvre Maman, obligée de constater que je fais preuve d'un meilleur discernement dans le choix de mes maîtresses !

Si tu ne l'as pas fait, peux-tu prendre contact pour moi avec Marie-Thérèse et lui dire que je regrette que ça ait si mal tourné ? Si elle peut le supporter, je lui téléphonerai.

Vale.

Claire de Marèges
à Héloïse d'Ennecour

Paris, le 14 avril 1973

Ta mère a raison, ça risque de tourner au règlement de comptes, et le prétexte que vous avez trouvé n'est pas mauvais. J'espère pour toi qu'il s'agit bien d'un prétexte, et non pas d'un vrai motif. Fais quand même attention, car Anne aura bien besoin d'une petite sœur. Pauvre gosse ! Je sais bien qu'on ne peut pas regretter ce que l'on n'a pas connu. Je me dis aussi que mieux vaut un père mort, que tu pourras légèrement idéaliser, qu'un père comme risquait de le devenir François : immature, jaloux de son enfant, faisant des scènes. Mais quand même, je ne peux pas m'empêcher de penser à lui, pauvre petit duc !

A Paris, tout le monde s'inquiète de ton sort. Il y a ceux, peu nombreux, qui étaient au courant du projet de divorce, et les autres. Tu vas devoir affronter ça à ton retour. As-tu l'intention de revenir rue Pavée, ou à Breteuil ? Mais peut-être est-il trop tôt pour y penser.

J'ai parlé à Marie-Thérèse. Bien évidemment elle est effondrée. Apparemment elle ne t'en veut pas. Quant à Madame Mère, son attitude est curieuse : elle se répand en injures, mais avec quand même une certaine discrétion. Ta mère fait de son mieux pour calmer tout ça. Tu la connais, elle seule peut y parvenir en douceur. Je pense que Madame Mère est sensible à la sincérité de sa compassion. Et il faut bien le dire, même si c'est de sa faute, c'est elle qui a tout perdu...

297

J'espère te revoir le plus tôt possible, même si pour cela tu dois t'arracher des bras de ta Melitta.

Vale.

Journal de Manuela von Tauberg

Vienne, le 2 mai 1973

Ça m'a fait vraiment plaisir de revenir à Vienne et de revoir cette chère Melitta, qui ne se doute évidemment pas de tout ce que je sais d'elle grâce à ses apparitions fréquentes dans le journal d'Erika. Et il n'y a pas d'illusions à se faire sur ses relations avec Héloïse, d'ailleurs elles ne se cachent pas : même cette vieille Marie du Pilier est au courant.

Enfin, je dirais plutôt qu'elles ne se cachaient pas, car, comme le dit Héloïse, le service est momentanément interrompu. Elle est coincée à Vienne, couchée toute la journée, et elle râle : « Juste comme je commençais à m'habituer à ce gosse, il veut s'en aller. J'en ai marre. Pourquoi est-ce que tout le monde arrive à tenir neuf mois et pas moi ? » Je lui dis que c'est normal : les stress, comme on dit, ne lui ont pas été épargnés. Elle me répond : « Tu parles ! Faut voir les choses en face, j'ai un défaut de fabrication. C'est quand même pas normal, reconnais. T'es toubib, non ?

— Presque seulement. Admettons. Tu ne peux pas être parfaite en tout. Et puis tu n'as pas l'intention d'en avoir d'autres, je suppose.

— Faut encore que j'arrive à avoir celui-là. Et si ça se trouve, c'est une fille, que je vais perdre.

— Les filles tiennent mieux que les garçons. Si tu le perds, c'est un garçon.

— Exact, a dit Melitta.

— Oh si c'est un garçon, je ne le retiens pas. Les hommes et moi, maintenant...

— Et Anne?

— Justement, j'ai Anne. Maintenant il est temps d'avoir une fille. D'ailleurs l'expérience prouve que je comprends mieux les filles. Je ferai moins d'erreurs. »

Melitta a soupiré : « Mais arrête donc! Il, pardon, elle n'est même pas née, et tu parles déjà de tes erreurs éducatives! Moi qui te prenais pour une fille positive! », puis elle lui a caressé la joue : « Je suis certaine que tu seras très bien. »

Je leur ai raconté que j'avais trouvé un type superbe à Francfort, et que cela me faisait beaucoup de bien. Mais pas question d'épouser, ni de donner une petite sœur à Wolfgang. Car je me connais : saurais-je résister au désir de le mener à la baguette? Nous avons parlé d'Erika. « Ah Erika, a dit Melitta, quel talent... » Elle n'a pas continué, mais nous avons compris. « Eh bien, a dit Héloïse, c'est vrai qu'au lit elle était extraordinaire, mais pour le reste elle était chiante, si vous me passez l'expression. L'est-elle encore? »

— Pas trop. C'est acceptable, je crois. Moi aussi je suis chiante, dans mon genre.

— C'est l'amour qui ne lui réussissait pas, a dit Melitta. Avant, elle n'était pas comme ça. Encore que parfois... quand elle y croyait. Mais toutes les deux, on s'amusait bien. Si je vous racontais...

— Oh, a dit Héloïse, ne crois pas m'impressionner avec de vulgaires partouzes. Quand je serai debout, tu verras. Mais j'aime autant qu'on ne m'excite plus avec ce genre d'évocation. »

Melitta a ri, puis s'est tournée vers moi : « Tu comptes t'installer à Francfort avec ton nouveau type, quand tu auras fini ta médecine? »

— Pas question. Je ferai des petits voyages. Je me méfie de moi-même, alors je garde mes distances pour que ça dure. »

Melitta m'a dit d'embrasser Erika pour elle, mais je ne pense vraiment pas lui parler de ce que j'ai vu ici. Depuis l'annonce du mariage, je me tiens à carreau. Avec elle on ne sait jamais si elle a tourné la page ou non. Que penserait-elle si elle savait de quoi est mort François ? Mort choquante qui a été si bien déguisée qu'ils ont même écrit, dans *Le Figaro,* « muni des sacrements de l'Eglise ». « Tant mieux, m'a dit Héloïse, pas de vagues, pas de vagues. Je n'ai pas envie que mes enfants traînent ce boulet. Enfin, Anne. Parce que l'autre, il faut d'abord qu'il tienne. Dieux (elle prononce exprès dieuxes), que j'en ai marre ! »

Bad-Homburg, le 5 mai 1973

Colossale dispute avec Erika, hier soir. Elle a ouvert les hostilités en me disant : « Alors, ton amie la veuve, toujours inconsolable ? » J'ai bondi : « Mais t'es dégueulasse, c'est pas possible. Tu te rends compte de ce que tu dis ? D'ailleurs, ce type, elle ne l'aimait pas, je te l'ai dit cent fois.

— Une fois seulement, n'exagère pas. Bon, donc elle est consolée, elle peut en prendre un autre... elle peut en tuer un autre... ou une autre.

— Mais t'es folle ! Tu te rends compte de ce que tu insinues ?

— Parfaitement.

— T'es dégueulasse, j'aurais pas cru. Qu'est-ce que tu as contre elle ? Tu sais depuis combien de temps tu l'as pas vue ?

— Plus de deux mille jours, c'est-à-dire cinq ans et sept mois.

— Tu comptes ? »

Là, elle a eu tout à coup l'air découragé, et elle m'a dit : « Tu sais bien que je suis du genre calculateur prodige et que je ne peux rien oublier. Crois-tu que ça m'amuse ? »

Oui, c'est vrai, elle a toujours été comme ça. J'ai eu pitié, mais elle a tout gâché en ajoutant, sur le ton féroce qui peut parfois être le sien : « Tu n'as pas répondu à ma question. Elle se console avec qui ? »

Pas le moment de parler de Melitta, je crains. J'ai dit : « Elle ne se console avec personne ; elle est enceinte. »

300

Que n'avais-je pas dit là, grands dieux ! Erika a accusé le choc, et elle a dit : « Oh, c'est vraiment le comble. C'est répugnant !

— Mais enfin, c'est naturel.

— Je ne trouve pas. »

Et elle est montée à toute vitesse dans sa chambre, et elle a claqué la porte, ce qui m'a rappelé une réflexion de Lise sur le sujet.

Mais qu'est-ce qu'elle a dans le crâne, enfin ? Je crois qu'il va falloir que je trouve son journal et que je me renseigne, parce que ça ne tourne pas rond. En attendant, j'ai décidé d'en parler à Lise et je lui ai téléphoné pour lui demander si je pouvais venir la voir. Elle m'a dit : « Venez tout de suite, si vous voulez. » Ce que j'ai fait.

Le coup de la porte claquée l'a fait sourire, un peu, pas trop. Elle m'a dit : « Il n'est pas mauvais de claquer quelques portes ou de casser un peu de vaisselle de temps en temps, et j'aime bien quand la cuirasse d'Erika saute un peu. Pas trop, bien sûr, parce qu'une porte claquée, ça va, mais un coup de pistolet, ça ne va pas. Enfin là je ne sais pas quoi vous dire.

— Elle ne vous en parle pas ?

— Plus depuis le jour où vous lui avez annoncé le mariage. Je n'arrive pas à comprendre qu'elle ne puisse pas s'arracher cette fille du cœur. Mais qu'est-ce qu'elle a, votre Héloïse ? C'est une bombe sexuelle, ou quoi ?

— Pas plus que d'autres, il me semble. Et elle est plutôt malchanceuse, en ce moment. Je ne sais pas si je serais capable d'encaisser tout ce qu'elle encaisse depuis presque deux ans. Evidemment, vous vous la voyez comme un obstacle qui empêche Erika de se remettre, mais...

— Même pas. Je me demande maintenant si Erika peut se remettre, c'est tout. Je suis découragée. J'adore Erika, vous savez. Si je pensais que ça peut arranger les choses, je coucherais même avec elle, et avant de faire deux ans de prison.

— Pardon ?

— Oui. Elle m'a dit, un jour, que je serais capable de

301

coucher avec une fille au bout de deux ans de prison, pas avant.

— Et c'est vrai ?

— Je suppose, ou bien peut-être par curiosité, pourquoi pas ? Mais dans le cas qui nous occupe, ce n'est pas la solution. Et puis je ne vais pas gâcher une belle amitié en introduisant un facteur perturbant. Je ne sais pas quoi faire, à part aller lui chercher sa bien-aimée et la lui mettre dans son lit.

— Sa bien-aimée m'a déclaré, pas plus tard qu'il y a trois jours, qu'Erika était, en gros, exceptionnelle à l'horizontale et emmerdante debout.

— Oui, c'est pour ça que ça a cassé, bien sûr. Je ne sais vraiment pas quoi faire. Vous voulez que j'essaie de la faire parler ? Ça va être dur. On risque de s'engueuler. C'est déjà arrivé, et ça m'est égal, mais j'éprouve une sorte de timidité à m'aventurer là-dedans. Vous comprenez, la première fois qu'Erika m'a raconté sa vie, je me suis dit qu'après elle irait mieux...

— Mais c'est ce qui s'est passé.

— Un peu. Pas autant que je le pensais. Elle reste incapable de s'arracher à ça. Et tout doit être tellement tragique, dans sa tête...

— Je peux lire son journal. Je l'ai déjà fait. »

Elle a ri : « Vous n'avez pas honte, une bonne petite fille comme vous ? Mais ça ne résoudrait pas le problème. Ce sont des choses qu'elle ne se dit pas à elle-même, je suppose. Allez, rentrez chez vous. Si ça se trouve, elle vous attend, et elle va tout vous dire. Quand je pense que j'étais censée faire de la gestion chez Tauberg ! Non que le fait d'être devenue la confidente de la Vice-Présidente m'ait nui, au contraire, mais je n'étais pas spécialement qualifiée pour jouer les analystes.

— Vous faites ça très bien.

— Allons bon !

— J'y vais. Mais je ne pense pas qu'elle soit sortie de sa chambre.

— Moi non plus. »

Et en effet.

Paris, le 6 juin 1973

Ce soir, Lise est entrée dans ma chambre, au Concorde-Lafayette, et m'a dit : « Il faut que je vous parle, mais vous allez probablement m'engueuler. » J'ai dit : « Ai-je l'habitude de vous engueuler ? Je croyais que vous ne me redoutiez pas.

— C'est vrai. Mais il s'agit d'une question d'ordre privé. C'est Manuela, il y a un mois, qui est venue me trouver, et...

— Oh, je vois. C'est vrai que j'ai été horrible, ce soir-là. Je comprends très bien qu'elle m'en veuille.

— A mon avis, elle ne vous en veut pas. Mais elle est inquiète. Elle ne comprend pas.

— Et vous ?

— Je comprends un peu. »

J'ai soupiré. Comment lui expliquer ? Puis j'ai dit : « Chaque fois que j'émerge de cette vieille histoire, on me refout la tête sous l'eau. Je m'habitue à penser qu'elle aime Suzanne, et Suzanne meurt... puis il y a ce mariage... et c'est déjà fini... Comment pourrais-je m'en sortir ? »

Nous sommes restées silencieuses un moment, puis elle m'a dit : « Vous l'aimez. » Ce n'était même pas une question.

J'ai dit : « Je suppose que mes accès de haine, dont ma pauvre Manuela a été témoin, prouvent qu'en effet je l'aime. Il m'arrive aussi de songer à elle avec tendresse, ce qui est bien le comble quand je pense à ce qu'elle m'a fait. Je n'ose même pas aller dans mon ancien quartier. Manuela m'a dit qu'elle habitait dans le Marais, mais il y a sa famille... et j'ai peur.

— Elle n'est pas à Paris en ce moment.

— Ah bon. Elle doit être à Copenhague, alors... Comment savez-vous ?

— Par Manuela. Elle est à Vienne, chez son amie Pilar, je crois. Manuela m'a expliqué qu'elle était obligée de rester là-bas plusieurs mois.

— Mais pourquoi ?

— Elle ne peut pas bouger. Elle est enceinte et ça se passe mal. »

Je me suis mise à pleurer : « Mais comment voulez-vous que ça se passe bien ? Elle n'est pas faite pour ça. Ils me l'auront abîmée jusqu'au bout. Ils vont peut-être me la tuer. Comme ça je pourrai ne plus y penser.

— Ne dites pas ça. Ce n'est pas si grave.

— Vous n'en savez rien.

— Manuela me l'aurait dit. Qu'est-ce que vous comptez faire ?

— Rien. Attendre. Ou la voir et m'en dégoûter, peut-être. Car tôt ou tard on risque de se croiser, malgré mes précautions. L'ennui c'est que je suis attachée à une certaine image qui s'est peut-être complètement modifiée, mais que je n'ose pas vérifier. J'ai peur de la casser, cette image. Ce n'est pas grand-chose mais c'est tout ce que j'ai. Quand je l'ai vue pour la dernière fois elle avait dix-huit ans, et maintenant...

— Maintenant c'est une vieille de vingt-quatre ans, c'est ça ? »

C'était dit pour me faire rire, alors j'ai ri. Puis j'ai ajouté : « Les femmes enceintes me répugnent. Je ne vous l'ai jamais dit.

— Oh, je suis d'accord. Ce n'est pas très esthétique.

— C'est pire que ça.

— Oui... au fond je suis assez de cet avis. Mais il faut bien en passer par là. Et dans votre collection de filles, votre catalogue, comme vous dites, il n'y a pas eu de mères de famille ?

— Oh si. J'ai tout eu, dans mon catalogue. Suzanne me disait que je n'étais pas sélective.

— C'était une critique ?

— Non. Une constatation. Elle regrettait de n'être émue que par des filles superbes. Mais enfin, elle n'y pouvait rien. Moi je ne fais pas vraiment attention à ça. Et j'ai eu effectivement des filles que la maternité n'avait pas arrangées.

Mais je m'en fiche. C'est pendant que ça me fait horreur. Ce gros ventre est obscène. En fin de compte, j'ai une phobie.

— Vous n'êtes certainement pas la seule. Mais personne n'ose le dire. Il vous manque, et à moi aussi, d'y être passée. Puis vous voyez les femmes comme les voient les hommes.

— Oui, bonnes à baiser. Sauf une que je suis assez stupide pour aimer. »

Elle a soupiré : « Je ne vois pas quoi faire pour vous l'ôter du crâne. J'ai devant moi la championne de l'obstination amoureuse, et je devrais faire une étude quasi ethnologique de votre cas : " L'amour homosexuel chez les Franco-Allemands, cas particulier dans le milieu de l'Industrie Chimique : Erika von Tauberg. " J'aurais peut-être le Nobel. En attendant, vous me faites de la peine.

— Oui, je m'en fais aussi. »

N'empêche que cette fille a un talent fou pour me faire voir les choses plus gaiement, même si elle ne se dore pas la pilule en essayant de me faire croire :
A) que je finirai par oublier,
B) que je finirai par la récupérer.

Héloïse d'Ennecour
à Claire de Marèges

Vienne, le 4 juillet 1973

Ave !

Eh bien non, ça ne s'arrange vraiment pas, et je n'envisage même plus de rentrer à Paris avant le terme, dont il serait miraculeux qu'il se produisît début décembre comme prévu. Plus personne n'y croit, d'autant que des examens complémentaires ont prouvé qu'il y avait deux bébés, et que c'est probablement la cause de mes ennuis, en partie du moins. C'est peut-être aussi un cadeau d'Ennecour ; François et Marie-Thérèse étaient jumeaux. Il paraît qu'il y a une hérédité statistique. J'appréhende que ce ne soit des garçons !

Hier soir, Melitta m'a dit : « Au fond, je ne vois pas très bien pourquoi tu tiens à ce point à cette naissance. » Sa remarque m'a fait très peur : « Pourquoi ? Tu crois qu'ils pourraient être anormaux ?

— Mais non, idiote ! Simplement tu me parais à peu près dépourvue d'instinct maternel.

— Tu crois ? Qu'est-ce qui te fait dire ça ?

— Je m'y connais. Je vois des mères toute la journée. Quand tu m'as dit que tu avais failli laisser ton Anne à Paris, je ne t'ai pas crue, au début, mais maintenant ça me paraît possible. Alors pourquoi ne pas laisser filer ceux-là ? »

Bonne question, à laquelle je ne sais pas répondre. J'ai dit : « Instinct animal, sans doute. Je n'ai pas réfléchi. Et toi non plus, d'ailleurs, puisque quand je t'ai réveillée, cette fameuse nuit, il y a deux mois, en te criant : " Je saigne, fais quelque chose ! ", tu as fait quelque chose.

— Toi c'est l'instinct animal, moi c'est l'instinct médical.

— Bon. En attendant j'ai tenu quatre mois et j'entends bien continuer, même si je ne sais pas pourquoi.

— Je pense que tu veux te prouver une fois de plus que tu es une vraie femme.

— Ecoute, tu sais ce que dit Manuela quand on lui tient des propos de ce genre ?

— Non.

— Elle dit que c'est de la psycho de bazar.

— Ah oui ? Eh bien réfléchis-y quand même, fille des rues. »

Elle est vraiment merveilleuse, il faut le dire. Elle m'a trouvé une gouvernante autrichienne nommée Irmgard qui rentrera avec moi à Paris. Toutes deux s'occupent d'Anne avec compétence. Bien sûr, Melitta et moi ne baisons plus, ce que je déplore, mais bon... et puis ce n'est pas si mal : nous nous découvrons assez semblables l'une à l'autre. Elle est gaie, désinvolte, douée d'un solide appétit pour les plaisirs de la vie, mais grave en profondeur quand on sait regarder. Je crois qu'elle aurait plu à Suzanne, y compris quand elle me fait des remarques sur mes véritables mobiles.

De temps en temps je vois passer une fille ou deux. On me présente, mais on évite de m'induire en tentation. On me dit : « plus tard ». J'ai ainsi quelques rendez-vous post partum. Cela devrait m'éviter la fameuse dépression.

Donc, je tiens comme un poilu dans sa tranchée. Ma comparaison a fait rire Maman, qui m'a dit qu'à l'arrière tout le monde tiendrait également. Elle vient souvent, Manuela aussi. Et tu t'annonces avec Victor. J'ai eu la visite, un peu plus surprenante, de ma tante Elisabeth. J'étais contente, mais un peu étonnée. On ne se voit guère qu'aux mariages, baptêmes et enterrements, mais je l'ai toujours trouvée plus sympathique que Judith la bigote, l'autre petite sœur de Maman.

Intéressante, cette visite, car Elisabeth était bel et bien envoyée par Maman, qui voulait me faire tenir un message qu'elle n'osait pas me délivrer elle-même, qui l'eût cru ? Voici l'histoire : Elisabeth, comme tu le sais, enseigne la philo à la fac de Montpellier. A une certaine époque, elle partageait son appartement avec une collègue, puis, quelques années plus tard, avec une autre fille. Ce qui ne peut s'expliquer par le manque d'argent. Maman, qui n'est pas tombée de la dernière pluie, en a tiré certaines conclusions. Si bien que le jour de mon propre mariage, elle a pris Elisabeth entre quatre z'yeux, et lui a dit que mon mariage l'inquiétait, et elle lui a raconté pour Suzanne. Tête d'Elisabeth ! « Tu comprends, je croyais que ma sœur aînée était devenue un peu bourgeoise, et là elle me parlait des amours de sa fille en me donnant à entendre qu'elle avait deviné les miennes, et que ça ne la choquait pas.

— Alors vous avez avoué ?

— Oui. Et je me suis aperçue qu'elle avait conservé cette faculté de me faire tout avouer, comme quand nous étions petites.

— Oui, c'est tout à fait elle, en effet. Et là elle vous envoie pour me faire la morale, me dire de ne pas me remarier, de prendre des maîtresses.

— C'est un peu exagéré. Elle veut que tu suives ta voie sans scrupules, si c'est ta voie, parce qu'elle pense que tes tentatives pour vivre autrement n'ont pas été une réussite. Elle souhaite que je te parle, moi, parce que les goûts que nous avons en commun devraient nous rendre proches. Mais elle ne veut pas être indiscrète, et moi non plus. En fin de compte, c'est ta vie. Tu en fais ce que tu veux. Ça me ferait simplement de la peine, et je n'hésite pas à te le dire, si tu suivais un chemin qui n'est pas le tien uniquement par conformisme social. Ta mère n'aurait pas mérité ça.

— Je ne me suis pas mariée par conformisme, ça je vous le jure... pardon, je vous le promets. »

Elle s'est mise à rire, et moi aussi. Dire « je le jure » devant un Puyferrand est, tu le sais, un crime majeur. Maman nous disait : « Vous pouvez dire " je jure " et " j'adore " devant moi, mais surtout pas devant votre grand-mère. » Devant Elisabeth le réflexe venait de jouer, d'où notre amusement. Elle a ajouté : « Alors pourquoi ? Tu voulais te punir d'être comme tu es ?

— Non, je ne crois pas. Ça arrive ?

— C'est en tout cas une des hypothèses de ta mère. Et je connais, parce que moi, à ton âge, j'ai failli tomber dans ce piège. Et il m'a fallu du temps pour y échapper. Mais j'ai été élevée dans une atmosphère culpabilisante, comme tu le sais. Ce n'est pas ton cas.

— Non. Moi j'ai eu peur d'avoir mal à nouveau, c'est tout. Et puis je voulais lui être fidèle.

— Dans ce cas tu l'as été dans la lettre, mais pas dans l'esprit.

— Je sais. Mais je l'aimerai toujours et je n'aimerai qu'elle. C'est comme ça. »

Elle m'a regardée sévèrement, très prof de philo tout à coup, puis : « Tu l'aimeras toujours, d'accord, mais tu n'aimeras pas qu'elle. Essaie de distinguer ces deux situations, tu veux ?

— Je les distingue très bien.

— Bon. Je ne veux pas aller trop loin. Je souhaite que tu laisses passer le temps et que tu réfléchisses. D'accord ? Et Melitta ?

— Quoi, Melitta ? C'est une amie. On se comprend. Elle ne s'attache pas, moi non plus. C'est vers elle que j'aurais dû aller en 71, mais on se connaissait si peu. Je ne savais pas. D'ailleurs je ne ressentais pas le besoin d'être aidée, à l'époque, au contraire. Je crois plutôt que je cherchais quelqu'un qui n'était pas au courant. François était une sorte d'inverse de Suzanne : jeune, fragile, blond... et mâle. Ça vous choque ?

— Non. Sauf que ça confirme mon idée, ou l'idée de ma sœur, que tu voulais aussi te punir, même s'il n'y avait pas que ça. Enfin, qu'importe ! L'essentiel est que tu aies compris. »

Elle est restée quelques jours. Je soupçonne fortement Melitta, avec qui elle est sortie le soir, de l'avoir débauchée. Comme je te le disais plus haut, Melitta est comme ça, et pourquoi pas ?

En principe, c'est vers avril 74 que je pourrai m'installer rue des Archives. Marie-Thérèse me téléphone de revenir rue Pavée, et je crois que ce sera mieux pour les enfants. Madame Mère a repris le combat pour la garde d'Anne (Maman a dû t'en parler), mais elle n'a aucune chance, de l'avis général. Evidemment, il vaudra mieux que ma vie privée ait l'air irréprochable, et ce n'est pas difficile : j'ai l'habitude de la discrétion.

A bientôt, et vale.

309

Manuela von Tauberg
à Claire de Marèges

Vienne, le 4 octobre 1973

Tu es au courant pour l'essentiel, je crois : à savoir que tu as deux nièces dont l'une s'appelle Suzanne et l'autre... l'autre, tu ne dois pas savoir, car son prénom n'a été choisi qu'après.

Quand nous avons expliqué à Héloïse que ça ne pouvait plus durer, et qu'il fallait extraire ces enfants, sous peine d'ennuis, il y a eu des discussions à n'en plus finir. Elle ne voulait rien entendre, arguant du fait qu'elle était parfaitement capable d'accoucher normalement et qu'elle faisait même ça vite et bien. Et tu sais comme elle est butée, parfois ! Je lui ai dit que les prématurés supportaient mal, la plupart du temps, un accouchement naturel, et qu'on ne pouvait vraiment pas les faire tenir plus longtemps. En gros ça fait cinq mois qu'on gagne du temps, on ne peut pas faire mieux. Et elle : « D'accord, ils veulent naître. Je ne les retiens pas plus longtemps, mais pourquoi pas par la voie normale ?

— Je me tue à te dire que c'est dangereux. »

Melitta, qui sait très bien la prendre (sans jeu de mots) est intervenue : « Tu veux qu'ils soient normaux, ou débiles ?

— Oh non, tout mais pas ça ! D'accord, je marche. »

Mme de Marèges, fort soulagée de voir sa fille céder, a dit : « As-tu choisi les prénoms ?

— Oui : Suzanne.

— Et s'il y a deux filles ?

— Je ne sais pas. Ecoutez, je verrai selon la tête qu'elle aura. Ça peut attendre, non ?

— Et pour des garçons ?

— Je ne veux pas de garçons. »

Gros soupir de tout le monde. Ça recommençait. Héloïse a ri : « Bon d'accord, je suis impossible. Eh bien, étant donné les circonstances, que diriez-vous de Constance ?

— Constance ? Pour un garçon ?

310

— Oui. Comme Constance Chlore, le père de Constantin.

— Tu me feras mourir, avec tes idées. Enfin... écoutez Manuela, je vous prends à témoin. Constance ! »

Là j'ai trahi ta belle-mère. J'ai dit que Constance ce n'était pas mal du tout. Héloïse a ajouté : « Si par malheur il y a un autre garçon, appelez-le Victor. Tout le monde le surnommera Hugo, et ça créera des embrouilles à n'en plus finir. »

Mme de Marèges a poussé un très très gros soupir : « Tu parles sérieusement ?

— Oui. C'est joli Victor. Et il vaut mieux s'en tenir là, sinon je pourrais bien vous proposer Kléber, Marceau ou Joffre. Ce n'est pas mal Joffre. C'est un prénom catalan.

— D'accord, on s'en tient là, sinon je ne sais pas ce que tu vas inventer. »

Mais finalement, il y a eu deux filles, et comme c'est ce qu'elle voulait, elle est vraiment contente. La première a été appelée Suzanne, puis on a attendu le réveil en se demandant ce qu'elle allait pouvoir inventer pour l'autre. Quand elle a pu regarder, derrière la vitre de la couveuse, cet affreux bébé plein de poils noirs, elle a dit : « Il faut l'appeler Mélanie, la noire. » Et voilà.

Evidemment, ce sont de vilains bébés. Il leur manque deux mois à peu près. Mais il n'y a pas de complications, et je pense qu'elles pourront rentrer à Paris dans quelques mois. Anne a été expédié à Copenhague avec Baltazar-Carlos (c'est le fils de Pilar), dont il ne peut plus se passer. Héloïse m'a fait part de son intention de se dissiper avec Melitta et ses amies, pour rattraper le temps perdu. Quant à Pilar, elle est enceinte et crevée, d'où l'envoi de son fils au Danemark. Finalement, ça n'arrête pas. Et toi, tu recommences quand ?

Claire de Marèges
à Manuela von Tauberg

Paris, le 7 octobre 1973

Pitié, laisse-moi souffler. D'après le plan, c'est pour dans six ans. Et je n'aurai pas la chance de faire une portée, moi, ce qui est pourtant bien pratique. Mais je suis bien contente que les choses se soient bien terminées pour Héloïse, et comme toi je pense qu'il vaut mieux qu'elle s'en tienne là. Il est certain que bien des enfants n'auraient pas vu le jour sans les progrès de la médecine : même Anne, probablement.

Je suppose qu'il est impossible de savoir à qui ressemblent ces petites filles ? Ma belle-mère m'a dit qu'elles étaient d'une laideur incroyable, mais en pleine forme compte tenu des circonstances. Quant aux prénoms, j'avoue que j'ai un petit regret pour Constance et que Victor aurait beaucoup aimé avoir un neveu portant son surnom. J'espère que Mélanie ne deviendra pas blonde. Il y a toujours un risque, quand on choisit un prénom en fonction de l'apparence du nouveau-né, il est vrai que l'étymologie de ce nom ne doit pas être connue de grand-monde.

Je te laisse. Je vais écrire à la mère.

La même
à Héloïse d'Ennecour

Paris, le 7 octobre 1973

Ave !

Je suppose que tu es bien contente, et soulagée que ce soit fini. Manuela m'a tout raconté, et ta mère, que je suis allée chercher à Orly ce matin, a l'air beaucoup moins soucieuse.

312

Comme je sais que tu ne peux pas rentrer tout de suite, je pense venir pour les vacances de la Toussaint, mais sans Victor dont c'est le tour de garder SES enfants. Et en plus il paraît que Marie du Pilier est grosse à son tour ? Et on se moquait de moi ? Quand je pense aux remarques que vous m'avez faites, Manuela et toi, quand je sortais ma carte « famille nombreuse » !

Pour moi, c'est la dernière ligne droite avant le fameux amphigarnison, qui a lieu en mai. Jusqu'à présent, j'ai de très bonnes notes, mais il ne faut pas que je me relâche si je veux gagner mon pari, c'est-à-dire un meilleur rang de sortie que Victor. L'ambiance est tendue, la concurrence devient encore plus acharnée. J'ai horreur de ça. On dirait que tous les coups sont permis, y compris la disparition de pages de livres, dans la bibliothèque, ce qui me scandalise. Et moi je me refuse à user de méthodes déloyales pour gagner une place ou deux. Comme toi je me répète certains des principes de Suzanne et je me dis que je ne dois surtout pas perdre ma propre estime, si le reste importe peu. Te souviens-tu quand elle nous avait démontré que Machiavel était un minable petit combinard et que *Le Prince* n'était qu'un ramassis de conseils à l'usage des chefs de gang de banlieue ?

Il m'arrive, sans doute à cause de cette ambiance, d'être démoralisée. Je me dis que faire tout ce boulot pour ne pas réussir à avoir un grand corps et finir dans un ministère, ce ne serait pas drôle du tout. Autant être prof ! Et puis Victor et moi ne voulons pas nous séparer, ce qui exclut la préfectorale (ça je m'en fiche) et le Quai (ça c'est dommage).

Enfin, si j'échoue, j'arrête de travailler et je fais des enfants. Tête de Maman !

J'ai dit à Marie-Thérèse que tu reviendrais rue Pavée, finalement. Elle t'attend. Et sais-tu que Tibert, le chaton que vous aviez recueilli et que tu nourrissais d'anguille, s'est révélé être une chatte ? On s'en est aperçu quand son ventre a commencé à traîner par terre. Mon frère Paul, consulté, dit que vous n'êtes vraiment pas douées. Cette bête est tricolore, et seules les chattes peuvent être tricolores. Il m'a fait un discours sur la génétique des félins, qui m'est passé largement au-dessus de la tête. Aux dernières nouvelles elle (Tibert) n'a pas encore mis bas.

Vale.

Héloïse d'Ennecour
à Claire de Marèges

Vienne, le 15 octobre 1973

Ave !

Il est certain que j'ai une propension à confondre, chez les humains, le mâle et la femelle, alors tu penses, chez les chats ! Et puis je pensais qu'il fallait regarder sous la queue, moi ! Si en plus il faut tenir compte de la couleur du poil ! Pauvre bête : j'espère que Marie-Thérèse lui tiendra la patte le moment venu. Elle était gâteuse avec ce chat : elle lui grattait le ventre en disant : « Oh qu'il est beau, oh le beau chat ! » Tu imagines ? Et je suis prête à parier qu'en mon absence elle lui parlait « bébé ». Moi je lui disais : « Tibert, votre poisson est servi », et la bestiole s'arrachait des bras de ma belle-sœur pour courir à sa gamelle. Le reste du temps il (non, elle, faut que je m'habitue) dormait avec Anne. François en faisait toute une histoire. Moi je laissais faire, puisqu'ils s'entendaient bien. Peut-être qu'ils se reconnaîtront ? Je crois qu'on garde certains souvenirs inconscients, quand on est bébé : la douceur d'une fourrure de chat, le ronronnement, la musique. Anne réagit fort bien à la *Berceuse* de Chopin à quoi nous l'avions habitué, et à certains morceaux que je travaillais quand je l'attendais. Les filles, elles, n'ont entendu que des disques et des cassettes. C'est peut-être dommage, je ne sais pas.

J'ai repris ma vie dissolue, mais avec modération, et pour le

314

moment seulement avec Melitta, qui m'a dit : « Je n'arrive pas à comprendre comment j'ai réussi à héberger aussi longtemps une femme intouchable. Tu permets que je me rattrape. »

Et moi : « Tu ne t'es pas un peu consolée avec ma tante ?

— Mais non, je lui ai juste montré Vienne la nuit.

— Un Vienne spécial !

— Naturellement. Serais-tu jalouse, fille des rues ? »

Autant l'avouer, j'adore ce surnom qu'elle m'a trouvé je ne sais quand : au début, il me semble. Je n'ose pas lui demander si elle en appelle d'autres comme ça. Bizarre : elle peut coucher avec tout Vienne, Linz, Graz, et Salzburg en prime, mais je voudrais être la seule « fille des rues » pour elle. Enfin, pour le moment elle me ménage un peu. Certes, ce genre d'accouchement, qui finalement n'en est pas un, ne laisse pas de dégâts dans ce que les toubibs appellent la filière génitale, mais il n'empêche que j'ai été ouverte et que ça me déplaît d'avoir, pour le moment, échappé à l'appendicectomie pour tomber là-dedans. Pouah ! Heureusement, je pouvais compter sur Melitta pour exiger qu'on ne me massacrât point. Je lui ai dit qu'il n'était pas question de ressembler à un ancien combattant, et elle m'a tranquillisée. Elle connaît l'origine de ma cicatrice à l'épaule, et quand je la lui ai expliquée, elle ne voulait pas croire qu'Erika avait été capable de ça. Elle a d'Erika une vision différente de la mienne, et de celle qu'avait Suzanne. L'époque où elles se sont beaucoup vues correspond à ce que j'appellerais la période viennoise : chasse en commun, échange de filles, j'en passe. Tout ce que Manuela lisait dans les cahiers de sa diariste de sœur, et dont elle nous a parlé.

Et moi j'ai bien l'intention de me conduire ainsi, désormais. Je me dissipe à Vienne, je me dissiperai à Paris. Mais pas avec le petit Laruelle : avec lui ce sera une promesse non tenue : l'idée qu'il pourrait bien être le père m'inhibe complètement. Surtout, et même sur l'oreiller, pas un mot de tout ça à Victor. Secret d'Etat.

Vale.

Claire de Marèges
à Héloïse d'Ennecour

Paris, le 18 octobre 1973

Ave !

Secret d'Etat, bien sûr, tu peux être tranquille. D'ailleurs, depuis que je suis mariée, je range mon courrier dans un placard qui n'est qu'à moi, et que Victor a juré de ne jamais ouvrir. Tu le connais : il tiendra parole. Il y a là quelques lettres extrêmement gentilles de Kai-Uwe, quelques messages de Xavier, bref mon passé dissolu pour parler comme toi. Il y a aussi notre correspondance. Quand les enfants seront grands, je chercherai une autre solution, qui ne sera pas un meuble à secrets, car depuis que Manuela m'a raconté ce qu'elle faisait avec les meubles en question... Il est vrai que Manuela est une excellente bricoleuse.

Les enfants ne savent pas encore lire, mais justement, je vais y remédier en apprenant les rudiments à Hécube, suivant l'exemple de ta mère. L'ennui c'est que j'ai très peu de temps. C'est alors que, divine surprise, Victor a décidé de s'y mettre, arguant du fait qu'il se souvenait des méthodes maternelles. Il a fait venir du Danemark tout un tas de bouquins vénérables que ta grand-mère Puyferrand utilisait déjà, et qui ont servi à toute la famille. C'est étonnamment moderne : méthodes actives, intéresser l'enfant tout en lui apprenant des choses, etc. On n'a rien inventé !

Mais pour la religion, je sèche. J'ai beau faire, la prédestination ne passe pas. Je ne veux pas rendre fatalistes ces enfants avec une doctrine que je trouve désespérante. Je ne veux pas non plus leur inculquer les orgueilleuses certitudes des protestants qui, bien qu'ils prétendent qu'on ne sait pas qui sera sauvé, ont l'intime conviction qu'ils seront du nombre. Sans compter que je crois à la valeur éducative de la confession : la vraie, celle qui est réellement prononcée devant quelqu'un. Parce que le rapport intime du pécheur face à Dieu, c'est une vaste rigolade. Tu m'objecteras que de toute façon les catholiques m'ont trahie. Certes, mais il doit bien rester quelque part des vieux croyants.

Victor me dit de laisser tomber et de m'en tenir à la morale laïque, ou de faire comme toi et de refuser toute éducation religieuse. Facile à dire... Hélas, le sang des Pérez de Mercier-Lacombe ne se laisse pas étouffer facilement, surtout quand il est renforcé par des études primaires à l'Institut Fénelon (Fénelon, ce quiétiste sous le patronage de qui j'ai commencé et terminé mon cursus scolaire...) Je savais bien qu'on aurait des problèmes avec la question religieuse !

Mais je te rassure, c'est le seul que nous avons, et plus les années passent, plus je pense qu'il fait vraiment un bon mari. Plus je pense aussi que je suis tombée amoureuse de lui la première fois que je l'ai vu. J'avais treize ans, nous étions en train de jouer au Mille Bornes sur le tapis de ta chambre, il est entré, et crac... Je suis sûre que tu ne t'en doutais pas. Lui en tout cas ne se souvient pas.

Bon. J'arrête avant de dévider tous mes vieux souvenirs.
Vale.

ANNÉE 1974

Journal de Manuela von Tauberg

Bad-Homburg, le 6 janvier 1974

Erika nous accuse, Lise et moi, de lui avoir gâché le plaisir du casino. Et en effet, depuis qu'elle a eu la malencontreuse idée de nous emmener avec elle, nous lui avons démontré qu'elle jouait comme un pied, et nous avons commencé à chercher des martingales. « C'est épouvantable, nous dit-elle : chaque fois que vous êtes ensemble, vous ne savez parler que de Contre-Wells ou de d'Alembert à palier.

— Ah d'Alembert, a dit Lise, ce bon vieux d'Alembert ! On en revient toujours à lui. »

Et moi, enfonçant le clou : « Vous connaissez la Pique-mouche ?

— La Piquemouche ? (en français dans le texte, pointe d'accent allemand).

— Je vais vous expliquer.

— Oh non ! » a gémi Erika.

Et comme je lui disais qu'elle pouvait toujours faire comme avant et ne pas tenir compte de nos remarques, elle a dit : « Impossible. Maintenant que j'ai ces trucs dans la tête, je ne peux pas m'empêcher de les appliquer.

« — Mais tu perds quand même. On n'a pas encore trouvé comment gagner.

— Je perds moins. Avant je me justifiais en disant que je contribuais à la richesse de ma ville en lui abandonnant quelques plaques, d'autant que j'ai toujours limité les enjeux. Maintenant...

— Maintenant, a dit Lise, la petite-fille du pasteur Westermann a honte de s'amuser sans être punie. »

Rires.

Bad-Homburg, le 9 janvier 1974

Ce soir, comme nous nous apprêtions à aller au casino, Maman a téléphoné pour nous apprendre que Vati était mort.

On a beau s'y attendre...

Héloïse d'Ennecour
à Claire de Marèges

Paris, le 9 janvier 1974

Ave !

J'ai enfin réussi à accomplir toutes les formalités qui vont me permettre de repartir sur de bonnes bases : réinscription à l'IAE, qui, étant donné les circonstances, ne m'a pas fait repasser le test d'entrée, prise de contact avec la Sorbonne pour trouver un professeur pour ma maîtrise, achat définitif de l'officine de mes rêves. Pour le deuxième point, la Sorbonne, je vais devoir attendre la prochaine rentrée universitaire. En revanche l'IAE commence en janvier et c'est une chance. J'ai deux heures de cours trois fois par semaine, le soir, à Dauphine qui nous héberge, bien que nous dépendions de Panthéon-

320

Sorbonne. C'est Kafka ! Surprise pour moi : un groupe de travaux dirigés de vingt personnes environ comporte deux ou trois filles au maximum. Toi, à l'ENA, **tu** as l'habitude, mais moi je ne connaissais que pharmacie (50/50) et histoire (80/20 en faveur des filles). Je trouve ça choquant. Dès qu'on est dans un troisième cycle utilitaire la femelle s'évapore.

Bon, je ne vais pas faire comme Marie-Thérèse qui devient une féministe pure et dure, mais enfin, quand même, ça ne me plaît pas.

Pour l'officine, tout est réglé. Maman s'était déjà occupée de pas mal de choses pour moi. Aller à Zürich, entre autres, et puis faire tout ce qu'elle pouvait faire à ma place. J'appréhende terriblement mes débuts là-bas. Certes, avec tous les stages qu'on fait en cours d'études, on est paré. Mais je retrouve, vis-à-vis de mes futurs employés, cette vieille crainte dont vous vous moquiez, Manuela et toi : faire « gosse de riche ». Et je crois bien que mon refus obstiné de l'argent que me proposait Suzanne vient de là, et non pas de mon désir de me débrouiller toute seule. Là, je ne pourrai pas mettre en avant des traites à rembourser, et je ne suis pas assez lâche pour faire semblant de le faire. Je vais débarquer là-dedans avec ma jeunesse, ma particule, le métier de Papa, le titre de François... que de boulets à traîner, que de handicaps à surmonter ! Manuela, à qui j'en ai un peu parlé, a ri. Mais elle a compris quand même, et j'espère que toi aussi, sinon je n'oserai plus me confier. Là encore, Maman a débroussaillé le terrain. Tu la connais, elle est extraordinaire. En cinq minutes elle donne aux gens l'impression qu'elle est de plain-pied avec eux, et le fait qu'elle soit souvent allée rue des Archives est un point en ma faveur ; d'ailleurs je la soupçonne de l'avoir fait un peu exprès, pour m'aider. Mais maintenant je suis une grande fille, hélas, et il faut que je me débrouille. Je le ferai.

N'empêche que je meurs de frousse !

Rue Pavée tout va bien. Les travaux continuent et l'hôtel va être complètement transformé en immeuble de rapport, avec des appartements et des bureaux, mais loués uniquement à des sociétés de service bien propres. Il semble que Bonne-Maman ait compris que les ateliers avaient terriblement déprécié la marchandise. Juridiquement, la situation n'est pas simple, puisque l'immeuble appartient pour moitié à Marie-Thérèse et pour l'autre moitié à mes trois mineurs. Mais il y a des usufruits compliqués. Enfin, je m'en fous un peu. Ni Marie-Thérèse ni Bonne-Maman ne me tiennent pour responsable de la mort de François, et c'est l'essentiel. Quant à Madame Mère, je ne la crains pas. Je souhaiterais bien sûr qu'elle cessât de plaider, mais c'est pour elle, pas pour moi. Ma tante Huguette essaie de trouver un arrangement pour qu'elle voie les enfants. Mais elle ne veut qu'Anne, pas les filles. Marie-Thérèse est écœurée, et bien qu'elle ne le dise pas, ça lui fait de la peine. C'est toute son enfance de petite fille laissée pour compte qui lui revient. Vraiment, et malgré ce qui lui est arrivé, je hais cette bonne femme !

Je te laisse, il faut que je parte pour Dauphine.
Vale.

Claire de Marèges
à Héloïse d'Ennecour

Paris, le 13 janvier 1974

Ave !
Non, je ne vais pas rire de tes angoisses de propriétaire qui craint de passer pour une enfant gâtée. Mais je suis persuadée que tu t'en sortiras à merveille, et pour un tas de raisons. D'abord, il ne te manque qu'un peu d'entraînement pour faire aussi bien que ta mère dans ce domaine. Il est vrai qu'elle est assez exceptionnelle. Te souviens-tu du jour où, deux heures après être arrivée de Stockholm, elle connaissait déjà le nom des enfants de la nouvelle concierge de Breteuil, alors que

nous, qui fréquentions la dame depuis deux mois, n'en avions pas la moindre idée? Il faut dire que cela nous laissait parfaitement indifférentes. Ta mère aussi, dans un sens, mais pourtant on a toujours l'impression qu'elle s'y intéresse vraiment, d'où sa réputation. Et ensuite la brave femme (je parle de la concierge) allait partout proclamant que « la Comtesse était pas fière ».

Donc tu t'en sortiras. Ta mère t'a préparé le terrain et, je pense, avec l'arrière-pensée de t'aider. Reste à l'imiter, et ce sera parfait.

L'autre raison pour laquelle on te passera ta réserve, ta timidité, si tu en éprouves, ne va sans doute pas te plaire. Tu risques d'avoir l'image d'une femme qui a eu des malheurs. La veuve chargée d'enfants pèse lourd dans l'inconscient populaire, et comme ça devient assez rare, tu es un personnage romanesque. On te pardonnera ta supposée richesse au nom de ça, et avec la satisfaction de constater que l'argent ne fait pas le bonheur, allez, c'est bien vrai!

Je te laisse méditer sur cette nouvelle image!

Vale.

Héloïse d'Ennecour
à Claire de Marèges

Paris, le 16 janvier 1974

Ave!

Bravo, tu as gagné. J'ai encore plus la frousse qu'avant! Ce que j'aime, chez les vieilles amies de lycée, c'est qu'elles vous réconfortent en cas de besoin.

Vale quand même.

Paris, le 2 avril 1974

Je te disais, il n'y a pas longtemps, que Marie-Thérèse devenait une féministe pure et dure. Il y a à cela des explications que je te donnerai en temps voulu, mais l'événement le plus amusant que je veux te raconter, c'est ma visite au MLF, ou plutôt à ce qu'il en reste, parce que ça s'effiloche.

Quand Marie-Thérèse a commencé à vouloir m'entraîner là-dedans, j'ai protesté : je lui ai dit que je ne voulais pas jouer les Sévigné allant faire les foins, et que, bien que fondamentalement je fusse d'accord avec presque tout le mouvement féministe, je restais viscéralement une femme de droite, alors que ces mouvements sont notoirement à gauche. Elle m'a objecté que rien ne m'empêchait de le dire, d'une part, car tout est dicible, et que d'autre part elle passait elle-même pour plutôt droitiste, et que ça ne posait pas de problèmes : « Et puis il faut que tu voies ça vite, au cas où ça disparaîtrait.

— Bon, mais alors c'est Sévigné allant faire les foins, comme je te le disais, et ça m'ennuie.

— T'es historienne, oui ou non ? »

J'ai cédé. C'était le bon argument.

Mais mon sentiment premier était le bon. Si on est de droite, on n'est pas dans la ligne, et il y a une ligne, même si ce n'est pas dit. Il y a, chez ces filles, une propension à s'imaginer que les choses vont s'arranger par décret et à blâmer les femmes qui se débrouillent seules, baptisées « alibi ». Et moi je pense qu'une femme-alibi, c'est aussi une hirondelle qui annonce le printemps, et que tant qu'elle ne renie pas les autres femmes, c'est très bien. Moi, je n'ai pas eu la révélation en lisant Beauvoir mais en regardant autour de moi, tandis qu'il semble que la plupart de ces femmes ont fort bien vécu avant de tomber sur *Le Deuxième Sexe*, et que tout à coup, plouf, comme Claudel derrière son pilier, la foi.

Mais je ne me sens pas le droit de critiquer. Je suis une abominable privilégiée, et Marie-Thérèse aussi, quoi qu'elle dise.

J'en viens aux motifs de ma belle-sœur : elle travaille dans un cabinet de recrutement, et elle tombe de très haut. Sa profession à elle est correctement mixte, comme la mienne, mais le problème c'est le client : il veut du mâle, du mâle et encore du mâle, à diplôme et aptitude égaux, bien sûr. Alors ça la fait bouillir, et comme elle n'est pas patiente pour deux sous, elle explose quand je lui dis que ça s'arrangera, tôt ou tard, lentement peut-être, et même avec d'éventuels retours en arrière, car je ne veux pas montrer trop d'optimisme non plus. Je sais qu'elle a raison sur le fond, mais ça lui gâche vraiment la vie. D'où une tentative d'approche révolutionnaire du problème. Cependant elle a l'intention de quitter son cabinet dans deux ou trois ans pour créer le sien, et elle sera donc une femme-alibi, et il faudra qu'elle s'accommode du client phallocrate pour vivre, et qu'elle case ses bonnes femmes avec diplomatie, en grignotant du terrain. C'est ce que j'essaie de lui expliquer.

Mais il y a aussi des choses amusantes à raconter, ou du moins des choses qui auraient pu l'être, si Marie-Thérèse n'avait pas été là. Je m'explique : Après avoir débattu de l'avortement, question qui à mon avis ne tardera pas à être réglée, ces dames ont évoqué le « mouvement des lesbiennes » (je cite sans me tromper, je crois), et l'une a dit qu'il fallait absolument s'unir, car là aussi il y avait de la discrimination. J'ai dit : « Je n'ai jamais remarqué. Je sais que c'est hors la loi en Autriche, mais ici il me semble que ça va, non ? » C'était ma toute première remarque. La fille a dit, certaine que si j'intervenais c'est parce que je connaissais le sujet : « Comment, tu n'as jamais été rejetée à cause de ça ?

— Non, jamais.

— Mais tu en parles ? Les gens savent ?

— En général, non.

— Ah, tu vois bien !

— Je ne vais pas parler de ma vie sexuelle à tout le monde, quand même ! Et franchement, je crois que c'est pire pour les hommes. Ou même entre hétéros majeurs et mineurs : souviens-toi de l'affaire Russier (et toc, j'avais des références).

— C'est pire pour les hommes parce qu'on ne nous prend pas au sérieux. On croit que ce que nous faisons ne compte pas.

— Certainement. Mais c'est une chance, et il convient d'en profiter. Moi je crois que l'homosexualité n'est pas un problème (tu vois comme j'adopte le langage local...) mais que les rapports avec les hommes en sont un. Ils ont LEUR idée de ce qu'une femme doit être, pardon, je devrais dire LA femme, et si on n'est pas conforme, on doit se soumettre ou se démettre. Et ça, c'est grave ! »

Du coup, et comme il n'y a aucun ordre du jour, la discussion a dévié sur ce que j'avais évoqué, et j'ai eu la vive satisfaction d'avoir mis sur le tapis un sujet qui, si j'en juge par les interventions véhémentes des unes et des autres, était brûlant.

Mais en me lançant spontanément dans le débat, j'avais provoqué l'intérêt de quelques filles (tant mieux, ça peut servir...) et Marie-Thérèse, de stupeur, était devenue muette (et ça, faut le faire !).

Nous étions plusieurs à traverser la Seine pour rentrer chez nous, mais à l'Hôtel de Ville il n'y avait plus qu'elle et moi. Je lui ai dit : « Tu aurais bien fini par l'apprendre. T'es choquée ?

— Non. Enfin oui. Faut que je te voie autrement.

— Si t'es choquée, ça veut dire que cette fille, Isabelle je crois, avait raison.

— Elle avait sûrement un peu raison. Et toi aussi. Je ne peux pas aller contre mes grands principes, qui sont que les gens baisent où ils veulent et avec qui ils veulent, mais là... oh merde, laisse-moi m'habituer, au lieu de jouer les moralistes !

— Tu vois que la vie n'est pas simple. »

Je savais où le bât la blessait : c'était du côté de son frère, essentiellement, et j'aurais donné cher pour avoir fermé ma grande gueule, mais le vin était tiré, hélas.

Heureusement, comme elle ne peut pas se taire longtemps, elle m'a dit : « François savait ?

— Absolument pas. Il en a toujours été à mille lieues.

— Tu l'as trompé avec des filles ?

— Jamais. C'est quelque chose que j'avais décidé de laisser derrière moi.

— Ça m'explique des trucs bizarres. Il s'était vanté, et ça ne m'avait pas plu d'ailleurs, d'avoir été ton premier homme. Et toi tu avais dit que tu étais avec un type qui était mort...

— Je n'ai pas dit un type, j'ai dit quelqu'un. Tu te souviens de Suzanne Lacombe, en mai 68 ?

— Lacombe ? Ça alors ! C'est pour ça que ta fille porte ce vieux prénom ?

— Oui.

— Remarque, j'ai toujours su que tu te mariais pour de mauvaises raisons, un deuil... mais là ! Je commence à comprendre pourquoi les critiques de François te faisaient si mal. Pour moi ça ne méritait qu'un haussement d'épaules, cette histoire de féminité.

— Ça ne méritait que ça. Mais c'était un point sensible. Maintenant j'ai décidé que j'étais comme j'étais, et que celui à qui ça ne plaisait pas pouvait passer son chemin. Je ne suis pas demandeuse. »

Après quelques instants, elle m'a dit : « Ce pauvre François, ça n'aurait pu aller avec personne, de toute façon.

— Même si tu ne le penses pas, c'est gentil de me le dire.

— Mais je le pense. Cesse de jouer les martyrs ! »

J'espère cependant qu'elle a réellement assimilé tout ça, parce qu'on s'entend bien, et que je souhaite que ça continue. Pourquoi a-t-elle voulu me traîner là ? Pourquoi n'ai-je pas pu la fermer ?

Vale.

327

Claire de Marèges
à Héloïse d'Ennecour

Paris, le 5 avril 1974

Ave !

Oh écoute, de nous tous c'est d'Ennecour (pardon, Prieur) qui joue les affranchies et les révolutionnaires, alors il est grand temps qu'elle soit en face des tristes réalités de l'existence. Je l'aime bien, c'est sûr, mais son côté MLF, justement, m'agace. Non pas qu'elle n'ait pas raison sur le fond, mais elle en parle trop en ce moment. D'accord, quand elle a un truc dans la tête, c'est difficile de l'arrêter, mais trop c'est trop. La preuve, elle t'y a entraînée, et résultat, elle a perdu certaines illusions sur ta vertu.

Je sais bien qu'elle a en partie raison. J'ai des traditions féministes dans ma famille et Maman m'a assez seriné que hors du travail point de salut, mais de là à jeter son soutien-gorge au feu, ce vêtement utilitaire qui n'a mérité ni cet excès d'honneur ni cette indignité, il y a une marge. En revanche, je suis contente qu'on ait jeté le corset, et pour te faire plaisir je consens qu'on jette les talons aiguilles.

Je sais aussi que je suis dans un secteur protégé des discriminations, et que mon futur salaire dépend de mon rang de sortie, en gros. Pour le reste, comme tu le fais remarquer, ça s'arrangera, c'est en route.

Bon, je ne vais pas jouer les vieilles grincheuses, mais je trouve tous ces mouvements soixante-huitards horripilants. Beauvoir, que j'aimais bêtement à quinze ans, m'exaspère en vendant *La Cause du Peuple ;* et le pire, je le dis bien haut, c'est la génération qui nous a précédées : ces bonnes femmes qui disent qu'elles ont eu la révélation en 68 (encore Claudel et son pilier !) et qui depuis réclament des trucs contradictoires. Elles ont commencé des études pour rencontrer un mec, ont abandonné lesdites études une fois le mec harponné, fait un ou deux enfants, pas plus, joué au bridge (mal), bavassé chez le coiffeur, et maintenant elles engueulent le pauvre type qui a payé tout ça, lui reprochant de les avoir empêchées de s'épanouir ! S'épanouir, je te demande un peu ! Pour s'épanouir il n'y a qu'une méthode : prendre un amant. Cela dit, je ne sous-estime pas les pressions sociales qui les ont amenées là, mais faut pas pousser.

J'aime bien celles qui ne font rien, jouent au bridge (même mal), bavassent chez le coiffeur, mais disent tous les soirs merci au monsieur qui paye : c'est honnête.

Enfin, j'aime celles qui font quelque chose de leurs dix doigts, sans en faire toute une histoire, et là, je n'ai qu'un conseil à te donner : file chez le marchand de journaux le plus proche, achète *L'Expansion*, et va à la page 37. Tu auras une surprise.

Je te laisse sur ce suspense.

Vale.

Héloïse d'Ennecour
à Claire de Marèges

Paris, le 7 avril 1974

Ave !

Quel art de la transition, j'admire ! Evidemment je me suis précipitée sur *L'Expansion*, et j'ai vu. As-tu remarqué qu'elle n'avait pas tellement changé, cette chère Erika ? Toujours superbe, bien qu'elle frise la quarantaine. Je me suis sentie émue, physiquement émue. Dieux, que cette fille avait du génie au lit ! Si elle mène sa boîte de la même manière, ça mérite bien un article dans *L'Expansion*. Manuela me parle très peu d'elle, quand je la vois ; je lui dis : « Erika, ça va ? » Elle me répond « oui ». Et en effet, il semble que ça va.

Je savais qu'elle était de retour à Paris depuis la mort de leur père, et puis je vends leurs produits, mais, malgré tout, c'est loin tout ça.

Bon. C'était le quart d'heure de nostalgie.

Je reviens à Marie-Thérèse. Ce que tu dis est vrai, mais j'y vois aussi l'influence d'Alain Prieur. Tu sais qu'elle l'a connu à Nanterre, où il est assistant en socio, si bien qu'il est assez gauchiste. Il n'empêche qu'elle mène assez bravement sa barque, et qu'on peut lui passer un peu de romantisme révolutionnaire. Pense à la mère : les rallyes, les mondanités, ça vous marque une fille. Et puis ce mari que j'ai gravement trompé sur ma nature profonde, c'était quand même son frère. Tout le monde me dit que je ne suis pas responsable de sa mort, ce qui est vite dit. Dans ces affaires, chacun apporte le petit quelque chose qui fait basculer, et dans mon cas le petit quelque chose est peut-être un mensonge. Notre vie commune a démarré sur un malentendu. Si tu t'en souviens, Suzanne disait : « Un bienfait est toujours puni. » Cela voulait dire que derrière nos gestes les plus altruistes il y avait souvent des motifs pas très clairs, et que ces motifs transformaient le bienfait en méfait. Eh bien, malgré son enseignement, je suis tombée dans le piège à pieds joints. J'ai voulu faire l'infirmière, prendre soin de ce garçon qui n'avait pas eu de chance, et en réalité ce que je voulais c'était « entrer au couvent », devenir une femme de devoir, renoncer à tout plaisir. C'est ma tante Elisabeth qui a mis le doigt sur ce mobile et m'a demandé d'y réfléchir. Bien sûr, il n'y a pas eu que ça, mais c'est l'élément le plus malsain, et ce loin ! Résultat : il est mort, sa mère est désespérée, et sa sœur m'a pardonné. Je ne sais pas si elle me comprend par féminisme ou par profonde honnêteté, mais il n'y a pas de doute qu'elle prend mon parti, et c'est magnifique de sa part.

Nos relations sont redevenues au beau fixe, et heureusement, car Melitta va passer quelques jours à Paris, chez moi évidemment. Certes, Marie-Thérèse ne parle pas un mot d'allemand, mais Melitta sait assez de français pour qu'elles conversent. Et nous sommes toujours l'une chez l'autre à échanger nos gosses et nos filles au pair, sans compter Tibert et ses enfants.

Maman m'a dit qu'Hilda entrerait rue de Madrid en septembre. Elle nous demande de veiller sur elle. Qu'elle te fasse confiance, d'accord, mais à moi ?

Vale.

ANNÉE 1975

Claire de Marèges
à Héloïse d'Ennecour

Paris, le 8 juillet 1975

Ave !

Il m'arrive quelque chose de bien étrange, depuis quelques mois, et surtout depuis que tu as embarqué tous mes enfants à destination de Vienne : je m'ennuie. Je ne me souviens pas d'avoir jamais eu le loisir de m'ennuyer, si bien que je n'ai pas compris tout de suite ce dont il s'agissait. Pas de cours à réviser, pas de colles à passer, et même plus d'enfants à éduquer pour le moment. Et puis l'Inspection des Finances ce n'est pas passionnant longtemps.

Au début, j'ai trouvé divinement bon de souffler. J'ai expulsé ma fatigue en ne faisant pas grand-chose, et en me plongeant dans des petits romans débiles (Delly, Bernage, Mazo de la Roche...), ou même en lisant les livres des enfants, ou ceux que je leur achète pour plus tard. Il y a là-dedans des trucs très chouettes, d'ailleurs. Enfin, tout ça n'a qu'un temps, et je ne vais pas relire pour la vingt-cinquième fois *Le Prince Eric* (on l'a réédité) ou *Brigitte et le bonheur des autres* (ma dernière trouvaille sur les quais, tu aimeras !).

Victor me conseille (pour rire) de faire un enfant. Je lui ai

333

répondu que j'allais plutôt prendre un amant, et il s'est jeté sur moi pour me démontrer que je ne pouvais pas trouver mieux à l'extérieur. Finalement, Hilda m'a conseillé d'apprendre le piano et m'a démontré qu'il n'y avait pas d'âge limite pour commencer. Elle m'a inculqué quelques rudiments, pour voir, et a conclu que je pouvais y arriver sans difficultés : « Un peu de travail quotidien, ça tu sais le faire, et je te prédis que tu joueras convenablement dans un an ou deux. J'ai mes méthodes, je te montrerai. D'ailleurs tu me serviras de cobaye.

— Tu ne comptes pas enseigner, en principe ?

— J'espère que non, mais on ne sait jamais. Un premier prix ne sert pas à grand-chose, tout seul. Maintenant il faut que je prépare Marguerite-Long, et la concurrence est féroce.

— A mon avis, tu as quelque chose de plus que les autres.

— Tu crois ? Tu es gentille, mais je ne me sens pas encore au point. »

Je la soupçonne de se dissiper. Il y a un tas de types qui défilent. On parle de musique de chambre... chambre peut-être. Parfois on entend bien du piano et d'autres instruments, mais parfois... enfin, disons qu'ils déchiffrent des partitions. Et comme tu le dis, pour être un bon interprète, il faut avoir vécu. Elle n'a pas tout à fait dix-sept ans, mais est-ce à nous de dire qu'elle est trop jeune ?

L'autre jour, avenue de Suffren, j'ai rencontré Thévenet : tu sais, l'ex-mari de Manuela. Tu te souviens qu'elle lui avait laissé le superbe appartement qu'ils avaient avenue Barbey-d'Aurevilly : joli cadeau, il faut le dire. Eh bien il y exerce, et il s'est spécialisé dans l'amaigrissement des grosses dames (et des autres qui se croient grosses), ce qui est hautement lucratif, et pas cassant du tout. C'est ce qu'il m'a dit avec cynisme. J'imagine les saloperies qu'il doit leur donner !

J'arrive à Vienne le 28. Peut-être qu'on se croisera un peu. Raconte-moi tes turpitudes, s'il y en a.

Vale.

Héloïse d'Ennecour
à Claire de Marèges

Vienne, le 20 juillet 1975

Ave !

Oui, ce Thévenet joue un jeu dangereux, je le sais. Il semble être connu dans tout Paris, puisque j'ai vu passer des ordonnances plutôt inquiétantes. Plus qu'inquiétantes, mensongères. Il fait croire aux grosses (ou pseudo-grosses) dames qu'il leur refile de l'homéopathie. Naturellement, ces braves idiotes croient à l'homéopathie, ce qui déjà en dit long sur leur candeur. Mais cette forme de charlatanisme serait inoffensive si c'en était vraiment. J'irais jusqu'à dire que cela pourrait faire maigrir, après tout, comme Lourdes guérit certains papistes (oh, pardon !). Dans ce domaine tout est possible, même l'invraisemblable. Mais Thévenet prend ses précautions en introduisant dans la préparation des trucs costauds et fort dangereux. Et je ne te parle pas du tarif de ses consultations (c'est marqué sur la feuille de sécu). Seulement voilà, si nous faisons une remarque, les toubibs de ce genre ne manquent pas de nous renvoyer à nos farines premier âge et à nos couches anti-fuites, alors... J'en ai cependant parlé à Manuela, qui m'a dit en substance qu'elle n'en avait rien à foutre, et même qu'un pépin la ferait rigoler. Certes, mais c'est quand même le père de Wolfgang. Et les grosses dames sont peut-être aussi à prendre en considération. C'est ce que je lui ai dit, mais tu connais Manuela : la fille la plus paisible du monde, sauf quand il s'agit de son ex. Là le regard change, devient dur, et elle ressemble incroyablement à Erika à l'époque où elle me faisait des scènes. Elle fait d'ailleurs des efforts touchants pour ne pas démolir Thévenet devant Wolfgang, mais je pense que le petit, qui est remarquablement intelligent et intuitif, ne sera pas dupe longtemps.

J'ai apprécié le récit de ton ennui, et de tes lectures. Mais à mon avis tu vas t'adapter. Et les conseils de la petite sœur sont bons. Jouer du piano en rentrant du boulot, quel bonheur, même si on n'est pas content des résultats obtenus. D'ailleurs j'ai entendu Hilda elle-même hurler de rage en jouant, à la perfection selon moi, quelque chose qui « n'était pas tout à fait ça ». Ce bonheur de jouer me manquait, quand j'attendais les filles. Ecouter des enregistrements est plus passif. Et je m'ennuyais ! Comme toi je lisais ce que j'avais sous la main : Krafft-Ebing, Stekel, Freud et quelques autres. Quand je suis arrivée à Mélanie Klein, j'ai commencé à faire des bonds, tellement ces histoires de pénis introjeté dépassaient ce que j'avais lu jusque-là, qui n'était pourtant pas rien dans le genre délirant. Melitta me l'a ôté des mains en me disant que c'était une œuvre hautement abortive. Heureusement que je n'y pensais plus quand j'ai appelé ma seconde fille Mélanie... encore que l'inconscient ?

Maman est ravie d'être de retour à Vienne. A la rentrée, Holger va aller au lycée de la Liechtensteinstraße. Il commence à se débrouiller en allemand et joue fort bien du violon. Mais il ne veut pas en faire son métier. Il veut être détective (Sherlock Holmes, sans doute) ou à défaut ambassadeur. Je l'aime bien Holger, ce petit frère que je connais si peu, mais Papa lui passe tout. Un enfant de vieux, comme on dit. En revanche, Maman garde ses principes, y compris avec nos propres enfants. Elle m'a dit : « J'ai terriblement envie de tout leur céder, mais je pense que ce n'est pas un service à vous rendre. »

Du côté de mes débauches, ça va aussi. Il y a le cheptel de Melitta, sans compter les filles que nous levons ensemble. Et Melitta elle-même, mais avec elle c'est différent : après tout ce qu'elle a fait pour moi, il s'agit de bien autre chose que de coucheries pures et simples. C'est une amie, avec tout ce que le terme comporte de sacré.

Son comportement est intéressant à observer. On a l'impression que les filles défilent, changent, et finalement on revoit toujours un peu les mêmes. On couche, on ne couche plus mais on reste amies, puis on recouche à l'occasion, on se fait des confidences. Erika disait que Melitta était une consolatrice née, et en effet. Et dans ce ghetto (il n'y a pas d'autre mot) une

336

nouvelle est accueillie comme le Messie, ce qui, à mon avis, explique mon succès. Et on me regarde avec stupéfaction quand je dis qu'à Paris je ne vais nulle part. « Comment, a dit la divine Ursula, tu ne vas pas au Katmandou ? » J'ai failli faire semblant de ne pas savoir ce que c'était, pour rire, mais Melitta a dit : « A Paris elle se lève tôt et se couche tôt. D'ailleurs il est tard et elle tombe de sommeil. Viens, fille des rues, on rentre. »

J'avais besoin de m'amuser, parce qu'à Paris je n'ai pas trouvé ce qu'il fallait. Isabelle, que j'avais rencontrée au MLF, était agréable au début, puis évidemment, comme on n'a rien en commun, ça s'est gâté. Il faut dire que la malheureuse a été tout de suite dans le bain. La première fois que je l'ai invitée à la maison, le concierge est sorti de sa loge en me disant : « J'ai un paquet pour vous, Madame la Duchesse. » Aïe ! J'ai rentré la tête dans les épaules et pris le paquet, en pensant quand même que j'aurais pu aggraver les choses en lui disant : « Merci, mon brave. » Ensuite il y a eu les enfants, que je n'avais pas faits par l'opération du Saint-Esprit, puis tout le reste : la pharmacie, dont elle a d'abord cru que j'étais employée avant que Marie-Thérèse ne la détrompât, les tenues bon chic bon genre que je porte, et le voussoiement des enfants, qui pour balbutié qu'il soit n'en est pas moins net. Bref, un fossé nous sépare, ce dont je me fous éperdument, d'autant qu'il ne faut rien exagérer : Isabelle se veut prolo, mais elle est la fille d'un respectable chirurgien-dentiste de Boulogne et d'une mère bridgeuse mondaine. Je suis sûre que ça passerait mieux si elle était prolo, d'ailleurs.

Comme je te l'ai dit, ça m'est égal, surtout que je ne cherche pas le grand amour, loin s'en faut. Mais elle a essayé de me changer, oui, encore une. Et j'ai appris à mes frais à résister. Exemple : l'avortement est autorisé. Très bien, tout le monde est content. Eh bien non, maintenant il faut que ce soit gratuit ! Je lui ai expliqué que tout avait un coût, et que ce que l'avortée (pardon, la candidate à l'IVG) ne payait pas, la collectivité le payait, alors que neuf fois sur dix il s'agissait d'une inconsciente qui avait négligé sa contraception. Au lieu de comprendre cet argument, assez nuancé, elle m'a reparlé d'aiguilles à tricoter ! Je lui ai dit que du temps desdites aiguilles, non seulement on risquait sa vie, mais encore on payait très cher (et en liquide) la faiseuse d'anges, et que ma mère m'avait raconté que pendant la guerre, à Villard-de-Lans, elle avait été témoin de... Elle m'a interrompue : « Oh, ta mère... » Cela voulait dire : « Ta mère, cette comtesse, cette mère de cinq enfants, cette femme d'ambassadeur. » Je n'ai pas aimé du tout.

Au bout d'un certain nombre de séances de la même farine, je lui ai dit que j'étais comme j'étais, et qu'elle pouvait très bien chercher quelqu'un de plus conforme à ses goûts. Elle s'est effondrée en me disant qu'elle m'aimait. J'ai eu pitié. Je lui ai dit qu'il fallait m'aimer comme j'étais et non pas comme elle souhaitait que je fusse. Mais le calme, après cette mise au point, n'a pas duré. La jalousie s'en est mêlée, et ça m'a tellement rappelé la période Erika que j'en ai eu marre et que je lui ai dit de sortir de ma vie.

Au fond, ce que je n'aimais pas, avec elle, c'est qu'elle me faisait le catéchisme. Nous aurions pu bavarder paisiblement au lit, rapprochées par cette sorte de fraternité des corps (au MLF on dit sororité) après l'amour. Mais rien à faire. Même quand elle avait raison sur le fond, son côté prêcheur gâchait tout et finissait par chatouiller mon esprit de contradiction, si bien que j'en venais à soutenir des positions insoutenables. Et quand je racontais ça au couple Prieur, nous finissions par avoir tous les trois des séances de fou rire incroyables. Tu connais Prieur : il est assez exceptionnel. Je crois que même ces dames du MLF l'accepteraient aux réunions si le dogme le permettait. En tout cas, il ne cherche pas le moins du monde à changer sa femme, lui. Mais moi, la seule qui me prenait comme j'étais, la seule qui ne voulait pas me changer, la seule qui me laissait libre, c'était Suzanne. Seulement elle m'a laissée libre, un jour, sur un aéroport, en me souhaitant bien du plaisir...

Vale

*Anne de Marèges
à Claire de Marèges*

Vienne, le 15 janvier 1976

Ma petite Claire,

J'ai un peu regretté de ne pas t'avoir vue à Noël, bien qu'évidemment je comprenne qu'il est plus agréable pour vous d'aller skier à Crest-Voland plutôt que de participer à notre vie, inévitablement trop mondaine en cette saison, à Vienne. Mais si tu avais été là, je pense qu'Héloïse aurait passé plus de temps avec nous.

Bien sûr, je ne lui reproche rien. Elle avait d'abord décidé de ne pas venir du tout et de m'envoyer les enfants avec leur gouvernante. J'ai protesté : « Je serais contente de te voir aussi !

— Mais Maman, il y a la pharmacie !

— Tu ne peux pas la quitter quelques jours, ta pharmacie ?

— Il n'y a pas de raisons que je prenne plus de vacances que les autres ! »

Je pouvais difficilement aller contre cet argument, qui est tout à son honneur. J'ai soupiré, résignée, et elle a dû s'en rendre compte, car elle a eu un temps de réflexion et m'a dit :

339

« Qui dirige le concert du Nouvel an, cette année. Pas Karajan, j'espère ?

— Mais non, c'est Böhm. Tu veux que j'aille vérifier ?

— Non, pas la peine. Ecoutez... je suis de garde le 25. Je dois rester avec une stagiaire, mais si je trouve une place libre en wagon-lit, j'arrive le 26 au matin et je reste une bonne semaine. D'accord ? »

Mais pendant ce séjour elle m'a paru bien triste. Même Hector, qui fait généralement peu de remarques, m'a dit : « Elle n'est pas gaie, notre amazone ! Croyez-vous qu'elle pense beaucoup à ce garçon ?

— François ?

— Oui. Elle s'apprêtait à le quitter. Elle se sent peut-être responsable. Vous en avez reparlé avec elle ? Vous croyez qu'elle se remariera ?

— Non.

— Il est vrai qu'avec trois petits enfants... »

J'ai failli parler. Dire que les hommes, pour elle... et puis j'ai renoncé. Après tout, ce n'est pas mon secret. Un jour il devinera, ou bien elle le lui dira. Ce ne sera pas un drame, je crois. Il a ajouté : « Remarquez, elle découche presque toutes les nuits. Elle doit bien dormir chez quelqu'un.

— Chez Melitta, je crois. Elles sortent ensemble. »

Hector a approuvé. Il aime beaucoup Melitta, que nous voyons assez souvent. Et puis dans cette ville cancanière qu'est Vienne, il finira par savoir les mœurs de Melitta et ça l'aidera à deviner. En somme, je ne dis rien (pas un mot à l'ambassadeur...) mais je donne des pistes. Cette idée m'a amusée, et quand il m'a dit : « A quoi pensez-vous ? » j'ai répondu, avec un grand naturel : « A Nancy Mitford. »

Mais c'est vrai qu'elle a découché presque toutes les nuits, et ça m'attriste, parce que je trouve que ce n'est pas son genre. Hilda découche aussi, je le sais, mais Hilda s'amuse vraiment. Elle a dix-sept ans, a toujours été une petite dormeuse, et il est normal qu'elle se rattrape un peu, après cette enfance un peu austère passée sur son piano. Tandis qu'Héloïse, me semble-t-

340

il, sortie de sa pharmacie, de ses cours à la fac, de ses débauches tristes... Même ce qu'elle nous joue au piano témoigne d'un curieux état d'esprit. Elle a travaillé, pendant tout son séjour, les *Variations Goldberg*, ce qui n'est pas particulièrement gai, il faut l'avouer. « Eh bien, m'a dit Hilda, techniquement ce n'est pas mauvais, mais je préférais quand elle jouait la *troisième sonate* de Chopin avec plein de fausses notes. Vous vous souvenez comme ça chauffait ? C'était à Stockholm. »

En effet, je me souviens. Mais c'était au temps de Suzanne. Et à l'époque nous l'accusions toutes les deux de ne pas être assez lyrique. Je donnerais cher pour entendre à nouveau cette sonate comme elle la jouait.

Je t'embrasse.

Claire de Marèges
à Anne de Marèges

Paris, le 18 janvier 1976

Ma chère Maman,

Victor, rentré ce soir avant moi, a trouvé votre lettre, adressée à moi seule, et n'a pu s'empêcher de me faire une remarque : « Mais qu'est-ce que vous pouvez bien vous raconter ? » J'ai commencé par prendre l'air mystérieux, par principe, puis je lui ai dit : « Ta mère se fait du souci pour Héloïse.

— Ah bon ? Il y a du nouveau ?

— Non. Mais elle parle de débauches tristes et de *Variations Goldberg*. »

Et comme il prenait l'air accablé de celui qui n'y comprend vraiment rien, que je ne voulais pas le faire marcher plus longtemps, je lui ai fait un petit résumé de votre lettre.

341

« Mais enfin, m'a-t-il dit, vous ne pouvez pas lui laisser un peu d'air, à ma sœur ? Tout le monde la regarde vivre, sous prétexte qu'elle a connu des moments difficiles. Maman se fait vraiment trop de soucis. Elle a vingt-six ans et elle ne peut pas s'éclater un peu à la Microthek ou à l'Epigone sans qu'on y trouve à redire ?

— Tu connais le nom des boîtes où vont ces dames de la secte ?

— Ma petite fille, quand j'ai connu Vienne j'avais quatre ans et toi tu marchais encore à quatre pattes. »

Entendre ça ! J'espère qu'à cet âge tendre il ne fréquentait pas les quartiers chauds des environs de la Kärtnerstraße.

Néanmoins, après m'avoir amusée avec ces évocations, il a reconnu qu'Héloïse n'était pas bien gaie, mais il maintient que c'est normal, que fatalement ça s'arrangera, que sa sœur a une nature saine et fondamentalement optimiste (« comme moi », ajoute-t-il en toute modestie) et que vous avez bien tort de vous faire du souci pour quelques sorties. Il a ajouté, avec cet air insupportablement fat qu'il partage avec son père, sa sœur Héloïse et son frère Holger, vous savez, ce sourire satisfait qu'ils font bouche fermée : « Ma sœur couche par-ci par-là, avec de charmantes jeunes personnes. C'est normal : elle a un fort tempérament, comme moi. Songerais-tu à t'en plaindre ? », puis, redevenant sérieux : « Sans rire, fichez-lui la paix. C'est une fille qui a besoin de temps, de beaucoup de temps. D'ailleurs Maman le sait bien. »

Au fond, qu'ajouterais-je ? Je crois qu'il a raison. D'ailleurs à Paris elle mène une vie parfaitement paisible, mais non dépourvue de petits plaisirs. Elle travaille beaucoup, c'est vrai, mais elle va à des réunions MLF avec sa belle-sœur, et davantage pour observer que par conviction ; elle va aussi à des réunions de légitimistes, pour faire contrepoids, et elle me raconte tout ça avec beaucoup d'humour. Vous savez, pour rencontrer à nouveau le grand amour, car c'est ça que vous voulez pour elle, avouez-le, il faut du temps. Moi je suis sûr que ça finira par arriver.

342

Ne vous faites pas de soucis.
Je vous embrasse.

Journal de Manuela von Tauberg

Paris, le 26 juin 1976

Dîner avec Erika, hier, à la maison. Elle était revenue, la veille, de l'enterrement de son grand-père à Belfort. Maman lui a dit : « Tu comptes aller de temps en temps voir ta mère, maintenant ?

— Mais non, à quoi bon ? On se déteste et elle n'a pas besoin de moi, tu sais bien.

— Même maintenant ?

— Oui, même maintenant. Je ne vois d'ailleurs pas pourquoi les choses auraient changé miraculeusement. Elle désapprouve la vie que je mène et elle ne me l'a pas envoyé dire !

— La vie que tu mènes... tu veux dire que... »

Erika s'est mise à rire : « Mais non, pas cette vie-là. Elle ne sait même pas que ça existe, et c'est dommage pour elle. Non, je veux parler de cette diabolique chimie allemande dont je m'occupe comme une vraie boche. C'est ça Belfort, tu sais.

— Encore maintenant ?

— Non, plus maintenant. Mais ça a été ça, et Maman en est restée là. A plus de quatre-vingt-dix ans Grand-père était beaucoup plus tolérant. Au moins il est venu à l'enterrement de Vati à Schleswig, tu te souviens, et nous avons parlé ensemble, très objectivement, des affaires Tauberg. Mais chez Maman ça ne s'arrange pas. Evidemment, je suppose que quelque chose n'a pas marché entre elle et Vati et que ça explique ce retour à un chauvinisme quatorze-dix-huit. Seulement moi je n'ai pas l'intention de perdre mon temps à essayer de la comprendre. Je déteste Belfort ! Vous ne pouvez pas savoir à quel point je me

343

suis sentie mal dans cette ville étouffante. Pas à cause de la canicule, non, bien que ce soit pire qu'ici, mais à cause de mes souvenirs. C'est vrai qu'à la fin j'ai été plus heureuse, là-bas... avec Suzanne... mais maintenant je la hais ! »

Elle s'est tournée vers moi : « Je sais que ça te choque, Manuela, mais je ne peux pas faire autrement.

— Ça ne me choque pas. »

Non, ça ne me choque pas. Ça m'étonne un peu, après tant d'années, mais Erika est comme ça et j'ai tendance à l'oublier. Et puis ce voyage à Belfort avait dû raviver plein de souvenirs. Après son départ, Maman m'a dit : « J'ai toujours connu Erika malheureuse, même quand elle est arrivée ici, à dix-huit ans Tu ne dois pas te souvenir ?

— Mais si, je me souviens très bien. Je l'adorais !

— Elle t'aimait beaucoup aussi. Si elle avait eu des enfants, elle n'aurait pas fait comme sa drôle de mère. Pauvre Erika ! Que fait-elle, maintenant, en dehors de racheter, avec la même boulimie que son père, tous les petits labos français en difficulté ?

— Eh bien elle ne m'en parle pas, mais je suppose qu'elle cherche son troisième grand amour. D'après Lise, elle drague, conserve la fille de quelques semaines à quelques mois, et plaque. Au fond c'est comme à Vienne, où elle cherchait son deuxième grand amour.

— J'espère qu'elle trouvera.

— Je suppose qu'elle trouvera. Mais saura-t-elle le garder ? J'en doute. »

Maman pense que je suis trop pessimiste en ce qui concerne l'avenir d'Erika. Je ne crois pas. Maman ne sait pas tout. Pour elle, Erika est une fille à la dérive à cause d'une enfance malheureuse. Dès le début elle a senti que quelque chose n'allait pas, mais sans savoir ce que c'était. Et puis il y a eu l'histoire du coup de pistolet, et Maman a échafaudé une théorie qui n'est peut-être pas complètement fausse, mais qui est un peu simpliste : Erika, séparée de son père à quatre ans, mal aimée par sa mère, est devenue lesbienne et malheureuse, les deux choses étant inextricablement mêlées. Moi je ne vois pas les choses ainsi, mais je ne peux pas dire à Maman que j'ai lu le journal d'Erika, et qu'il ressort de ce journal qu'Erika est malheureuse, c'est vrai, mais que ça n'a rien à voir avec ses goûts sexuels. Ces goûts, je n'en connais pas la cause, mais je sais qu'elle les a toujours acceptés avec la plus grande désinvolture. Sa façon d'en parler, d'en écrire, ne laisse pas planer le moindre doute.

En revanche je crois volontiers que son malheur vient de son enfance, que cet instinct de possession qu'elle a, que même Suzanne lui reprochait, vient de ce qu'elle n'a pas été aimée comme il le fallait quand il le fallait. D'où mon pessimisme sur son avenir sentimental. Il faudrait un miracle pour qu'une troisième expérience pût réussir : une fille solide, capable de comprendre, capable de l'empêcher d'aller trop loin. Suzanne en était capable. Héloïse non : elle se défendait pied à pied, essayait d'argumenter, alors qu'il aurait fallu crier : « Ça suffit ! »

Alors maintenant Erika vit dans ce grand appartement à peine meublé, sans âme, de La Défense, à cinq minutes de son bureau. Quand je dis qu'elle y vit, je devrais dire qu'elle y passe en coup de vent, qu'elle y dort, seule ou avec une fille, et c'est tout. Et tout ça me paraît malsain, excessif. Tout est toujours excessif, avec elle. Un jour elle se reprendra de passion pour quelqu'un, et ce sera encore excessif, sauf miracle.

ANNÉE 1977

Journal d'Erika von Tauberg

Puteaux, le 13 mars 1977

Moments très pénibles, hier, avec Laurence. Elle me reproche mon insensibilité. Elle n'est pas la seule, hélas. J'ai pourtant mis les cartes sur la table dès le début, avec elle comme avec les autres. Je couche, c'est tout. Pas de sentiments, pas d'histoires, moyennant quoi ça a des chances de durer. Après tout, quand une fille me plaît au lit et n'en demande pas trop, je ne ressens pas le besoin d'en changer. Ce n'est plus comme à Vienne, où je m'amusais à chasser en compagnie de Melitta. Mais pour bien jouer ce jeu il faut être deux, deux qui se comprennent à demi-mot. Et même à l'époque nous avions parfois des ennuis : des filles qui se cramponnaient, ou moi qui m'enflammais.

Le problème, c'est que justement je ne suis pas insensible. Je comprends ce comportement. Il ferait beau voir, d'ailleurs ! J'appartiens moi-même à cette catégorie, quand j'aime. Alors il m'arrive, par pitié, par lassitude, d'être un peu trop gentille et de donner de l'espoir. Mais en général, je fais attention. Je sais que ma réputation n'est plus à faire : Erika l'insensible, Erika la cavaleuse, un avatar de Fräulein von Eisberg, en somme.

347

Si bien qu'hier, au Kat, Laurence m'a carrément fait une scène, ce qui est insupportable, et qu'elles me sont toutes tombées dessus. Sauf Mara, qui m'a dit : « Est-ce que tu as peur d'aimer ? Est-ce que c'est à cause de ton argent ? »

Sa gentillesse m'a désarmée : « Non, je n'ai jamais eu de problèmes avec ça. C'est une chance.

— Alors quoi ?

— Alors j'ai déjà aimé, plus que vous toutes ici si ça se trouve. J'ai aimé deux fois. Et la seconde est partie avec la première. Ça vous suffit ? »

Après, j'ai bu. Je tiens en principe fort bien l'alcool, mais j'ai dû quand même dépasser les limites, car je me souviens vaguement d'avoir tout raconté à Mara. Enfin, tout ? Je n'en sais rien. Il me semble en tout cas avoir dit, paraphrasant Lise : « Quand je l'ai perdue elle avait dix-huit ans, et maintenant c'est une vieille de vingt-sept ans. » J'ai dû le répéter plusieurs fois. Quelqu'un a dû me raccompagner. Mara, sans doute. Laurence se serait incrustée. Et ce matin, après avoir sonné, Lise est entrée. Elle sait que j'ai parfois du mal à me réveiller tôt, et nous avions rendez-vous pour le golf.

J'avais une de ces gueules de bois qui comptent, dans une vie à peu près sobre. Elle m'a regardée avec consternation : « Mais Erika, qu'est-ce qui vous arrive ?

— Trop bu.

— Pas seulement ça. Vous avez pleuré toute la nuit.

— Vous croyez ?

— Votre oreiller est trempé.

— " J'ai le vin triste, rien ne saoule ! "

— Natalie Barney : *Mes morts*. Il y a des choses plus gaies, dans son œuvre.

— Oui.

" Mon tout premier amour, ma morte...

Pleurez encor, mes yeux taris !... "

— Oh, Erika, ce n'est pas possible. Vous le faites exprès. Que s'est-il passé ?

— On m'a fait une scène, on m'a dit que je ne savais pas

aimer, et j'ai bu. Rien de plus. Si vous me faisiez un café très très fort, je crois que ça irait mieux. »

En buvant le café, je lui ai expliqué qu'on avait beau dire aux filles qu'on ne les aimerait pas, il y avait toujours des malentendus, d'où l'obligation d'en changer souvent. « Avec vos bonshommes, ça n'arrive pas ?

— Si. Mais comme ils sont plus vaniteux, ils s'accrochent moins. Vous devriez essayer.

— Pouah ! »

Nous sommes allées à Saint-Cloud ; j'ai été minable, ce qui était à prévoir.

Héloïse d'Ennecour
à Claire de Marèges

Paris, le 28 mars 1977

Ave !

Il m'est arrivé quelque chose d'étrange, hier. Quelque chose qui a commencé d'une manière déplaisante, et qui s'est agréablement terminé. J'étais de garde, il était à peu près une heure, et je m'apprêtais à passer à la maison pour déjeuner. Une fille est entrée et a acheté des trucs, je ne sais pas quoi car je ne m'en suis pas occupée moi-même. Comme je te l'ai dit, je m'apprêtais à partir, et j'ai dû dire quelque chose qui prouvait que je suis la maîtresse des lieux. Sur le trottoir, elle m'a parlé · « Est-ce que vous êtes Héloïse d'Ennecour ? » Jusque-là, rien à dire. J'ai acquiescé. Elle a ajouté : « J'ai beaucoup entendu parler de vous, je travaille avec Erika von Tauberg. » Là, je me suis méfiée. J'ai pensé : voilà une maîtresse d'Erika qui vient faire une enquête, oh que je n'aime pas ça. Et j'ai donc opté pour une attaque éclair : « Vous couchez avec Erika ? » Elle a ri : « Eh bien non, pas du tout. Dites donc, vous avez de la défense. Quelle férocité ! »

Et tout à coup je l'ai identifiée. L'accent (allemand), la tête (une photo dans *L'Expansion*) et ce que m'avait dit Manuela il y a quelques années. J'ai dit en allemand : « Vous êtes Lise Schulberg, le directeur financier. »

Touchée à son tour. J'ai ajouté : « Vous êtes venue pour me voir, ou bien c'est par hasard ?

— Un peu les deux. J'habite rue Geoffroy-l'Asnier (geste dans la direction). J'ai vu que vous étiez de garde et j'avais besoin de DHE. Alors je me suis dit que puisque j'étais dévorée de curiosité à votre sujet, j'allais tenter ma chance. Vous seriez là ou non, qu'importe ! »

Elle avait prononcé le mot de passe de tous les migraineux : DHE. Je me suis dit : c'est une sœur, au fond. Puis elle me plaisait, et j'étais dévorée de curiosité, pour reprendre son expression. Je l'ai donc invitée à prendre son DHE chez moi, sauf si elle avait dépassé le moment limite, en précisant que je ne la violerais pas. Elle a dit : « J'espère bien. Pour le DHE ça va. J'ai pris le dernier que j'avais il y a une demi-heure. J'ai juste besoin d'un autre par sécurité ; j'ai laissé ma réserve au bureau, et La Défense c'est loin. »

Elle a jeté un coup d'œil raisonnablement intéressé, mais sans plus, sur mes enfants, et j'ai apprécié, car j'ai horreur de m'extasier sur les gosses des autres, et que l'on s'extasie sur les miens. Elle a trouvé l'hôtel superbe. Elle m'a dit : « J'aime beaucoup ce quartier, et quand je suis arrivée à Paris j'ai refusé d'acheter un appartement à La Défense comme Erika. Je ne vois pas l'intérêt de s'installer dans la plus belle ville du monde pour aller loger dans le béton.

— Vous connaissez Vienne ?

— A peine.

— C'est aussi la plus belle ville du monde. J'y ai passé mon enfance, et mes parents y vivent.

— C'est fini Copenhague ?

— Dites donc, vous savez vraiment tout. Par Erika ?

— Par Manuela aussi. Pourtant, et bien que le signalement ait été assez fidèle, je vous voyais autrement.

— Comment ?

— Si je vous le dis, vous allez vous fâcher.

— Certainement pas. Je suis narcissique et j'adore qu'on me parle de moi.

— Si c'est vrai, ce dont je doute, vous allez être contente. Je vous voyais plus fatale.

— Fatale, moi ?

— Oui. »

J'ai réfléchi, puis j'ai dit : « On vous a peut-être dit que j'étais une tueuse, après tout.

— Pas du tout. Absolument pas. Je me le suis imaginé, je crois.

— Je ne me vois pas comme ça, mais vu de l'extérieur, quand on ne connaît pas les faits, j'ai deux suicides derrière moi.

— Deux ! Je savais pour Suzanne, mais vous n'y êtes pour rien, mais l'autre ? »

Je lui ai raconté l'histoire de François, et elle m'a dit : « Quelle poisse ! Ça a dû vous démolir, non ?

— Pas tellement. Mais c'est très gentil de dire que c'est de la poisse. Si seulement ma belle-mère pouvait le penser aussi...

— En tout cas Erika ignore tout de cette histoire. Manuela a été discrète, et ça vaut mieux.

— Pourquoi ? Erika m'en veut encore ?

— Non. Elle vous aime encore.

— Oh ? Pas possible. Depuis le temps, quand même ! Manuela me l'aurait dit.

— Elle sait se taire. Elle a dû penser que ce n'était pas une information utile, peut-être même que c'était une information nuisible. Et moi je me demande si j'ai raison de vous le dire. Vous comprenez, Erika se souvient de tout : les contacts, les odeurs... C'est sa force et sa faiblesse. Et en plus elle écrit son journal et elle le relit, histoire de retourner le couteau dans la plaie, sans doute.

— Eh bien elle a de la chance, figurez-vous, si elle se souvient de tout, des contacts, des odeurs, comme vous dites,

351

parce que moi, j'ai beau faire, je ne me souviens que des événements. Le reste finit par m'échapper. J'essaie, je me concentre, et je n'y arrive pas. Et puis de temps en temps il y a un miracle : je la vois, je la sens aux moments les plus inattendus. J'essaie de retenir, et ça disparaît. J'ai cette écharpe rouge, là, dans l'entrée. Il faut bien que je la donne au pressing de temps en temps. J'y mets son parfum : *Femme* de Rochas, tout un programme. Mais c'est pas ça, il manque l'essentiel. Je sais tout sur les souvenirs. Je bois du thé *Prince de Galles* de chez Twinings, le sien, j'y trempe des gâteaux anglais, les mêmes. Je me balade dans le square, en face de son lycée. Et rien. Alors les souvenirs d'Erika... Et puis moi je suis vivante, elle peut toujours venir vérifier, tandis que l'autre, celle que j'essaie de rappeler, elle est morte ! »

C'est à peu près ce que je lui ai dit, et en criant, qui plus est. Pourquoi ? Je n'en sais rien, mais c'est hélas la vérité. Manuela, à qui j'en ai parlé le soir même, m'a dit que j'avais été victime de l'effet Schulberg, comme tant d'autres.

En attendant, Schulberg me regardait avec consternation et j'avais honte. Elle m'a dit qu'elle était désolée, qu'elle n'imaginait pas que... la routine, quoi. J'ai dit : « Vous voyez, c'est ça la femme fatale. » Elle m'a répondu que je lui plaisais beaucoup comme ça. « Voulez-vous que je m'en aille ? J'ai l'impression que je vous ai brisée en mille morceaux.

— Non. Restez et dites-moi franchement pourquoi vous êtes venue.

— Je me demandais, sans trop y croire, si vous ne pourriez pas revoir Erika. Mais maintenant...

— Si je revoyais Erika, ou plutôt si je recouchais avec Erika, parce que c'est là la question, il y aurait des conditions tellement draconiennes qu'elle ne pourrait pas tenir. Liberté d'action, liberté de pensée, surtout. Parce que même si je suis folle, je n'ai pas l'intention un seul instant de cesser d'aimer Suzanne.

— Ça me fait penser à ce que j'apprenais en classe de français : Pyrrhus aime Hermione qui...

— Non, c'est Oreste aime Hermione qui aime Pyrrhus qui aime Andromaque qui aime Hector qui est mort.

— C'est ça.

— Pourquoi vous intéressez-vous à ce point au destin d'Erika ?

— Aucune idée... enfin si : c'est une fille très bien, elle a fait beaucoup pour moi, travailler avec elle est un plaisir. Je l'aime énormément. Je ne supporte plus de la savoir malheureuse.

— Et elle l'est.

— Oui. Enfin, je ne vais pas vous brosser une situation dramatique, je ne veux pas vous faire fuir, surtout. De temps à autre je constate qu'elle l'est. Le reste du temps on s'amuse bien.

— Evidemment, elle ne sait pas que vous êtes ici.

— Non. Et je ne veux pas qu'elle sache.

— Bon. Eh bien je vous promets d'y réfléchir. Parce que chaque fois que je vois une photo d'Erika, j'ai les jambes molles. Mais attention : je veux de l'air, de l'espace. Sinon ce sera pire qu'avant. Vous avez vu ça (et j'ai ouvert mon chemisier), cette cicatrice ?

— Il ne reste plus grand-chose.

— Parce que j'ai une bonne peau. Mais je n'en veux pas d'autre. Je ne suis pas entrée au couvent, moi. J'ai des maîtresses. Je compense par la quantité ce que je n'ai pas en qualité.

— Erika aussi. Moi aussi. On en est toutes là. Même Manuela, d'ailleurs.

— Oui, mais je veux garder le droit de le faire. Sinon ce n'est même pas la peine d'essayer.

— Si vous acceptez de la revoir, c'est à vous de le lui expliquer. Mais j'ai la certitude qu'elle est prête à tout pour vous garder. »

Elle s'est approchée de la photo, sur le piano. « C'est Suzanne, n'est-ce pas ?

— Oui. Et elle restera ici. J'en ai une encore plus belle, à la pharmacie. Une où elle est à cheval.

— Mais pas de photos d'enfants ?

— Vous voulez rire ! Pourquoi pas une du chat, aussi ? Je me fiche éperdument de ce qu'on peut penser, à ce sujet, à la pharmacie. Car je n'en ai pas une seule de François. D'ailleurs j'ai presque oublié comment il était. On a la délicatesse de ne jamais m'en parler, évidemment. Mais un jour j'ai surpris une conversation entre une stagiaire et une préparatrice, qui disait en substance qu'il était bien triste de mourir à vingt-cinq ans. Vingt-cinq ans, peut-être, mais il n'aimait pas la vie. Alors qu'elle, elle avait presque cinquante et un ans, mais elle l'aimait, la vie. Qui ne lui avait pourtant pas fait de cadeaux. Elle en aurait encore bien pris pour trente ans, croyez-moi. Ce n'est vraiment pas juste. »

Comme je sentais que j'allais encore être débordée par mes passions, j'ai enchaîné sur autre chose : boulot, pharmacie, enfants, et elle m'a suivie avec tact. J'ai conscience que je me suis peut-être fourrée dans de beaux draps en lui laissant comprendre que je pouvais envisager de réessayer. Mais ce n'est pas moi qui risque le plus. De toute façon, le temps qu'elle trouve un moyen d'arranger le coup en finesse, je peux voir venir. Manuela m'a dit que je m'étais fait posséder et que j'étais cinglée.

Vale.

Claire de Marèges
à Héloïse d'Ennecour

Paris, le 31 mars 1977

χαῖρε.

A priori je dis comme Manuela. A posteriori je ne sais pas. Je ne pensais pas que tu étais si profondément atteinte (je parle de

Suzanne). Il n'y a d'ailleurs pas de quoi avoir honte. Dans ces conditions, peut-être que... je suis vraiment dépassée. Laisse les choses se faire toutes seules.

Vale atque salve.

Journal de Manuela von Tauberg

Paris, le 31 mars 1977

Quand Héloïse m'a téléphoné, pour me raconter son entrevue avec Lise, j'ai vraiment été surprise, choquée peut-être. De quoi se mêlait-elle ? Mais n'est-ce pas moi qui l'ai poussée à arranger les choses à sa manière, le jour où je suis venue lui parler d'Erika, il y a environ quatre ans, il me semble ? Je croyais l'affaire enterrée, ce qui prouve que je prenais mes désirs pour des réalités. Dès que ma sœur ne fait plus d'histoire, je crois ses problèmes résolus. Quant à Héloïse, c'est encore autre chose, et je devrais le savoir. Depuis l'été 71 où je l'ai entendue me dire, contre toute évidence, que tout allait bien, merci, juste un mauvais moment à passer, je sais comment elle fonctionne.

J'ai appelé Lise. Elle m'a dit : « Je sais, vous pensez que je n'aurais pas dû. Bon, j'ai un type là, chez moi. Je l'expédie et je viens vous voir, d'accord ? »

Elle est venue vers dix heures. Malgré l'heure tardive, je lui ai proposé du thé. Elle m'a dit : « Pas du *Prince-de-Galles* de chez Twinings, au moins ?

— Non. Pourquoi ?

— Je vous expliquerai. »

Elle m'a raconté : « Il y a quelques semaines, j'ai constaté de visu qu'Erika était toujours inconsolable. Oh bien sûr, je le savais, mais on n'y pense pas tous les jours. En général elle est plutôt gaie, me raconte ses fredaines, m'interroge sur les miennes, ceci quand nous ne parlons pas boulot, naturelle-

355

ment. Mais ce matin-là elle avait la gueule de bois, et je sais qu'elle avait pleuré, même si elle l'a nié. Alors je me suis dit que ça ne pouvait plus durer. En plus, il y a longtemps que je voulais jeter un coup d'œil sur cette pharmacie, mais je rentre tard le soir, je suis rarement là le samedi, et à part certains mercredis soir où, comme tous les gens du quartier, il m'arrive d'aller au BHV, mais où les pharmacies sont fermées, j'ai peu d'occasions d'aller dans le coin. Bref, ce dimanche je me suis aperçue que j'avais besoin d'un médicament. J'ai regardé le dépliant des pharmacies de garde de mon arrondissement, et j'ai vu d'Ennecour. Je me suis dit que là, tout de même, il fallait y aller. C'était un signe.

— Superstitieuse, en plus ?

— Quand on n'est pas vraiment décidé, il faut bien s'en remettre au hasard, non ? Enfin, j'y suis allée, et j'ai vu cette gamine, car c'est une gamine, en apparence, qui était manifestement le maître de la boutique. Et je me suis même demandé si ce n'était pas une erreur, parce que...

— On vous l'avait décrite, non ?

— Erika m'avait fait une description, plus lyrique que précise, mais enfin ça collait. Mais j'avais tellement l'idée d'une femme fatale que j'ai été complètement désarmée. J'ai failli ne pas y croire. Mais elle a de la défense. Elle m'a attaquée.

— Ça ne m'étonne pas.

— Oui, et cela m'a donné du respect. Puis on a parlé gentiment. Je suis sûre qu'elle savait pourquoi j'étais venue. Elle m'a raconté la mort de son mari.

— Elle vous a dit ça ?

— Oui. Je la trouvais de moins en moins gosse, malgré sa longue natte dans le dos et sa tenue de pensionnaire austère. Je commençais à avoir une idée sur sa séduction. Puis elle s'est emballée et m'a raconté la recherche de ses souvenirs, et au début j'ai eu du mal à comprendre qu'il s'agissait de Suzanne, tellement c'était incohérent. Elle vous en a parlé ?

— Ce soir, oui. Au téléphone. Elle avait honte d'avoir craqué.

— Eh bien il n'y a pas de quoi. C'était bien. Moi, je me suis sentie très coupable. Elle paraissait dix ans de plus, et c'est un compliment. Vous saviez tout ça ?

— Je ne savais pas qu'elle cherchait encore à déclencher ce genre d'hallucinations, mais...

— On ne peut pas parler d'hallucinations, voyons ! Ce serait quand même exagéré.

— En tout cas, la première fois ça s'est fait par hasard. C'est Melitta, à qui elle a beaucoup parlé, qui me l'a raconté. Il paraît que de temps en temps Suzanne posait sa tête sur son ventre, frottait son menton à la façon des chats, vous voyez ?

— Très bien.

— Et lui disait : " Mais comment fais-tu pour avoir la peau si douce ? " Bon, jusque-là c'est banal. Il faut dire aussi qu'Héloïse, en se mariant, avait décidé d'oublier complètement Suzanne, comme si c'était possible. En somme, elle l'a enterrée et pendant quelques mois elle a vraiment réussi à ne plus y penser du tout, du moins c'est ce qu'elle dit. Et puis son petit garçon est né, très vite, un peu par surprise, et quand on le lui a posé sur le ventre, avant de couper le cordon, elle a eu sa première hallucination, a senti le geste de Suzanne, a cru la voir, ou l'entendre... je ne sais pas exactement. Je ne pensais pas qu'elle cherchait à déclencher des phénomènes de ce genre. J'en viens à me demander qui est la plus cinglée, elle ou Erika, et c'est pour ça que votre intervention m'inquiète. Vous, vous voulez le bien d'Erika, ce que je comprends, et ça me plairait aussi, mais Héloïse est aussi fragile qu'elle. Plus, peut-être.

— Malheureusement oui. Et c'est en l'écoutant que j'ai cessé de croire que je pouvais arranger les affaires d'Erika. Au départ, je m'attendais à devoir négocier une sorte d'arrangement entre gens de bonne compagnie, et je me suis retrouvée avec une autre fanatique. J'avais perdu. Et comme j'aime jouer les petits Machiavel, ça m'ennuyait. Puis elle m'a fait une ouverture en me parlant de conditions...

— Etonnant.

— Je ne sais pas, après tout. Il ne faut pas sous-estimer une

357

certaine compassion pour Erika. Sans parler des remords qu'elle a pu éprouver jadis. C'est vrai que je la prenais, inconsciemment, pour une briseuse de cœurs assez désinvolte, mais j'ai complètement changé d'avis. Et puis il y a le facteur sexuel, qui n'est certainement pas négligeable. Toujours est-il qu'elle a posé ses conditions et dit, je vous le jure, qu'elle réfléchirait.

— Oui, c'est ce qu'elle m'a dit. L'idée va faire son chemin, c'est sûr. Quels sont vos projets ?

— Laisser mûrir. Matériellement il n'y a pas de problème : on organise une journée d'information sur un quelconque produit de la maison avec les pharmaciens d'officine. C'est enfantin. Si elle consent, il n'y a plus qu'à piéger Erika, et ça fera des étincelles. A-t-elle beaucoup changé, physiquement, depuis la rupture ?

— Vous savez, à cette époque nous étions toutes un peu pareilles : des étudiantes aux longs cheveux dans le dos, habillées simplement. Depuis on a toutes coupé nos cheveux, sauf elle, qui s'est mise à les natter, le plus souvent. Et elle est devenue de plus en plus austère, comme vous l'avez vu. Nous ne savons pas pourquoi, d'ailleurs. Marie-Thérèse, sa belle-sœur, pense que c'est une forme d'orgueil, qu'elle se sait assez belle pour se passer de fanfreluches. Claire dit que c'est le calvinisme qui la rattrape au tournant. Moi je pense que c'est l'influence de Suzanne : elle s'habille exactement comme elle, mais comme elle n'est pas faite pareil, cela produit un autre effet. De toute façon il faut savoir que c'est un sujet absolument tabou. Elle ne supporte pas la moindre remarque à ce sujet. Et je ne pense pas qu'elle ait beaucoup changé aux yeux d'Erika. Finalement, en gros, c'est la même fille. Je ne m'en rendais pas compte, mais elle a peu vieilli, c'est vrai.

— Elle a peu vieilli mais elle a souffert. Ça pourrait les rapprocher, vous savez.

— Oui, ça pourrait, mais c'est risqué. »

Malgré mes craintes, son projet commençait à m'intéresser. Depuis que Claire m'a démontré ce qu'on pouvait faire avec quelques réflexions judicieuses, j'ai perdu ma naïveté. J'ai quand même ajouté : « Il ne faut pas que ça tourne mal.

— Ça ne tournera pas mal. L'une est aux trois quarts consentante, ce qui doit bien signifier qu'elle est prête, et l'autre a pris du plomb dans la tête. Il ne faut pas sous-estimer votre sœur. Je ne l'ai jamais vue faire deux fois les mêmes sottises. Et puis à force de ressasser les causes de son échec, croyez-moi, elle les connaît. Non, Erika ne m'inquiète pas. Et l'autre... j'espère que ça atténuera sa peine, si ça marche.

— Non seulement vous vous souciez du bonheur d'Erika, mais maintenant vous voulez prendre cette " briseuse de cœurs " en charge ?

— Manuela ! Il ne faut pas m'en vouloir ! J'étais loin de me douter que j'allais tomber sur ce genre de fille. Et après tout c'est de votre faute. Il fallait m'en dire plus long. »

C'est moi qui ai dû la rassurer : « Inutile de s'inquiéter à l'avance. Votre intervention est peut-être arrivée au bon moment. »

Héloïse d'Ennecour
à Claire de Marèges

Paris, le 6 juin 1977

Ave !

En ce moment, le soir, au lieu de reviser mon option de contrôle de gestion qui constitue mon dernier examen à l'IAE, je me promène avec Lise Schulberg. Elle me parle de contrôle de gestion, justement, et elle me confirme ce dont j'étais quasi certaine : il suffit d'avoir du bon sens et l'esprit clair, et de ne pas se noyer dans les chiffres. Et mes petits copains de la fac ne s'en rendent pas compte, qui sont perdus sans leur calculette. Je lui parle aussi de mon projet d'apprendre réellement la comptabilité, dans le but d'éliminer l'expert qui vient chez moi et tente de me snober, alors qu'il ne connaît pas grand-chose à ma profession. Car les teintures de comptabilité acquises à l'IAE m'ont révélé tout un monde qui me paraît parfaitement accessible. Sur ce point, elle me donne raison. En revanche, quand je parle de mon désir d'informatiser la pharmacie, elle me conseille d'attendre. Pas seulement parce que je suis trop novice, mais parce que les choses sont en train d'évoluer très vite, et dans le bon sens : appareils plus petits, plus souples, plus puissants. Hippolyte me disait la même chose, en revenant de Harvard. Je vais donc patienter un peu.

Nous nous promenons dans l'Ile Saint-Louis et dans le quartier Saint-Paul. Nous admirons les hôtels. Quand elle en voit un beau, elle me dit : « J'ai trouvé l'hôtel Schulberg. Vous avez de la chance d'avoir le vôtre.

— Ce n'est pas le mien, c'est celui des enfants. Quand ils seront majeurs, je partirai et je reprendrai mon nom. Et comme j'aurai fait fortune, j'achèterai celui-là, en face, vous voyez, et je l'appellerai hôtel de Marèges.

— Ah non, je le prends pour moi.

— Bon. On partage.

— D'accord. »

Quand nous sommes fatiguées, nous rentrons chez l'une ou chez l'autre. Nous décongelons des plats, car elle a aussi, comme moi, un four à micro-ondes, et je suis bien contente de voir que d'autres que moi se jettent sur toutes les nouveautés. Chez elle, je contemple son étonnante collection de poètes français. Elle les a tous, et elle en sait la moitié par cœur. J'ai essayé de la coller : impossible. Il y a des éditions rares : « Ceux-là, m'a-t-elle dit, ce sont des cadeaux d'Erika. Elle aussi, elle essaie régulièrement de me coller.

— Vous n'en écrivez pas ?

— Impossible. Ce n'est pas ma langue maternelle. Je pense en allemand.

— Et pourquoi ne pas en écrire en allemand ?

— Je n'aime pas. Je veux que ça rime et qu'il y ait le nombre

360

de syllabes réglementaire. D'ailleurs ce sont les particularités de la prosodie française qui la rendent si attirante. Quand vous faites des vers libres vous n'êtes pas meilleurs que les Allemands, et ça ne me plaît plus. C'est pourquoi je n'ai rien de moderne. Vous avez vu, j'ai presque tout ce qui est paru chez Lemerre. Et vous, vous en écrivez toujours ?

— Non. Vous le saviez ?

— Par Erika. Mais elle ne me les a pas montrés.

— Tant mieux, c'était mauvais. »

Je la fais marcher, avec Erika. Ma décision de la revoir est prise, mais je lui fais croire que j'hésite, pour l'obliger à fourbir ses arguments et la mettre un peu sur le gril. Je lui dis : « Admettons que vous organisiez une rencontre, qui vous dit qu'elle ne va pas s'enfuir en criant " kaï, kaï, kaï " ?

— Non. Elle sera clouée au sol.

— Et qu'est-ce que je dirai ?

— Vous trouverez. Vous êtes une grande fille.

— Je lui parle de mes estampes japonaises ?

— Par exemple. »

Je suis redevenue sérieuse, et je lui ai dit : « Quand je vous ai dit que j'avais deux suicides derrière moi, je ne pensais pas à Suzanne, qui, pour moi, est morte de sa maladie. Mais il se trouve que je sais quelque chose que vous ignorez peut-être : Erika a essayé de se tuer en voiture, en 67. Alors j'ai peur. Elle est fragile, Erika.

— D'abord je le savais. Ensuite je ne pense pas que cela ait été une tentative vraiment sérieuse, pas plus que celle de vous tuer en tirant sur vous. Elle est solide, Erika, du moins en profondeur. J'ajoute que Manuela n'aurait pas dû vous raconter ça.

— Ce n'est pas Manuela, du moins pas directement. Je l'ai appris en lisant des papiers laissés par Suzanne.

— Ah bon. Eh bien mettez-vous quelque chose dans la tête : Suzanne est morte de sa maladie, comme vous dites, votre mari est mort de sa faiblesse, et Erika n'est pas morte du tout. Vous n'êtes pas une tueuse et vous pouvez rendre

361

quelqu'un heureux. Erika, en l'espèce. Alors, s'il vous plaît, faites-le. »

J'ai eu honte de la faire marcher. Elle prend ça très à cœur. Avec elle Erika est dans de bonnes mains. J'ai dit : « D'accord, je le ferai. Et je réussirai. »

Elle était contente. Mais c'est vrai que je ne trouve pas ça si facile. La mener dans mon lit, la reséduire si elle a besoin de l'être, lui ôter son équilibre, si précaire soit-il, puis ensuite lui imposer mes conditions alors qu'elle pourrait croire que tout va reprendre comme avant... puis si elle n'accepte pas mes conditions, et pourquoi les accepterait-elle, lui dire : « Ravie de vous avoir revue... reséparons-nous », voilà une perspective qui m'inquiète à juste titre. Je trouve quand même très étonnant qu'elle m'aime encore au bout de dix ans. Mais Lise l'affirme, Manuela le confirme. Et toutes deux pensent que cet amour résistera aux dix années que j'ai en plus. Admettons donc, mais si elle m'aime, elle est vulnérable. J'ai acquis certains scrupules. L'âge, sans doute...

Vale.

Claire de Marèges
à Héloïse d'Ennecour

Paris, le 9 juin 1977

Ave !

L'âge peut-être, et surtout de mauvaises expériences. Elle a raison, ta Lise. Il est grand temps de rompre ce cercle vicieux. Moi-même je me suis mise, plus qu'autrefois, à réfléchir aux conséquences éventuelles de mes actes. On peut voir là aussi, sur toi comme sur moi, l'influence de la philosophie de Suzanne. Tu te souviens quand elle nous expliquait son « système », comme elle disait ? Il y avait, entre autres, la

362

constatation que tout acte, quel qu'il soit, avait des conséquences que nous ne pouvions pas prévoir. Et elle usait de la parabole tirée des *Mille et Une Nuits :* le type qui se promène tranquillement sur la plage en jetant des petits cailloux, et l'un des cailloux tombe sur une jarre qui contenait un djinn enfermé par Salomon. « Chaque fois que nous agissons, disait-elle, nous risquons de blesser un djinn caché. »

Seulement, comme nous ne pouvons pas ne pas agir, ça coince.

Je peux prendre justement certains exemples de ton passé (agité) : un jour, jeune et audacieuse, tu décides de t'introduire dans le lit d'une dame qui, j'imagine, ne te paraissait pas vulnérable. Résultat : tu lui donnes la fin de vie dont elle n'osait probablement même pas rêver, et tu fais pour toi-même l'expérience de la mort de l'être qu'on aime. Qui a souffert, finalement ? Et cela aurait pu être le contraire : imaginons qu'elle se soit conduite comme Erika : tu l'aurais larguée et tu aurais aggravé ses échecs amoureux. Car jusqu'à présent elle n'avait pas été gâtée : une mort et un abandon, si j'ai bien interprété le fait qu'elle t'ait écrit qu'elle avait aimé deux fois avant toi.

Ceci pour démontrer qu'on ne sait pas à l'avance qui est vulnérable (sauf au bridge...).

Prenons Erika. Elle en a bavé, c'est certain, mais elle a survécu, et dans un sens elle est sortie renforcée. Je ne veux pas dire qu'elle aurait dû en mourir, d'ailleurs. C'est déjà assez affreux qu'elle ait essayé. Mais j'imagine que si elle a quelques qualités permettant la survie, elle se méfiera de toi et attendra un certain temps avant de se laisser aller. C'est de ce temps qu'il faut profiter pour établir un type de relations qui te conviennent et lui conviennent aussi, même s'il y a des concessions de part et d'autre. Tu peux en faire quelques-unes, car c'est tout de même une femme exceptionnelle. Moi-même, il m'est arrivé de faire l'effort de ne pas regarder comme des amants possibles des types que je trouvais superbes, et j'ai l'intention de persister dans cette voie, qui me demande peu d'efforts pour le moment, mais sait-on jamais ? Je ne détesterais pas, d'ailleurs, avoir des tentations auxquelles j'aurais le plaisir subtil de résister. Il y a là une certaine forme de jouissance. Et surtout, ne ris pas.

Vale.

Héloïse d'Ennecour
à Claire de Marèges

Paris, le 12 juin 1977

Ave !

Je te reçois cinq sur cinq. D'abord on ne sait pas qui est vulnérable, donc on peut imaginer qu'Erika, dans un mois, dans un an, me fera comprendre qu'elle avait fait sur moi une fixation maladive, et que finalement elle se demande bien pourquoi, parce que... bof... je n'ai rien d'exceptionnel, après tout, et qu'elle n'a qu'à claquer des doigts pour voir, au pied de son lit, tout un tas de créatures fascinantes qui ne demandent qu'à l'adorer.

Ensuite, en éliminant cette hypothèse, tu me suggères de lui rester fidèle en me satisfaisant de rêveries sur ce qui aurait pu être.

Tout ceci est d'ailleurs parfaitement envisageable. Je me souviens d'avoir eu une envie fulgurante de me jeter sur Melitta, en 70, et de ne pas l'avoir fait pour rester fidèle à Suzanne.

Seulement il y a des écueils. Ce qui était insupportable autrefois avec elle, ce n'était pas tellement ses interrogations sur ma fidélité, dont elle avait, après tout, raison de douter. C'était ses questions sur l'amour que je lui portais, questions qui avaient précédé mon aventure avec Suzanne. Elle n'était pas sûre de mon amour, ne comprenait pas que ma manière de l'exprimer est essentiellement différente de la sienne, que je ne pouvais pas lui dire les mots qu'elle attendait, par pudeur, par excès de jeunesse aussi. Littéralement, ça refusait de sortir. Plus tard j'ai appris à le faire grâce à Suzanne qui, elle, me comprenait. Enfin… quand je dis que j'ai appris à le faire, il y a quand même certaines limites que je n'arrive pas à franchir, du moins je le crois. Parler d'amour à quelqu'un, je n'ai pas eu l'occasion de le faire depuis 1971. Quand nous le faisions, Suzanne et moi, c'était généralement la nuit, parce que nous avions bien fait l'amour, que nous avions sommeil, que nos défenses (les siennes comme les miennes) étaient tombées. Et le lendemain matin il restait quelque chose d'impalpable dans l'atmosphère, une sorte de souvenir très tendre qui nous accompagnait dans la cuisine à l'heure du petit déjeuner, et qui résistait aux propos désinvoltes que nous tenions. Ce n'est pas arrivé très souvent. Tant mieux : cela n'en est que plus précieux.

L'autre écueil, bien sûr, c'est Suzanne. Je n'ai jamais cessé de l'aimer, je n'ai même pas essayé. J'ai essayé de ne plus penser à elle, ce qui n'est pas la même chose, et de toute façon ça a raté. Erika devra se contenter d'un amour d'occasion. Le pourra-t-elle, elle qui est si exclusive, si passionnée ? Elle qui, même quand elle n'avait pas de rivale, empoisonnait tout ? Lise dit qu'elle a compris. Je l'espère, bien sûr, mais je ne le saurai qu'à l'usage. Je n'ai pas envie de revivre l'enfer des scènes. Je sais que je ne le supporterais pas. Et pour qu'elles n'aient pas lieu, il faudra se taire, ne jamais évoquer le passé, ne pas parler de cette femme que nous avons eue en commun… sauf si elle souhaite le faire, auquel cas je devrai vaincre mes réticences.

Il y a aussi mes petites aventures. Je n'y tiens guère, au fond, sauf qu'elles sont le symbole de ma liberté, et que cette liberté doit être affirmée dès le début, sinon…

Et puis il faudra lui parler de Melitta, aussi. Il faudra qu'elle accepte les enfants. Il faudra, il faudra…

Si seulement on savait où sont les djinns cachés, pour les éviter !

Te souviens-tu d'une fille nommée Isabelle, avec qui j'ai eu une liaison de quelques mois ? Eh bien je l'avais blessée, en somme, car je la traitais en camarade, plutôt agaçante parfois, mais en camarade. Et quand j'ai voulu arrêter, elle m'a dit qu'elle m'aimait, ce qui était inattendu. Je ne pense pas que la blessure ait été bien grave, mais tout de même, quelque chose m'avait apparemment échappé. Depuis, je ne prolonge pas et je fais bien attention à ne pas créer de malentendu.

Et Béatrice ? Je ne t'en ai pas parlé. Je l'avais rencontrée à l'époque où je faisais mon mémoire de maîtrise sur le légitimisme. Elle était catholique pratiquante, calotine comme dirait Papa, et elle m'avait cependant draguée avec détermination. Et elle rompait après chaque confession, me disant que je ne pouvais pas comprendre. Ce que je ne comprenais pas, surtout, c'est pourquoi elle revenait régulièrement à son péché. Je crois qu'elle m'aimait. Mais un jour, je lui ai dit qu'il fallait choisir. Je lui ai offert une très belle rupture : Titus et Bérénice... C'est ce que je pouvais faire de mieux pour elle. Pauvre Béatrice ! A-t-elle recommencé ailleurs ? Possible.

Tout ceci n'étant finalement pas très satisfaisant, je vais revoir Erika. Je pense que Suzanne approuverait. Reste l'organisation matérielle de la rencontre, qui est du ressort de Lise et de Manuela, et qui est moins évidente qu'il n'y paraît. Tu dois savoir, par ton père, que les labos considèrent que les seuls interlocuteurs sont les médecins. Ce qui est vrai pour les produits inscrits aux tableaux, mais partiellement vrai pour les autres. Bien sûr, il y a aussi la parapharmacie et les cosmétiques, mais Tauberg ne fait ça que par l'intermédiaire de filiales juridiquement indépendantes. Donc la communication est faible avec les pharmaciens, et Tauberg, comme Wesel d'ailleurs, n'a pas de réseau de visiteurs pharmaceutiques. Lise a évidemment beaucoup de pouvoirs, mais le marketing n'est pas vraiment de son ressort, donc elle planche avec Manuela sur un projet où l'état-major de Tauberg pourrait rencontrer les pharmaciens. Pas évident. J'ai suggéré une opération de relations publiques pour caresser dans le sens du poil l'humble potard, toujours méprisé. Lise m'a regardée avec une vive admiration : j'avais eu l'idée de génie.

Cela fera par la même occasion la joie de ton père qui me disait, il n'y a guère, que si un pharmacien était un notable à Mascara, il n'était considéré à Paris que comme un marchand de crèmes solaires.

Tout cela prendra un peu de temps. Je continue à faire semblant d'hésiter, mais personne n'est dupe. Quoi qu'il arrive, j'aurai au moins bien œuvré pour mes confrères.

Vale.

La même
à la même

Paris, le 16 octobre 1977

Ave !

Je sais, un bref coup de fil pour te dire, à ton bureau : « C'est fait, tout va bien », ce n'est pas assez, même si j'ai ajouté : « Lettre suit. » Elle suit avec deux jours de retard. N'accuse pas ma procrastination. J'avais besoin de mettre un peu d'ordre dans mes idées.

C'était à la porte Maillot, dans une des salles du Palais des congrès. J'étais naturellement extrêmement tendue. Le trac. Je l'ai vue : elle parlait avec des gens, mais je me suis dit qu'il fallait l'aborder tout de suite, tant que nous en étions encore au stade informel de la réunion. En outre j'étais la proie de sensations encore plus violentes que le jour où j'ai vu sa photo dans *L'Expansion*.

Je me suis approchée. Elle est devenue extrêmement pâle, a dit aux gens qui étaient avec elle : « Excusez-moi », et elle est venue vers moi. Je ne savais pas quoi dire : tout ce à quoi j'avais pensé, sans d'ailleurs me décider, s'était envolé. C'est elle qui m'a dit d'une voix méconnaissable, étranglée :

367

« Venez. » Et je l'ai suivie. Nous avons traversé la zone des boutiques, ce qui est assez long, puis nous sommes arrivées à la réception de l'hôtel, et là j'ai compris. Elle m'a dit, d'une voix un peu plus normale : « Restez ici, ce sera plus convenable. » Puis elle a ajouté : « Vous n'allez pas partir, au moins ? » J'ai fait non avec la tête.

Elle est revenue très vite avec une clé, et nous nous sommes retrouvées dans une chambre. Là, je ne sais pas laquelle des deux s'est jetée sur l'autre. Les deux ensemble, probablement.

J'étais ramenée treize ans en arrière, à Copenhague. Je me demandais comment j'avais pu oublier qu'avec elle c'était si fulgurant, comme ça ne l'a jamais été avec personne. Avais-je vraiment oublié ? Disons que c'était à l'arrière-plan.

Des heures ont passé, sans que nous ayons échangé une parole, ce qui était parfaitement inutile étant donné notre accord total. On peut même parler de fusion. Puis elle m'a dit : « Même si on ne se revoit pas, ça valait la peine. » J'ai eu très peur, et j'ai dit : « Je vous en prie, ne me quittez pas. » Et elle m'a répondu : « D'accord. »

L'essentiel avait été dit. Le rapport de force s'était inversé, mais cela m'était bien égal.

Le lendemain matin, nous avons commandé un énorme petit déjeuner américain et nous avons parlé. Pas de mes fameuses conditions : le moment n'était pas encore venu, et je savais qu'elle ferait tout ce que je veux, et que je serais de toute façon incapable de lui faire du mal. Nous avons parlé de nos vies, avec précaution, c'est-à-dire en nous limitant au travail, et nous sommes convenues qu'elle viendrait chez moi vers huit heures et demie, heure à laquelle je rentre en général.

Mais elle est passée à la pharmacie à sept heures, et je l'ai suivie une nouvelle fois sans discuter. Nous nous sommes enfermées dans ma chambre, avons ravagé le lit, puis j'ai accompli mes devoirs de mère, dont je me serais bien passée ce soir-là. Elle a apprécié la disposition des lieux : l'escalier et le long couloir qui me sépare du domaine des enfants, le fait que j'aie une sortie privée qui me donne accès à la rue des Francs-

Bourgeois. Elle doit bien se douter que ça a déjà servi. Elle a fait la connaissance d'Irmgard et des enfants, à qui j'ai expliqué que c'était la sœur de Manuela. Puis nous avons profité de la douceur de l'arrière-saison pour manger dans le jardin, en vitesse, avant de retourner au lit. Elle s'est endormie sur le champ de bataille. Je l'ai regardée enfin, réellement regardée. Et je me suis dit qu'elle avait vieilli, malgré les apparences. C'est vrai qu'on lui donnerait trente-cinq ans à peine, quand elle est éveillée. Mais là, elle avait l'air tellement triste, avec un petit pli, à peine visible, d'amertume au coin de la bouche. C'est vrai aussi qu'elle a toujours eu un petit air mélancolique qui ajoute à sa célèbre beauté, mais moi qui la connais, de près, je sais bien qu'elle a beaucoup changé. En profondeur. Je l'ai prise dans mes bras, ce qui ne l'a pas réveillée, et je me suis endormie aussi. Vers six heures elle m'a tirée de mon sommeil en me faisant des choses très tendres, que je te résume par (...). Je suis allée préparer le petit déjeuner. Je voulais le lui porter au lit, sur la table roulante. Mais elle était dans le salon, devant le piano, et elle regardait la photo de Suzanne. J'ai dit : « Je l'enlèverai. » Elle m'a attrapée par les épaules, un geste qui n'est qu'à elle, et elle m'a dit : « Non, je ne veux pas. » Difficile de lui parler de conditions. Et puis à quoi bon ? Par moments je n'ai même plus envie de le faire. Sauf que je crois qu'il le faut, que c'est bon pour elle, qu'elle a besoin d'être un peu contrainte. Suzanne le pensait, en tout cas. Elle me disait : « Dommage que tu n'aies pas eu les moyens de taper du poing sur la table. Moi, confrontée à la jalousie d'Erika, je l'avais fait. Et très efficacement. Mais la différence d'âge ne jouait pas en ta faveur, pauvre petite fille ! »

Je me suis souvenue de cette remarque, et j'ai vaincu mes réticences. J'ai dit : « Promettez-moi...

— De ne plus faire d'histoires ? Mais bien sûr. C'est juré. »

Et voilà. Sa fameuse intuition, qui m'avait tant gênée à l'époque où je la trompais, lui a fait deviner ce que je voulais. On s'en tiendra là. C'est inespéré, n'est-ce pas ?

Vale.

369

Journal d'Erika von Tauberg

Puteaux, le 17 octobre 1977

Quand je suis entrée dans le bureau de Lise, tout à l'heure, elle s'est mise à rire : « Vous devriez penser à dormir, et aussi à manger. Vous vous êtes regardée dans une glace ? Et votre jupe ? Vous avez remarqué qu'elle flotte ? » Je me suis laissée tomber sur le canapé en soupirant : « Vous verrez, quand vous aurez quarante-deux ans !

— Je ne pense pas qu'à quarante-deux ans il m'arrivera ce qui vous arrive, et je le déplore, d'ailleurs, parce que votre lassitude en dit long sur vos nuits.

— Pas seulement mes nuits.

— N'en rajoutez pas. Vous voulez un scotch ?

— Oui. Vous avez tout vu, bien sûr.

— J'ai vu tout ce qui était visible. Le reste se lit sur votre visage... à livre ouvert.

— Vous saviez qui elle était ?

— Oui. J'ai poussé jadis la curiosité jusqu'à jeter un coup d'œil sur sa pharmacie.

— Je me demande si Manuela n'a pas organisé ça exprès.

— Si tel est le cas, elle n'avouera jamais.

— Ou vous ?

— Même remarque.

— Mon absence n'a pas été trop gênante ?

— On s'est débrouillé, Manuela et moi. Vous l'avez emmenée chez vous ?

— Non. Trop urgent. A l'hôtel. Nous ne sommes même pas sorties du bâtiment. »

Elle me regardait avec stupéfaction. Je l'avais habituée à une plus grande maîtrise de moi. Elle a dit, avec un peu d'inquiétude, je crois : « Vous allez continuer ? Ça va ?

— Oui. Et cette fois je ferai le maximum pour que cela dure toute la vie. En principe on ne se baigne pas deux fois dans le même fleuve, n'est-ce pas ? Mais moi j'ai eu une seconde chance, et j'en ferai usage, vous verrez.

— Eh bien, si vous voulez que ça dure une très longue vie, vous devriez aller dormir, avant de vous consumer complètement. Vous la voyez, ce soir ?

— Evidemment. Elle vient chez moi. Bon, vous avez raison : je vais aller dormir quelques heures en attendant. J'ai pourtant passé tout le week-end au lit. Seule le samedi, puisqu'elle travaille, et avec elle du samedi soir au lundi matin.

— J'espère qu'elle est solide, parce que travailler le samedi et vous retrouver après, ce n'est pas de tout repos. Et ses enfants ?

— Oh, ils sont gardés. Puis j'ai l'impression que ce n'est pas sa préoccupation principale, en ce moment. Et peut-être bien tout le temps. Je sais bien qu'il va y avoir une sorte d'organisation à prévoir, mais pour le moment...

— Pour le moment, allez vous coucher. On a une réunion demain matin avec les Suisses.

— Je sais bien. »

Elle m'a souhaité, en riant, beaucoup de plaisir : ce « viel Spaß » qu'on emploie assez fréquemment en Allemagne, et qui n'a pas vraiment d'équivalent ici.

Claire de Marèges
à Héloïse d'Ennecour

Paris, le 19 octobre 1977

Eh bien, à ce stade ce n'est même plus de l'amour mais une passion d'une exceptionnelle frénésie. Certains vieux souvenirs me sont soudain revenus : quand nous étions en première et que tu cavalais, moi te suivant tant bien que mal, dans la rue de Babylone, vers le métro qui nous déposerait, toi chez elle, moi bien sagement chez mes parents. Cette hâte me paraît avoir été celle de l'alcoolique vers sa bouteille, ou du drogué vers sa seringue. D'ailleurs à l'époque tu avais fait toi-même cette comparaison, quand je prétendais que tout cela était excessivement sentimental.

J'ai bien changé depuis. Je pense maintenant que les sentiments sont une très bonne chose, et si en plus au lit c'est le paradis, pourquoi se plaindre ? Néanmoins, quand tu prenais le bus pour aller chez Suzanne, ce n'était pas tout à fait la même hâte, bien que tu l'aimasses bien davantage. Que c'est compliqué ! On comprend qu'Erika ait gardé des souvenirs si physiques, si tu lui fais l'effet qu'elle te fait.

Mais la scène où elle fonce avec toi à l'hôtel (est-ce le Méridien, ou le Concorde-Lafayette ? Je les confonds), cette scène dégage un érotisme torride. Je me suis bien amusée en la lisant.

Bon, mais ménage-toi. Tu as charge d'âmes, sans compter qu'Erika n'est pas si jeune que toi et que Tauberg AG ne saurait être dirigé par une nymphomane déchaînée.

Salve.

Héloïse d'Ennecour
à Claire de Marèges

Paris, le 22 octobre 1977

Ave !

J'ai apprécié ton salve final. Rassure-toi, je sais que j'ai d'innocentes créatures à élever, et nous avons déjà pris un rythme de croisière qui, certes, épuiserait deux petites natures, mais qui nous convient. Je me souviens des années 64-65. Effectivement, je me précipitais dans son lit, comme tu le décris. Mais à quinze ans, et alors que je n'avais connu qu'elle,

372

comment aurais-je pu me rendre compte qu'il y avait là quelque chose d'exceptionnel ? D'ailleurs, les débuts ne sont-ils pas toujours exceptionnels ? Il est vrai qu'entre elle et moi l'exceptionnel a quand même duré trois ans, même à l'époque où nos disputes étaient devenues quotidiennes. Et c'est à cause de ce pouvoir physique qu'elle a sur moi, et qui peut-être est réciproque, que j'ai laissé la situation s'envenimer. Non qu'Erika fasse « ça » mieux, objectivement, mais il y a un accord, quelque chose qui n'est qu'entre nous, je crois, et qui fait que, pour parler en jargon de sexologue, un orgasme avec elle est bien plus qu'un orgasme. Je ne me l'explique pas. C'est ainsi.

Et cependant, comme dit ce vieux Proust, cette femme n'est pas mon genre.

Enfin, maintenant il n'est plus question de la laisser échapper. Nous nous sommes fait quelques serments. Pas trop. Elle m'a répété qu'elle me laissait libre. Elle semble tenir à me le dire. Evidemment, elle sait bien que tout le problème a été là.

En tout cas, je suis bien contente que les précautions prises à l'époque de ma minorité nous aient conduites à ne jamais nous tutoyer. Tu ne peux pas savoir le supplément de sensualité qu'apporte cette pratique. Mes parents le savent bien, je parie. J'aimais aussi l'inégalité du rapport avec Suzanne. C'était le maître et l'élève... autre chose... Quoi qu'il en soit, pour la première fois depuis sa mort, je me sens bien.

Vale.

ANNÉE 1978

Héloïse d'Ennecour
à Claire de Marèges

Paris, le 6 mai 1978

Ave !

J'ai à mon tour bien des soucis avec les enfants et leur entrée à l'école primaire, et je n'arrive pas à les résoudre aussi facilement que toi, parce qu'il semble (on essaie de me le faire comprendre) que je demande la lune. Pour Anne, évidemment, pas de problème, d'après nos pédagos : il a l'âge qu'il faut, et il n'y a que moi pour m'en préoccuper, mais bien sûr je ne leur dis pas. J'ai fait de mon mieux pour lui apprendre les rudiments, à lui et à la petite Camille Prieur qui a exactement son âge. Résultat : Camille saute le cours préparatoire (CP comme ils disent, onzième comme je dis) et Anne ne le saute pas. Il n'en est absolument pas capable, c'est une évidence. Marie-Thérèse a d'abord essayé de me consoler en me parlant de facteur verbal, de différence entre les filles et les garçons, différence que tu avais constatée toi-même avec Héraclès, et qui est bien connue des spécialistes. Mais chez Anne il n'y a pas que ça. Ce n'est pas qu'il soit idiot, pauvre petit, mais il est moins intelligent que ses sœurs, et ça saute aux yeux. Son père était-il intelligent ? Oui, certainement plus que sa conduite ne l'indiquait. C'est même une chose qui m'avait séduite au début. Il voyait clair, je crois, dans son propre cas, jusqu'au jour où ça n'a plus servi à rien d'y voir clair.

Pour les filles, je demande deux choses : l'entrée en onzième, parce qu'elles s'ennuient en maternelle, et la séparation, parce que Marie-Thérèse et moi pensons que des jumelles, même fausses, doivent être séparées. Elles commencent à développer un langage qui leur est propre et à s'isoler des autres enfants. Mais pour la séparation, je me heurte à la sacro-sainte sectorisation, et pour la onzième on m'a dit non. A la rigueur on verra si elles peuvent passer directement en dixième (dite CE 1, cette manie des sigles me consterne !) l'année prochaine. Et l'on m'a accusée de faire du « forcing ». J'ai répondu que non, je ne faisais pas de « forçage ». Entre mon interlocutrice et moi est passé alors un courant de haine pure. Dans une bande dessinée on aurait vu jaillir des éclairs de nos yeux. Elle pensait au grand soir, qui liquiderait les « d'Enne-cour-avec-un-d-minuscule-apostrophe », et je pensais : « Va donc, avec ta gueule à militer à la FEN, avec tes fringues choisies sur le catalogue de la CAMIF, avec ton jules barbu et éjaculateur précoce (simple hypothèse...), avec ton allure " gardarem lou Larzac ", je te HAIS. »

Mais le mince vernis de civilisation qui me recouvrait n'a pas sauté. Je suis rentrée à la maison, avec ma fureur intacte et un début de migraine. Pour la migraine, j'ai pris un comprimé ; pour la fureur, je suis allée m'épancher dans le sein des Prieur. Ces derniers, assez gauchistes sur certains points, partagent complètement mon point de vue sur l'Education nationale. Ils commencent à parler d'école privée pour Camille. Mais Camille est baptisée, et dans le quartier il n'y a rien de bien pour les laïques. Je ne me vois pas acheter une voiture pour conduire ces pauvres enfants au diable vauvert, dans les embouteillages. En fait de trajets sous la pluie, d'embouteillages et de taxis introuvables, j'ai assez de problèmes quand je vais à La Défense. Mais ceci est encore une autre affaire.

Alors Marie-Thérèse me parle, pour le secondaire, de la

Légion d'Honneur, respectable établissement où sa mère s'était débarrassée d'elle. Elle a de bons souvenirs. Je ne suis pas contre : mes filles ont trois grands-parents décorés, ce qui est certainement exceptionnel, mais Anne ? L'enverrai-je au Prytanée de La Flèche ? Cela lui donnerait peut-être l'envie d'aller à « Couette » ? Pourquoi pas ? Mais on n'en est pas là. Et puis, autant te l'avouer, je crains très fort la désapprobation maternelle. Maman ne dit rien, mais elle me soupçonne d'être une mauvaise mère. Et elle a raison.

Dieux, que c'est dur ! Comment fais-tu, toi, pour satisfaire tout le monde ?

Vale.

Claire de Marèges
à Héloïse d'Ennecour

Paris, le 10 mai 1978

Ave !

J'ai une méthode extrêmement simple : je ne satisfais pas tout le monde, loin s'en faut. Tu te souviens des précautions que je devais prendre, surtout côté Rochaz, pour annoncer mes grossesses. On m'aurait reproché, à moi, un excès d'instinct maternel. J'avais le sentiment que Maman s'attendait à des catastrophes. Rien n'a été dit, mais on se préoccupait de ma jeunesse, de mes examens à passer. On craignait que je ne devinsse une mère au foyer, modèle qui n'est pas respecté dans ma famille. Maman me voyait en agrégée assurant ses quelques heures de cours et s'occupant de deux ou trois enfants raisonnablement espacés, Papa me voyait en pharmacienne, et en pharmacienne faisant beaucoup moins de présence que toi. Mon mariage les a inquiétés. Maman surtout, qui a eu longtemps le sentiment que je me déclassais, vers le haut. Elle est issue d'une famille assez pauvre (tous les pieds-noirs

377

n'étaient pas des colons faisant suer le burnous...), elle est un pur produit de l'école façon Jules Ferry, qui conduisait en faculté les plus doués des enfants, elle s'est aussi déclassée vers le haut en épousant Papa, rencontré à la fac des sciences à Alger. Les Marèges avaient de quoi l'intimider. Mais qui resterait longtemps intimidé en présence de ta mère ?

Maintenant je la crois rassurée. Je le verrai bien d'ailleurs, quand je lui annoncerai ce que tu vas être la première à savoir, en dehors de Victor : j'attends le quatrième, et il sera suivi très vite d'un cinquième.

Du côté de ta mère à toi, qui est ma belle-mère à moi, je me sens mieux comprise. Et je ne vois pas très bien où le bât te blesse avec elle. Diable, cette femme qui t'a laissée, encore mineure, vivre avec une autre dame ! Je ne sais pas si tu te rends compte de la tolérance que cela implique. Et pour les enfants je suis persuadée qu'elle sait que tu fais de ton mieux, que tu as beaucoup de travail, que tu aimes continuer tes études et apprendre de nouvelles choses, et qu'après tout, il n'y a pas de père pour t'aider. En tout cas elle ne t'a jamais critiquée. Est-elle au courant de la reprise avec Erika ?

Vale.

*Héloïse d'Ennecour
à Claire de Marèges*

Paris, le 14 mai 1978

Ave !

C'est vrai, ma mère est parfaite et j'en suis consciente. Il n'empêche qu'elle pense que je suis totalement dépourvue d'instinct maternel, et qu'elle a raison. Je fais de mon mieux, mais ça ne m'intéresse pas et d'une façon ou d'une autre, je fuis. Je fais des devoirs de comptabilité pas même urgents pour mon cours par correspondance, je fais de la présence à la pharmacie alors que je pourrais déléguer davantage, et ma seule contribution, quand les enfants sont malades (et c'est fort rare, dieux merci !) consiste à leur lire les *Contes du Chat Perché*. Pauvres gosses ! Quels souvenirs auront-ils ? Une mère jamais là qui leur lisait, de temps à autre, du Marcel Aymé ! Bon, c'est vrai que je m'occupe de leurs apprentissages, que j'affronte pour eux l'hydre de l'Education nationale, qu'ils ont des leçons de piano, une inscription au poney-club, une gouvernante gentille et efficace qu'ils devraient, s'ils étaient logiques, préférer à moi. Et d'ailleurs c'est sûrement ce qu'ils font. Je les intimide. Et ils m'intimident. Ce n'est pas normal, ça. Un jour ils me le reprocheront.

Tous ces tracas m'ont valu une sorte de scène avec Erika. Pas par sa faute, mais par la mienne. Je lui ai fait de la peine et ça me désole. C'était l'autre soir, celui où il y a eu ce monstrueux orage sur Paris. Je luttais à coups de DHE contre la migraine, j'avais eu, la veille, ma fameuse confrontation avec la directrice de l'école, et Erika rentrait de New York et m'attendait chez elle, ce qui est bien normal. Sur le parvis de La Défense, premières grosses gouttes. J'ai eu beau cavaler, j'étais trempée, et cet orage, je le sentais, n'était pas le dernier de la série. Je suis très sensible à la météo. Je sais à quel moment on va être vraiment soulagé par un changement de pression définitif. J'arrive donc, de fort mauvaise humeur. Elle me bouchonne gentiment, me demande ce qui ne va pas, et je lui dis : « J'en ai marre, par-dessus la tête ! Mais pourquoi ai-je fait ces gosses ? Pourquoi ? Surtout les filles, qu'il était si facile de laisser filer. » Elle ne dit rien, continue à me bouchonner. Sans réfléchir, j'enfonce le clou : « Et leur père, pourquoi l'ai-je épousé, celui-là ? J'étais complètement folle, et voilà le résultat, ces trois gosses. Moi qui ai toujours dit que je n'aimais pas les enfants ! » Elle me dit, avec douceur : « Ce n'est pas de leur faute, s'ils sont nés.

— Non. C'est de la mienne. J'étais folle. C'est parce que je l'aimais tellement...

— Je sais. »

Et je me suis rendu compte de ce que j'étais en train de lui dire, à elle, ma pauvre Erika, qui me répondait gentiment, alors qu'à cette époque elle était tellement malheureuse, et par ma faute. Je lui ai dit : « Mais c'est fini. Maintenant nous sommes ensemble et tout va bien. N'y pensez plus.

— Ça m'est égal. Je sais que vous l'aimez. Je vous prends comme vous êtes. Ça me suffit. »

Nous étions en plein malentendu. C'est elle que j'aime, maintenant. Je venais juste d'en prendre conscience, mais cela m'a paru évident, une révélation en somme. Je lui ai donc dit : « C'est vous que j'aime. C'est vrai que j'aimais Suzanne, c'est vrai qu'on ne peut pas faire l'impasse là-dessus, mais c'est vous que j'aime, maintenant.

— Je vous dis que ça m'est égal.

— Mais il faut me croire. »

Elle s'est mise à pleurer. Et moi je lui essuyais les yeux avec la serviette-éponge qui avait essoré mes cheveux, et je lui répétais qu'il fallait me croire : « Je vous en prie, faut pas pleurer, faut me croire, c'est vrai. » Elle a fini par me dire : « Je vous crois.

— Alors pourquoi pleurez-vous ?

— Parce que je vous crois. »

Evidemment. C'est assez logique, finalement. Je déboule chez elle, avec ma mauvaise humeur, mes problèmes, je retourne le fer dans la plaie sans réfléchir à mes paroles, et finalement je lui dis que je l'aime. N'importe qui aurait craqué. Je l'ai consolée de mon mieux, et, soignant le mal par le mal, je lui ai répété sur tous les tons que je l'aimais et que c'était pour la vie, et que quand les enfants seraient majeurs on vivrait ensemble vingt-quatre heures sur vingt-quatre dans un hôtel particulier qu'on appellerait l'hôtel von Tauberg-Marèges, ou de Marèges-Tauberg, comme elle voudrait, et qu'elle finirait par me trouver pot de colle, et moche, et vieille, et qu'elle me tromperait avec tout un tas de minettes affriolantes, et qu'elle me briserait le cœur. Elle a fini par rire. Tout s'est bien terminé.

Voilà comment je suis devenue une bonne maîtresse, tout en restant une bien mauvaise mère.

Maman n'est pas au courant de la reprise, comme tu dis, avec Erika. Elle finira par l'apprendre, je suppose, mais il est difficile de lui envoyer un faire-part. Erika n'est pas Suzanne. D'abord elle m'a détournée à quinze ans, ensuite ce n'est pas une vieille compagne de camp à qui l'on pardonne bien des choses. En revanche, il se pourrait qu'Hippolyte eût des soupçons. Il l'a rencontrée chez moi à trois reprises. Elle le fascine. Soyons juste, elle l'avait déjà fasciné en 64, quand elle n'avait pas son groupe derrière elle. Mais maintenant il a fort envie de s'insinuer dans ses bonnes grâces pour d'autres raisons, où l'ambition (dois-je dire l'arrivisme ?) a sa part. Hippolyte me respecte énormément : j'ai réussi matériellement, et j'ai des relations avec le grand capital, relations qui pourraient lui servir à mettre plus rapidement en valeur ses superbes diplômes, qu'il prostitue pour le moment chez Procter en attendant mieux. Il fait également la cour à Marie-Thérèse, qui a, dans son cabinet de recrutement, une antenne « chasse de tête ». Cher Hippolyte ! Je l'aime bien, dans son genre.

J'attendrai évidemment ton feu vert pour parler de ton futur quatrième. Si mes souvenirs sont exacts, tu avais dit : « Deux à vingt ans, deux à trente ans, deux à quarante ans. » Comment comptez-vous modifier le programme ? En en ayant sept, avec Héraclès en surnombre, ou en en faisant deux fois trois ?

Salve.

Claire de Marèges
à Héloïse d'Ennecour

Paris, le 18 mai 1978

Ave !
Mon projet, c'est d'aller jusqu'à sept. Héraclès restera le supplément imposé par les caprices de Victor. Je veux tout

381

simplement avoir le plus longtemps possible des enfants à la maison, et là j'assure mes arrières jusqu'à l'âge de la retraite, moment où, je l'espère, des petits-enfants prendront le relais. Certes, je les préfère vers l'âge de six ou sept ans, mais il faut bien qu'ils passent par le stade précédent, qui a ses charmes aussi, d'ailleurs.

Je ne pense pas que ton projet de Légion d'Honneur soit mauvais. Tout le monde s'accorde à dire que c'est un excellent établissement, et je le proposerai peut-être à mes filles, si elles en ont envie. Hécube, qui a un sale caractère et ne supporte pas les remarques, proclame de temps en temps qu'elle veut aller en pension. La première fois, les bras m'en sont tombés. Je me suis sentie très « mère pied-noir » que sa nichée abandonne. Victor a ri, et m'a dit que, mise au pied du mur, elle reculerait.

Bon, mais ne fais pas de fixation sur ton absence d'instinct maternel. Admettons que ce ne soit pas au premier rang de tes préoccupations, la belle affaire ! Si seules celles qui ont une féroce envie de pondre le faisaient, la France serait fort dépeuplée, et Debré n'aurait pas fini de bêler !

Comme prénom, je songe à Hadrien ou à Hermione. Qu'en penses-tu ?

Vale.

ANNÉE 1979

Claire de Marèges
à Héloïse d'Ennecour

Paris, le 18 janvier 1979

Ave !

Voici le faire-part que tu m'avais demandé pour ta collection. J'ai réintégré la maison, non sans plaisir, et je constate que l'habitude du pouponnage, finalement, se reprend vite. J'ai conservé la dextérité et la désinvolture que j'avais avec Héraclès, et qui était le fruit de l'expérience. Quand je pense à Hécube que j'avais peur de casser ! Mais je n'arrive pas encore à faire ça aussi vite et aussi bien que ta Melitta. Enfin, je m'entraîne. Je devrais dire : nous nous entraînons, Victor et

383

moi, et même Hécube, à qui ces corvées, qu'elle a demandées elle-même, ne font pas de mal. En revanche Hélène me rappelle Hilda enfant : « Un bébé, pouah ! C'est dégoûtant. » Et je la crois sincère. Héraclès dit comme elle, par pur esprit d'imitation, car je l'ai surpris en train de bêtifier avec Horace en cachette. Je suis partie sur la pointe des pieds et je suis revenue en faisant du bruit. Il faut dire que cette peste d'Hécube lui serine qu'il est trop petit pour toucher au bébé, et qu'il n'est qu'un garçon. Quelle catastrophe ! Moi qui avais promis à ta mère d'en faire un féministe ! Et j'essaie, malgré les influences extérieures que je combats, et voilà t'y pas que l'ennemi s'est introduit dans la maison : ma propre fille !

A bien des égards, cette gosse est une vraie calamité. Elle a l'âge ingrat fort précoce et se conduit comme une adolescente, dont elle n'a pas le physique. Convaincue, à juste titre d'ailleurs, de sa supériorité intellectuelle, elle traite les adultes d'imbéciles, arbore de petits airs méprisants, et n'améliore pas sa popularité en classe. A part deux ou trois filles qui l'admirent inconditionnellement, elle n'a pas d'amies. D'ailleurs ces filles ne sont pas des amies, mais des groupies. Je sais qu'à son âge, et bien après, je passais pour méprisante. Mais il s'agissait, chez moi, d'une forme de timidité, assortie d'un esprit caustique que je ne savais pas assez bien dissimuler ; et puis je n'avais pas le handicap de la particule, moi.

Et à ce propos, c'est vrai que chez ce pauvre petit Anne, cela devient une véritable catastrophe. Quand tu m'as parlé des propos orgueilleux sur son titre que lui tenait Madame Mère, je t'ai répondu que ça n'était pas bien grave, que dans l'ambiance où il était élevé, il ne pouvait pas croire à ce fatras. J'avais tort et tu avais raison de t'inquiéter. Mais que faire ? Le cas n'est pas prévu dans Laurence Pernoud. Comme Hilda lui faisait remarquer, il y a quelques jours, que s'il ne travaillait pas davantage il ne deviendrait jamais un grand pianiste, et que le talent ne suffisait pas, il lui a répondu que ça ne faisait rien, puisqu'il était duc et pair. Hilda, stupéfaite et indignée, l'a renvoyé à son Czerny avec des mots très sévères. Tu devrais en

384

parler à ta mère : étant donné qu'elle est capable de rabattre le caquet d'Hécube, je pense qu'elle peut y arriver avec Anne. Au besoin, fais donner l'ambassadeur.

Ta mère ne t'en a pas parlé, par discrétion j'imagine, mais elle est au courant de la reprise avec Erika. C'était d'ailleurs inévitable à partir du moment où l'on sait qu'Hippolyte entre chez Tauberg à Francfort. Elle est depuis belle lurette habituée à tes mœurs, et après tout elle t'a même délégué sa propre sœur pour te dire de continuer, (Dieux, comme mes filles ont une hérédité chargée...), mais le cas d'Erika la préoccupe un peu. Je crois qu'elle est au courant de votre ultime bagarre de 1967, et je ne vois vraiment pas comment elle a pu le savoir. Ce n'est ni Victor ni moi, je le jure. Elle m'a parlé aussi de l'arrivisme d'Hippolyte, et j'ai défendu le petit frère. C'est plus fort que moi, je l'aime bien. Ce qui ne m'empêche pas de traquer impitoyablement des traits de ressemblance chez Victor. Quand aux environs du 28 décembre, il a manifesté l'espoir que j'accoucherais avant le 31, je lui ai dit que je ne lui ferais pas deux fois le coup du cadeau fiscal. Sans blague !

Je te laisse. J'entends des cris de faim dans le lointain.

Vale.

Héloïse d'Ennecour
à Claire de Marèges

Paris, le 21 janvier 1979

Ave !

Ce matin, j'ai emmené Anne à la messe pour la mémoire de Louis XVI, puisque cette année c'est un dimanche, et je lui ai tenu un certain nombre de discours qu'il a daigné écouter respectueusement. Je lui ai d'abord dit que sa grand-mère d'Ennecour avait beaucoup souffert, d'abord parce qu'elle avait perdu son mari très jeune...

385

« Vous aussi, a-t-il répondu non sans logique.

— Moi aussi, certes. Mais moi je n'ai pas perdu mon petit garçon, et si cela arrivait je pourrais devenir aussi folle qu'elle. Tout ça pour t'expliquer qu'elle est bizarre, d'ailleurs tu t'en rends bien compte...

— Oui.

— Elle refuse de connaître tes sœurs, et elle te tient des discours que même sous l'Ancien Régime je n'aurais pas tolérés. »

Je lui ai parlé de Louis XVI, de l'édit de tolérance, qui explique que des protestants comme les Marèges aillent à cette messe, et, avec un assez bel art de la transition, des juifs comme sa Bonne-Maman. Je lui ai dit qu'aujourd'hui la noblesse constituait une curiosité historique, et que sous l'Ancien Régime elle donnait normalement plus de devoirs que de droits, et que si la Révolution, que je déplorais, avait eu lieu, c'est peut-être bien parce que certains avaient compris le contraire. J'ai simplifié au maximum, ce qui est dur pour une historienne, mais je crois avoir assez bien travaillé. Monsieur le duc était mouché. Il est retourné à son piano. Pour fêter ça, je l'ai autorisé à utiliser mon Bösendorfer. J'ai constaté avec plaisir qu'il savait fort bien s'adapter à une autre sonorité que celle de son Pleyel droit. Et, soit sincèrement soit pour me faire plaisir, il a pris parti dans la querelle qui m'oppose à Hilda, en me disant que les Bösendorfer étaient meilleurs que les Steinway.

Erika est venue, en fin d'après-midi, et ils ont eu une conversation technique à ce sujet. Tu sais qu'elle va s'installer Quai de Bourbon quand les travaux qu'elle y fait seront finis. Elle compte naturellement acheter un piano (pour moi, mais ça, les enfants ne le savent pas).

« Vous savez en jouer ? a dit Anne.

— Un peu seulement. Mais quand j'étais petite je faisais du violoncelle. »

Ils ont été très impressionnés tous les trois. Mélanie a dit : « Vous n'en jouez plus ?

— Non. »

Et elle, sévèrement : « Vous n'avez pas honte ? »

Erika a ri. Moi j'ai protesté, par principe, et je lui ai dit que les grandes personnes n'avaient pas toujours le temps de faire ce qu'elles voulaient.

Que Maman soit réticente au sujet d'Erika, je m'en doutais bien. Ce que tu ne sais pas, c'est qu'une quinzaine de jours après la naissance des filles, elle m'a apporté un texte écrit par Suzanne au cours des mois qui ont précédé sa mort. Elle le tenait de Pierre Lacombe, qui avait mis de l'ordre dans les affaires de sa sœur. Elle estimait que je devais lire ça, mais elle avait attendu le moment propice. Je ne sais pas si c'était le moment propice, mais moi j'ai pleuré pendant quarante-huit heures, et Maman, qui espérait ce résultat, commençait à être bien embêtée. Moi, je lui ai d'abord dit que je la détestais, puis j'ai reconnu qu'elle avait eu raison de m'imposer cette lecture, et j'ai gardé les cahiers (mais je sais que Maman en a une copie).

Alors évidemment, elle connaît l'affaire du pistolet, et la violence latente d'Erika. Et moi je lui expliquerais bien que tout ça c'est fini, qu'on est des grandes filles, maintenant. Mais je n'ose pas. Enfin, le jour où elle reverra Erika, et ça finira par arriver, elle se rendra compte. Je ne m'inquiète pas trop pour ça.

Vale.

La même
à la même

Vienne, le 9 juillet 1979

Ave !

Comme je n'ai pas eu le temps de te le dire avant de partir, j'ai réussi à arranger à peu près les problèmes scolaires des

387

enfants. Suzanne est admise en dixième, sur le secteur de la rue Pavée, et Mélanie ira, elle, sur le secteur de la rue des Archives, où j'ai après tout une sorte de domicile. La psychologue chez qui on m'a envoyée a pris mon parti pour tout, disant que les petites étaient mûres, savaient lire sans difficulté, et devaient être séparées. Elle a cité Zazzo et quelques spécialistes de la gémellité, et ça a fait des miracles. Le tout est de savoir s'y prendre. Cela dit, je crois qu'elles vont souffrir, au début. Ce qui prouve qu'il était temps d'agir. Le fait d'avoir, cette fois, triomphé de l'hydre budgétivore qui avale les petits enfants me fait bien plaisir. Je me souviens, chaque fois que je m'occupe de ces histoires scolaires, du pessimisme de Suzanne, les dernières années, après Mai 68. Elle pestait sans arrêt, maudissait les conseils de classe, et parlait assez régulièrement de tout abandonner. Et je suis bien décidée, maintenant : ce sera la Légion d'Honneur, et rien d'autre. Camille y sera aussi, d'ailleurs. Et toi, que vas-tu faire ? Notre vieux bahut a bonne réputation, certes, mais quand on pense qu'il est devenu mixte !

Melitta me reproche de ne pas avoir parlé d'elle à Erika. D'abord parce qu'elle voudrait bien la revoir, ensuite parce que la vérité est préférable. Je suis de cet avis, mais je n'ai pas encore trouvé l'occasion. Il y a quand même un certain nombre de sujets tabous, entre Erika et moi. Et surtout, ne me ressors pas l'histoire du djinn caché si je te dis qu'elle est vulnérable. Elle l'est, c'est sûr. Je la sens parfois terrifiée par la perspective de me déplaire. Alors, de temps en temps, je lui dis que je l'aime. Et c'est difficile, crois-moi. Dire ça, ce n'est pas mon genre. Je me force. Ça vaut la peine.

Elle a déménagé, maintenant. Et ça, elle l'aurait fait depuis plus longtemps s'il n'y avait pas cette peur d'être collante. J'ai chaudement approuvé le projet. J'aime bien La Défense, c'est sûr, mais c'était vraiment au diable. Et moi je me relâchais, je travaillais moins, je ne faisais plus toujours l'ouverture et la fermeture. Certes, ça n'empêche pas le tiroir-caisse de se remplir, mais un reste de solide morale huguenote me donne mauvaise conscience quand je me la coule douce. Maintenant ça va aller mieux, puisqu'elle sera plus près.

Si Melitta veut que je parle à Erika, Maman, elle, veut que je parle d'Erika. Elle m'a dit, non sans une certaine timidité : « Et avec Erika, ça va ? » J'ai rougi, ce qui n'est pourtant plus de mon âge, et j'ai dit : « Très bien, je vous remercie.

— Eh bien c'est parfait. »

Et voilà, tout a été dit !

Vale.

Journal de Manuela von Tauberg

Paris, le 7 octobre 1979

Hier soir nous avons fêté, entre filles, l'anniversaire d'Héloïse chez Erika. Trente ans, c'est quand même une étape importante. Il y avait Claire, Marie-Thérèse et Lise. Claire nous a amusées en nous racontant comment Victor était devenu expert en bébés, si bien qu'elle lui fait davantage confiance qu'en l'actuelle fille au pair pour garder Horace. « Ce qui m'ennuie, a-t-elle dit, c'est qu'il devient tellement compétent que la prochaine fois il va réclamer d'assister à l'accouchement, et ça je n'y tiens pas du tout. » J'ai dit : « Tu n'es pas encore enceinte, quand même ?

— Mais si, bien sûr.

— On ne dirait pas, a dit Erika.

— Oh, ça fait deux mois. »

J'ai dit que j'aurais bien un autre enfant, de mon propre gré maintenant, mais que je ne parvenais pas à trouver un père. Elles me sont toutes tombées dessus : il paraît que je ne m'intéresse qu'aux très beaux hommes, négligeant bêtement tous ceux qui présentent un léger défaut, et que dans ces conditions le marché est très limité. « En plus, a dit Lise, les

389

trop beaux sont prétentieux, et finalement les laids se donnent bien plus de mal au lit. » J'ai dit que je leur demandais surtout de dépasser mon 1 m 77, et que ce n'était pas facile, en France. Héloïse est intervenue : « Moi j'aime bien les petits... » Marie-Thérèse l'a coupée : « Dans ton cas, il faut dire les petites.

— Même si l'on n'en use pas, on peut avoir des préférences esthétiques, non ? Donc, je le répète, j'aime les petits... et les petites. »

J'ai eu une pensée pour Suzanne, et je ne suis certainement pas la seule. J'ai regardé Erika, absolument impavide, qui voyant que je la regardais a souri et a chanté : « E la grande maestosa, e la grande maestosa. » J'étais muette de stupeur. Je me souvenais qu'elle chantait ça, il y a très longtemps, avec Suzanne. Je ne sais pas si Héloïse le savait, sans doute pas, car elle a enchaîné : « La piccina, la piccina... »

Claire les a suivies, en toute innocence, et moi aussi. Je ne pouvais pas faire moins. Il est difficile de savoir ce que pense vraiment Erika. Soit elle se domine à la perfection, soit elle n'est plus jalouse. Peut-être est-elle plus sûre d'elle ? Héloïse m'a dit, il y a quelques mois, qu'elle n'éprouvait pas le besoin de la tromper, et que donc elle n'usait pas de la permission qu'elle avait de le faire, « sauf cet été à Vienne, parce qu'on ne résiste pas à Melitta quand elle vous regarde d'une certaine manière. Mais ce n'était pas exactement ça, parce qu'avec Erika, tu comprends... » Oui, je comprends. Leur entente physique est palpable, alors même qu'elles ne s'effleurent jamais en public. Lise dit qu'on a parfois la curieuse impression qu'elles attendent qu'on ait le dos tourné pour se jeter frénétiquement l'une sur l'autre. « Et à mon avis, c'est pour ça qu'elles ne se prennent jamais ne fût-ce que la main en public : ça prendrait feu.

— Vous exagérez.

— A peine. »

Il est vrai que Suzanne, elle, n'hésitait pas à lui caresser la joue ou à lui mettre la main sur l'épaule. Et il y avait beaucoup d'amour, dans ces gestes, mais pas « ça », que je ne peux pas

nommer. Non par pudibonderie mais par manque de vocabulaire.

Drôle de vie, quand même. De nous toutes, il n'y a que
Claire qui n'a jamais connu de difficultés dans sa vie sentimentale, même au début. Elle avoue vivre heureuse, avec un mari
doté de suffisamment de petites imperfections pour être
humain, des enfants acceptables, un boulot intéressant et des
amies fidèles. Que demander de plus?

Héloïse d'Ennecour
à Claire de Marèges

Vienne, le 2 janvier 1980

Ave !

Hier soir, Hippolyte est venu me parler dans ma chambre, l'air assez gêné, ce qui est évidemment surprenant de sa part. Après avoir tourné cinq minutes autour du pot, il m'a dit qu'il allait épouser Ulrike von Tauberg. Tu te souviens d'Ulrike, la petite sœur de ton cher Kai-Uwe ? Eh bien cette gamine a quand même vingt-quatre ans et a achevé un doctorat en chimie, eh oui. « Bravo, ai-je dit, c'est un joli coup.

— Oh écoute, je sais que tout le monde va croire... mais je l'aime, je t'assure. Elle ressemble tellement à Erika.

— Tu as toujours eu un petit faible pour Erika, c'est vrai.

— Oui (soupir) " ein kleines Blümelein "... tu te souviens ?

— Je pense bien. C'est comme ça que Maman a tout découvert.

— Quoi ! Elle sait ? Et déjà, à l'époque, tu...

— Oui, brave et honnête petit frère, elle sait. Elle sait tout, y compris qu'après ma rupture avec Erika, je couchais avec Suzanne. »

Je n'avais pas résisté au plaisir de lui montrer le dessous des

393

cartes. Sa tête valait le déplacement. Il a dit « Ça alors...
l'amie de Maman ?

— Oui. »

Et là il a montré qu'il s'intéresse beaucoup plus à son
entourage qu'il ne le fait croire, en disant : « C'est pour ça que
tu es partie avec Maman, pendant l'été 71 ?

— Exactement.

— Tu as dû être malheureuse !

— Oui. Parlons d'autre chose : pourquoi m'annonces-tu à
moi que tu vas épouser Ulrike ?

— Je souhaite que tu en parles à Erika.

— Elle n'est pas le chef de famille. Et le baron Ernst, ton
futur beau-père ?

— Oh lui, il est d'accord. Mais Erika... Je ne veux pas
qu'elle me juge trop arriviste. Ne ris pas, s'il te plaît.

— Erika te trouve très bien, sinon elle ne t'aurait pas
engagé, même pour me plaire.

— Sans doute... A La Défense, ils l'accusent de ne recruter
que des femmes, à cause de ses mœurs... et puis ils ont entendu
parler de toi. Ils connaissent même ton nom. Heureusement
qu'on ne sait pas que je suis ton frère...

— Je sais, je sais... Il suffit qu'elle ne soit pas au bout de sa
ligne directe, et mes appels sont réexpédiés sur le secrétariat.
Et à la pharmacie, c'est pareil : elle téléphone, elle vient. Il faut
se faire une raison, mon pauvre vieux. Et même s'attendre
qu'ils apprennent un jour que tu es mon frère. Ne prends pas
cet air angoissé, faut assumer... (je le taquinais exprès). Pour
en revenir aux femmes qu'elle recrute, c'est l'influence de
Schulberg.

— Ah, Schulberg, l'éminence grise. On s'en pose des
questions !

— On a tort. Elles ne couchent pas, si tu veux le savoir.
Mais Lise est féministe, et j'ajoute qu'elle a raison. Sans
compter que ça améliore le bilan social. On chante la gloire de
Tauberg AG dans *F. Magazine*. Et ce n'est pas plus mal d'avoir
le groupe *Expansion* dans sa poche.

« — Oh moi, tu sais, je suis féministe. Je ne crains pas la concurrence. Il y a de la place pour les meilleurs.

— Et tu te flattes d'être parmi les meilleurs

— Absolument. Et toi aussi, tu en es. »

Je lui ai promis d'en parler à Erika, et à Maman aussi, car il m'a avoué qu'elle l'intimidait terriblement pour certaines choses. Il se sent jugé, un peu comme moi quand elle observe mon comportement avec les enfants.

Le lendemain matin j'ai donc accompli la première partie de ma mission, parler à la comtesse, comme nous disions dans notre enfance pour évoquer les démarches solennelles et difficiles. Maman a dit comme moi : « Belle affaire ! Je le reconnais bien là.

— Il dit qu'il l'aime parce qu'elle ressemble à Erika.

— Evidemment, il a toujours eu une sorte d'attirance pour Erika, c'est vrai. Bon, je tâcherai de modérer mon esprit critique. Et puis ton père sera content, malgré tout. Sauf qu'il faudra faire un grand mariage. Ils sont protestants, je crois.

— Luthériens.

— Parfait. En tout cas, industrie ou pas, c'est une très ancienne famille des Duchés. Et toi, ça va toujours avec Erika ?

— A la perfection. Vous savez qu'autrefois Kai-Uwe a demandé Claire en mariage ?

— Qui est Kai-Uwe ?

— Le frère d'Ulrike. Il est très beau. Il vous plaira. Mais Claire préférait Victor... »

Maman a ri. Elle ne savait pas que tu avais eu, si jeune, d'autres demandes en mariage. Pour les détails pratiques, ce mariage devrait avoir lieu en juin, à Tauberg. Tu seras donc délivrée, et toute mince pour reséduire Kai-Uwe.

Vale.

Bordeaux, le 9 avril 1980

Ave !

Tu vas être étonnée de recevoir une lettre de Bordeaux, alors que je t'avais annoncé que je descendais à Monte-Carlo avec Erika et Lise. Mais je ne les ai pas quittées pour me dissiper, loin de là. Toutefois, n'en parle pas si tu vois l'une ou l'autre, ou même Manuela. Je suis venue à Bordeaux pour voir Pierre Lacombe, et je ne veux pas blesser Erika la vulnérable, comme tu dis, sans nécessité.

Je suis restée trois jours avec elles au Loews, à Monte-Carlo, où l'on débattait de questions financières, et non de pharmacie, avec des Allemands et des Suisses. Je me suis bien gardée de m'en mêler. Déjà, à Paris, Erika m'emmène parfois à des réunions concernant notre industrie commune. Cela m'intéresse beaucoup et je supporte sans broncher les regards curieux jetés sur la compagne de Fräulein von Tauberg. Je soupçonne Erika de vouloir me faire abandonner la pharmacie d'officine en m'entraînant dans l'industrie, mais j'ai renoncé à faire comprendre à quiconque que j'aimais vraiment ce que je faisais. Personne n'a jamais compris : ni mes parents, ni Manuela, ni Erika, ni même Suzanne. Personne sauf toi, fille et sœur de potard. Ma foi, tant pis ! Au moins, j'ai réussi à faire connaître à Erika toutes les difficultés que nous rencontrons en officine, difficultés qu'elle n'ignorait pas théoriquement, mais qui lui passaient largement au-dessus de la tête.

Donc, puisqu'il n'était pas question de pharmacie, j'ai laissé ces gens-là refaire le monde et je suis allée jouer au black-jack avec une méthode mise au point par Lise. Erika désapprouve. Elle dit qu'il faut jouer pour jouer, et non pas scientifiquement. Je n'ai évidemment pas tenu compte de ses objections, et je suis même allée jusqu'à lui faire cadeau de mes gains la veille de mon départ. Elle a dit : « Mais que voulez-vous que j'en fasse ? » Et moi : « Mon fantasme, c'est de vous entretenir.

— Fantasme, en effet », a dit Lise.

Alors Erika a empoché mes plaques en disant que les fantasmes, c'était sacré.

J'ai quitté la principauté sous prétexte d'aller rendre visite à ma tante Elisabeth. C'était vrai, bien sûr. Je me suis contentée de ne pas dire que j'irais, ensuite, à Bordeaux. Maman m'avait dit que les affaires sentimentales de sa petite sœur avaient toujours assez mal tourné, mais que, semblait-il, elle avait trouvé la perle rare, et ce depuis un peu plus d'un an. Et en effet, la perle rare en question est une étudiante à Sup de Co Marseille, à qui j'attribue vingt-deux ou vingt-trois ans, maximum, alors que ma tante préférée en a cinquante-sept. Le calcul est vite fait. Mon record, avec Suzanne, est battu. Mais ma tante est magnifique, encore plus belle que Maman, ce qui n'est pas peu dire, et elle m'a dit avec sagesse : « Ça durera ce que ça durera. En attendant je pratique le " carpe diem ". Je suis censée être philosophe, n'est-ce pas ? Et toi ? Ta mère m'a dit que tu avais quelqu'un.

— En effet.

— Et Melitta ?

— Toujours égale à elle-même. Elle pratique aussi le " carpe diem ".

— Parfait. »

Nous avons surtout parlé du mariage d'Hippolyte, qui enchante les Puyferrand. Alors que nos mariages, à Victor et à moi, avec des catholiques, avaient suscité bien des réserves. Ils seront tous là-bas, Emmanuel et Judith en tête, qui sont les plus pieux. C'est te dire que nous avons intérêt à soigner le dressage de nos enfants avant le grand jour. J'ai raconté à Elisabeth, pour la faire rire, que j'avais emmené Anne à la messe, mais que c'était pour une bonne cause. « D'ailleurs, il fréquente aussi le temple des Billettes, mais c'est pour les concerts. Je me débrouillerai pour qu'ils se conduisent bien à

Tauberg. Et après tout, deux sur trois ont un prénom biblique. »

Je l'ai laissée dans les bras de sa minette, et j'ai repris le train pour Bordeaux. Je comptais prendre le petit tortillard de Pauillac, dont Suzanne m'a tant parlé, mais le petit frère chéri m'attendait à la gare Saint-Jean. Elle l'appelait « Petit-Pierre », pour le faire enrager, parce qu'il a un an de moins qu'elle. Et il lui ressemble tellement que ça m'a fait mal.

Il est toujours resté en relation avec Maman, mais moi je ne l'avais pas revu depuis 71, depuis le jour où nous étions allées au lycée, Maman et moi, voir Suzanne morte, qui y était encore. Et après, je me suis retrouvée à Breteuil, avec Manuela qui venait d'arriver, et j'avais tout oublié des quelques jours qui s'étaient écoulés, et où il y avait eu quand même l'enterrement, où je m'étais comportée normalement. L'amnésie totale. Quelques jours complètement effacés. Seule Manuela l'a su, et elle m'a dit qu'il n'y avait pas de quoi s'inquiéter.

Oui, ça m'a vraiment fait mal de le revoir, et lui aussi, qui avait les larmes aux yeux. Il m'a emmenée déjeuner du côté de Mériadeck, l'ancien quartier populaire d'avant-guerre transformé en quartier d'affaires, puis nous sommes allés place du Champ-de-Mars, chez lui, et je lui ai expliqué pourquoi j'avais voulu le rencontrer. Je lui ai dit que depuis que Suzanne m'avait laissé de l'argent, pour la pharmacie, tout ce que je touchais se transformait en or, parce que j'avais pu m'offrir, grâce à cet argent, une officine très bien située, que j'avais pu prendre, dans le cabinet Chaillant d'Ennecour Prieur de ma belle-sœur, une participation de 40 %, pour l'aider, et que cela avait encore tourné en ma faveur, puisque le cabinet prospérait au point de me verser des dividendes importants, et que donc je voulais lui rendre cet argent, qui incontestablement lui appartenait. Il n'a rien voulu entendre. Il m'a expliqué que Suzanne avait prévu mes réticences et lui avait fait promettre de faire pression sur moi, qu'il savait par Maman que j'avais fait augmenter le chiffre d'affaires de la pharmacie en la gérant intelligemment, et qu'en ce qui concernait le cabinet CEP, dont il voyait les annonces dans la presse, si nous voulions ouvrir une filiale à Bordeaux, il nous enverrait des clients.

Il est aussi têtu que sa sœur. Et plus que moi. J'ai dû céder Nous avons conclu un arrangement : il va prendre mes surplus de trésorerie, et me les placer dans le bordeaux. « Vous aimez le bordeaux ?

— Oui. Surtout le Saint-Julien. Le vôtre et le Léoville Las Cases. J'aime bien le Pichon-Lalande, aussi. Ce Pauillac est digne d'être un Saint-Julien.

— Eh bien... vous vous défendez bien, en effet. Vous saviez qu'il chevauchait les deux communes ?

— Non. Il faut croire que j'ai été à bonne école. »

Nous avons parlé de Suzanne. Il m'a expliqué que c'est lui qui lui avait procuré le poison. Il n'avait même pas discuté sa décision, et je l'ai aimé pour ça. Il m'a dit qu'il avait rendu ses lettres à Maman, ainsi que le journal qu'elle avait tenu à la fin, mais qu'il avait encore les miennes, et quelques autres : « Vous voulez les récupérer ?

— Oui. Est-ce qu'il y en avait d'Erika ?

— Oui. Vous les voulez aussi ?

— Non. J'espère qu'un jour elle vous les demandera elle-même, mais pour le moment...

— J'ai été content, quand j'ai su, par votre mère, que vous aviez retrouvé Erika. Il y a quelques années, j'ai eu la visite de Fédora, celle que Suzanne surnommait " ma ravissante idiote ".

— Elle savait que c'était très exagéré. Fédora n'était pas une intellectuelle, mais je n'ai jamais sous-estimé son bon sens. Qu'est-elle devenue ?

— Elle a réussi, comme vous. Elle a une agence de mannequins. Elle vous en voulait de vous être mariée. Je lui ai expliqué. Je pense qu'elle a compris.

— Au fond elle a aimé Suzanne.

— C'est fort probable. »

Evidemment, il sait. Il a lu ce journal, Maman l'a lu aussi.

399

J'en suis parfois très gênée, mais je n'y peux rien. Autant te l'avouer, j'avais un petit flirt avec Fédora, Suzanne laissait faire, et tout à la fin nous avons fait l'amour à trois. Bon, j'en ai fait bien d'autres depuis, c'est sûr, à Vienne, mais ça Maman ne l'a pas lu.

Bien sûr, ce n'est pas très important et ce serait resté un bon souvenir si Suzanne n'était pas morte si peu de temps après. Cela faisait partie des choses étranges qu'elle faisait, parce qu'elle ne savait pas comment me dire ce qui allait arriver. Et cette curieuse soirée m'a permis d'avoir une intéressante conversation avec Fédora et de découvrir ce fameux bon sens que Suzanne lui attribuait. Suzanne dormait dans sa chambre, je buvais un armagnac avec Fédora dans le salon, quand elle m'a dit : « Je suppose que tu te rends compte que tu fais toujours exactement ce qu'elle veut ?

— Je m'en rends compte, oui. Mais ça me convient. »

Elle a soupiré : « C'est normal. Ça me convenait aussi. L'important c'est de s'en rendre compte. »

En somme, ni elle ni moi n'avons été dupes de l'apparente liberté que nous laissait Suzanne. Je faisais ce qu'elle voulait, mais je le faisais avec bonheur. Fédora aussi, qui était allée jusqu'à s'effacer quand j'étais entrée dans la vie de Suzanne. Elle prétendait ne pas l'avoir aimée, mais je n'en ai pas cru un mot.

Pour finir, Pierre m'a donné mes lettres, que je n'ai pas eu la force de relire, parce qu'au cours de cette conversation j'étais toujours au bord des larmes. J'ai récupéré aussi une anthologie de poésie en trois volumes de chez Delagrave, une rareté que Lise n'a pas et que je lui destine, car autant que ces volumes aillent à quelqu'un qui saura les apprécier. Puis nous sommes allés à Saint-Julien. Ça n'a pas été facile non plus, car si j'avais réussi à ne pas pleurer avec « Petit-Pierre », j'ai craqué avec Jacqueline, la belle-sœur de Suzanne. Enfin, disons que nous avons craqué ensemble.

Tout ça était dur, mais nécessaire. Il ne me reste plus qu'à faire fortune dans le vin, ce qui augmentera le respect qu'Hippolyte a pour moi. Et il peut, car enfin, s'il épouse Ulrike, n'est-ce pas grâce à moi, finalement ?

Je reprends le train demain. Je viendrai te voir, car je suppose que tu ne peux plus te traîner ?

Vale.

Claire et Hugo de Marèges,
Hécube, Hélène, Héraclès et Horace
sont heureux de vous annoncer la naissance de
HERMIONE
à Boulogne, le 30 avril 1980

Journal d'Erika von Tauberg

Copenhague, le 25 juin 1980

Depuis quand ne suis-je pas allée à Copenhague ? Fin 64 début 65, je crois. Evidemment, pour Héloïse ce n'est pas la même chose : elle connaît parfaitement les lieux, puisque son père y a été en poste, et je n'ai jamais pu savoir si elle était une nostalgique née. Parfois je pense que oui. Mais elle est tellement secrète !

Enfin, elle m'a expliqué qu'elle avait cassé quelques pièces de son service Rosenthal, qu'on ne les trouvait pas aux Champs-Elysées, que sa mère avait aussi besoin d'un peu de vaisselle, et que moi aussi, pourquoi pas ? Et qu'enfin elle avait envie qu'on soit un peu ensemble, seules, loin des molécules et des fusions-absorptions de filiales.

Message reçu.

Malheureusement, il fait un temps épouvantable, comme à Tauberg, d'où nous venons.

Le mariage d'Hippolyte… situation bien embarrassante, qui m'obligeait pour la première fois à une confrontation avec la comtesse de Marèges, dont Héloïse ne m'a pas caché qu'elle savait que nous étions à nouveau ensemble. Ma gêne devait être perceptible quand elle m'a dit : « Ulrike vous ressemble incroyablement. Je crois vous voir il y a seize ans, quand vous êtes venue à Stockholm. » J'ai dû rougir, car elle a ajouté : « Vous vous dites que vous n'avez pas très bien agi, à cette époque, que vous avez trahi notre confiance, peut-être ? Mais était-ce votre faute ? Je sais bien que Suzanne en avait usé de même avec vous, jadis.

— Vous savez ça ?

— Elle ne me l'a pas dit. Mais je l'ai assez vite deviné.

— Ma seule excuse, en 64, c'était l'amour. Même si ça paraît ridicule, ou choquant.

— Ce n'est ni ridicule ni choquant. J'ai du respect pour les amours durables, et le vôtre me paraît indestructible.

— Celui que j'éprouve, oui.

— Même celui que vous recevez. Héloïse est une adulte, maintenant, et elle en a vu de rudes. Si elle vous a choisie à nouveau, c'est pour toujours. »

Elle a changé de sujet, avec cette aisance que donne une longue pratique : « Ça ne vous ennuie pas qu'Hippolyte soit un brin arriviste ?

— Oh, il est plein de qualités. Intelligent, travailleur. Son ambition fait partie de son charme. Et puis sa sœur a toujours dit qu'il en rajoutait un peu, et je le pense aussi. C'est une forme de pudeur.

— C'est gentil de me dire ça. C'est difficile de porter un jugement objectif sur ses enfants. Nous étions assez fauchés, quand ils étaient petits. Je devrais me réjouir qu'ils réussissent matériellement, mais je n'aime pas que ça passe avant d'autres valeurs. Mon grand-père était pasteur. Le vôtre aussi, je crois ?

— Oui, hélas. On a beau essayer de s'en détacher, ça laisse

des séquelles. Mais pour Héloïse la réussite financière ne passe pas avant le reste.

— Je sais. Pour elle je suis tranquille. Sauf pour les enfants, mais je ne devrais pas vous dire ça à vous...

— Nous faisons très attention.

— Je ne pense pas à ça. Je pense qu'ils ne l'intéressent guère, qu'elle fait de son mieux, mais que sa vie avec vous passe avant.

— Je l'ai pensé au début. Mais au fur et à mesure qu'ils grandissent elle y prend de l'intérêt. Et moi je les aime bien. J'essaie de la pousser à en faire plus, mais en douceur, parce qu'elle ne supporte pas qu'on intervienne dans ses affaires. »

Elle a ri : « Ah, vous aussi vous vous heurtez à ce problème ? Rassurez-vous, vous n'êtes pas la seule. Je suis contente que vous aimiez ces enfants. Vous savez, elle n'aimait pas leur père.

— Je sais. Elle me l'a dit. »

Elle me l'a dit, en effet, quelques mois après que nous nous sommes retrouvées. Elle m'a dit aussi qu'elle avait aimé Suzanne. Mais tout ça, je le savais. Je lui ai dit que ça n'avait pas d'importance, que je la prenais comme elle était, même si elle ne m'aimait pas. Et c'est alors qu'elle m'a dit qu'elle m'aimait, et j'ai su que c'était vrai. On ne pouvait pas s'y tromper. Elle m'a dit aussi, ce soir-là, qu'elle avait du mal à prononcer ces mots, qu'elle ne me les répéterait donc pas, et que je devais considérer son amour comme un fait acquis. Et cependant, de temps en temps, elle me le répète, spontanément et gaiement, quand je ne m'y attends pas. Et c'est moi qui ne le lui dis jamais, parce que je le dirais trop gravement, et parce qu'elle le sait.

Parfois je repense au jour où nous nous sommes retrouvées ; je nous revois dans cette chambre d'hôtel où mon impatience nous avait conduites, et je me dis que j'ai connu à cet instant le plus grand bonheur de mon existence. Si ma vie s'était arrêtée là, j'aurais été comblée. Mais ma vie a continué, et c'est tant mieux. Mes vieilles angoisses n'ont pas cessé de me hanter, mais je sais qu'il faut vivre avec, que je n'ai pas le choix,

403

puisque c'est dans ma nature. Il m'arrive aussi de repenser à Bad-Homburg, à ce désespoir dans lequel je vivais et dont, malheureusement, je me souviens très bien. Quand je vais à Francfort, je loge à l'hôtel. La première fois qu'Héloïse est venue avec moi elle m'a demandé pourquoi, puis, comme je cherchais mes mots pour lui expliquer, elle m'a interrompue : « Je comprends. Pourquoi ne pas vendre cette maison ?

— Peut-être qu'un jour j'aurai le courage de l'affronter.

— Avec moi ?

— Oui. »

En arrivant à Copenhague, nous avons décidé de descendre à l'hôtel d'Angleterre, parce que c'est un bon souvenir. Elle m'a dit : « Pendant toute la période où Papa était ici, je n'ai jamais pu passer devant cet hôtel sans penser à vous. Et il est difficile de ne pas passer devant. Sans vous je n'y serais jamais retournée, parce que c'était un endroit sacré. »

En somme, j'avais ma réponse. C'est aussi une nostalgique, et c'est pour cela qu'elle m'a entraînée à Copenhague. Elle a ajouté : « Cette nuit, nous ne fermerons pas l'œil.

— Que ferons-nous ?

— L'amour. »

C'était un bon programme, j'étais d'accord. Mais nous avons quand même fini par nous endormir, moi la première, je le crains. Je me suis aussi réveillée la première, avec ce sentiment de désorientation que l'on ressent parfois dans une chambre étrangère. J'ai tendu le bras, je l'ai touchée, et j'ai compris que j'étais là où je devais être, et qu'elle serait toujours là.

*Cet ouvrage a été composé
par l'Imprimerie BUSSIÈRE
et imprimé sur presse CAMERON
dans les ateliers de la S.E.P.C.
à Saint-Amand-Montrond (Cher)
en mai 1990*

N° d'édit. : 74. N° d'imp. . 1152.
Dépôt légal : février 1990.
Imprimé en France